1974년경 민청학련 관계자들과. 왼쪽부터 박형선, 최권행, 한사람 건너 윤한봉, 시인.

1977년 6월. 맨 왼쪽이 시인. 오른쪽으로 황석영, 고은, 오른쪽 끝이 박석무.

1985년 광주교도소에서.
맨 왼쪽이 시인,
한 사람 건너 이수일, 안재구,
정종희.

1988년 12월 21일 전주교도소에서 시인의 석방을 환영하는 문인들과.
왼쪽부터 김준태, 최권행, 박석무, 박광숙, 이승철, 시인, 이영진.

석방 직후 광주 5·18묘역을 찾아.

1989년 1월 광주 문빈정사에서 올린 결혼식.

1989년 4월 민족문학작가회의 주최
'통일을 위한 민족문학의 밤' 행사에서.

1989년 문학기행에서 모친과 함께.

1990년 4월 해남 고향 마을을 배경으로.

1990년 5월 한국민족예술인총연합 주최 광주민중항쟁 10주년 기념행사에서.

1992년 4월 26일 민족문학작가회의 청년위원회 수련회에서.

1992년 5월 20일 제6회 단재상 시상식에서.
왼쪽부터 고은, 최일남, 시인, 이만열, 김중배.

1992년 봄 부인 박광숙, 아들 토일과 함께.

1994년 2월 16일 전남대학교 5월광장에서 열린 영결식.

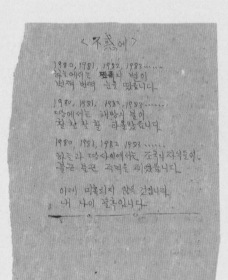

시인의 육필원고.

김남주
시전집

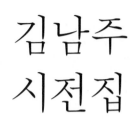

김남주
시전집

염무웅
임홍배 엮음

창비

김남주 20주기를 맞은 오늘, 그가 어떤 시인이었는지 말하는 것은 새삼스러운 일이다. 마치 1980년대가 대한민국의 역사에서 어떤 시대였는지 돌아보는 것만큼이나 단순치 않은 일이기도 하다. 어떤 사람에게 그 시대는 순수와 열정에 가득 찬 충만의 기억으로 남아 있을 것이고, 다른 사람에게는 상처와 회한의 쓰라림으로 되새겨질 수도 있다. 그런가 하면, 적잖은 세월이 흘렀음에도 어떤 사람은 여전히 변혁의 꿈을 놓지 못하고 있을 것이고, 다른 사람은 세속의 변화를 재빠르게 따라가고 있을 것이다. 어쩌면 이 모든 것들이 1980년대 유산의 현존하는 모습일지 모른다. 그런데 김남주는 1980년대의 열기가 종말을 고해가는 시점에 이승의 삶을 마감함으로써 누구도 대신할 수 없는 그 시대의 상징이 되었다. 한세상 벅차게 살아낸 시인의 육성으로서 그가 남긴 시들은 단지 문학사에 솟아오른 언어예술적 성취로서만이 아니라 그 시대가 이룩한 역사적 증거로서, 그리고 더 나은 세계를 향한 미완의 기획으로서 영속적 가치를 지니고 있다고 생각된다. 그의 시전집이 있어야 할 까닭이다.

김남주는 1974년 시인으로 문단에 데뷔하여 꼭 20년간 활동하면서 500여편의 시를 썼다. 이 전집을 엮는 데 가장 중요한 기준으로 삼은 것은 시의 집필 시기로서 1) 1979년 투옥 이전의 시, 2) 옥중시, 3) 출옥 후의 시로 크게 나누었다. 투옥 이전 5년은 말하자면 모색의 시기이자 시인으로서는 습작기였다고 할 수 있다. 이 시기의 작품들이 전집의 제1부를 이루고 있다. 이들은 대부분 1974년부터 1978년 사이에 『창작과비평』을 비롯한 여러 잡지에 발표되었고, 「중세사」 등 다섯편은 시인의 작고 직후 『민족예술』에 처음 활자화된 것이다.

10년 가까이 감옥에 있는 동안 그는 말할 수 없는 악조건에도 불구하고 360여편의 많은 작품을 창작하였다. 그가 옥중에 있는 동안 시집 『나의 칼 나의 피』(1987)와 『조국은 하나다』(1988)가 잇따라 출간되었고, 출옥 후 시인 자신의 교열을 거쳐 두권짜리 옥중시전집 『저 창살에 햇살이 1·2』(1992)가 간행되었다. 그런데 앞의 두 시집에 수록된 작품 가운데 일부는 뒤의 옥중시전집에 빠져 있다. 그런가 하면 「망월동에 와서」 「무덤 앞에서」 같은 시들은 출옥 후 광주 망월동 민주화묘역을 참배하고 나서 쓴 것임이 분명한데도 이 옥중시전집에 실려 있다. 각각의 경우에 대해 시인이 분명하게 이유를 설명하지 않고 있으므로 김남주 시 창작과정의 특수성에 얽힌 추론밖에 할 수 없는데, 어떻든 이 전집에서는 옥중시 여부를 가려 순서를 정했다. 그런데 옥중시 가운데 일부는 내용으로 보아 집필 시기가 짐작되는 것도 있지만, 대부분은 구체적으로 확인할 길이 없다. 따라서 이 시들은 제재의 친연성을 중심으로 읽는 흐름이 연결되도록 대략 다음과 같이 배치했다.

　　제2부: 감옥 안의 상황과 옥중투쟁의 정황이 비교적 잘 드러나는 시들
　　제3부: 광주학살에 대한 대응과 현실상황에 대해 발언하는 투쟁적인 시들
　　제4부: 주로 서정적인 시들
　　제5부: 감옥에서 썼으나 출옥 후에 발표되거나 퇴고한 시들

알다시피 김남주는 1988년 12월 형집행정지로 출감하였다. 출옥 후 5년 남짓 동안에도 『솔직히 말하자』(1989) 『사상의 거처』(1991) 『이 좋은 세상에』(1992) 등의 시집이 잇따라 간행되었고, 작고 후에 유고시집 『나와 함께 모든 노래가 사라진다면』(1995)이 나왔다. 앞의 두 시집이 이 전집의 제6부, 뒤의 두 시집이 제7부를 이루고 있다.

한편, 김남주의 상당수 시는 옥중에서 몰래 써서 밖으로 내보내 그가 관여할 수 없는 상태에서 출판된 것도 있고 옥중에 원고로 가지고 있다가 출옥 후 바깥에서 다듬어 발표한 것도 있다. 그러는 과정에서 적잖이 수정되거나 행갈이와 연 구분에 변화가 생기기도 하고 심지어 제목이 달라진 것도 있다. 동일한 시가 여러 시집에 조금씩 다른 모습으로 수록되어 있는 경우에는 나중에 간행된 시집을 텍스트 확정의 기준으로 삼았다. 작고한 시인의 시전집을 펴낼 때는 대개 시집별로 나누고 시의 배열 순서도 그대로 따르는 것이 일반적인 관행이지만 여기서는 모든 시의 배열까지도 새로 하였다. 이로써 아마 가장 정본(定本)에 가까운 『김남주 시전집』이 만들어졌으리라 자부한다.

2014년 2월
염무웅·임홍배

일러두기

1. 집필 시기와 제재를 기준으로 각 부의 구성과 수록 순서를 정했다.
2. 한 작품이 이후 시집에서 개작되거나 제목이 바뀐 경우 나중 시집의 작품을 정본으로 한번만 수록하고, 각주에 이전 제목을 밝혔다.
3. 명백한 오자는 바로잡았고 띄어쓰기와 외래어 표기는 현행 표기법에 따랐다.
4. 한자는 한글로 표기하되 필요한 경우 괄호 안에 병기했다.

차 례

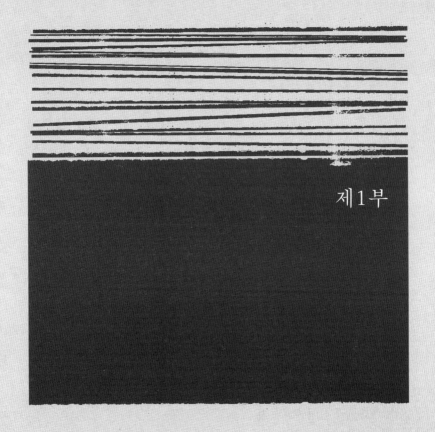

제1부

잿더미

꽃이다 피다
피다 꽃이다
꽃이 보이지 않는다
피가 보이지 않는다
꽃은 어디에 있는가
피는 어디에 있는가
꽃 속에 피가 잠자는가
핏속에 꽃이 잠자는가

꽃이다 영혼이다
피다 육신이다
영혼이 보이지 않는다
육신이 보이지 않는다
꽃의 영혼은 어디에 있는가
피의 육신은 어디에 있는가
꽃 속에 영혼이 깃드는가
핏속에 육신이 흐르는가
영혼이 꽃을 키우는가
육신이 피를 흘리는가
꽃이여 영혼이여
피여 육신이여

그대는 타오르는 불길에

영혼을 던져보았는가
그대는 바다의 심연에
육신을 던져보았는가
죽음의 불길 속에서
영혼은 어떻게 꽃을 태우는가
파도의 심연에서
육신은 어떻게 피를 흘리는가

꽃이다 피다
육신이다 영혼이다
그대는 영혼의 왕국에서
육신을 어떻게 다루었는가
그대는 피의 꽃밭에서
영혼을 어떻게 다루었는가
파도의 침묵 불의 노래
영혼과 육신은 어떻게 만나
꽃과 함께 피와 함께 합창하던가
숯덩이처럼 검게 타버리고
잿더미와 함께 사라지던가

그대는
새벽을 출발하여
폐허를 가로질러

황혼을 만나보았는가
황혼의 언덕에서 그대는
무엇을 보았는가
난파선의 침몰을 보았는가
승천하는 불기둥을 보았는가
침몰과 불기둥은 무엇을 닮고 있던가
꽃을 닮고 있던가
피를 닮고 있던가
죽음을 닮고 있던가
그대는
황혼의 언덕을 내려오다
폐허를 가로질러 또 하나의
새벽을 기다려보았는가 그때
동천에서 태양이 타오르자
서천으로 사라지는 달을 보았는가
죽어버린 별
죽으러 가는 별
죽음을 기다리는 별
그대는 달과 별의 부활을 위해
새벽의 언덕에서 기도를 드려보았는가

그대는 겨울을
겨울답게 살아보았는가

24

그대는 봄다운
봄을 맞이하여보았는가
겨울은 어떻게 피를 흘리고
동토(凍土)를 녹이던가
봄은 어떻게 폐허에서
꽃을 키우던가 겨울과
봄의 중턱에서
보리는 무엇을 위해 이마를 맞대고
눈 속에서 속삭이던가
보리는 왜 밟아줘야 더
팔팔하게 솟아나던가
잡초는 어떻게 뿌리를 박고
박토에서 군거(群居)하던가
찔레꽃은 어떻게 바위를 뚫고
가시처럼 번식하던가
곰팡이는 왜 암실에서 생명을 키우며
누룩처럼 몰래몰래 번성하던가
죽순은 땅속에서 무엇을 준비하던가
뱀과 함께 하늘을 찌르려고
죽창을 깎고 있던가

아는가 그대는
봄을 잉태한 겨울밤의

진통이 얼마나 끈질긴가를
그대는 아는가
육신이 어떻게 피를 흘리고
영혼이 어떻게 꽃을 키우고
육신과 영혼이 어떻게 만나
꽃과 함께 피와 함께 합창하는가를

꽃이여 피여
피여 꽃이여
꽃 속에 피가 흐른다
핏속에 꽃이 보인다
꽃 속에 육신이 보인다
핏속에 영혼이 흐른다
꽃이다 피다
피다 꽃이다
그것이다!

그들은 누구와 함께 자고 있는가

그들은 누구와 함께 자고 있는가
달과 함께 별처럼 자고 있는가
바람과 함께 문풍지처럼 자고 있는가
윗목에서 하품이나 하는 요강과 함께 자고 있는가

그들은 누구와 함께 자고 있는가
부러진 다리 수수밭의
병아리와 함께 자고 있는가
빈 독을 엿보고 문턱을 갉는
쥐새끼와 함께 자고 있는가
엿장수 가위 소리에 눌린
고무신짝과 함께 자고 있는가
파리와 함께 모기와 자고 있는가

내가 그들을 본 것은 장날이었다
개똥비누 하나에서 단돈
일원을 깎아내리려고 그들은
장바닥을 온통 뒤지고 장거리의 풀빵
타는 냄새에 군침만 흘리는 내가
그들을 본 것은 국도 연변
술 파는 담배가게였다 그들은
은하수 아래 청자 밑의 새마을에
눌린 한봉지 풍년초를 사내려고

별의별 수작을 다 떨었다
빈손으로 술잔이나 비워주기도 하고
쓸쓸한 소주잔에 없는 미소 지어 뵈기도 하고
곰보딱지 주모를 꼬시기도 하고

내가 그들을 본 것은 툇마루였다
툇마루에 놓인 밥상 위의 툭사발
속의 둥둥둥 떠오른 멸치
고기를 낚으려고 가로세로 다투는
네개의 젓가락

아 그들은 누구와 함께 자고 있는가
뒤룩뒤룩 배불러터진
거머리와 함께 자고 있는가
대창에 찔린 개구리
피와 함께 자고 있는가 고달프고
애절한 사랑과 함께 자고 있는가

진혼가

1

총구가 내 머리숲을 헤치는 순간
나의 신념은 혀가 되었다
허공에서 허공에서 헐떡거렸다
똥개가 되라면 기꺼이 똥개가 되어
당신의 똥구멍이라도 싹싹 핥아주겠노라
혓바닥을 내밀었다

나의 싸움은 허리가 되었다
당신의 배꼽에서 구부러졌다
노예가 되라면 기꺼이 노예가 되겠노라
당신의 발밑에서 무릎을 꿇었다

나의 신념 나의 싸움은 미궁이 되어
심연으로 떨어졌다
삽살개가 되라면 기꺼이 삽살개가 되어
당신의 발가락이라도 핥아주겠노라

더이상 나의 육신을 학대 말라고
하찮은 것이지만
육신은 유일한 나의 확실성이라고
나는 혓바닥을 내밀었다
나는 무릎을 꿇었다

나는 손발을 비볐다

  2
나는 지금 쓰고 있다
벽에 갇혀 쓰고 있다
여러 골이 쑥밭이 된 것도
여러 집이 발칵 뒤집힌 것도
서투른 나의 싸움 탓이라고
사랑했다는 탓으로 애인이 불려다니는 것도
숨겨줬다는 탓으로 친구가 직장을 잃은 것도
어설픈 나의 신념 탓이라고
모두가 모든 것이 나 때문이라고
나는 지금 쓰고 있다
주먹밥 위에
주먹밥에 떨어지는 눈물 위에
환기통 위에 뺑끼통 위에
식구통 위에 감시통 위에
마룻바닥에 벽에 천장에 쓰고 있다
손가락이 부르트도록 쓰고 있다
발가락이 닳아지도록 쓰고 있다
혓바닥이 쓰라리도록 쓰고 있다

공포야말로 인간의 본성을 캐는 가장 좋은 무기이다라고

3
참기로 했다
어설픈 나의 신념 서투른 나의 싸움은 참기로 했다
신념이 피를 닮고
싸움이 불을 닮고
자유가 피 같은 불 같은 꽃을 닮고 있다는 것을 알 때까지는
온몸으로 온몸으로 죽음을 포옹할 수 있을 때까지는
칼자루를 잡는 행복으로 자유를 잡을 수 있을 때까지는
참기로 했다

어설픈 나의 신념
서투른 나의 싸움
신념아 싸움아 너는 참아라

신념이 바위의 얼굴을 닮을 때까지는
싸움이 철의 무기로 달구어질 때까지는

비

어떤 비는 난데없이 왔다가
겨울 속의 꿈을 앗아가지만
봄비는 나물 캐는 소녀의 까칠한
손등을 보드랍게 적시지 않는다

어떤 비는 폭군처럼 왔다가
들판을 마구 휩쓸어가지만
여름비는 두레질하는 농부의 금 간
논바닥을 다물게 하지 않는다

어떤 비는 살며시 왔다가
채전을 촉촉이 적시어주지만
가을비는 김장하는 아낙네의 벌어진
손바닥을 아물게 하지 않는다

어떤 비는 당돌하게 왔다가
젊은 날의 언덕을 망가뜨려놓지만
비의 계절에 미쳐버린 나의
영혼을 어루만져주지 않는다

헛소리

동전만 한 달걀이 장거리를 헤맨다
바위를 만나 아우성과 함께 박살난다

푸념과 넋두리가 밑 빠진 술통을 가득 채운다
바위를 만나 한숨과 함께 거꾸러진다

깨알만 한 잔소리가 부엌에서 행복하다
바위를 만나 뿔뿔이 흩어진다

쥐꼬리만 한 불평이 발가락 새로 빠져나간다
바위를 만나 바위틈에 갇힌다

아이의 울음소리가 행길에서 엎어진다
바위를 만나 돌아오지 않는 메아리가 된다

장작을 패듯 내리치는
도끼가 있다 앞산
이마를 쩡쩡 울리고 반향은
분노가 되어 발등에서 부서진다

둔탁한 새벽이 새벽의
골짜기가 물살 지어 갈라진다

참말 같은 헛소리가 허공을 맴돈다
바위를 만나 바위를 덮고 울어버린다

동물원에서

1

그 사람 아는 분이세요
그 사람이라니
호랑이 앞에서 굽신굽신 절한 사람
응 그 사람 아는 분이여
그 사람 왜 그럴까요
둘 중 하나겠지 이를테면
먹고 싶은 것을 먹지 못한다든지
먹어선 안될 것을 먹었다든지
하고 싶은 일을 하지 못한다든지
하여선 안될 일을 하였다든지
그런 말이 어딨어요
그런 세상인걸 뭐

2

그 사람이 그 사람이군요
응 그 사람이 그 사람이여
우리 생활은 어떠했대요
우리? 우리가 우리고 우리가 우리라고
그런 말이 어딨어요
그런 세상인걸 뭐 이를테면

우리는 우리 아닌 곳과 닮아가고 있다고
우리 아닌 곳에 보이지 않는 우리가 있듯이

우리 안에도 보이지 않는 우리가 있다고
우리 안에 눈에 뵈는 공포가 있듯이
우리 아닌 곳에도 눈에 뵈는 공포가 있다고
우리 아닌 곳에 우리의 질문이 감금되어 있듯이
우리 안에도 다문 입이라야 주먹밥이 들어온다고
우리 안에 우리를 쏘아보는 날카로운 눈초리가 있듯이
우리 아닌 곳에도 우리를 쫓는 날개 돋친 그림자가 있다고
우리 아닌 곳에 우리를 홀리는 달콤한 말이 있듯이
우리 안에도 우리를 유혹하는 파라다이스의 전향이 있다고
우리 안에 소문이 창틀에서 날개짓을 치듯이
우리 아닌 곳에도 비어(蜚語)가 유령처럼 배회하고 있다고
우리 아닌 곳에 껍데기가 판을 치고 있듯이
우리 안에도 악화(惡貨)가 주먹을 휘두르고 있다고 이를테면
16일 이전의 우리 생활이 생활인 것처럼
17일 이후의 우리 생활도 생활이라고

   3
그 사람 지금은 뭣 하고 있다요
생활 연습 생활 적응 연습하고 있대
아내는 호랑이로 분(扮)하고
호령을 하고
남편은 고양이로 분하고
호령을 받고

36

불

불이 아니면 안된다고 자못
핏대를 올리는 녀석들이 있다
놈들을 조심하라 그들은 적당한
아주 적당한 간격을 두고
불 앞에서 불과 타협한다

불을 노래하는 녀석들이 있다
놈들의 주둥이를 비틀어라 그들의 눈은
사슬에 묶인 시인의 간과 닮고 있지 않다

날개도 없는 주제에
불을 버리고 산을 넘는 녀석들이 있다
놈들을 쏘아라 농부가 논둑에
말뚝을 박듯 그렇게 다부지게
불기둥을 박고 그들을 쏘아라
고무로 만든 새총으로도 떨어뜨릴 수 있다

불의 위선자들 가련한 휴머니스트여
머리 덜 깬 친구여 오 불행한 천사여
제발 좀 순조로워라 열기 속에서
타오르는 시인의 가슴속에서
불은 산이 되어 너를 기다린다
불은 바위가 되어 너를 기다린다

불은 거꾸로 걷는 활자가 되어 너를 기다린다
불은 비뚤어진 꽃잎이 되어 너를 기다린다
불은 불결한 나체가 되어 너를 기다린다
불은 노동자의 절단난 팔이 되어 너를 기다린다
불은 농군의 굶주린 얼굴이 되어 너를 기다린다
불은 겨울의 이빨이 되어 너를 기다린다
불은 약탈이 되어 너를 기다린다
불은 끝나지 않는 고난이 되어
죽음으로써만이 끝장이 나는
신화(神話)가 되어 너를 기다린다

부메랑

한 손을 들면
두 손으로 터진다
두 손을 들면
대갈통이 날아간다

        한 발을 디디면
        두 발로 밟힌다
        두 발을 떼면
        전신이 날아간다

두 손으로 치면
한 발로 비틀댄다
치면 칠수록
꿋꿋이 일어선다

        두 발로 밟으면
        한 몸으로 바둥댄다
        밟으면 밟을수록
        동강으로 꿈틀거린다

희한한 일이다
사람도 아닌 벌레가……
생물도 아닌 무생물이……
정말 희한한 일이다

우습지 않느냐

우습지 않느냐 덕종아
너의 형이 우습지 않느냐
대학까지 구경하고 그도 모자라
감옥까지 구경하고 이제는 돌아와
탄식이 되어버린 고질
푸념도 고질이요 넋두리도 고질
생활까지 탄식이 되어버린
얼씨구! 너의 형이 우습지 않느냐
돈이라면 반가운 줄이나 알았지
애타도록 기다릴 줄 모르는 주제에
돈벌이를 한답시고 담배를 빨아대며
궁리를 짜고 있는 내가 우습지 않느냐
새끼가 한바퀴에 이백원이면
작은 돈이 아니라고 하루마다
세바퀴를 꼴 양이면 천원을 벌고
열흘이면 만원이요 한달이면 삼만원
웬만한 월급쟁이는 저리 가라고
손가락을 꼬부려 생활을 계산하는
너의 형이 우습지 않느냐

우습지 않느냐 덕종아
새벽부터 일어나 짚을 추리고
휘파람을 불어대며 장단 맞추며

돈이 돈다 돈이 돈다 돈을 굴리는
너의 형이 우습지 않느냐

아우를 위하여

없는 놈은 농자금도 못 타 쓴다더냐
있는 놈만 솔솔 빼주기냐
조합장 멱살을 거머쥐고
면상을 후려치던 아우야

식구마다 논밭 팔아
대학까지 갈쳐논께
들쑥날쑥 경찰이나 불러들이고
허구한 날 방구석에 처박혀
그 알량한 글이나 나부랑거리면
뭣한디요 뭣한디요 뭣한디요
터져 분통이 터져 집에까지 돌아와
내 얄팍한 귀창을 찢었던 아우야
내 사랑하는 아우야

오늘밤과 같이
눈앞이 캄캄한 밤에는
시라도 써야겠다
쌓이고 맺힌 서러움
주먹으로 터지는 네 분노를 위하여
고이고 고인 답답함
가슴으로 터지는 네 사랑을 위하여
차마 바로는 보지 못하고

밥상 너머로 훔쳐보아야만 했던
내 눈 속 네 얼굴을 위하여
시라도 써야겠다
그 알량한 시라도 써야겠다
오늘밤과 같이
눈앞이 아찔한 밤에는

달도 부끄러워

차마 부끄러워
밤으로 찾아든 고향
달도 부끄러워 숨어버렸나
보이는 것은 어둠뿐
들판도 그대로 어둠으로 깔리고
어둠으로 보이는 것은 농민의
농민에 의한 농민을 위한
허수아비뿐이다

차마 부끄러워
어둠으로 기어든 마을
똥개도 부끄러워 짖지를 않나
길은 넓혀졌지만 지붕도 벗겨졌지만
개똥불처럼 전깃불도 가물거리지만
원귀처럼 소소리처럼 들리는 한숨
소리 껍데기뿐이다

차마 부끄러워
도둑처럼 밀어 여는 사립문
고양이도 부끄러워 엿보지 않나
텅 빈 마당이 허전하고
텅 빈 마구간이 허전하고
발길에 밟히는 것은 소스라치게 놀라
달아나는 쥐새끼뿐이다

추곡(秋穀)

이문 없이 까다로운
정부수매 추곡매상
땡땡볕도 아닌 볕에
축축한 것 말리자니
하룻볕은 턱도 없고
사나흘볕 가을볕에
널고 담고 말려봐도
깡깡하게 안 마른다

깡깡하게 말린 나락
채로 치고 풍로로 쳐
주겅 없이 먼지 없이
깨끔하게 손질하여
가마니에 담고 담아
새끼줄로 꽁꽁 묶어
올라갔다 내려갔다
저울대로 근수 뜬다

근수 떠서 끝낸 가마
차곡차곡 쟁여놓고
무릎 꿇고 지게 받쳐
나락 지고 가을 지고
고개 넘어 들판 건너

신작로에 다다라서
읍내에서 마중 나올
말구루마 기다린다

말구루마 오자마자
인명보다 귀한 곡식
다짜고짜 던져 싣고
농부 태워 옆에 끼고
오르막길 언덕길을
꾸역꾸역 기어가다
내리받이 트인 길을
신명나게 내달린다

누가 있어 알아주랴
북적대는 공판장엔
웅성대고 엇갈리는
소리마다 한숨 소리
누가 있어 알아주랴

다짜고짜 쿡쿡 찔러
대창으로 쇠창으로
여기저기 찔러놓고
나락 색깔 곱지 않다

쭉정이가 섞여 있다
가마니가 너무 헐다
새끼줄이 퉁퉁하다

퇴짜로다 등외로다
기껏해야 삼등이다
일등품은 하늘의 별
이등품은 가뭄의 콩
퇴짜로다 등외로다
기껏해야 삼등이다

잔소리

첫날은 산림계 직원이 나오지요
부엌을 기웃거리고 헛간과 마구간을
샅샅이 마당귀를 엿보고 뒤지고
색출한 것은 장부에 오르지요
갈퀴나무가 오르고 타다 남은
등걸나무가 오르고 솔가지가 오르고
후들후들 벌금과 징역이 떨어지고
완전히 촌놈 겁주기죠

솥단지는 뭘 먹고 불 없는
겨울은 어떻게 나냐구요
지붕 개량하라는 거죠 썩은새가 나오지 않냐 이거죠
아궁이 개량하라는 거죠 석유도 있지 않냐 이거죠

다음 날은 조합 직원이 나오지요
할당된 나락 왜 안 내냐
내놀 나락 없응께 못 내논다
평수 보고 쟀는데 없단 말이 웬 말이냐
없응께 없닥 한다 있는 나락 안 내놓냐
이 양반 침도 안 바르고 거짓이냐
똥 발라도 거짓말은 못하는 성미다

다음다음 날은 산림계와 조합이 한꺼번에 몰려들지요

이리 사알살 긁어주고 저리 사알살 만져주고
잘 봐준다 못 봐준다 누님 좋고 매부 좋고
척 보면 똥이고 된장이라
눈치 하나야 촌놈이 빠르지요

사실 농부들은 꺼려하지요
이문도 이문이지만 정부수매 추곡매상
오복나게 까다롭고 우선 말려야 하는데
깡깡하게 말려야 하는데 이빨 새로 깨물어 톡톡 소리 나게 말려야
하는데
가을볕 하룻볕은 턱도 안 닿고
사나흘볕 땡볕에 쬐야 톡톡 톡톡톡 으깨지는 소리가 납니다
그나 그뿐인가요 채로 부쳐 풍로 부쳐 두번 세번 부쳐야 하고
꺼시락 하나 먼지 하나 없이 깨끔하게 부쳐야 하고

어떤 줄 아세요 검사 맡으러 가면?
찔러댑니다 다짜고짜 쿡쿡 대창으로
가마니를 쑤셔댑니다 나락
색깔이 곱지 않다 가마니가 헐었다 새끼줄이 퉁퉁하다
별의별 트집을 다 잡고 저울질합니다
어쩌다 근수가 모자라면 당장에 퇴짜
낙동강 오리알 떨어지듯 톡 떨어집니다
일등은 하늘의 별 따깁니다

이등은 가뭄에 콩 나깁니다
삼등이 하나씩 떨어지고 태반이
등외품 이맘때면 공장 문도 닫아버립니다
공장에다 못 내도록
수매 실적 올리려고

솔직히 말해서 나는

솔직히 말해서 나는
아무것도 아닌지 몰라
단 한방에 떨어지고 마는
모기인지도 몰라 파리인지도 몰라
뱅글뱅글 돌다 스러지고 마는
그 목숨인지도 몰라
누군가 말하듯 나는
가련한 놈 그 신세인지도 몰라
아 그러나 그러나 나는
꽃잎인지도 몰라라 꽃잎인지도
피기가 무섭게 싹둑 잘리고
바람에 맞아 갈라지고 터지고
피투성이로 문드러진
꽃잎인지도 몰라라 기어코
기다려 봄을 기다려
피어나고야 말 꽃인지도 몰라라

그래
솔직히 말해서 나는
별것이 아닌지 몰라
열개나 되는 발가락으로
열개나 되는 손가락으로
날뛰고 허우적거리다

허구한 날 술병과 함께 쓰러지고 마는
그 주정인지도 몰라
누군가 말하듯
병신 같은 놈 그 투정인지도 몰라
아 그러나 그러나 나는
강물인지도 몰라라 강물인지도
눈물로 눈물로 눈물로 출렁이는
강물인지도 몰라라 강물 위에 떨어진
불빛인지도 몰라라 기어코
어둠을 사르고야 말 불빛인지도
그 노래인지도 몰라라

눈을 모아 창살에 뿌려도

지하의 시간이다
눈을 모아 창살에 뿌려도
그리움의 햇살 빛나지 않고
귀를 모아 벽에 세워도
그리움의 노래 담을 수 없다

이제
어둠이 너의 세계다
너의 장소 너의 출발이다
너는 지금
죽음으로 넘어가는
삶의 절정에 서 있다
떠나버린 과거를 향해
고개를 돌려서는 안된다
예측할 수 없는 내일을 두고
사지를 움츠려서는 안된다
기다려야 한다, 꺼져가는
마지막 불씨를 부둥켜안고
너의 참음으로 기다리게 해야 한다

오 지하의 시간이여 표독한
야수의 발톱에 떨어진
살점이여 살점으로 뒹구는

육신이여 영혼이여
죽어서는 안된다
살아남아야 한다
살아서 이 어둠을
불살라버려야 한다

한입의 아우성으로

된서리
모진 바람에 실려
돌아온 친구
고개 들어 환한 눈으로는
차마 바라볼 수가 없구나
빈 가슴 떨리는 팔로는
안을 수가 없구나

갈라진 입술
뭉개져내린 콧날
허물어진 육신이여
누구더냐
너를 이토록 만든 자
그 누구더냐

부릅뜬 눈
한입의 아우성으로 일어나
잃어버린 장소를 찾아
세월과 장소를 잃어버린
입술을 찾아 목소리를 찾아
다시 떠나는 친구
맨주먹 빈손으로는
말릴 수도 없구나
뭐라 말할 수도 없구나

어둠속에서

이 한밤
컴컴한 바닥 누군가
지상의 거리거리마다
금지의 팻말을 박아놓고
죄악의 씨를 뿌려놓고
시치미를 떼고 앉아 있을 때
누군가 누구의 원칙에 따라
권모와 술수의 원칙에 따라
세상 모든 불평불만을
밤의 창살에 쑤셔넣고
턱으로 판관을 부리고 있을 때

아, 누가 아랑곳이나 하랴마는
그래도 누가 있어
뜬 눈이 있어 볼 수라도 있다면
누군가 침묵을 떠나
뿌려진 그 씨앗을 파헤쳐
더럽혀진 손으로
짓눌린 하늘을 찢고 있다는 것을
볼 수라도 있다면
누군가 누구의 원칙에 따라
자유와 정의의 원칙에 따라
진실을 말해놓고

잠자리에서 편할 수 없어
바람으로 빠져나와
꽁무니에 감시의 눈총을 달고
화살에 쫓기는 과녁으로
필사의 죽음으로
신새벽을 알리는 숨소리
거친 숨소리를 들을 수라도 있다면
듣는 귀라도 있다면

아버지

망할 자식 몹쓸 자식은
폐허 질러 가로질러
갈 곳으로 가버렸는데
똥값보다 못한 곡식
등지고 가버렸는데
나오자마자 또다시
나오기가 무섭게 가야 할 곳
갈 곳으로 뒷걸음질치며 가버렸는데

아비야
땅을 쳐
가슴팍 치고
하늘 보면 뭣한다냐
발만 동동 구르면 뭣한다냐

남의 자석들은
중핵교만 나오고도
맨써기 군써기 착착 해묵고
콩 심어 팥 심어라
통일벼에 줄모 심어
큰소리 떵떵 치는데
팔 뻗어 턱 밑으로
삿대질 팡팡 해쌓는디

아비야
확확 숨통 터지는
논바닥을 기다니면
보람도 없이 뽁뽁
논바닥을 허물면 뭣한다냐

편지 1

산길로 접어드는
양복쟁이만 보아도
혹시나 산감이 아닐까
혹시나 면직원이 아닐까
가슴 조이시던 어머니
헛간이며 부엌엔들
청솔가지 한 가지 보이는 게 없을까
허둥대시던 어머니
빈 항아리엔들 혹시나
술이 차지 않았을까
허리 굽혀 코 박고
없는 냄새 술 냄새 맡으시던 어머니

늦가을 어느 해
추곡수매 퇴짜 맞고
빈속으로 돌아오시는 아버지 앞에
밥상을 놓으시며 우시던 어머니
순사 한나 나고
산감 한나 나고
면서기 한나 나고
한 집안에 세사람만 나면
웬만한 바람엔들 문풍지가 울까부냐
아버지 푸념 앞에 고개 떨구시고

잡혀간 아들 생각에
다시 우셨다던 어머니

동구 밖 어귀에서
오토바이 소리만 나도
혹시나 또 누구 잡아가지나 않을까
머리끝 곤두세워 먼 산
마른하늘밖에 쳐다볼 줄 모르시던

어머니 어머니 어머니
다시는 동구 밖을 나서지 마세요
수수떡 옷가지 보자기에 싸들고
다시는 신작로 가엘랑 나서지 마세요
끌려간 아들의 서울
꿈에라도 못 보시면 한시라도 못 살세라
먼 길 팍팍한 길
다시는 나서지 마세요
허기진 들판 숨 가쁜 골짜기 어머니
시름의 바다 건너 선창가 정거장엘랑
다시는 나오지 마세요 어머니

영역

내 가는 길은
오르막길도 내리막길도 아닌
평탄한 길인데 보통날의
평범한 길인데 당연히
만나야 할 사람을 당연히
만나기 위해 당연히
만나야 할 길을 걷고 있는데
당돌하게도 나는 으슥한 곳에서
엉뚱한 사람을 만나고 만다
지난여름 나의
팔과 다리 늑골의 사상을
신나게 다루었던 사람
그는 인사깔이 대단한가?
어머니가 되어 조석(朝夕)을 걱정하고
낮밥을 사고 친구가 되어
술을 권하고 담배까지 사주고
아내가 되어 잠자리를 다 걱정하고
나라가 되어 장래를 걱정하고
눈앞에서
빛의 영역이 좁혀지면서
그림자의 영역이 나의
목덜미를 조여오고 있다

빈사(瀕死)의 달

끝나는 곳에
밤으로 출발하여
새벽을 향해 달리는
저 기적 소리가 끝나는 곳에
폐수로 고이는 강이 있고
그 강물이 끝나는 곳에
인고의 세월 실개천이 흐르고
서럽게 서럽게 흐르고
그 실개천이 끝나는 곳에
다시 밤으로 흐르는 바다가 있고
그 바다가 끝나는 곳에
지난겨울 약간의 가을을 이고
건넛마을 죽도로 시집을 간
내 사랑하는 누이의 말라
비틀어진 젖꼭지가 있고
그 젖꼭지에 달겨붙어 악을 쓰는
어린것의 울음소리가 있고
그 울음소리가 끝나는 곳에
그 울음소리가 끝나는 곳에
텅 빈 그물을 한숨으로 채우는
어부의 달이 있고
빈사의 달이 있고

노래

이 두메는 날라와 더불어
꽃이 되자 하네 꽃이
피어 눈물로 고여 발등에서 갈라지는
녹두꽃이 되자 하네

이 산골은 날라와 더불어
새가 되자 하네 새가
아랫녘 윗녘에서 울어예는
파랑새가 되자 하네

이 들판은 날라와 더불어
불이 되자 하네 불이
타는 들녘 어둠을 사르는
들불이 되자 하네

되자 하네 되고자 하네
다시 한번 이 고을은

반란이 되자 하네
청송녹죽(靑松綠竹) 가슴으로 꽂히는
죽창이 되자 하네 죽창이

* 농부들과 더불어 나아가 일하고 피와 땀과 눈물을 나눠 흘리다보면 노래라
는 것이 절로 나오지 않겠느냐 하는 제법 대단한 각오에서 시골로 내려왔
다. 마을 사람들은 서투른 솜씨로 모를 심고 나락을 베고 지게질을 하니 신
통하기도 하고 짠하다는 표정들이었다. 나 역시 좀 멋쩍은 느낌이 들었다.
　　그러나 한 일년 남짓 이들과 섞여 살을 부비며 얘기를 주고받는 가운데
이젠 정도 들고 서먹함도 가셔서 요즘은 농부들 측에서 오히려 내가 이곳
에 온 것이 당연한 일로 생각할 정도이다. 즐거운 일이 아닐 수 없다.

고구마 똥

가을을 끝낸 내 얼굴은
부황 뜬 빛깔의 누룩이다
서울을 바라보는 내 눈깔은
어물전의 썩은 동태눈이다
그리고 보따리를 쥔 내 손은
짝짝 벌어진 가뭄의 논바닥

누가 아랑곳이나 하랴
누가 있어 아랑곳이나 해주랴

그래도 누가 있어 허구많은 사람들
서울에도 내가 있어 순한 마음이 있어
건성으로나마 물어온다면
어떻게들 사느냐고 물어온다면
나는 무어라고 할까
부끄러워 뭐라고 할까

밤 별이 곱더라고 수다를 떨까
달빛이 밝더라고 수줍어할까
에래기! 고자질이나 해볼까
못산 집구석은 조상 대대로 못살고
잘산 놈도 거기가 거기더라고
천국은 부잣집 툇마루의 텔레비전에서 놀아나고

번영은 새마을회관 스피커에서 울더라고
허허 두 마을이 어울려 한데 어울려
한마리 돼지 새끼를 잡아놓고
해치우지 못하더라고 쩔쩔매더라고
그런데 또 이것은 무슨 해괴망측한 것이냐!
사먹을 만한 것은 안 사먹고
깨알 같은 새알 같은 돈이 아까워 안 사먹고
논바닥은커녕 밭뙈기 하나 없는
찢어진 똥구녕들만 한근 두근 사간다니
평상시에 못 먹으니 간혹가다
목줄기에 때라도 벗겨야
배창시에 기름기라도 발라야
내일은 또 품삯 일을 할 수 있다고
허허 우스워 하도 우스워
눈물이 괜시리 눈물이 나더라고
못난이 같은 소리나 해볼까

뭐라 할까 뭐라고 할까
제 잘난 재미로 사는 게 인생이라던데
자꾸자꾸 물어온다면
심심풀이 한눈팔며 물어온다면……

저녁에 오른 밥상이

아침에 올랐던 밥상 같고
작년에 절인 꼴뚜기젓이
금년에 담근 갓동지 같고
평생을 살아 죽도록 일해
그 팔자가 그 팔자라고
투가리나 놓을까 모른다고
모른다고 어쩌면 모른다고
마당에 그득한 것은 썩은 두엄뿐인데
오는 가을과 함께 돌을 파헤쳐
씨 뿌리는 재미로 사는지도 모른다고
봄바람에 치마폭 날리며
나물 캐는 앙가슴으로 사는지도 모른다고
여름으로 불볕으로 논바닥으로
뽁뽁 기어다니는 두더지로 사는지도 모른다고
산들바람 등성이로 먼 고개로
친정집이 그리워 손등 치는 호미로 사는지도 모른다고
바람으로 휘파람 밤낮으로 새끼 꼬며
신소리 까는 재미로 사는지도 모른다고
동지섣달 긴긴 밤 앞집 처녀 뒷집 총각
흉보는 재미로 사는지도 모른다고
아 모른다고 모른다고 어쩌면
고구마 캐는 재미로 사는지도 모른다고
어떤 놈은 큼직한 것이

댈롱댈롱 마구간 황소 붕알 같고
어떤 놈은 넓죽한 것이
샛골댁 손주 놈 낯바닥 같고
언듯 보아 빵긋 벌어진 폼이
골짜기의 탐스런 ○ 같고
이리 뒹굴 저리 뒹굴 뒤집어보아
낙락장송 솔밭에 매어놓은 말좆 같고
어떤 놈은 주렁주렁 매달린 꼬락서니가
골아실댁 새끼들의 대가리 같고
쑤세미 같고 부스럼 딱지 같고
아 겨울 내내 고구마로 때우며
똥이나마 미끈하게 쌓아올리는 재미로 사는지도 몰라
모락모락 피어오르는 김 냄새나 맡아가며
한겨울 뜨뜻하게 넘기는 재미로 사는지도 몰라라

하하 저기다 저기

창부의 자식은
시궁창에 살고
새벽에 죽기 위해
밤으로 태어난다

개의 자식은
아궁이에서 자고
문간에서 죽기 위해
주인의 재산을 지킨다

나는 나의 애비는
어디서 솟아나
어떻게 살고
무엇을 위해 죽어가는가

하하 저기다 저기
빈궁으로 돋아난 달이
모기에 뜯기다가
가뭄의 방죽으로 빠진 곳은

팔딱팔딱 뛰면서 반항은 하지만
이제 제법 쓸모있는 하인
개구리가 사지를 쭉 뻗어버린 곳은
하하 저기다 저기

여자는

억세게 다뤘어야 했는데
불을 훔치듯 입술을 훔쳤어야 했는데
허벅지라도 압박해줬어야 했는데
다부지게 박아줬어야 했는데
엄살만 잔뜩 부렸기에 혓바닥으로
간지럼만 콕콕 먹였기에 펜촉으로

떠나버렸어 폭탄을 던지듯
던져버리고 꺼져버렸어 진정한
용기가 만용으로 통하는 거리에선
만용이야말로 미의 원천이라고
파괴는 박해자를 향해 최초로
봉기하는 자를 기다리고 있다고
Yes냐 No냐 그것 내 멋대로라고
그러나 어느 쪽이건 분명히 하라고
모름지기 산이 되라고 바위가 되라고
사내가 되어 죽음이 되라고 결코
바람개비가 되지 말라고
만용과 파괴 이것이야말로 우리를
우리의 사랑을 결속시켜주는
가장 좋은 선물이라고

폭탄을 던지듯 던져버리고
꺼져버렸어 여자는

그들의 죽음은 지나간 추억이 아니다

그대가 끝내지 못한, 그것이 그대를 위대하게 하리라
——괴테

눈이 내린다
하얀 눈이 내린다
눈 위에 눈이 내리고
눈 위에 눈이 내리고
발밑까지 발목까지 내리고
길가의 솔밭의 무덤가에 내리고
하염없이 내리고

그러나 그들의 죽음은
지나간 추억이 아니다
그러나 그들의 죽음은
부질없는 눈물이 아니다
그들은 오로지
굶주림의 한계를 알고 싶었을 뿐
그들은 오로지
어둠의 깊이를 보고 싶었을 뿐
결코 죽음으로 간 것은 아니다
결코 죽음으로 간 것은 아니다
그렇듯이 모든 것이 혁명도 그렇듯이
한 나무의 열매가
한 종자의 묻힘에서 비롯되듯이

그들의 죽음 또한
그들의 죽음 또한
한 나무의 열매를 위하여
하나의 씨앗이 되고자 했을 뿐
한 나무의 생명을 키워주는
재가 되고 거름이 되고자 했을 뿐
한 나무의 성장을 지속시켜주는
피가 되고 살이 되고자 했을 뿐

뿌리가 되고자 했을 뿐

그렇다
그들의 분신(焚身)은
존재로 향한 모험이었고
그들의 할복(割腹)은
칼로 깎아 세운 자유의 성채였다

중세사

바로 걷는 자를 가장 쉽게 가장 빨리
모조리 때려눕히기 위해 모든 사람을
거꾸로 걷게 할 수는 없을까

그리하여 교황은
이단 적발의 가장 효과적인 수단의 하나로 신앙 칙령을 내렸다
각지에 이단 심문소가 설치되고
칙령은 전 주민을 이단 심문에 동원
모든 사람이 밀고자가 되길 요구했다
주민 중 이단인 줄 알면서 밀고하지 않는 자는
그 또한 이단으로 몰렸고 밀고한 자는 금품과 면죄부를 주었다
아무튼 이단을 적발하고 올바른 신앙을 억누르기 위해선
어떤 수단 허위도 기만도 공갈도 협박도 가리지 않았으며
탄압에 도움이 된다면 기적이나 미명
또다른 구실을 만들어내는 데 거리낌이 없었다
결국 칙령의 목적은 신앙의 자유를 박탈하고
전 주민을 굴복시키고 그 지력(知力)을 마비시켜서
맹목적인 복종을 강요하는 위압적이고 교활한 수법으로써
몰락하여가는 교황권을 끝까지 붙들어보자는 데 있었다

이단자는 모두 공권이 박탈되었다 투옥되었다
이단을 취소하지 않는 자는 분형(焚刑)당했다
취소한 자라도 사실상 공직생활은 불가능하였고

이단자의 가족 중 공직자는 은밀히 쫓겨났다
이른바 형식적인 이단 재판소가 있었으나
검사라는 작자는 판사 노릇을 하였고
판사라는 작자는 검사의 하수인 격이었다

당시 저명한 성직자 조르다노 브루노는 이단 혐의를 받고
각지를 전전하다가 체포되어 마침내
로마에서 단죄받고 깜뽀 데 피오리에서 화형당했는데
그는 잿더미 위에서 자신의 신앙의 꽃을 피우기 위해
주민들로 하여금 장작더미를 쌓도록 했다 한다

나중에 그러니까
신앙의 자유를 찾았던 사람들은 당시의 암흑기를 회상하면서
세상이 '모세' '예수' '마호메트' 이 세 사기꾼에게 속았다고
독신(瀆神)적인 말을 퍼뜨리곤 했다 한다

황토현에 부치는 노래
녹두장군을 추모하면서

한 시대의
불행한 아들로 태어나
고독과 공포에 결코 굴하지 않았던 사람
암울한 시대 한가운데
말뚝처럼 횃불처럼 우뚝 서서
한 시대의 아픔을
온몸으로 한 몸으로 껴안고
피투성이로 싸웠던 사람
뒤따라오는 세대를 위하여
승리 없는 투쟁
어떤 불행 어떤 고통도
결코 두려워하지 않았던 사람
누구보다도 자기 시대를
가장 정열적으로 사랑하고
누구보다도 자기 시대를
가장 격정적으로 노래하고 싸우고
한 시대와 더불어 사라지는 데
기꺼이 동의했던 사람

우리는 그의 이름을
키가 작다 해서
녹두꽃이라 부르기도 하고
농민의 아버지라 부르기도 하고

76

동학농민혁명의 수령이라 해서
동도대장, 녹두장군
전봉준이라 부르기도 하니
보아다오, 이 사람을
거만하게 깎아 세운
그의 콧날이며 상투머리는
죽어서도 풀지 못할 원한, 원한
압제의 하늘을 가리키고 있지 않는가
죽어서도 감을 수 없는
저 부라린 눈동자, 눈동자는
구십년이 지난 오늘에도
불타는 도화선이 되어
아직도 어둠을 되쏘아보며
죽음에 항거하고 있지 않는가
탄환처럼 틀어박힌
캄캄한 이마의 벌판, 벌판
저 커다란 혹부리는
한 시대의 아픔을 말하고 있지 않는가
한 시대의 상처를 말하고 있지 않는가
한 시대의 절망을 말하고 있지 않는가

보아다오 보아다오
이 사람을 보아다오

이 민중의 지도자는
학정과 가렴주구에 시달린
만백성을 일으켜세워
눈을 뜨게 하고
손과 손을 맞잡게 하여
싸움의 주먹이 되게 하고
싸움의 팔이 되게 하고
소리와 소리를 합하게 하여
대지의 힘찬 목소리가 되게 하였다
그들 만백성들은
이 위대한 혁명가의 가르침으로
미처 알지 못한 사람들과
형제가 되었을 뿐만 아니라
새 세상을 겨냥한 동지가 되었을 뿐만 아니라
외롭고 가난한 사람들이
아직까지 한번도 맛보지 못한
자유를 알게 되었을 뿐만 아니라
적과 동지를 분간하여
민중의 해방을 위하여
전투에 가담할 줄 알게 되었으니

보아다오, 그들은
강자의 발밑에 무릎을 꿇고

자유를 위해 구걸 따위는 하지 않았다
보아다오, 그들은
부호의 담벼락을 서성거리며
밥을 위해 땅을 위해
걸식 따위는 하지 않았다
보아다오, 그들은
판관의 턱을 쳐다보며 정의를 위해
기도 따위는 하지 않았다
보아다오, 그들은
성단의 탁자 앞에 무릎을 꿇고
선을 구걸하지도 않았고
돈뭉치로 선을 사지도 않았다
보아다오, 그들은
이빨 빠진 사자가 되어
허공에 허공에 허공에 대고
허망하게 으르렁거리지 않았다
보아다오, 그들은
만인을 위해
땅과 밥과 자유의 정복자로서
승리를 위해 노래하고 싸웠다
대나무로 창을 깎아
죽창이라 불렀고 무기라 불렀고
괭이와 죽창과 돌멩이로 단결하여

탐학한 관리의 머리를 베고
양반과 부호의 다리를 꺾어
밥과 땅과 자유를 쟁취했다

보아다오, 보아다오
새로 태어난 이 민중을
이 민중의 강인한 투지를
굶주림과 추위와
투쟁 속에서 더욱 튼튼하게 단결된
이 용감한 조직을 보아다오
고통과 고통과의 결합
인간의 성채
죽음으로써만이 끝장이 나는
이 끊임없는 싸움, 싸움을 보아다오
밥과 땅과 자유
정의의 신성한 깃발을 치켜들고
유혈의 투쟁에 가담했던
저 동학농민의 횃불을 보아다오
압제와 수탈의 가면을 쓴
양반과 부호들의 강탈에 항쟁했던
저 1894년 갑오년
농민혁명의 함성을 들어다오
그리고 다시 우리 모두 이 사람을 보아다오

오늘도 우리와 함께 살아 있고
영구히 살아남을 이 사람을
녹두 전봉준 장군을 보아다오

제2부

이 가을에 나는

이 가을에 나는 푸른 옷의 수인이다
오라에 묶여 손목이 사슬에 묶여
또 다른 곳으로 끌려가는

어디로 가는 것일까 이번에는
전주옥일까 대전옥일까 아니면 대구옥일까

나를 태운 압송차가
낯익은 거리 산과 강을 끼고
들판 가운데를 달린다

아 내리고 싶다 여기서 차에서 내려
따가운 햇살 등에 받으며 저만큼에서
고추를 따고 있는 어머니의 밭으로 가고 싶다
아 내리고 싶다 여기서 차에서 내려
숫돌에 낫을 갈아 벼를 베고 있는 아버지의 논으로 가고 싶다
아 내리고 싶다 여기서 차에서 내려
염소에게 뿔싸움을 시키고 있는 아이들의 방죽가로 가고 싶다
가서 그들과 함께 나도 일하고 놀고 싶다
이 허리 이 손목에서 오라 풀고 사슬 풀고
발목이 시도록 들길 한번 나도 걷고 싶다
하늘 향해 두 팔 벌리고 논둑길 밭둑길을 내달리고 싶다
가다가 숨이 차면 아픈 다리 쉬었다 가고

가다가 목이 마르면 샘물에 갈증을 적시고
가다가 가다가 배라도 고프면
하늘로 웃자란 하얀 무를 뽑아 먹고
날 저물어 지치면 귀소의 새를 따라 나도 가고 싶다 나의 집으로

그러나 나를 태운 압송차는 멈춰주지를 않는다
내를 끼고 강을 건너 땅거미가 내리는 산기슭을 돈다
저 건넛마을에서는 저녁밥을 짓고 있는가 연기가 피어오르고
이 가을에 나는 푸른 옷의 수인이다
이 가을에 나는 푸른 옷의 수인이다

감옥에 와서

아 해방이다 살 것 같다 이제 죽어도 좋다!
허위로부터 위선으로부터
고문으로부터 공포로부터
60일간의 긴장으로부터 해방이다!

이제 남은 것은
남아서 기다리고 있는 것은
기계적으로 계산된 재판
죽음일지도 모른다

아무튼 좋다 일단 해방이다
마지막 순간까지 최선을 다하자

봄날에 철창에 기대어

봄이면 장다리밭에
흰나비 노랑나비 하늘하늘 날고
가을이면 섬돌에
귀뚜라미 우는 곳
어머니 나는 찾아갈 수 있어요
몸에서 이 손발에서 사슬 풀리면
눈을 감고도 찾아갈 수 있어요 우리 집

그래요 어머니
귀가 밝아 늘상
사립문 미는 소리에도 가슴이 철렁 내려앉고
목소리를 듣고서야 자식인 줄 알고
문을 열어주시고는 했던 어머니
사슬만 풀리면 이 몸에서 풀리기만 하면
한달음에 당도할 수 있어요 우리 집

장성 갈재를 넘어 영산강을 건너고
구름도 쉬어 넘는다는 영암이라 월출산 천왕 제일봉도
나비처럼 훨훨 날아 찾아갈 수 있어요
조그만 들창으로 온 하늘이 다 내다뵈는 우리 집

심야의 감방에서

심야의 감방에서 나는 깨어난다
"○○○ 민족해방투쟁 만세!"라고
외치는 소리에 소스라치게 놀라

나는 이내 듣는다
엇갈리고 내달리는 발자국 소리를
"어떤 놈이야 방금 만세 부른 놈이!"
"안 나와! 모조리 끌어내서 족칠 테야!"
간수들의 고함치는 소리를 듣는다

끌려가고 문 따는 소리와 함께 끌려가고
끌려가고 비명 소리와 함께 끌려가고
새벽까지 끌려가고 돌아와 나는
최후의 벽에 쓴다 피 묻은 입술에 손가락을 적셔
"동지의 단결 만세!"라고

그 방을 나오면서

내가 처음
시라는 것을 써본 것은
감옥에서였다
연필도 없고
종이도 없고
둘러보아 사방이 벽뿐인
그 벽에 하얀 벽에
나는 새겨놓았다
이빨로 손톱을 깨물어
피의 문자로 새겨놓았다

"이 벽은
나라 안팎의 자본가들이
제국주의자와 그 괴뢰들이
쌓아올렸다
남과 북을 가로막아 그들의 재산을 지키기 위해
놈들로 하여금 놈들의 손톱으로 하여금
이 벽을 허물게 하리라 언젠가는"
그 방을 나오면서 나는
그렇게 새겨놓았다
이빨로 손톱을 깨물어 피의 증오로

다시 그 방에 와서

제대로 팔다리를 뻗을 수 없는
0.7평짜리 이 방이
7년 전에 내가 1심에서
징역 2년을 받고 앉아 있을 때는
한 3년 도나 닦고 나갔으면 좋겠다 싶은
절간의 선방 같다고 생각했는데

펜도 없고 종이도 없고
책이라고는 달랑 예수쟁이들이 기증한
성경밖에 없었던 이 방이
그후 서너달 지나고 2심에서
집행유예를 받고 누워 있을 때는
하룻밤 느긋하게 묵고 가고 싶은
나그네의 역려 같다고 생각했는데

서른 넘은 나이로
15년 징역 보따리를 들쳐메고
다시 와 이 방에 앉아 생각해보니
이제는 무덤이구나!
생사람 죽어 살아야 하는

나의 이름은

나의 이름은
2164 붉은 딱지입니다
나이는
일제가 뒷문으로 쫓겨갈 때 어머니의 배 속에 있었고
미제가 앞문으로 쳐들어올 때 세상에 나왔습니다
소위 해방둥이입니다

어디 사냐구요?
광주시 문흥동 88-1이 나의 주소이고
2사 하 41이 나의 집이고 나의 방이고 나의 변소입니다

거기가 어디냐구요?
나의 시간 나의 장소는
해돋이의 낮도 없고 달과 별의 밤도 없는
동굴입니다 채 한평도 아니되는
나의 자유!? 그것은 24시간 감금입니다
아니 삼백예순날의 감금입니다
아니 오천사백칠십오일의 무덤인지도 모릅니다

나의 의(衣)는
푸른 옷 한별이 전부입니다
나의 식(食)은
찌그러진 양은그릇 세개가 전부입니다

나의 주(住)는
가마니때기 한장에 담요 한장이 전부입니다

나는 "아니됩니다"
옆방과 통방해서는 아니됩니다
오다가다 얼굴을 봐서도 아니됩니다
나는 아니됩니다
허가 없이 지정된 자리를 떠나서는 아니됩니다
나는 아니됩니다
허가 없이 눕거나 취침시간 외에 수면해서도 아니됩니다
나는 아니됩니다
허가 없이 종이 연필 등 필기도구를 소지해서는 아니됩니다
나는 아니됩니다
허가 없이 책을 읽거나 읽으려 해서도 아니됩니다
나는 됩니다
위 사항을 위반한 자를 담당직원에게 즉각 신고해야 됩니다

당신은 묻겠습니까 내가 누구냐고
누구이고 무엇을 했길래 그렇게 살고 있냐고
들은 적이 있을 것입니다 당신은
미국산 쇠고기 수입 때문에 한국산 소값이 폭삭 내려앉아
그 밑에 깔려 신음하는 농부의 숨소리를
그 숨소리의 임자가 나의 아버지입니다

들은 적이 있을 것입니다 당신은
노동자와 고통의 삶을 같이했다고 위장취업으로 몰려
성고문당한 여대생의 호소를
그 호소의 당사자가 나의 누이입니다
본 적이 있을 것입니다 당신은
착취의 극한에서 더이상 노예이기를 거부하고
인간선언을 한 노동자의 분신을
그 분신의 주인이 나의 동생입니다
당신은 본 적이 있을 것입니다 분명히
팀스피릿 작전의 미국 군인들에게 겁간당한 산골 여인의 비명을
그 비명의 임자가 내 고모뻘 되는 사람입니다
당신은 지금 매일처럼 매시간마다
보고 듣고 할 것입니다 당신의 집에서 당신의 거리에서
당신이 밟고 가는 삶의 모든 길 위에서
당신의 딸과 같은 당신의 아들과 같은 동포들이
외치는 소리를 듣고 본 적이 있을 것입니다
미제의 꼭두각시 ×××을 찢어 죽이자!
반파쇼민주투쟁 만세!
반제민족해방투쟁 만세!
그 만세 소리의 임자가 나입니다
나이고 나의 친구이고 나의 이웃입니다

딱 한번 내 생애에

지하의 세계에서 내가
밤마다
밤마다
60일 동안 꾸었던 꿈 그것은
꽃방석에 앉은 노랑나비의 꿈이 아니었습니다
햇살에 터지는 석류의 사랑도 아니었습니다
황혼의 대숲을 나는 눈먼 올빼미의 꿈도
자유의 왕국을 점지한 맑스의 이념도 아니었습니다
비녀꽂이로 사지가 찢어지고 숨통이 막히면서
통닭구이 전기구이로 발가락 손가락이 새까맣게 타면서
벌거숭이 알몸으로 야수의 발톱에 찢기면서
밤마다
밤마다
넋이라도 있고 없고
60일 동안 새우잠을 자면서
지하의 세계에서 내가 꾸었던 꿈 그것은
긴 하품과 함께 늘어지게 기지개를 한번 켜봤으면 하는 것이었습니다
팔다리의 포승으로부터 해방되어
귀청을 찢는 피 묻은 동지의 비명으로부터 해방되어
복도 저쪽에서 시작하여 내 심장에서 멈추는
한밤의 수사관의 발자국 소리로부터 해방되어
알몸의 자유로 딱 한번

긴 하품과 함께 늘어지게 기지개를 켜고
인가(人家)의 거리에 나서보는 것이었습니다
햇살 받으며 온몸에 지평으로 열리는
푸른 하늘 푸른 들을 달려봤으면 하는 것이었습니다

딱 한번 내 생애에
자유의 몸이 되어봤으면 하는 것이었습니다

편지

어머니 그 옛날 제가
외지로 나설 때마다
동구 밖 신작로에 나오셔서
차 조심하고 사람 조심하라고 신신당부하시던 어머니
가다 먼 길 구풋하면 먹어두라고
수수떡 계란이며 건네주시며
옷고름 콧잔등에 찍어 우시던 어머니

이제는 예순 넘은 허리로
끌려간 자식 놈이 그리워
철이 바뀔 때마다 옷가지 챙겨들고
흰 고개 검은 고개 넘나드시는 어머니
서러워하거나 노여워 마세요
날 두고 온 놈이 온 말을 하더라도
내 또래 친구들 발길 뜸해지더라도

어머니 저를 결정할 사람은 그들이 아니니까요
사형이다 무기다 10년이다 구형선고 놓기를
남의 집 개 이름 부르듯 하는 저 당당한 검사 나으리가 아니니까요
높은 공부 하여 높은 자리에 앉아
사슬 묶인 나를 굽어보는
저 준엄한 판사 나으리가 아니니까요
나를 결정할 사람은 결국 나 자신이고

날 낳으신 당신이고 당신 같으신 어머니들이고
날 키워준 이 산하 이 하늘이니까요
해방된 민중이고 통일된 조국의 별이니까요

편지 2

무너진 어깨에
십오년의 징역 보따리를 들쳐메고
학살의 땅 전라도로 이감길을 떠나던 날
누가 등에 대고 고래고래 소리를 질렀습니다
"삼년만 참아 군바리 새끼들 그 이상은 버티지 못할 테니까"
말투로 봐서 필시 그는 포고령 위반으로 삼일 전에 잡혀온
고명하신 자유주의자 고 아무개였습니다

삼년이 지나고 겨울에
검은 머리에 하얀 눈송이를 얹고 화해와
용서의 사도 신부님이 감옥엘 찾아왔습니다
"교황 성하께서 오월에 우리나라를 방문하게 되었습니다
머지않아 이곳에도 봄이 오겠지요"
"글쎄요 자연의 봄은 어김없이 옵디다만
인간의 봄도 그렇게 오게 될는지요"

다시 삼년이 흘렀습니다
불혹의 나이 내 머리는 반백이 되고
이번에는 교도관이 와서 귀띔해주었습니다
자물통처럼 입이 무겁고 그렇게나 감시의 눈초리가 엄중하던 교
도관이
"김 선생 조금만 참으셔 을마 못 간다니께 현 정권
지금 사방 데서 일어나고 있당께 개헌하라고

98

신부, 목사가 일어나고 교수들까지 일어났어!"
그리고 그는 아래층에서 학생들이 철문짝을 차며
"살인마 전두환을 찢어 죽이자!"
"광주 학살 배후조종자 미국은 물러가라!"
"미국은 학살정권 지원을 즉각 중단하라!"고 외칠 때마다
"에이 시원하다 더 시게 해라" 하는 것이었습니다
　그날밤 나는 교도관의 나에 대한 태도를 보고 이런저런 생각을 해
보았습니다
　민주환가 뭔가 하는 것도 반은 이루어졌다고
　적어도 미국은 자기들 허수아비 정권의 팔과 다리에서
　군복이며 군화를 벗기고 민간복을 씌울지도 모른다고

*『조국은 하나다』 초판에는 「편지」로 수록됨.

편지 3

어머니 이곳 사람들이
나를 잡아가면서 어떻게 한 줄 아셔요
—내가 먼저 봤다
—내가 먼저 잡았다
아옹다옹 원수처럼 싸운답니다
내 모가지에 거금의 상금이 걸렸다나요
어머니 이곳 사람들이
나를 잡아다놓고 어떻게 한 줄 아셔요
—남주, 내가 잘 봐줄 테니까
　　석률이 형제 있을 만한 곳을 암시만 해줘 응
살래살래 삽사리처럼 꼬리를 흔든답니다
나 같은 놈 한둘만 더 잡으면 한 계급 특진된다나요

어떻게 보면
부잣집 담을 지켜주는 불독 같고
어떻게 보면
부잣집 마나님 앞에서 재롱을 피우는 삽살개 같고
사람 같기도 하고 사람 같은 개새끼 같기도 하고
개새끼 같기도 하고 개 같은 사람 새끼 같기도 하고
어머니 이곳 짐승 같은 사람들이
나를 고문실에 가둬놓고 어떻게 한 줄 아셔요
십자가 모양의 판자때기에 내 사지를 펴놓고
개 패듯 장작으로 팬답니다

사형대 모양의 가로대에 내 발목을 매달아놓고
콧구멍에 고춧가루를 먹인답니다
바늘 끝으로 손톱 밑을 쑤시기도 하고
두 다리가 맞닿는 그곳에
심지를 꽂아놓고 담뱃불로 불을 당긴답니다

어머니 이런 순간에는
인사불성으로 내가 나를 저주하는 이런 순간에만은
이 땅에 내가 태어난 것을 거부하고 싶답니다

* 『사랑의 무기』에는 「편지」로 수록됨.

편지 4

사랑하는 이여 그 누가 묻거들랑
당신 남편은 어디 가고 없냐고 묻거들랑
말해주오 억압과 착취가 있는 곳에 갔다고

사랑하는 이여 그 누가 묻거들랑
당신 남편은 어디 가서 무얼 하냐고 묻거들랑
말해주오 총칼 메고 싸움터 갔다고

사랑하는 이여 그 누가 묻거들랑
당신 남편은 왜 아직 돌아오지 않냐고 묻거들랑
말해주오 지금 그는 감옥에 있다고
서슴없이 자랑스럽게 말해주오
몸은 비록 갇혔어도 혁명정신은 살아 있나니

*『조국은 하나다』『사랑의 무기』에는 「편지」로 수록됨.

아버지 별

아버지 돌아가신 날
쫓기는 몸이었던 나
타관 어디 구석에 숨어 있었습니다
숨도 크게 못 쉬고
불도 밝게 못 켜고

그리워도 고향이
찾아갈 수 없었던 나
어린 시절의 아버지 생각 때문에
아버지의 성장과 노동과 좌절이 준 중압 때문에
잠을 이루지 못하다가
아무도 몰래 일어나 나는
남녘으로 난 창을 열었습니다 거기 밤하늘에
별 하나 가물가물 깜박이고 있었습니다

사로잡힌 몸이 되어
옥에 갇히고
어둠의 끝조차 보이지 않는 세상 끝에서
십오년 징역살이를 시작하던 날
어느새 따라왔는지 그 별도
저만치 내 철창 밖에서 빛나고 있었습니다

그날 이후

이날 이때까지
날이 흐리고 눈보라가 창살을 때리고
밤이 깊도록 그 별이 철창 밖에서 빛나지 않으면
날이 새도록 나는 잠을 이루지 못합니다

유서

아우야 형의 말을 듣거라
부자들과 싸움에서 나는 지고 감옥에서 네게 이른다
행여 부자 될 마음일랑 먹지 말거라
죽으면 죽었지 가난으로 찢어져 굶어 죽었지
부자 됨의 죄악 그 얼마나 크냐
하늘이 무섭다 일소의 피를 빠는
쟁기질하는 농부의 허벅지를 빠는
진드기 같은 거머리 같은 흡혈귀의 독한 마음 없이는
남의 땅 훔치는 도둑놈의 심보 하나 더 없이는
이룰 수 없는 것이 재산이다

아우야 형의 말을 듣거라 내 말에는 뼈가 있다 혼이 있다
재산으로 사람이 사람을 부려먹는 일 그게 차마 사람의 일이냐
술값을 계산하듯 돈으로 여자를 사고 밤으로
사람이 사람을 쾌락의 도구로 삼는 일 그게 차마 사람의 짓이냐
기계와 짐승을 부려먹듯이 재산을 만드는 수단으로
사람이 사람을 부려먹는 일
차마 그게 사람의 일이냐 인간의 짓이냐
죽더라도 아우야 맞아 죽더라도 군화 같은 것 신지 말거라
죽더라도 아우야 맞아 죽더라도 곤봉 같은 것 차지 말거라
위에서 시키니까 처자식과 먹고살자니까 하지
누가 이 짓 하고 싶어서 한답니까 듣기 거북한 소리 잘도 하더라만
차고 밟고 패고 주리 틀 때는 사람이 아니더라 짐승이더라

높은 벼슬 하여 제 잘 먹고 제 잘사는 거야 누가 상관할까마는
죄 없는 사람 감옥으로 몰아넣고 제 배때기 채우는
판검사는 되지 말거라 결코
부자들에게 고용된 억압의 도구일랑 되지 말거라

마지막 인사

오늘밤 아니면 내일
내일밤 아니면 모레
넘어갈 것 같네 감옥으로

증오했기 때문이라네
재산과 권력을 독점하고 있는 자들을
사랑했기 때문이라네
노동의 대지와 피곤한 농부의 잠자리를

한마디 남기고 싶네 떠나는 마당에서
어쩌면 이 밤이 이승에서 하는
마지막 인사가 될지도 모르니
유언이라 해도 무방하겠네

역사의 변혁에서 최고의 덕목은 열정이네
그러나 그것만으로 다 된 것은 아니네 지혜가 있어야 하네
지혜와 열정의 통일 이것이 승리의 별자리를 점지해준다네
한마디 더 하고 싶네 적을 공격하기에 앞서
반격을 예상하고 그에 대한 만반의 준비가 되어 있지 않으면
공격을 삼가게 패배에서 맛본 피의 교훈이네

잘 있게 친구
그대 손에 그대 가슴에

나의 칼 나의 피를 남겨두고 가네
남조선민족해방전선 만세!

아침저녁으로

바로 옆방에 서로
그리운 사람 있어도
그 얼굴 볼 수 없기에
똑 똑똑 똑똑똑 벽을 두드려
잘 자오 잘 자게
잘 잤는가 잘 잤네
아침저녁으로
서로의 안부를 묻는다네

*『나의 칼 나의 피』에는「그 얼굴 볼 수 없기에」로 수록됨.

수인의 잠

겨울이다
감옥의 해는 짧아 날은 벌써 저물고
밤이 와서 차가운 벽을 흙바람이 와서 때린다
그 소리 바람 소리 내 귀에 와서 울고
그 소리 울음소리 내 가슴에 와서 떨고
나는 깐다 서둘러
얼음장 같은 마룻장 위에 가마니때기를 깔고
그 위에 다시
어머니가 넣어준 밤색 담요를 깔고
그 위에 다시
혼자 결혼한 여자가 넣어준 연두색 담요를 깔고
나는 담요와 담요 사이로 내 몸을 밀어넣는다
동상 걸린 발끝을 밀어넣고
시린 무릎을 밀어넣고
배와 허리를 밀어넣고
목에서 귀까지 밀어넣고
눈만 떴다 감았다 천장만 끔벅끔벅 쳐다본다

통방
추억을 위하여

똑 하나를 두드리면 ㄱ이 되고
똑똑 둘을 두드리면 ㄴ이 되고
똑똑똑 셋을 두드리면 ㄷ이 되고
찍 하나를 그으면 ㅏ가 되고
찍찍 둘을 그으면 ㅑ가 되고
찍찍찍 셋을 그으면 ㅓ가 되고
그래그래 모음과 자음이 어우러져 가갸거겨가 되지
이렇게 하여 우리는 통방을 하기 시작했지

　　—무슨 사건으로 들어왔습니까
　　—남조선민족해방전선입니다
　　—아! 그렇습니까 알고 있었습니다 장합니다 고생이 많았겠습니
다 일행이 많은 것 같은데 이곳에 몇이나 왔습니까
　　—여자까지 합쳐 모두 서른여섯입니다
　　—아! 여자분들도 있습니까, 그분들은 그러면 여사로 가셨겠습니
다 참 인사가 늦었습니다 성함이 어떻게 되십니까 저는 유한욱이라
고 합니다 고향은요 신의주래요
　　—그렇습니까 김남주라고 불러주십시오 전남 해남이 고향입니다
　　—실례지만 김선생님은 몇년 받으셨어요
　　—십오년입니다
　　—아 그래요! 건강에 특히 유의하셔야겠습니다 그 방은 물 안 샙
니까
　　—샙니다 천장이 온통 썩어 있는데요 어디 이게 산 사람이 살 데

같지 않습니다 송장이나 눕히는 관입니다

　—그렇습니다 정말 관입니다 그것도 비가 주룩주룩 새는 사람이
니까 이런 곳에서 살아남을 수 있지 거위나 닭 같은 짐승을 가둔다면
금방 죽고 말 것이야요 김선생님 막 움직여야 삽니다 움직이지 않으
면 살아남지 못합니다 미쳐 나간 사람, 혈압이 터져 나간 사람, 수두
룩합니다

　—예 잘 알았습니다 선생님은 지금 이런 생활이 얼마나 되십니까

　—저요, 저 말씀입니까, 만 삼십년째입니다

단식

1
똑 똑 똑
벽을 세번 두드려
'ㄷ'을 쓰고
찍
벽을 한번 그어서 그 옆에
'ㅏ'를 붙이고
똑 똑
다시 벽을 두번 두드려 그 밑에
'ㄴ'을 달면
'단' 자가 된다

이렇게 해서 우리는
벽을 두드리고 그어서
방에서 방으로 동지들에게 전한다
단식의 '단' 자와 '식' 자를 전하고
투쟁의 '투' 자와 '쟁' 자를 전한다

2
징역 초기에 우리는
단식을 밥 먹듯이 했다
가다밥의 크기가
3등에서 4등으로 작아졌다고 그랬고

가다밥에 박힌 콩알이
50개에서 마흔몇개로 줄었다고 그랬고
운동시간 5분을 늘리느라 그랬고
미역국에 시래기 대신 담배꽁초가 떴다고 그랬다

   3
오늘 아침 우리는
단식에 들어갔다
일주일에 한번씩 나오는
엄지발가락만 한 돼지고기가 안 나왔기 때문이다
하루 굶고 이틀 굶고
한고비 사흘을 넘기고
감옥에 다시 밤이 왔다
"반항하는 놈은 짓이겨버려"
"버러지만도 못한 빨갱이 새끼들"
"주는 밥이나 얌전히 처먹지"
이런저런 토막 소리 사동 입구에서 왁자지껄하고
이내 콘크리트 복도에서 내달리고 엇갈리는 군홧발 소리
앞방에서 옆방으로 철문 따는 소리
손목에 쇠고랑 채우는 소리
끌려가며 내지르는 비명 소리

단식은 계속되었다

끌려가더니 어떤 동지는
도마 위에 쪼아놓은 닭발이 되어 기어왔다
단식은 계속되었다
끌려가더니 어떤 동지는
온몸에 찬물을 뒤집어쓰고 부들부들 떨며 들어왔다
단식은 계속되었다
끌려가더니 어떤 동지는 돌아와서
징역 보따리를 챙겨 메고 사동을 떠났다
여러분과 끝까지 싸우지 못해 부끄럽다며 인사하고

물 한모금 입에 안 넣고
일주일을 넘기고 열흘을 참으면서
나는 나의 비참을 모조리 겪었다
싸우다가 죽는 것은 아무것도 아니었다
차라리 죽고 싶었다 죽어야 했다
그런데 나는
폭력의 중압에 허리를 굽혔고
개 같은 감옥의 죽음 앞에서 무릎을 꿇었던 것이다

시인님의 말씀

그들은 나를 잡아다놓고
배꼽부터 쥐기 시작했다 우스워 죽겠다는 듯이
그들은 나에게 호를 하나 지어주겠다면서
어이 강도시인 이렇게 부르기도 하고
야 시인강도 저렇게 부르기도 하며 깔깔대었다
나는 그들이 하는 대로 내버려뒀다

밤이 깊어지자 그들은 정색을 하고
취조하기 시작했다 도마 위에 나를 묶어놓고
가죽을 벗기고 살을 도려내고 뼈를 추리면서

─어떻게 그 집에 금도끼가 있는 줄 알았느냐

─최회장 집에서는 무엇무엇을 훔치려고 했느냐

─왜 하필이면 백주에 그런 큰 집을 쳐들어갔느냐

─이북에는 몇번 갔다 왔느냐

나는 그들에게 대답했다
쇠도끼를 금도끼와 바꾸어왔을 뿐이다
훔치러 간 게 아니다 재벌들에게
빼앗긴 민중의 고혈을 되찾으러 간 것이다

116

세상이야 삐뚤어졌다고 하지만 말은 바로 해야 하지 않겠느냐
그러자 그들은 다시 배꼽을 쥐더니
우스워 죽겠다는 듯이 깔깔거리기 시작했다

――맞다 맞다 우리 시인님의 말씀이 천번 만번

개들의 습격을 받고 1

어느날 꿈속에서 나는
개들의 습격을 받았다 들에서
쟁기질하고 있는 농부의 허벅지를 빨아대는
거머리를 떼어내다가
피둥피둥 살이 찐 그놈이 하도 징그러워
맨손으로는 어쩌지 못하고 어쩔 수 없이
숫돌에 낫을 갈아 꼬챙이를 깎아 떼어내다가

개들은 사방팔방으로부터 습격해왔다
어떤 놈은 국도 연변에서 나타나더니 황토밭을 가로지르더니
내 발밑에 버려져 있는 피 묻은 꼬챙이를 물었다
어떤 놈은 여태까지 수렁에라도 숨어 있었던지
뻘투성이가 되어 도랑으로 곤두박질하더니 거기
숫돌 옆에 놓여 있는 낫을 물었다
어떤 놈은 다람쥐처럼 전봇대에서 또르르 내려오더니
내 호주머니 속을 들락날락하는 것이었다
어떤 놈은 그새 어느새 우리 집엘 갔다 왔는지
마루 밑에 고물이 되어 찌그러져 있었을 금성라디오를 물고 있었다
어떤 놈은 십여년 전쯤에 외할머니가
부엌문 기둥에 붙여놓았음직한 부적을 떼어갖고 왔다
그리고 그들 중 생기기가 이리같이 영특한 놈이 내 목덜미를 물고
늘어졌다
그놈은 내가 꿈속에서 가끔 본 적이 있는 놈이었다

118

자유라든가 해방이라든가 통일이라든가 뭐 그따위 것들을
가위눌린 꿈속에서 내가 꿈을 꿀 때마다 그놈은
무슨 뼈다귀라도 없나 하고 내 주위에서 서성대고는 했던 것이다
놈들이 나를 끌고 간 곳은
당연하게도 숲 속의 어둡고 깊은 동굴이었다
동굴의 문이 닫혀지자 밖으로부터는 일체의 소리가 들리지 않았다
가끔 개들이 울부짖는 소리에 섞여 인간의 비명 소리가 내 고막을
찢었다
그리고 나는 어둠속에서 희미하게 드러난 글자를 보았다
그것은 동굴 입구의 윗벽에 하얀 글씨로 새겨져 있었다
"벙어리도 입을 열고 나가는 곳이 이곳이니라"

개들의 습격을 받고 2

개들의 두목 앞으로 내가 끌려간 것은
다음다음 날 아침이었다
그동안 이틀 낮 이틀 밤 동안 나는
개들한테 소위 취조란 것을 받았다
그들의 취조란 것은 참으로 희한한 것이어서
꼬리를 살살 흔들며 내 심사를 구슬리기도 하고
이빨을 허옇게 드러내며 공갈 협박하기도 하고
앞발을 세워 내 뺨을 갈기기도 하고
뒷발을 뻗어 내 옆구리를 쥐알리기도 하는 것이었다

그들은 결국 내 입에서 자백을 받아냈다
내가 빈농의 아들로 태어났다는 것
그래서 자라면서 불평불만을 포지하던 중
은연중에 나도 모르게 불온사상을 품게 되었다는 것
그리고 모든 것이 일사천리 기계적으로 풀려나갔다
낫은 폭력혁명의 도구로
꼬챙이는 비상시의 독침으로
라디오는 무전기로 부적은 난수표로 둔갑하면서 풀려나갔다
그리고 그들은 내 왼쪽 옆구리에 붙이는 것을 잊지 않았다
부자들이 먹을 것 못 먹을 것 다 처먹고 배탈이 나면 그때마다
독재자가 할 짓 못할 짓 다 하고 뒤탈이 나면 그때마다
만병통치약으로 갖다붙이는 좌경환이라는 고약을

120

두목의 생김새로 말할 것 같으면
늑대처럼 험상궂고 여우처럼 교활하면서도
혓바닥에서 노는 말씨 하나는
구슬처럼 매끄러웠고 신사처럼 점잖았고
적어도 나에게만은 동정적이기까지 했다

"그동안 불편한 것은 없었는지요
우리 애들한테 경우에 벗어난 짓은 하지 말라고 일러두었습니다만
요즘 뭐 고문치사다 성고문이다 해서 말썽도 많고 해서 말입니다
그건 그렇고 어떻습니까 선생님은
선생님이 이곳에 오시게 된 것은 밤이면 밤마다
선생님이 꾸시는 꿈 때문이라고 생각하십니까
자유다 뭐다 해방이다 뭐다 통일이다 뭐다 그런 꿈 말입니다
천만의 말씀입니다 혹여라도 그렇게 생각하셨다면 큰 오햅니다
우리 개들에게는 그따위 추상적인 것에는 관심 없습니다
우리에게 중요한 것은 그 뒤에 숨어 있는 것입니다
무엇입니까 그게 솔직히 말합시다 밥 아닙니까
그 밥을 선생님은 가난뱅이들에게 나눠주겠다는 것 아닙니까
부자들로부터 빼앗아서 말입니다(이 표현이 선생님한테는 언짢겠
지요 빼앗긴 민중의 밥을 되찾는다고 해야겠지요)
아무래도 상관없습니다 빼앗아서 주건 되찾아서 주건
그러나 선생님 우리들 개들의 입장에 서서 한번 생각해보십시오
우리가 누구 때문에 이렇게 살고 있습니까 부자들 덕분입니다

부자들의 생명과 재산을 지켜줌으로써 그 보상으로
우리는 우리의 밥과 생명을 보장받고 있습니다
그들의 가난은 곧 우리 개들의 가난입니다
그들의 재난은 곧 우리 개들의 재난입니다
그들의 죽음은 곧 우리 개들의 죽음입니다
우리가 부자들의 적인 가난뱅이들과 싸우는 것은
그 이유가 다른 데 있지 아니하고 바로 여기에 있습니다
보십시오 가난뱅이들이 우리한테 해주는 것이 무엇이 있습니까
하루 세끼 밥을 제대로 줍니까 밥이란 게
기껏해서 짬밥에 누룽지이고 똥이나 핥으라 이것 아닙니까
그것도 푸성귀만 처먹고(죄송합니다) 아무 데나 갈겨놓은 물찌똥
아닙니까
그들은 우리들을 어떻게 부릅니까 워리 워리입니다
귀엽게 부른다는 것이 촌스럽게도 복슬이 정도이고
어이 누렁이 어이 멍구 어이 삽살이 아닙니까
그뿐입니까 가난뱅이들은 아무 때고 우리를 잡아먹습니다
전봇대에 목을 매달아 쎗바닥을 빼고 불에 태워서 말입니다
그런데 보십시오 선생님 부자들이 우리한테 해주는 것을
부자들은 보통 사람들이 제사 때나 명절 때 구경이나 할까 말까 하
는 쇠고기를
끼니때마다 먹여줍니다
부자들은 가난뱅이들이 엄두도 못 내는 집을 우리 개들에게 지어
줍니다

부자들은 우리 개들이 어디 아픈 기색만 보이면
부랴부랴 자가용에 태워 동물병원에 입원시켜주고
이빨이 상해 딱딱한 것을 씹지 못하고 끙끙대고 있으면
치과에 데리고 가서 금이빨을 해줍니다
그뿐입니까 부자들은 우리를 가난뱅이들처럼 함부로 부르지 않습
니다
손을 까불면서 워리 워리 천하게 부르지 않습니다
헬로우 존 웰컴 키티 이렇게 정답게 불러줍니다
생각해보십시오 선생님 우리가 어떻게 이런 대우를 받고
주인에게 충성스럽지 않겠습니까 우리가 어떻게
부자들의 편에 서서 가난뱅이들과 싸우지 않겠습니까
선생님이 자유다 뭐다 해방이다 뭐다 통일이다 뭐다 하는
그런 꿈을 꾸시는 데 대해서는 우리로서는 관심 밖입니다
그러니 그 뒤에 숨어 있는 밥을 부자들에게서 빼앗아
가난뱅이들에게 나눠주겠다는 꿈일랑 꾸지 말아주십시오
그때는 우리 개들의 이빨이 용서하지 않을 것입니다
그때는 우리 개들의 발톱이 용서하지 않을 것입니다
우리 개들은 인간들처럼 은인에게 배은망덕한 족속들은 아닙니다
부자들은 우리 개들에게 있어서 밥과 생명의 은인이고
가난뱅이들은 불구대천의 원수입니다"

어서 오세요 무엇을 도와드릴까요

그곳을 나오다가
허천나게 뺨 얻어맞고 나오다가
무슨 죈지도 모르고
피 묻은 걸레 조각처럼 삭신을 도리깨질당하고
노골노골하게 뼛골을 몽둥이찜질당하고
고추 먹고 맴맴 비행기 타고 나오다가
아이고 매워라 아이고 어지러워라
코 싸고 정신없이 나오다가
부자들의 안보와 질서에 걸려 넘어졌는데
입구쯤에서 기둥인가 현판에 이마를 부딪쳤는데
일어나 인상 긁으며 바라보니 거기 세로로
이렇게 씌어 있더라
"어서 오세요
무엇을 도와드릴까요
×××경찰서"
말씨도 상냥하게 씌어 있더라

욕

한번 입에서 나왔다 하면
봇물처럼 쏟아지고 마는 것이 욕이다
오늘 아침 나는
2사 하 12방 모모 씨를 불러 통방을 하다가
경교대의 저지를 받았다 우리는 그를 거들떠보지도 않고
하던 밀담을 계속했다 이에 약이 올랐던지 경교대는 삐딱하게 나
갔다
"어이 내 입에서 욕이 나가기 전에 그만들 통방해이"
경교대의 반말에 야마가 돈 모모 씨가 발끈 화를 냈다
"임마 어디다 대고 반말짓거리야 욕! 어디 한번 해봐 이 새끼야"
이에 편승하여 나는 한마디 거든다는 것이
그만 욕설부터 터져나오는 것이었다
"야 이 새끼야 웬 참견이야 아침부터
너는 말이야 통행문이나 잘 지키고 있다가 간수가 지나갈 때면
모자에 손 갖다붙이고 충성! 충성! 짐승처럼 악을 쓰면 되는 거야
이 새끼가 군화에 모자 씌워주고 군복에 완장 채워놓으니까
보이는 게 없나봐 너희들만 보면 이가 드륵드륵 갈린다
이 종놈의 새끼들아 이 노예 새끼들아 산다는 게 꼭 그렇게밖에 못
살겠더냐"

독거수

한 사흘 콩밥을 씹다보면 깨우치리라
낫 놓고 ㄱ자도 모르는 순 무식쟁이든
모르는 것 빼놓고 다 아시는 도사든
둘러보아 사방 네 벽 감방에서
갖고 놀 만한 것이라고는 네 자지 말고 없다는 것을

나는 살아 있다

저놈이 도둑이다
재벌 하나 손가락질하며 내가 소리치자
행인들은 나를 보고 미친놈이라 했지
간첩이 아닌가 빨갱이가 아닌가
의심부터 하기 시작했지
그래도 나는 사천만의 눈총을 피해 다녔지

저놈이 우리 원수다 통일의 훼방꾼이다!
양귀자(洋鬼者) 하나 손가락질하며 내가 고함치자
행인들은 나를 보고 덜된 놈이라 했지
한 십년 모자란 놈이라 했지
그리고 나는 역적으로 몰려 내 땅에 유폐되었지

10월 4일 나는 경찰의 습격을 받았다
자결을 생각했으나 허사였지 수갑이 채워지고 내 사지에
아니 내 몸은 내 몸이 아니었지
야수들의 동굴에 던져진 고깃덩이였지
이 새끼가 그 새끼야
이리의 발톱이 와서 내 면상을 할퀴었지
이 새끼 너 이북 몇번 갔다 왔어
원숭이 같기도 하고 사람 같기도 한 침팬지가
몽둥이 같은 주먹을 휘둘러 내 등을 쿵쿵 찍었지
이 새끼 독종이야 밀봉교육 안 받고는 이럴 수가 없어

그리고 그들은 나를 남산 구 건물에 쑤셔넣었지
그리고 그들은 나를 효자동 신축 건물에 구겨넣었지
그리고 그들은 나를 서대문 외사에다 넘겨버렸지
그리고 그들은 나를 미8군
그리고 그들은 나를 중부경찰서 유치장에다 집어넣고
그리고 그들은 나를 검사에게다 넘기고
그리고 그들은 나를 판사에게 넘기고
그리고 그들은 나를 감옥에다 쑤셔넣고
거기서 십오년은 죽어라고 죽어야 한다고

침묵

도살장으로 끌려가는
개처럼 또는 소처럼
쇠줄에 묶여 또는 트럭에 실려
우리는 끌려갔습니다 어딘가로

어딘가로
한낮의 도시의
무기력과 무표정으로 반죽이 된
흙탕물의 거리를 지나
남산 터널인가 방배동 언덕 너먼가
그 어둠속인가로

입을 열지 않는 자는
살해되었습니다 살해된 자는
입을 열지 않았습니다
그들의 침묵은 헛된 것이었을까요
헛된 것이었을까요

비녀꽂이

한 사내가 와서
지하의 세계에 와서
나에게 와서
명령했다 무릎을 꿇으라고
선 채로 나는 대꾸했다
내 무릎을 꺾으라고

무릎을 꺾어놓고
시멘트 바닥에 내 무릎을 꺾어놓고
그 사내는 비녀꽂이를 하기 시작했다
비명 소리로 세상은 조용했고
단 냄새로 내 목청은 뜨거웠다

비녀꽂이가 끝나고
나는 말했다 지하의 사내에게
아픔을 주더라도 남에게
굴욕의 상처를 남기는 그런 아픔은 주지 말라고
육체적인 고통은 쉽게 잊혀지지만
인격이 수모를 당하면
인간은 그것을 영원히 기억하게 된다고

장난

감방
문턱 위에
걸쳐 있는
다람쥐 꼬리만큼 한 햇살
삭둑삭둑 가위질하여
꼴깍꼴깍 삼키고 싶다
언 몸 봄눈 녹듯 녹을 성싶어

청승맞게도 나는

청승맞게도 나는
뺑끼통에 쭈그리고 앉아
유행가를 불렀다네

때는 마침 팔월 초순이라 철창 너머 하늘가에는
송편처럼 어머니의 반달이 걸려 있고 해서
나는 이런 노래를 불렀다네

감옥살이 몇해던가 손꼽아 헤어보니
고향 떠난 십여년에 청춘만 늙어

재수 사납게도 나는 간수한테 들켜
나의 노래 미처 다 부르지 못하고
엎드려 볼기짝에 곤봉 세례를 받았다네
피멍 든 맷자국 쓰럽게 쓰럽게 만지며
나는 철창에 기대어 남은 노래 마저 불렀다네

고향 집에 대추나무 빨갛게 익으련만
철창 너머 바라보니 하늘은 저쪽

창살에 햇살이

내가 손을 내밀면
내 손에 와서 고와지는 햇살
내가 볼을 내밀면
내 볼에 와서 다스워지는 햇살
깊어가는 가을과 함께
자꾸자꾸 자라나
다람쥐 꼬리만큼은 자라나
내 목에 와서 감기면
누이가 짜준 목도리가 되고
내 입술에 와서 닿으면
그녀와 주고받고는 했던
옛 추억의 사랑이 되기도 한다

* 『나의 칼 나의 피』 초판에는 「햇살 그리운 감옥의 창살」로 수록됨.

담 밖을 내다보며

흑산도라 검은 섬
암벽에 부서지는 하얀 파도 없다면
넘치는 바다 너 무엇에 쓰랴

전라도라 반란의 땅
폭정의 가슴에 꽂히는 죽창이 없다면
푸르고 푸른 대숲 너 무엇에 쓰랴

무엇에 쓰랴 이 젊음
산산이 부서져 한목숨 하얗게
혁명의 바다에 바치는 파도가 아니라면

무엇에 쓰랴 이 젊음
산산이 부서져 한목숨 푸르게
압제의 과녁에 꽂히는 죽창이 아니라면

살아라 한번 젊은 날의 기상이여
일망무제 넘치는 바다에 미쳐
타는 들녘 후두둑 떨어지는 녹두꽃 햇살에 미쳐
조국과 인민의 자유에 미쳐

*『나의 칼 나의 피』초판에는 「춤」으로 수록됨.

전향을 생각하며
내 제일의 벗 鋼에게

총칼의 숲에 싸여
눈 감고 아웅 하는 꼭두각시놀음
나는 나의 최후를 놈들의
법정에서 장식하고 싶지 않았다
놈들이 파놓은 굴속 같은 방
나는 내 최후의 그림자가 감옥의
벽에 쓰러지는 것을 보고 싶지 않았다
그것이 동지의 안전에 도움이 된다면 나는
놈들의 총칼 앞에 무릎이라도 꿇었을지도 모른다
그것이 혁명에 도움이 된다면 나는
허리 굽혀 놈들의 발밑에 엎디었을지도 모른다

중요한 것은
살아남는 것이었다 살아남아 대지와
민중의 가슴에 뿌리를 내리고
다시 한번 사랑을 껴안는 것이었다
보기 흉한 패배에
옛 상처의 무기에 입맞춤하고
다시 한번 칼자루를 잡는 행복으로
자유를 잡아보는 것이었다

서른일곱의 어쩌지도 못하는
이 기막힌 나이 이 환장할 청춘

솔직히 말해서 나는
무덤을 지키는 지조 높은 선비는 아니다
나에게는 벗이여
죽기 전에 걸어야 할 길이 있다
싸워 이겨야 할 적이 있고
쟁취해야 할 사랑이 있다
기대해다오 나의 피 나의 칼을
기대해다오 투쟁의 무기 나의 노래를

아 나는 얼마나 보잘것없는 녀석인가

"살아서 이곳을 나가지 못하리라"
이렇게 말하면서 벽이 내 살을 에이고 있다오
바늘 끝처럼 아픈 북풍한설의 냉기로

"살아서 이곳을 나가지 못하리라"
이렇게 말하면서 천장이 내 숨통을 누르고 있다오
한여름의 찌는 땡볕에 달구어져

"살아서 이곳을 나가지 못하리라"
이렇게 말하면서 이번에는 식구통으로
흙탕물 같은 국물이 들어오고
워커 끝과도 같은 무말랭이가 들어온다오

친구여 내가 송장이 되어 담 밖으로 내던져지거든
나를 어깨에 떠메고 공동묘지로 갈 생각일랑 말고
여기저기 돌아다니면서 이 사람 저 사람에게
동상에 걸려 얼음투성이가 된 내 귀를 잘라주오
더위 먹고 까맣게 썩은 내 심장과 오장육부를 꺼내주오
영양실조로 비틀어지고 구부러진 내 사지를 찢어주오
잘라주고 꺼내주고 찢어주면서 덤으로
재갈 물린 내 입이 뱉어내는 몇마디 말도 전해주오

나 같은 놈 몇백명만 있으면 많이는 아니고

사천만 사람들 중에서 그 십만분의 하나만 있으면
세상은 달라질 거라고 사람과
사람 사이도 새로워질 거고
음지에서는 추위에 떠는 귀가 없을 거고 뙤약볕에서는
더위 먹고 썩은 오장육부도 없을 거고
영양실조로 팔다리가 마비된 가난뱅이도 없을 거고 나같이
불온한 생각 품고 있다가 엉뚱한 짓 하고 다니다가
일생을 망치는 바보 병신도 없게 될 거라고

친구여 기왕 내친김에 바보 천치의
그 엉뚱한 짓 하기 전의 불온한 생각도 전해주오
전선에 들어가기 전날밤에 내가 떠올렸던

"혁명적 조직 없이 혁명의 승리는 없다"
"한발자국 전진할 때마다 해방의 길은 희생자의 피로 물들여져 있
을 것이다"
이 명제를 인식하고 있으면서 그것을 내가 실천하지 않는다면
무엇인가 나라는 인간은 사기꾼 아니면 비겁자다
"자유의 나무는 피를 먹고 산다"고
노래하는 사람 따로 있고 노래를 위해
피를 흘리는 사람 따로 있는가
혁명은 해방은 자유는 피를 요구하고 있는데
왜 나는 나 자신을 거기에서 빼내려고 하는가

138

왜 나는 남의 피로 피를 노래하려고 하는가
아 나는 얼마나 뻔뻔스러운 녀석인가
아 나는 얼마나 보잘것없는 녀석인가

바보같이 바보같이 나는

벽
이마를 대면
섬뜩하기가 얼음장 같고
한낮의 햇살도 와서 닿으면
파랗게 식어버리는 곳
벽
골짜기의 잔설을 녹인다는 봄의 입김도
철창에 닿으면 성에가 되어버리고
새의 자유도 펴다가 잘못 접으면
부러진 날개로 피를 흘리는 곳
누가 와서 허물어주랴 이곳의 벽을
시대를 만난 영웅이 와서 허물어주랴
백마를 타고 달린다는 선구자가 와서 그래주랴
어느 핸가는 이 땅에
자비의 신이 올 것이라기에 그에 기대기도 했다
바보같이 바보같이 나는

손목이며 발목에 멍이 들고
하얗게 뼈가 드러나도록 파고드는
이 검은 사슬을 누가 와서 풀어주랴
선의의 권력이 와서 풀어주랴
화해의 계급이 와서 그래주랴
어느 핸가는 이 땅에

선거의 자유가 올 것이라기에 그에 기대기도 했다
바보같이 바보같이 나는

환상은 깨졌다 이제 약한 자여
약할 수밖에 없는 자여 수인이여
영웅도 선구자도 너를 구제치 못하리라
신의 자비도 계급의 화해도 권력의 선의도
선거라는 이름의 자유도 너를 해방하지 못하리라

어느날엔가 이 땅에
노동의 망치가 와서 압제의 벽을 까부수고
농부의 낫이 와서 증오의 사슬을 끊어버리리라

그러나 나는 잘된 일인지 못된 일인지

고등학교 2학년 때의 일이야
어쩌다 나는 영어시험에서 일등을 했지
그때 우리 담임선생님이 나더러 뭐라 했는 줄 알아
육사에 가라는 것이었어 군인이 되라는 것이었어
그래야 돈 없고 빽 없는 나 같은 놈에게도
출셋길이 훤하게 열린다는 것이었어
지금도 달라진 게 없지만 하기야 그때만 해도
총구가 대통령을 만드는 그런 시절이었는지라
군인들 끗발이면 누르지 못할 것이 없었지
그러나 나는 잘된 일인지 못된 일인지
그 끗발 좋다는 군인의 길로 들어가지 않았어
만약 그때 선생님 말씀대로 군인이 되었더라면
나는 어떤 사람이 되어 있을까 지금쯤
달러에 팔려 용병으로 월남 같은 나라에 가서
제 민족의 해방을 위해 싸우는 베트콩깨나 작살냈을
역전의 용사가 되어 있을지도 모르지
공수부대에 편입되어 광주 같은 도시에 가서
자유 달라 벌린 시민의 입에 총알깨나 먹이고
훈장을 받은 국가유공자가 되어 있을지도 모르고

소리쳐도 발버둥쳐도 몸부림쳐도

영락없이 무덤이구나
산송장 가둬두는 관이구나
소리쳐도 발버둥쳐도 몸부림쳐도
다시는 살아서 나가지 못할 천길만길 굴속이구나
보세요 어머니 와서 좀 보아주세요
흙먼지 풀풀 나는 이 가마니때기를
겨울이면 내가 깔고 누워야 할 요랍니다
보세요 어머니 와서 좀 보아주세요
쥐 오줌 자국으로 온통 더럽혀진 이 회색의 천을
내가 덮고 자야 할 밤의 이불이랍니다
다리 밑의 거지도 이렇게는 살지 않을 것입니다
보세요 어머니 와서 좀 보아주세요
흙탕물인지 구정물인지 분간할 수 없는 이 시래깃국을
아침저녁으로 내가 들이켜야 할 국물이랍니다
돼지도 살래살래 고개를 젓고 마다할 것입니다
보세요 어머니 와서 좀 보아주세요
소금에 절인 무인지 소금무인지 구별할 수 없는 이 짠지를
끼니때마다 물에 헹궈 씹어야 할 반찬이랍니다
어머니 알고 계세요 당신의 자식이
왜 이런 곳에 처박혀 이렇게 살고 있는지
우리 땅에서 내가 남의 나라 군대를 몰아내려고 했기 때문이랍니다
그게 이적행위에 역적죄가 되었기 때문이랍니다

죽음을 대하고

나는 죽을 준비가 되어 있네 언제라도
지금이라도 나는 벗이여 사십년이란 내 삶의
뒤안길을 머뭇거리며 돌아보지 않고
의연하게 먼 산을 바라보며 저승의 사자를 맞이할 수 있을 것 같네
그것이 어떤 이름의 죽음일지라도 상관없이
왜냐하면 삶과 한가지로 죽음도
스스로 기꺼이 맞이해야 할 설이고 추석이고 축제이기 때문이네
마지못해 영위되는 삶은 인간의 삶이 아니네
억지로 가는 길은 노예의 길이네

그러나 다만 억울한 것은 벗이여(그대는 믿어주겠지)
사랑의 팔로 여인의 육체를 단 한번도 안아보지 못하고 가는가 하
는 것이라네
소위 저세상으로 말이네
다만 억울한 것은 벗이여(그대는 고개를 끄덕여주겠지)
세상의 모든 죄악의 뿌리
사유재산의 뿌리를 뽑아버리지 못하고 가는가 하는 것이라네

그러니 벗이여 내가 죽거들랑 속삭여주게
바람에 날려 대지 위를 굴러가는 가랑잎의 귀에 대고
남주에게도 여인이 있었다고 혼신의 힘으로 사랑했던
그녀가 나를 사랑했는지 사랑했다면 어떻게 사랑했는지
이제 와서 알 수도 없거니와 내 알 바도 아니지만

144

나는 그녀를 사랑했다고 손익계산의 척도로
사랑의 눈금을 재지는 않았다고
그러니 내가 죽거들랑 벗이여 전해다오
가난에 주눅이 들고 땅에서 학대받는 이들에게
부자들을 저주하다가 남주는 죽었다고 부자들은
가난한 사람들에게는 불구대천의 원수라고
원수는 갚으라고 저기 저렇게 있는 것이라고

사형수

아이들을 좋아하지 않는 사형수는 없다고 한다
그래서 그런지 사형수의 감방에는 아이들 사진이 많다
철없이 웃는 아이들을 보면서 그들은
자기가 어른임을 저주한다고 한다

어제 나는 철창 너머로
먼 산 푸른 하늘을 바라보다가
눈앞에서 어른들에게 끌려
형장으로 끌려가는 사형수를 보았다
그는 징징 울면서 갔다 아이처럼 떼를 쓰면서

나는 믿는다
사형수는 죽을 때 죄인으로서 죽어가는 것이 아니라
천진난만하게 아이로서 죽어간다고

개털들

오선생이 나갔다
이십여년 만에 담 밖으로
며칠 전에 경북고 서울대 동창생들이 면회 왔다더니
그래서 머지않아 곧 나가게 될 것이라고
소문이 옥내에 파다하게 돌더니
정말 나갔다 포승 풀려 자유의 몸으로

김근태도 나갔다
얼마 전에 케네디상인가 인권상인가 받았다더니
그래서 틀림없이 나가게 될 것이라고
자신들이 만만하더니
더이상은 미국의 압력을 견디지 못할 것이라고들 하더니
정말 나갔다 사슬 풀려 자유의 몸으로

재일교포도 나갔다
일본에서 내놓으라고 떠들썩하다고 그러더니
어떤 교포는 돈도 쓰고 약도 쓰고 했으니까 이번에는
꼭 나가게 될 것이라고 그러더니
영락없이 나갔다 족쇄 풀려 자유의 몸으로

남은 것은 개털들뿐이다
나라 안에 이렇다 할 빽도 없고
나라 밖에 저렇다 할 배경도 없는
개털들만 남았다 감옥에

엉뚱한 녀석

나를 보고 싶어 일부러
감옥에 오겠다는 녀석이 있다 한다

나의 어디를 보겠다는 것일까 그 엉뚱한 녀석은
판판이 지기만 했던 그날그날의 내 싸움들
남은 것은 이제 철창에서 타오르는
증오의 뼈밖에는 없는데 그것으로
사랑의 무기라도 깎아보겠다는 것일까
그 무기로 내 대신 압제자의 등에 꽂혀
자유의 원수라도 갚아주겠다는 것일까

무엇을 보여줄까 오늘이라도 당장 그 엉뚱한 녀석이
부러진 날개의 새 내 앞에라도 나타난다면
없다 나에게는 자랑스럽게 보여줄 아무것도 없다
지하실의 고문 때문에 구부러진 내 엄지손가락 말고는
나이 사십에 온통 하얗게 시들어버린 내 머리카락 말고는

나는 나의 패배와 그 흔적을 보여주고 싶지 않다
그 누구에게도

철창에 기대어

잡아보라고
손목 한번 주지 않던 사람이
그 손으로 편지를 써서 보냈다오
옥바라지를 해주고 싶어요 허락해주세요

이리 꼬시고 저리 꼬시고
별의별 수작을 다 해도
입술 한번 주지 않던 사람이
그 입으로 속삭였다오 면회장에 와서
기다리겠어요 건강을 소홀히 하지 마세요

십오년 징역살이를 다하고 나면
내 나이 마흔아홉살
이런 사람 기다려 무엇에 쓰겠다는 것일까
오년 살고 벌써
반백이 다 된 머리를 철창에 기대고
사내는 후회하고 있다오
어쩌자고 여자 부탁 선뜻 받아들였던고

별

너는 죽고
분단과 조국의 노예 상태를
뜬 눈으로 더이상 보고 있을 수가 없어
기름 부어 제 몸에 불 질러 죽고
너도 죽고
압착기처럼 짜내는 노동의 착취를
인간의 한계로는 더이상 이겨낼 수 없어
뼈만 남은 육신에 기름 부어 불에 타 죽고
바위 같은 무게의 농가부채에 깔려
모진 밥줄에 농약을 부어 죽고
너마저 죽고
분신과 음독으로 치닫는 정국을
도저히 감당할 수 없어
강물에 꽃다운 나이를 던져 죽고
나는 잠을 이루지 못한다 감옥에서
잇단 죽음의 충격에

이루지 못한다 나는 잠을
밤새 엎치락뒤치락 뒤척인다 포승의 몸을
증오와 사랑의 갈증으로 내 목은 타고
벌떡 일어나 나는 새벽의 철창 앞에 선다
서서 어둠 한가운데 서서
담 너머 산 너머 서으로 스러져가는 별을 헤면서

너희들의 이름을 불러본다
토지와 자유와 조국의 이름으로 하나씩 하나씩 불러본다

별아 내 가슴에

학생들은 싸우고 있는데 바로 아래층에서
사흘 나흘 밥을 거부하며 싸우고 있는데
나는 위층에 앉아 밥을 먹고 있다
그들보다 넓은 공간에서 그들보다 많은 책을 쌓아놓고

밥을 입에 퍼담기는 하지만 그러나 넘어가지를 않는다
가시처럼 목구멍에 걸리고 눈에는 금세 눈물이 고인다
산다는 게 이런 것이냐—
나는 수저를 놓고 일어나 철창에 선다 멀리 침묵의 산이 보이고
청천 하늘에는 잔별도 많고 이내 가슴에는 수심도 많고……
정말이지 산다는 게 이런 것이더냐—

대답해다오 별아 내 가슴에
깜빡깜빡 알 수 없는 눈짓의 신호만 보내지 말고
고개를 끄덕여주든지 설레설레 가로저어주든지
내가 묻는 물음에 대답해다오 침묵의 산아

"지는 싸움을 해서는 안된다
감옥에서 특히 첫 싸움에서는
싸움에 이기기 위해서는 지지 않기 위해서는
싸움의 스물네가지 측면을 검토해야 하고
준비 없는 싸움을 시작해서는 아니된다"는
내가 세운 이 원칙이

악화된 처우의 개선을 위해 싸우고 있는
학생들의 싸움에 연대하지 않는 이유가 되겠느냐
내가 선뜻 이 싸움에 나서지 못하고 결단을 보류한 것은
그 이유가 다른 데 있는 것이 아니냐
싸우다가 지기라도 하면 지금 내가 누리고 있는 그것마저 잃어버
리지 않을까 하는 두려움 때문이 아니냐

어느 쪽이냐 별아 대답해다오
불허목록 철폐하라!
운동시간 연장하라!
독재정권 타도하자!
외치며 철문을 차며 싸우고 있는데
사흘 나흘 굶어가며 아래층에서는 싸우고 있는데
위층에 앉아 밥을 먹고 있는 나는
어느 쪽이냐 침묵의 산아 대답해다오

어머님에게

여기가 내 집이어요 어머니
음침하고 눅눅한 분위기가 꼭 굴속 같지요
바늘 끝처럼 한기가 살 속을 파고드는 것이 꼭 냉방 같지요
이곳 사람들은 이곳을 시베리아라고 그런답니다
살아 있는 송장이 죽어 산다 해서
납골당이라 부르기도 하고요

어머니 이쪽으로 오셔요
이것이 내 방이어요 철문에 붙어 있는 표찰에는
0.7평에 정원 3명이라 씌어져 있지만
요즘은 나 혼자 쓰고 있어요
셋이 함께 써야 하는 경우도 있는데 그때는
밤에 잠을 잘 때 번갈아가면서 자야 한답니다
앉아 자는 사람이 누워 자는 사람을 깨워서
누워 자는 사람이 앉아 자는 사람을 깨워서
저녁잠 밤중잠 새벽잠으로 번갈아가면서 자야 한답니다

이걸 보세요 어머니
식구통이라고 하는 구멍이랍니다
아이들 머리통만 하지요 밖에서
이 구멍으로 밥을 넣어준답니다 조막만 한 콩밥을
이걸 보세요 어머니
감시통이라고 하는 구멍이랍니다

밖에서 열었다 닫았다 하게 되어 있는데
안에서 무얼 하고 있나 하고 엿보는 구멍이랍니다
가령 내가 좀 누워 있기라도 하면
어느새 그걸 알았는지 철문을 퉁퉁 두드리며 일어나라 그러고
가령 내가 담요라도 한장 깔고 앉아 있으면 그 담요 치우라 그러고
가령 내가 옆방과 통방하면 못하게 하는 구멍이랍니다
통방이 무엇이냐고요 처음 듣는 말이겠지요 어머니는
이곳에서는 사람과 사람이 인간의 목소리로
말이란 것을 주고받는 것이 금지되어 있는데 그것을 어기고
우리가 인간의 목소리로 몰래몰래 말을 주고받거나
똑 똑똑 똑똑똑 벽을 두드려 아침저녁으로
잘 잤소 잘 자소 서로의 안녕을 확인하거나 하는 것을
이곳 문자로 소위 통방한다고 그런답니다
어머니 이쪽으로 와보세요
여기가 오줌도 싸고 똥도 누는 변소랍니다
바로 코앞에서 고약한 냄새가 코를 찌르기는 하지만
그래도 이곳은 내가 유일하게 하늘을 볼 수 있는 곳이랍니다
어머니 여기를 찬찬히 보세요
보자기만 한 철판에 수없이 뚫어져 있는 이 바늘구멍만 한 구멍을
이 구멍으로 어쩌다 운수 좋은 날이면 파란 하늘을 보게 되는데
그런 날이면 어머니 얼마나 행복한지 모른답니다
고향의 하늘을 본 것 같기도 하고 날아가는 새라도 보게 되는 날
이면

어머니 나는 기쁨에 숨이 막힐 지경이랍니다

그런데 어머니 이 행복 이 기쁨마저도
앗아가버렸답니다 방이 어두워서
도저히 책을 볼 수가 없으니 전등 촉수를 30촉으로 해달라고
순시 나온 높은 양반한테 부탁한 것이 탈이었지요
여기가 무슨 독서실인 줄 아느냐며 다음 날
판자를 붙여 바늘구멍만 한 하늘까지 막아버렸으니까요
아마 내 처지에 그런 부탁은 건방지다 싶었겠지요
어머니는 아마 모르시고 계시겠지요
어떻게 해서 내가 이런 데에 들어오게 되었는지를
어째서 내가 이런 집 이런 방에서 이렇게 살아야 하는지를
아셔야 해요 어머니 반드시 알아야 해요
하늘은 모르더라도 귀신은 모르더라도 어머니만은 알고 있어야
해요
십년이고 이십년이고 죽을 때까지 차마 죽지도 못하고
지옥 같은 데서 내가 살아야 하는 이유를 알아야 해요

어머니 우리나라에는
두종류의 사람이 살고 있답니다
별로 일도 안하고 아니 일하고는 아예 담을 쌓고
아니 일이라고는 남을 부려먹기 위해
손가락 하나 까딱하는 일밖에는 안하고도

156

펜대 하나 까딱하는 일밖에는 안하고도
턱짓 하나 끄떡하는 일밖에는 안하고도
가장 잘 먹고 가장 잘 입고 가장 잘사는 사람들과
어머니처럼 손톱 발톱 다 닳아지게 일하고도
아버지처럼 뼈 빠지게 골병들게 일하고도
못 입고 못 먹고 못사는 사람들과
두 종류의 사람이 있답니다 대한민국에는

그 수로 말할 것 같으면 못사는 사람들은
바닷가의 모래알처럼 헤아릴 수 없답니다
그 수로 말할 것 같으면 잘사는 사람들은
아이가 손가락으로 꼽을 정도랍니다
그 부로 말할 것 같으면 잘사는 사람들은
나라 재산의 태반을 독차지하고 있답니다
그 부로 말할 것 같으면 못사는 사람들은
나라 재산의 태무(殆無)를 독차지하고 있답니다

거기다가 어머니 많은 사람들이
부자들의 편을 들어주고 있답니다 그들의 재산을
더 늘려주기 위해 잘 지켜주고 잘 관리해주기 위해
보세요 어머니 경찰관 나으리들을 그들은
가난뱅이들과의 싸움에서 부자들이 질 것 같기라도 하면
부랴부랴 투구를 쓰고 곤봉을 차고 지원하러 가지 않습니까

보세요 어머니 판검사 나으리들을 그들은
주린 배를 채우기 위해 가난뱅이가 부잣집 담을 기웃대기라도 하면
당장에 그를 잡아들여 호통을 치고 감옥으로 넘기지 않습니까
보세요 어머니 국회의원 나으리들을 그들은
부자들이 돈벌이가 시원찮다고 하품만 하면
귀신같이 눈치를 채고 이 법률 저 법률 만들어
감세도 해주고 면세도 해주지 않습니까
노동자들이 귀찮게 군다고 부자들이 짜증이라도 내면
금방 또 눈치채고 그따위 짓 못하게 하는 특별법을 만들어주지 않
습니까
보세요 어머니 대통령 각하께서도
부자들과의 싸움에서 가난뱅이들이 이길 것 같으면
국군통수권을 발동하여 계엄령을 선포하고
가난뱅이들을 잡아 가두고 때려 죽이고 쏘아 죽이지 않습니까

어머니 내가 이런 곳에 살고 있는 것은
십년이고 이십년이고 죽을 때까지 죽지 못하고 살아야 하는 것은
그 이유가 다른 데 있지 아니하답니다
부자들과 가난뱅이들과의 싸움에서 내가
부자들의 편을 들지 않고
가난뱅이들의 편을 들었기 때문이랍니다
민중의 지팡이 어쩌고저쩌고하는 경찰들은
부자들의 편에 서서 가난뱅이와 싸우는 민중의 적이고

정의의 사도 어쩌고저쩌고하는 검판사들은
저울 눈금을 속여 못 배운 사람들을 등쳐먹는 사기꾼이고
국민의 대표 어쩌고저쩌고하는 국회의원들은
부자들에게 고용된 정상모리배이고 입심 좋은 연설꾼이고
대통령이란 자는 이들 악당들의 두목이라고
가난뱅이들에게 폭로했기 때문이랍니다

가난한 이들에게 진실을 노래하고
단결하라 호소했기 때문이랍니다
부자들에게 저주 있어라 이렇게 외치고
죽음을 선고했기 때문이랍니다
그뿐이랍니다

어머님께

일제 삼십여년 동안
낫 놓고 ㄱ자도 모르셨던 어머니
미제 사십여년 동안
호미 쥐고 ?표도 모르시는 어머니
일자무식 한평생으로
자식 사랑밖에는 모르시는 어머니
지금 나처럼 감옥에 갇혀 있는 사람들을
구속자라 부르지 마세요
양심수라 부르지도 마세요
정치범이다 뭐다 시국사범이다 뭐다 그런 이름으로도 부르지 마
세요
그냥 애국자라 하세요

일제 삼십여년 동안
나라로부터 받아본 것이라고는 징용통지서밖에 없으셨던 어머니
미제 사십여년 동안
나라로부터 받아본 것이라고는 세금통지서밖에 없으신 어머니
일자무식 한평생으로
글 한줄 쓰신 적 없고 편지 한줄 읽으신 적 없어도
자식 사랑은 한으로 쌓여 가슴이 막히신 어머니
지금 나 같은 사람을
감옥에 처넣고 있는 사람들을
대통령이라 부르지 마세요

독재자라 부르지도 마세요
보수다 뭐다 반동이다 뭐다 그런 이름으로도 부르지 마세요
그냥 매국노라 하세요
달리 부르는 놈 있으면 그놈 주둥아리를 호미로 찍어주세요
달리 쓰는 놈이 있으면 그놈 손모가지를 낫으로 잘라주세요

지금 이 나라에는
보수와 진보가 있는 게 아니어요
우익과 좌익이 있는 게 아니어요
매국노와 애국자가 있을 뿐이어요
그 중간은 없는 거예요 없는 거예요 어머니

사랑

나는 당신에게
오직 슬픔만을 주기 위해
여기 있고

그대는 나에게
오직 고통만을 주기 위해
거기 있고

그러나 어쩌랴, 잡을 수 없는 것이 세월인 것을
나는 갇혀 있는 것을, 속수무책으로 앉아
지는 꽃잎 바라볼 수조차 없는 것을

그대는 나를 위해
원군으로 거기 있고
나는 그대에게
자랑으로 여기 있고

*『나의 칼 나의 피』 초판에는 「사랑 2」로 수록됨.

사랑의 기술

여전히 건강하다니 마음 놓이오
그림을 곁들인 당신의 편지 볼 때마다 나는
지그시 두 눈 감고
내 어린 시절의 추억에 잠기곤 한다오
거기에는 굴레 벗은 망아지가 들판을 휘달리고 있기에
거기에는 꼴망태 옆에 차고 낫질하는 초동이 있고
거기에는 똬리 끈 입에 물고 두레박을 내리는 소녀가 있기에
아 그때 당신의 가슴은 얼마나 부풀었던가
아 그때 나의 심장은 얼마나 두근거렸던가
별빛 쏟아지는 바위산 언덕의 입맞춤은 얼마나 알알했던가

나 또한 잘 있고
꼬옥꼬옥 씹어 주먹밥 삭이고 아침저녁으로
바닥에 대가리 처박고 고녀하는 조국 눈 부릅떠 본다오

과히 염려 마오
차마 다 살라구요
십년 너머 또 반십년을
기다림처럼 기약 없는 기다림처럼
사람을 더 아프게 하는 것이 없다고 하지만
아픔보다 넓은 공간 없고 피를 흘리는 아픔에 견줄 만한 우주도 없
다지
기다려요 기다리며 우리 배워가요

쇠사슬 달구어 칼을 벼리는 기술을
안팎으로 쑤셔 들쑤셔 증오의 벽 무너뜨리는 기술을
입술과 입술을 만나게 하고
가슴과 심장을 만나게 하고
형제와 누이와 아버지와 아들이
민중이 나라의 주인이 되게 하는 기술을

불혹에

1980, 1981, 1982, 1983……
하늘에서는 민족의 별이
번쩍번쩍 눈을 떴습니다

1980, 1981, 1982, 1983……
땅에서는 해방의 불이
활 활 활 활 타올랐습니다

1980, 1981, 1982, 1983……
하늘과 땅 사이에서는 조국의 자식들이
불끈불끈 주먹을 쥐었습니다

이제 미혹되지 않을 것입니다
내 나이 불혹입니다

투쟁과 그날그날

당신과 함께 생활하면서 나는 배웠습니다
아무리 사소한 일도 먼저 질서와 체계를 세우고
침착 기민하게 대처해나가는 기술을

천금을 주고도 살 수 없는 동지애로
당신은 나에게 가르쳐주었습니다 비판과
자기비판은 혁명을 바른 길로 인도하는 채찍이라는 것을
나는 보지 못했습니다 한번도
당신이 비판의 무기를 동지 공격의 수단으로 삼는 것을

끊임없이 당신은 학습하고
끊임없이 당신은 실천하고
그런 당신의 생활 속에서 나는 알았습니다
이론 없이 바른 실천 없고
실천 없이 바른 이론 있을 수 없다는 것을

당신은 사생활을 공생활에 종속시켰습니다
하루 스물네시간을 오직 혁명에 신명을 바쳤고
꿈속에서도 당신은 조국의 미래를 걱정했습니다

대중을 사랑하고 신뢰함으로써
대중으로부터 사랑과 신뢰를 받고자 당신은 최선을 다했습니다
그 이유를 당신은 이렇게 말했습니다

대중은 혁명을 떠받쳐주는 기반이고
혁명을 밀어주고 이끌어주는 원동력이고
최후까지 혁명을 지켜주는 철옹성이기 때문이라고

혁명의 이익을 위해서라면 당신은
어떤 일 무슨 짓이라도 해냈습니다 기꺼이 서슴없이
당신의 그런 행동 속에서 나는 새로운 자각에 이르렀습니다
혁명에는 혁명에 고유한 도덕이 있다는
제 신발에 흙탕물이 묻는 것을 꺼려하고
적의 피로 제 손이 더럽혀질까 두려워하는 자는
아예 혁명의 길에 나서지 않는 게 낫다고
당신은 나에게 일러주었습니다

당신은 또한 나에게 가르쳐주었습니다
일분일초를 어기지 않고 당신이 지켰던 약속으로
시간 엄수는 규율 엄수의 제일보라는 것을

위기의 순간에 당신은
혀를 깨물어 조직을 구하고
다문 입술로 당신은 나에게 말해주었습니다
비밀 엄수는 조직 사수의 최후 보루라고

철의 규율과

불굴의 의지로 단련된 바위
당신은 갔습니다 소위 저세상으로
꼭 다문 당신의 입술을 통해 내가 말할 수 있는 것은
오직 한마디

"미래의 자식들을 위한 투쟁에서
오늘 죽음까지 불사했던 사람은 결코
사라지는 법이 없을 것이다
만인의 승리와 함께 그 이름은 별이 되어
지상에서 다시 살아날 것이다"

밥과 자유, 민족해방투쟁 만세!

별 하나에 나 하나

저 별은 나의 별
저 별은 나의 별
깡충깡충 토끼 춤을 추면서
아이들이 하늘나라 별나라를 노래한다
그러면 어느 별은
별 하나에 나 하나
돌이의 별이 되기도 하고
그러면 어느 별은
별 하나에 나 하나
순이의 별이 되기도 한다
그러면서도 그러면서도 하늘나라의 별은
꼭 돌이의 별이 아니어도 좋은
꼭 순이의 별이 아니어도 좋은
모든 아이들의 눈에서 빛나는
너와 나와 우리의 별 희망이 된다

아 얼마나 좋으랴
아이들이 하늘나라 별나라를 노래하듯
어른들도 지상의 나라에서
저 논은 나의 논
저 밭은 나의 밭
논과 밭을 노래할 수 있다면
그러면 어느 논은

돌이 아빠의 논이기도 하다가
그러면 어느 밭은
순이 엄마의 밭이기도 하다가
그러나 정작으로는 하늘나라의 별처럼
돌이 아빠의 논이 아니어도 좋은
순이 엄마의 밭이 아니어도 좋은
모든 아버지 어머니의 가슴에 들어차는
논과 밭이 될 수 있다면

건강 만세 1

건강이 나빠지고
몸이 말을 듣지 않으면
만사가 귀찮은 것이다
머리맡에 꿀단지가 있어도
쓰디쓴 한약 단지로 보이고
손을 뻗으면 닿을 수 있는 곳에
연애처럼 재미있는 책이 있어도 집어지지 않는다
심지어 먹지 않으면 죽는 줄 빤히 알면서도
밥마저 웬수로 보이는 것이다
차라리 누운 채로 죽고 싶은 것이다

그러나 동지여
철창 속에 얼음장 같은 마룻장 위에
가마니때기 한장 깔고
외로이 앉아 있을 동지여
닭도 오리도 소도 고양이도 그런 곳에 갇히면
사흘이 못 가 죽고 말 것이라는
그런 풍문이 들리는 곳에서
십년이고 이십년이고 살아 있는 한
영원히 갇혀 있을지도 모르는 동지여
건강을 소홀히 해서는 안된다오 전사는
어디를 가나 싸우는 사람이라오 숙명이라오
썩은 음식과 싸우고

모자란 운동시간과 싸우고 여름이면
뻥끼통의 구더기와 싸우고
모기와 빈대와 파리와 쥐며느리와 싸우고
겨울에는 새벽같이 일어나 얼음을 깨고
추위와 싸워야 한다오 냉수마찰로

그러니 동지여
손발을 움직이는 데 게을러서는 안된다오
그것은 스스로 건강을 해치는 이적행위라오
적은 우리를 아주 없애버리고 싶었던 것이라오
체포고 뭐고 조사고 뭐고 재판이고 뭐고
투옥이고 뭐고
현장에서 드르륵 갈겨버리고 싶었던 것이라오
그러지 못했을 뿐이라오 그것이 불만이라오 그들에게는
그래서 그들은 그대를 그런 곳에 처넣고
시름시름 앓다가 병사하거나 그냥
자연사하기를 바라고 있다오

온몸이 나른하게 풀어지는 해빙의 봄이오
몸과 마음에서 긴장을 풀어놓지 마오
방심이야말로 최악의 적이라오
건강 만세!

건강 만세 2

뜨뜻하게 등짝을 지질 아랫목도 없고
깡소주에 붉은 고춧가루를 넣어
단숨에 들이켤 술좌석도 없는
삭풍에 시달린 벽뿐인 겨울 속에서
얼음장 같은 마룻장 위에서
감기 한번 잘못 걸렸다 하면
일주일은 꼬박 죽는다 천하장사라도
그러면 고생은 고생대로 하고
죽도록 몸은 몸대로 축나고
그동안 일주일 동안은 살아 있는 송장이다
그래서 나는 감기란 놈이
목으로 코로 쳐들어올 기미만 보이면
책이고 뭐고 생각이고 뭐고 운동이고 뭐고
싸그리 집어치우고 누워버린다
칭칭 수건으로 목을 감고
있는 옷 없는 옷 죄다 꺼내 입고
열장이고 스무장이고
담요라는 담요는 모조리 깔아놓고
그 위에 놈을 눕혀 두루마리로 똘똘 말아
통나무처럼 자버린다
녹초가 되도록 뻘뻘 땀 흘려버린다
그러면 감기란 놈도 침입을 포기하고
슬슬 퇴각하기 시작한다

그러면 몸이란 놈도 죽기를 거부하고
슬슬 살아나기 시작한다
문제는 예방이고 준비고 방심 안하기다

바보같이 바보같이

감옥에서 철창 안에서
새를 길러본 적이 있는 사람이면 알 것이다
날개 없는 인간의 손으로 키워지고 길들여진 새는
어미 새가 되어서도 날 줄은 알되
창밖에 구만리장천이 있는 줄은 모른다는 것을

오늘도 나는 그동안
심심파적으로 길러온 머슴새를
마침 해방의 날이고 해서 밖으로 날려보냈다
그런데 녀석은 담 밑의 키 작은 측백나무에서 안절부절 못하더니
이윽고 땅으로 내려오더니 거기서도
선 채로 두려움에 떨더니
그만 철창 안으로 들어와버리는 것이었다
그리고 내 옆에서 겨우 안심하고
내가 잡아준 파리며 거미 새끼를 받아먹으며
기운을 내기도 하고 재롱까지 부리는 것이었다

이런 일을 나는 그동안 육년 동안
몇번이고 했는지 모른다
창밖에 까치가 와서 우는 설날 아침이나
자유의 높이를 재기라도 하듯 노고지리가 하늘 높이
솟아오르는 봄날의 오후에
나는 안타까운 마음으로 새를 내보내고는 했다

그런데 그때마다 녀석은 철창 안으로 들어와버렸고
내 곁에서 내 좁은 손 안에서 오히려 안심해하고
얄밉게도 재롱까지 피우는 것이었다
바보같이 바보같이 창밖에 구만리장천이 있는 줄도 모르고

운동을 하다가

생각은 머릿속의 생각만은
팔팔하다만
푸른 바닷속의 고기처럼 그러하다만
마음은 가슴속의 마음만은
펄쩍펄쩍 뛴다만
들녘을 내닫는 검은 말처럼 그러하다만
몸이 말을 듣지 않는구나 마음의 행로대로
팔과 다리가 따라가지 않는구나 생각의 끝을

들어와 방에 들어와
거울 앞에 서서 보니 십년 전의 나는 없고
웬 까까중머리가 하나 있구나
가슴에는 이름 대신 붉은 딱지를 하나 달고
반백의 중늙은이 하나가 나를 물끄러미 쳐다보고 있구나

담 하나를 사이에 두고

담 하나를 사이에 두고
나는 죄인이고 당신은 죄인이 아닙니다
죄인이 아니기 때문에 당신은
사통오달의 거리에서 사방팔방으로 활보할 수 있고
가로질러 들판을 하늘 향해 두 팔 벌리고 내달릴 수 있습니다
그러나 나는 죄인이기 때문에 그럴 수 없습니다
사슬에 묶여 손과 발이 제 일을 못합니다
걷지도 못하고 기지개를 켜지도 못합니다
바로 머리 위에서 내리누르는 철근의 중압 때문에
바로 옆구리에 와닿는 콘크리트 벽의 압박 때문에
숨조차 자유로 쉴 수 없습니다

담 하나를 사이에 두고
나는 죄인이고 당신은 죄인이 아닙니다
죄인이 아니기 때문에 당신은
아침이면 사립문을 밀어 노동의 세계를 열고
오는 가을을 바라보면서 봄의 이랑에
한알의 씨알을 심을 수 있습니다
그러나 나는 죄인이기 때문에 그럴 수 없습니다
흙 한줌 노동의 손으로 만질 수 없고
이슬에 젖은 풀 한포기 마른 입술에 적실 수 없습니다

담 하나를 사이에 두고

나는 죄인이고 당신은 죄인이 아닙니다
죄인이 아니기 때문에 당신은
노동과 노동 사이에 휴식의 터를 마련할 수 있고
흐르는 물에 발을 담그고 먼 산을 바라보며
그간의 피로를 풀 수 있습니다
그러나 나는 죄인이기 때문에 그럴 수 없습니다
철근과 콘크리트로 무장한 네 벽에 포위되어
산이란 산 느긋하게 바라볼 수도 없고
물이란 물 한모금 시원하게 마실 수도 없습니다

담 하나를 사이에 두고
나는 죄인이고 당신은 죄인이 아닙니다
죄인이 아니기 때문에 당신은
여기저기 신문에서 텔레비전에서 돌아가는 세상을 읽을 수 있고
여기저기 책방에서 도서관에서 좋아하는 책을 고를 수 있습니다
그러나 나는 죄인이기 때문에 그럴 수 없습니다
내게 허락된 것이라고는 원수를 사랑하라고 씌어진
손바닥만 한 성경뿐입니다 소설 같은 것도
그 속에 피의 전쟁이 그려져 있다 해서 금지됩니다
시집 같은 것도 그것을 노동자가 썼다 해서 불허된답니다
정부가 그 품질을 보증하는 잡지도
그 속에 어딘가에 시사성이 숨어 있으면
붉은 줄을 그어 지워버린답니다

자유·해방·민족·민중·투쟁·계급·혁명……
이따위 말들은 아예 보안과에 영치되어버린답니다

담 하나를 사이에 두고
나는 죄인이고 당신은 죄인이 아닙니다
죄인이 아니기 때문에 당신은
하얀 종이 위에 붉은 글씨로 자유를 쓸 수도 있고
모래 위에 손가락으로 사랑의 이름도 그릴 수 있습니다
그러나 나는 죄인이기 때문에 그럴 수 없습니다
펜도 없고 종이도 없고 그리운 벗이 있어도
담 너머로 엽서 한장 띄울 수 없습니다
일터를 빼앗긴 동무에게 투쟁의 말 한마디 적어 보낼 수 없습니다

담 하나를 사이에 두고
나는 죄인이고 당신은 죄인이 아닙니다
죄인이 아니기 때문에 당신은
입을 열어 말을 주고받을 수 있습니다
영철아, 현수야 서로의 이름을 부르며 부르며
시간 가는 줄 모르고 이야기의 꽃을 피울 수 있습니다
그러나 나는 죄인이기 때문에 그럴 수 없습니다
이름조차 나에게는 없습니다 빼앗겼습니다
붉은 딱지에 박힌 번호가 나입니다
바로 옆방에 동지가 있어도 말을 주고받기는커녕

그 얼굴 바라볼 수조차 없습니다
벽을 두드려 아침과 저녁으로 안부를 묻는 것조차도
쥐도 새도 모르게 해야 합니다 들키면
옥중옥이라고 먹방으로 끌려가서 벌밥을 먹어야 합니다

담 하나를 사이에 두고
나는 죄인이고 당신은 죄인이 아닙니다
죄인이 아니기 때문에 당신은
생각나면 기차를 타고 먼 곳의 친구를 만나러 갈 수 있고
먼 데서 친구가 찾아오면 반갑게 맞이할 수 있습니다
그러나 나는 죄인이기 때문에 그럴 수 없습니다
만나러 가기는커녕 친구에게 편지 한장 하는 것도 금지되어 있고
찾아오는 친구를 맞이할 자유도 없습니다

담 하나를 사이에 두고
나는 죄인이고 당신은 죄인이 아닙니다
죄인이 아니기 때문에 당신은
가난하지만 썩은 음식을 거절할 권리는 있습니다
그러나 나는 죄인이기 때문에 그럴 수 없습니다
주면 주는 대로 먹어야 합니다
입에 와서 서러운 게 밥이라고 하지만
정작으로 서러운 것은 시커먼 우거짓국에서 건지는 한가닥 왕건
지입니다

목구멍에서 넘어가지 않는 눈물입니다

담 하나를 사이에 두고
나는 죄인이고 당신은 죄인이 아닙니다
죄인이 아니기 때문에 당신은
해 저문 들녘에 서서 한점 부끄럼도 없이
하늘을 우러러볼 수 있습니다
그러나 나는 죄인이기 때문에 그럴 수 없습니다
그 하늘 벽이 가려 볼 수조차 없습니다

당신은 묻겠습니까 나에게
무슨 죄를 지었기에 그러느냐고
그 이유를 말하겠습니다 무슨 죄를 지었기에
한평도 채 못되는 방에서
아니 방이라기보다는 차라리 굴속 같은
송장이 누워 자는 칠성판 같은 마루 위에서
겨울이면 얼어 죽어야 하는 이유를
여름이면 더워 죽어야 하는 이유를
그것도 하루 이틀이 아니고
그것도 한두달이 아니고
그것도 한두해가 아니고
십년 넘어 반십년을 평생을
소위 죄인으로 죽어야 하는 이유를

한 나라에 두 국민이 있기 때문입니다
착취하는 편과 착취당하는 편이 있기 때문입니다
착취하는 편에 내가 가담하지 않고
착취당하는 편에 내가 가담했기 때문입니다
그 어중간에서 우왕좌왕하지 않았기 때문입니다

그랬었구나

아 그랬었구나
로마를 약탈한 민족들도
약탈에 저항한 사람들을 감옥에 처넣기는 했으되
펜과 종이는 약탈하지 않았구나 그래서
보에티우스 같은 이는 감옥에서
『철학의 위안』을 쓰게 되었구나

아 그랬었구나
캄캄한 중세 암흑기에도
감옥에는 불이 켜져 있었구나 그래서 그 밑에서
마르꼬 뽈로는 『동방견문록』을 쓰게 되었고
세르반떼스는 『돈 끼호떼』를 쓰게 되었구나

아 그랬었구나
전제군주 짜르 체제에서도 러시아에서도
시인에게서 펜만은 빼앗아가지 않았구나
소설가에게서 종이만은 빼앗아가지 않았구나
그래서 체르니솁스끼 같은 이는 감옥에서
『무엇을 할 것인가』를 쓰게 되었구나

아 그랬었구나
일제 식민지시대에서도
우리 민족을 노예로 전락시키고

184

우리말 우리 성까지 빼앗아간
이민족의 치하에서도
감옥에서 펜과 종이를 빼앗아가지 않았구나
그래서 단재 신채호 선생 같은 이는 여순옥에서
『조선상고사』를 쓰게 되었구나
우리말로 우리 역사를!

아 역사를 거꾸로 살 수 있다면 그렇게만 할 수 있다면
차라리 나는 고대 노예로 다시 태어나고 싶구나
차라리 나는 중세 농노로 다시 태어나고 싶구나
차라리 나는 일제 치하에서 다시 태어나고 싶구나
펜도 없고 종이도 없는 자유대한에서 그 감옥에서 살기보다는

벗에게

좋은 벗들은 이제 이미 이 세상 사람이 아니라네
살아남은 이들도 잡혀 잔인한 벽 속에 갇혀 있거나
지하의 물이 되어 숨죽여 흐르고
더러는 국경의 밤을 넘어 유령으로 떠돌기도 한다네

그러나 동지, 잃지 말게 승리에 대한 신념을
지금은 시련을 참고 견디어야 할 때,
심신을 단련하게나 미래는 아름답고
그것은 우리의 것이네

이별의 때가 왔네
자네가 보여준 용기를 가지고
자네가 두고 간 무기를 들고 나는 떠나네
자네가 몸소 행동으로 가르쳐준 말
—참된 삶은 소유에 있는 것이 아니고 존재로 향한 끊임없는 모
험 속에 있다는
투쟁 속에서만이 인간은 순간마다 새롭게 태어난다는
혁명은 실천 속에서만이 제 갈 길을 바로 간다는—
그 말을 되새기며

동지여

뜨거운 아랫도리 억센 주먹의 이 팔팔한 나이에
동지여, 산다는 것은 괴로운 일이다
사슬 묶여 쇠사슬 벽 속에 갇혀

목청껏 노래하고
힘껏 일하고
내달리며 전진하고 기다려 역습하고
피투성이로 싸워야 할 이 창창한 나이에
쓰러지고 일어나면서 승리하고 패배하면서
빵과 자유와 피의 맛을 보아야 할
이 나이에 이 팔팔한 나이에 이 창창한 나이에

서른다섯의 이 환장할 나이에
긴 침묵으로 산다는 것은 괴로운 일이다
동지여

* 『나의 칼 나의 피』 초판에는 「형제여」로 수록됨.

노형에게

자본가와 싸우다
일자리를 빼앗겼다는 노형은
자유는 있소 그래도
굶어 죽을 자유는
자본가의 대통령 압제자와 싸우다
감옥에 처박혀 있는 나는
죽을 자유도 없소
단식을 하면 강제급식당하니
굶어 죽을 자유도 없고
끈이란 끈은 실오라기 한가닥도
소지하거나 은닉해서는 아니된다고 하니
목매달고 죽을 자유도 없소
그래서 그런지 노형
담 밖의 세상에서처럼은
아침저녁으로 끼니 걱정은 안해도 되고
놀고먹으며 책이나 뒤적이는 늘어진 팔자지만
죽을 자유마저 빼앗아간 이곳보다야
그런 자유라도 허용되는 그곳이 그립습니다
굶어 죽을지언정 싸우다 죽을 자유가 있는
그런 노형이 부럽습니다

정치범들

1

묶임으로써 풀어지는 포승의 자유
갇힘으로써 넓어지는 자유의 영역
이제 사람들은 들어오지 않는다 감옥으로
손목을 파고드는 수갑은 찼으되
고개 떨구고 죄인처럼 들어오지도 않고
번호가 찍힌 푸른 옷은 입었으되
다리 절며 패잔병처럼 들어오지도 않는다
그들은 들어온다 감옥으로
고개 들고
가슴 펴고
꼿꼿한 걸음걸이로
감옥의 자유로!

2

광주민중항쟁 7주년인 오늘
한꺼번에 스물네명의 사람들이 들어왔다 그들 속에는
이랑처럼 수심이 깊은 늙은 농부의 얼굴이 섞여 있었고
팔뚝이 무쇠처럼 완강한 철공소의 직공도 끼여 있었다
철문을 따는 소리와 함께 그들이 사동의 문턱을 넘어
하나씩 하나씩 지정된 방으로 들어갈 때마다
정체불명의 박수 소리가 그들을 어리둥절하게 한다
그것은 먼저 투옥된 사람들이 감방에서 보내는 환영의 인사다

철창에 어둠이 깃들고 간수들의 순시가 뜸할 시간이다
여기저기서 자기를 소개하는 중구난방의 질문과 대답이 오간다
간수 몰래 바깥소식이 벽을 타고 방에서 방으로 전달되는가 하면
식구통과 식구통으로 팔을 뻗어 빵과 우유와 책을 주고받는다
그리고 감옥의 밤에 취침나팔 소리가 울려퍼지면
어떤 사람은 담요를 깔고 요가를 하기 시작하고
어떤 사람은 철창에 기대서서 하늘의 별을 헤아리고
어떤 사람은 이불을 책상 삼아 독서를 한다

   3
그들에게 있어서 감옥은 감옥이 아니다
인간의 소리를 차단하는 벽도 아니고
자유의 목을 졸라매는 밧줄도 아니고
누군가 노리고 있는 공포와 죽음의 집도 아니다
감옥은 팔과 머리의 긴장이 잠시 쉬었다 가는 휴식처이고
세상에서 가장 완벽한 독서실이고 정신의 연병장이다

옥중에서 홍남순 선생님을 뵙고

"사람이 아니드랑께 짐성이드랑께 짐성"
이 말씀은 우리 시대 마지막 선비
취영(翠英) 홍남순 선생님의 말씀입니다
밤에 승냥이한테 끌려가 곤욕을 당하고
새벽에 돌아와 자리에 누우셔서 하신

오늘 나는 선생님을
십년 만에 다시 뵈었습니다
무릎 꿇고 꾸벅 절로 궁동 자택에서 뵙지 못하고
감옥에서 철창 너머로 뵈었습니다
검은 머리 잔잔한 미소로 뵙지 못하고
백발노인 경악으로 뵙고
나는 그만 울음보를 터뜨려버렸습니다
아이처럼 엉엉

"고생이 많았제 그동안
집에서 면회는 오는가 오래는 못 갈 거야 조금만 기다려
그렇게 많은 사람 죽이고 제명에 간 사람 있던가
설맞은 멧돼지가 설치면 얼마나 설치겠어"

선생님은 오히려 나를 걱정하시고
자택에서 무등산을 보시던 그 눈으로
철창 밖의 나를 물끄러미 바라보셨습니다

부자들로 하여금 감옥을 허물게 하자

놈들이 느낀 대로 느껴야 해
놈들이 생각한 대로 생각해야 해
놈들이 웃으면 웃어야 하고 놈들이 찡그리면 찡그려야 해
웃을 때 운다든지 울 때 웃어선 안돼
말을 하더라도 놈들의 입으로 해야 해
세상을 보더라도 놈들의 눈으로 보아야 해
놈들이 절망에 호소하면 절망을 절망해야 해
대망의 80년대 90년대 2천년대 하며
기적을 팔면 예수를 팔아서라도
그 기적을 믿어야 해
그렇지 않으면 그렇지 않으면
철거덕! 수갑이 와서 너를 채갈 거야
그렇지 않으면 그렇지 않으면
떡! 구둣발이 와서 네 가슴을 걷어찰 거야
그렇지 않으면 그렇지 않으면
쿵! 쇠뭉치가 와서 네 등을 내리찍을 거야
그리하여 조서가 꾸며져 검찰청으로 넘겨질 거야
그리하여 기소장이 꾸며져 법원으로 넘겨질 거야
그리하여 판결문이 꾸며져 감옥으로 넘겨질 거야
감옥은 부자들이 그들의 재산을 지키기 위해 만들어졌다
그리고 놈들은 감옥을 채우기 위해
경찰과 검사를 만들었으며
그리고 놈들은 감옥을 지키기 위해

간수들을 만들었으며
그리고 놈들은 이 모든 것을 합법적으로 속이기 위해
법과 법관을 만들었다
놈들로 하여금 이 벽을 허물도록 하자!
이런 시를 너는 읽게 될 거야

*『나의 칼 나의 피』에는 「사실」로 수록됨.

자본주의

혈압이 뚝 떨어졌소
즉시 나는 병동 중병실로 옮겨졌소
고혈압에는 약이 있지만 저혈압에는 약도 없다고 하는
간병의 말에 나는 덜컥 겁이 나는 것이었소
제기랄 까딱하다가는 옥사하는 게 아닐까 하고 말이오

내가 죽으면 여보(엄살이 아니오)
내 사랑하는 친구들에게 전해주오
자본주의를 저주하다 남주는 죽었다고
그놈과 싸우다 져서 당신 남편은 최후를 마쳤다고
여보 자본주의는 자유의 집단수용소라오
모든 것이 허용되지만 자본가들에게는
인간을 상품처럼 매매할 수 있는 자유
인간을 가축처럼 기계처럼 부려먹을 수 있는 자유
수지타산이 안 맞으면 모가지를 비틀어 그 인간을
공장 밖으로 추위와 굶주림 속으로 내몰 수 있는 자유까지 허용되
지만
노동자에게는 굴욕의 세계를 짊어지고 굶어 죽을 자유밖에 없다오
시장에서 매매되는 말하는 가축이기를 거부하고
기계처럼 혹사당하는 노예이기를 거부하고 노동자들이
한사람의 인간성으로 일어서기라도 할라치면
자본가들은 그들이 길러놓은 경찰견을 풀어 노동자를 물어뜯게
하고

상비군을 무장시켜 노동자들을 대량학살케 한다오

여보 자본주의 그것은 인간성의 공동묘지
역사가 뛰어넘어야 할 지옥이라오 아비규환이라오
노동자를 깔아뭉개고 마천루(魔天樓)로 솟아올라
천만근 만만근 무게로 찍어누르는 마(魔)의 산(山)이라오
무너져야 할 한시바삐 무너뜨려야 할

나에게는 갚아야 할 원수가 있소

꼭 십년이오 고향 떠나고
그동안 십년 동안 일가친척이 참 많이도 죽었소
아버지는 화병으로 돌아가셨소
내가 경찰에 쫓기는 몸일 때
매형은 농가부채에 눌려 농약을 먹었고
조카 하나는 공사장 높은 데서 떨어져 죽었소
그리고 내 동생 덕종이는
서른다섯의 나이에 아직 총각이오
당신의 말처럼 건장하고 성실하고 정직하고
우리 삼형제 중에서 제일 잘생겼는데 말이오
내가 용공인가 좌익으로 감옥에 있기 때문이오
아름다운 서울에 살지 못하고
곰보딱지 애꾸눈 언청이도 거부하는
농촌에서 흙농사를 짓고 살기 때문이오

꼭 육년이오 투옥되고
그동안 육년 동안 많은 동지가 죽었소

한 동지는 감옥에서 살해되었소
한 동지는 교살당했소 사형대에서
한 여성 동지는 아들과 함께 옥살이하다가 병사했소
그리고 지금도 많은 동지들이
이 감옥 저 감옥으로 끌려다니면서

갖은 학대와 병고에 시달리고 있소
민중의 조국을 사랑했기 때문이오
조직적으로 전투적으로 사랑했기 때문이오

당신은 나에게 물어왔소 석방되어도 한시도 적의
감시를 벗어나지 못할 것인데
나오면 어떻게 살 것이냐고
나에게는 원수가 있소 만난을 무릅쓰고 갚아야 할
노동이라곤 해본 적이 없어
비단결처럼 손바닥이 미끈한 자들
그 손으로 노동의 딸을 쾌락의 도구로 갖고 노는 자들
그 손으로 외적과 손을 잡고
제 민족 제 동포를 팔아먹는 자들
매판자본가들 매판관료들 매판군벌들
이들 매국노들을 민중의 불구대천의 원수들을
죽음을 불사하고 갚아야 할

살아남아 다시 한번 칼자루를 잡기 위해서

물론
싸울 줄 알아야 하고
죽을 줄도 알아야 하지
하지만 과연 그가 혁명가라면
살아남을 줄도 알아야 해
고립무원 첩첩산중에서 산적이라도 만났을 때는
아낌없이 가진 것 내줄 줄 알아야 해
아나 이것이나 처먹어라
개떡인 양 한점 붉은 살점이라도
선뜻 던져줄 줄 알아야 해
자기를 죽일 줄 알아야 해
살아남기 위해서 살아 살아
다시 한번 칼자루를 잡기 위해서

*『나의 칼 나의 피』초판에는「일보전진 이보후퇴」로 수록됨.

부르다가 내가 죽을 이름이여

무엇하랴
콧잔등 타고 내려
입술 위에 고인 눈물 위에
그대 이름 적신들
타고 내려 가슴에서 애를 태우고
발등 위에 떨어진 이슬 위에
그대 이름 새긴들

무엇하랴
벽은 이리 두텁고 나는 갇혀 있는 것을
무엇하랴
철창은 이리 매정하고 나는 묶여 있는 것을
오 새여 하늘의 바람이여
나래 펴서 노래에 살고
나래 접어 황혼에 깃드는 새여 바람이여

나에게 다오 노래의 날개를
나에게 다오 황혼의 보금자리를
만인의 입술 위에서 노래가 되기도 하고
대지의 나무 위에서 비둘기의 보금자리가 되기도 하고
압제자가 묶어놓은 세상의 모든 매듭을 풀어
인간의 팔에서 날개가 되고 바람이 되기도 하는
새여 바람이여 자유여 부르다가 내가 죽을 이름이여

편지 1

시를 써보겠다는 생각은
아예 그만두기로 했습니다 이곳에서는
네 벽에 가득 찬 것은 어둠뿐인 이곳에서는
돼지처럼 넣어준 콩밥이나 받아먹고
신트림 구린 방귀나 풍기고 사는 이곳에서
시를 써보겠다는 욕심은 부리지 않기로 했습니다
시가 무슨 신성한 것이어서가 아닙니다
펜이 없고 종이가 없고 형편이 나빠서가 아닙니다
흙이 없기 때문입니다 노동이 없기 때문입니다
흙과 노동이 빚어낸 생활의 얼굴이 없기 때문입니다
밝음을 위한 무기 싸움이 없기 때문입니다

내 시의 기반은 대지입니다
대지를 발판으로 일어서서 그 위에
노동을 가하는 농부의 연장과 땀입니다
씨를 뿌리기 위한 바람과의 싸움입니다
뿌리를 내리기 위한 어둠과의 격투입니다
노동의 수확을 지키기 위한 거머리와 진드기와의 피투성이의 실
랑이입니다
추위를 막기 위한 벽과의 싸움이고
불을 캐기 위한 굴속과의 숨바꼭질입니다
대지 노동 투쟁이 기반을 잃으면
내 팔의 힘은 깃털 하나 들어올릴 수 없습니다

이 발판이 없어지면 나는 힘센 자의 입김에도 쓰러지고 마는 허깨
비입니다
내가 한줄의 시를 쓸 수 있는 것은
가뭄을 이기는 저 농부들의 두레에 내가 낄 때입니다
그들과 더불어 내가 있고
그들과 더불어 내가 사고하고
그들과 더불어 내가 싸울 때
그때 나는 한줄의 시가 됩니다

편지 2
벌방에서

어머니 이 밥을 받아야 합니까
식구통으로 들이미는 컴컴한 이 주먹밥을
수갑 찬 두 손으로 받아야 합니까
이 밥을 먹어야 합니까 어머니
가마니때기 위에 놓인 컴컴한 이 주먹밥을
수갑 찬 두 손으로 먹어야 합니까
인간이 도야지에게 밥을 줄 때 이렇게 주던가요 어머니
똥개가 똥을 핥을 때 이렇게 핥던가요 어머니
산다는 것이 어머니 이런 것이던가요
차라리 죽어버리라고 어머니 왜 말씀 못하세요
왜 말씀 못하세요 어머니 어머니

아 얼마나 불행하냐 나는
최권행에게

자꾸만 시가 메말라간다
삭풍에 제 몸을 내맡긴 관념의 나무처럼
잎도 없고 가지만 앙상하다
노동의 땀이 없기 때문이다 내 손에
투쟁의 피가 없기 때문이다 내 몸에
아 얼마나 불행하냐 나는
노동으로부터 투쟁으로부터 이렇게 멀리
이렇게 오래 떨어져 있는 나의 시는
아 언제 다시 돌아가랴 고향으로
언제 다시 언제 다시 돌아가 벗들에게로
노동의 대지에 삶의 뿌리를 내리고
민중의 바다에 투쟁의 돛을 올리랴

날이 차다
철창에 기대 나는 담 밖을 내다본다
거대하다 밤 하나는
나라는 작은데 나라는 작은데
밤 하나는 거대하다

방

방
굴속처럼 어둡고
개집처럼 비좁아
숨통이 막혀오는 이 방
방
문이 있어도
내 자유로는 열리지 않고
두드려도 두드려도 침묵뿐인 이 방
방
아침으로는
동에서 뜬다는 해님을 볼 수 없고
저녁으로는
서으로 진다는 달님을 볼 수 없어
어둡고 괴로워라 밤이 깊으니……
한숨이 절로 나와 떠도는 이 방
방
한증막과 같은 여름과
시베리아와 같은 겨울밖에는 없어
꽃 피고 잎 진다는 계절을 모르고 사는 이 방
방
함부로 지정된 자리를 떠서도 아니되고
아무 때나 수면을 취해서도 아니되는 이 방
방

소리 내어 혼자 중얼거리거나 노래해서도 아니되고
벽을 두드려 옆방과 통방해서도 아니되는 이 방
방
허가 없이 도서를 열독해서도 아니되고
허가 없이 집필 도구를 소지해서도 아니되는
그렇다고 펜과 종이를 허가해주지도 않는 이 방
방
이유 없이 단식해서도 아니되고
자살을 기도하거나 자해행위를 해서도 아니되는 이 방
방
하루라도 창밖으로
바늘구멍만 한 철망 밖으로
나는 새의 날개를 보지 못하면
죽을 것만 같았는데
하룻밤이라도 창밖으로
바늘구멍만 한 철망 밖으로
하늘의 별을 보지 못하면
살아갈 수 없을 것 같았는데
산다는 것이 이런 것이더냐!
한 오년 살다보니까
그따위 새의 날개 같은 거 없어도
그럭저럭 숨 쉬고 살아가는 이 방
한 십년 살고 보니까

그따위 하늘의 별 같은 거 없어도
사는 것이 노예처럼 길들여지는 이 방
이제는 죽어도 좋을 것 같은 이 방

무엇이 남을까
내가 이 방을 뜨고 나면
죽어서 송장으로 뜨건
살아서 다른 어떤 것으로 뜨건
지금이라도 당장에 내가
이 방을 뜨고 나면
자본가들이 그들의 재산을 지키기 위해
억압자들이 그들의 권력을 지키기 위해
철근과 콘크리트를 짓이겨 반죽해놓은
이 방을 내가 뜨고 나면 무엇이 남을까

육체의 허물 이 초라한 푸른 옷이 남을까
푸른 옷에 갇혀 허물에 갇혀
자본가와 압제자와 혼신의 힘으로 싸웠던 안간힘이여
그 부질없음이 남을까
나이 마흔에 반백의 머리카락 그 덧없음이 남을까

아무것도 남지 말거라
마루 위에 벽에 또는 허공에

증오의 손톱으로 내가 새겨놓았던 말들—
압제여 착취여 양키 제국주의여
그 흔적마저 사라져 없어져버리거라
내가 뜨고 나면 이 방은
벽과 함께 마루와 함께 허공에서 무너져내리거라
썼다가는 지워버리고
지웠다가는 다시 쓰고는 했던 이름들—
자유여 해방이여 노래여 혁명이여
너마저 그 흔적마저 사라져 없어져버리거라

세월

압제와의 싸움에서 나는 지고
이곳에 내가 갇힌 지 9년의 세월이 흘렀습니다
9년이란 세월 그것은
지구가 태양의 둘레를 아홉바퀴 돌고
달이 지구의 둘레를 백여덟바퀴를 도는 행로라 합니다
나는 그동안 9년 동안
동산에서 해가 뜨는 것을 보지 못했습니다
서산 너머로 달이 지는 것을 보지 못했습니다
나는 자연으로부터도 버림받았으니
별 하나 내 머리 위에서 빛나지 않습니다

자본의 세계에서 쫓겨나
이곳에 내가 갇히고 9년의 세월이 흘렀습니다
9년이란 세월 그것은
신랑이 신부를 맞아 신방을 꾸미고
결혼 10주년을 바라보는 해와 달입니다
새로 태어난 아기가 나무처럼 자라서 재롱을 피우고
아침저녁으로 징검다리 건너 학교에 갔다 올 나이입니다
나는 어제 보았습니다 거울 앞에서 반백이 된 내 머리를
그리고 돌아서서 나는 그려보았습니다 먼 산을 바라보며
6년 후의 내 모습과 마흔다섯살이 될 한 여인의 얼굴을

취침나팔 소리가 들리고 밤이 깊어갑니다

이제 내 귀는 가까워졌다 멀어져가는
간수의 발자국 소리밖에 듣지 못합니다
이제 내 눈은 벽과 천장과 이따금 감시통으로 나를 엿보는
간수의 눈밖에 보지 못합니다
나는 보고 싶습니다 이 밤에
잠자리를 펴는 여인의 허리를
나는 듣고 싶습니다 이 밤에
아기를 잠재우는 어머니의 자장가를
나는 보고 싶습니다 아침에 일어나
행주치마 허리에 두르고 밥상을 차리는 주부의 모습을
나는 듣고 싶습니다 잠자리에서
늦잠꾸러기 남편에게 바가지를 긁는 마누라의 잔소리를
나는 보고 싶습니다 먼 훗날
바람에 날려 대지에 씨를 뿌리는 농부와 그 뒤를 따라오면서
흙으로 씨를 덮는 농부의 아내를

먼 훗날 사내가 다시 동에서 뜨는 해를 보고
서으로 지는 달을 보게 될 그런 날

그대를 생각하며 나는 취한다

하루가 하루 위에 얹혀
15년의 무게로 나를 짓누르고 있다오
그대를 생각하며
미래를 생각하며
취하기도 하지만
그날이 그날이고 그날이 그날이라오

15년
말이 15년이오
처녀가 댕기를 풀고
신부가 아이를 갖고
아이가 학교에 갈 세월이오

3년, 15년의 5분의 1년이 지나도
끝이 보이지 않는 이 막막한 징역
사내는 여전히 묶여 있고
신랑은 여전히 갇혀 있고
아이가 없어 재롱을 받지 못한다오

참아야 한다오
세월이 주는 이 중압을
이겨야 한다오
감옥이 주는 이 한속 이 추위를

새벽같이 일어나 새벽을 깨고

벌거숭이 온몸에 찬물을 끼얹고
싸워야 한다오 싸워야 한다오
씹고 또 씹어 골백번 되씹어
운동부족 소화불량의 이 섭생과
반복되고 되풀이되는 생활의 이 악순환과
단식 3일의 이 허기를

살기 위해
살아남기 위해
살아남아 살아남아
다시 한번 그대 입술 위에 닿기 위해
목 놓아 다시 한번 그대 이름 불러보기 위해
님이여

한 여자가 나를 기다리고 있다

한 여자가 나를 기다리고 있다
세상 모든 여자들 중에서
첫 키스의 추억도 없이
한 여자가 나를 기다리고 있다

어디로 갔나 그 좋은 여자들은
바위산 언덕에서 풀잎처럼 누우며
아스라이 멀어져가는 천둥소리와 함께
소낙비의 내 정열을 받아들였던 그 여자는
어디로 갔나 황혼의 바닷가에서 검은 머리 날리며
하얀 목젖을 뒤로 젖히고 내 입술을 기다렸던 그 여자는
뭍으로 갓 올라온 고기처럼
파닥이며 솟구치며 숨을 몰아쉬며
내 가슴에서 끝내 자지러지고 말았던 그 여자는

지금쯤 아마 그들은 어느 은밀한 곳에서
나 아닌 딴 남자와 마주하고 있겠지
사내의 유혹을 예감하며 술잔을 비우고
유행가라도 한가락 뽑고 있을지도 모르지
이윽고 밤은 깊고 숲 속의 미로에서
비밀 속의 비밀을 속삭이고 있을지도 모르고……
죽일 년들! 십년도 못 가서 폭삭 늙어
빠진 이로 옴질옴질 오징어 뒷다리나 핥을 년들!

아 그러나 철창 너머 작은 마을에는 처녀 하나 있어
세상 모든 남자들 중에서 나 하나를 기다리고 있나니
이 밤이 처음이자 마지막인 양 그렇게 안아주세요
속삭일 날의 기약도 없이 나를 기다리고 있나니

사랑의 얼굴

푸른 옷의 사내는
철창에 기대 담 쪽을 내다보며
이제나 올까 저제나 올까
면회 오겠다던 님을 기다리고
목이 빠지게 기다리고

면사포도 없이
양친 부모 승낙도 없이
혼자서 결혼한 여자는
면회가 되면
혹시라도 특별면회라도 되면
간수 몰래 남편 될 사람
손등이라도 한번 어루만질 수 있을까
담 곁에서 애를 태우고

그러나 어쩌랴 이것도
분단과 식민지의 밤이 빚어낸
사랑의 한 얼굴인 것을

지금은 다만 그대 사랑만이

그대만이
지금은 다만 그대 사랑만이
나를 살아 있게 한다
감옥 속의 겨울 속의 나를
머리끝에서 발가락 끝까지
가슴 가득히
뜨건 피 돌게 한다
그대만이
지금은 다만 그대 사랑만이

그대는 내게 왔다 기적처럼
마지막 판가름 한판 승부에서
보기 흉한 패배로 내가 누워 있을 때
해적선의 바다에서
난파선의 알몸으로 내가 모든 것을 빼앗기고
떠돌 때
그대는 왔다
파도 속의 독백처럼
비밀을
비밀 속의 비밀을 속삭이면서

그때 내가 최초로 잡은 것은
보이지 않는 그대 손이었다

그때 내가 최초로 만진 것은
대낮처럼 뛰는 그대 젖가슴이었다
그때 내가 최초로 맛본 것은
꿈결처럼 감미로운 그대 입술이었다
그리고 나는 마지막 술잔으로 그대 이름을 떠올렸다

광숙이!
그대가 아녔다면
책갈피 속의 그대 숨결이 아녔다면
내 귓가에서 맴도는 그대 입김이 아녔다면
오 사랑하는 사람이여
지금의 내 가슴은 얼마나 메말라 있으랴
지금의 내 영혼은 얼마나 황량해 있으랴

세계를 잃고 그대 하나를 내 얻었나니
그대 이름 하나로 우주와 바꿨나니
나는 만족하나니
지금은 다만 그대만이 그대 사랑만이
내 안에 가득한 행복이나니

그날이 오면

그날이 오면
감옥이 열리고
하늘이 열리고
활짝 내 가슴 또한 열리고
새악시 붉은 볼이 되어
내 팔에 그대 안겨오는
그날이 오면
내 그대
번쩍 들어올려
만인의 머리 위에서 빛나는
별이 되게 하리라
그날이 오면
한사람이 아니라
한두사람이 아니라
만인의 만인의 만인의
눈으로 들어차는
인간의 봄이 오면
사랑하는 사람이여!

하얀 눈

눈이 내린다 하얀 눈
감옥에도 한밤중에 내려 쌓인다
이 한밤 어둠뿐인 이 한밤에
내가 철창에 기대어 그대를 그리워하듯
그녀 또한 창문 열고 나를 그리고 있을까

조국의 딸 나의 처녀여
전사의 팔에 안겨
부챗살처럼 펼쳐질
꿈의 여인 나의 신부여

우리 시대의 사랑

사랑은 우리 둘의 사랑은
꽃이 나비를 부르면
나비가 꽃을 찾아가는
그런 사랑이 아니라오
꽃에 취해 바람에 취해
넋이 나간 그런 사랑이 아니라오

우리 둘의 사랑은
은하수 건너 무지개 끝을 달리는
그런 사랑도 아니라오
누구누구 아무개 시구처럼
단풍나무 숲으로 난 작은 길로
백마 타고 청포 자락 날리며 가는
그런 사랑도 아니고요

사랑은 크낙한 사랑은
먼 데서 오는 것이라오 까마득하게
달보다도 만리장성보다도 먼 데서 오는
그런 사랑이라오
그 사랑 때로는
강물 따라 기차의 속도로 오기도 하지만
굼벵이 걸음마보다 더디 오기도 하고
그 사랑 때로는

십오야 밝은 달 만월이 되어 오기도 하지만
그믐이라 허기진 달 공달이 되어 오기도 한다오
사랑은 크낙한 우리들의 사랑은
깎아지른 벼랑 바위산을 넘기도 하고
파도로 사나운 밤바다를 건너기도 하며
산전수전 다 겪으며 오는 것이라오

이를테면 이렇게 온다오 우리들의 사랑은
가도 가도 해가 뜨지 않는 전라도라 반역의 땅
천리 길 먼 데서 온다오
백년보다 먼 갑오년 반란으로 일어나
원한의 절정 죽창에
양반들과 부호들 목을 달고 온다오
빼앗긴 땅 제 것으로 찾아갖고 온다오
빼앗긴 자유 제 것으로 찾아갖고 온다오
사랑은 우리 시대의 사랑은

제3부

학살 1

오월 어느날이었다
80년 오월 어느날이었다
광주 80년 오월 어느날 밤이었다

밤 12시 나는 보았다
경찰이 전투경찰로 교체되는 것을
밤 12시 나는 보았다
전투경찰이 군인으로 교체되는 것을
밤 12시 나는 보았다
미국 민간인들이 도시를 빠져나가는 것을
밤 12시 나는 보았다
도시로 들어오는 모든 차량들이 차단되는 것을

아 얼마나 음산한 밤 12시였던가
아 얼마나 계획적인 밤 12시였던가

오월 어느날이었다
1980년 오월 어느날이었다
광주 1980년 오월 어느날 밤이었다

밤 12시 나는 보았다
총검으로 무장한 일단의 군인들을
밤 12시 나는 보았다

야만족의 침략과도 같은 일단의 군인들을
밤 12시 나는 보았다
야만족의 약탈과도 같은 일단의 군인들을
밤 12시 나는 보았다
악마의 화신과도 같은 일단의 군인들을

아 얼마나 무서운 밤 12시였던가
아 얼마나 노골적인 밤 12시였던가

오월 어느날이었다
1980년 오월 어느날이었다
광주 1980년 오월 어느날 밤이었다

밤 12시
도시는 벌집처럼 쑤셔놓은 심장이었다
밤 12시
거리는 용암처럼 흐르는 피의 강이었다
밤 12시
바람은 살해된 처녀의 피 묻은 머리카락을 날리고
밤 12시
밤은 총알처럼 튀어나온 아이의 눈동자를 파먹고
밤 12시
학살자들은 끊임없이 어디론가 시체의 산을 옮기고 있었다

아 얼마나 끔찍한 밤 12시였던가
아 얼마나 조직적인 학살의 밤 12시였던가

오월 어느날이었다
1980년 오월 어느날이었다
광주 1980년 오월 어느날 밤이었다

밤 12시
하늘은 핏빛의 붉은 천이었다
밤 12시
거리는 한집 건너 울지 않는 집이 없었고
무등산은 그 옷자락을 말아올려 얼굴을 가려버렸다
밤 12시
영산강은 그 호흡을 멈추고 숨을 거둬버렸다

아 게르니까의 학살도 이렇게는 처참하지 않았으리
아 악마의 음모도 이렇게는 치밀하지 못했으리

* 『나의 칼 나의 피』 초판, 『조국은 하나다』 초판, 『사랑의 무기』에는 「학살 2」
  로 수록됨.

학살 2

몸매가 작아 내 누이 같고
허리가 길어 내 여인 같은 나라여
누구의 하늘도 침노한 적이 없고
누구의 영토도 넘본 적이 없는
비둘기와 황소의 나라 내 조국이여
누가 너를 남과 북으로 갈라놓았느냐
누가 네 마을과 네 도시를
아비규환의 아수라로 만들어놓았느냐
누가 허리 꺾인 네 상처에
꽃잎 대신 철가시바늘을 꽂아놓았느냐
판문점에서 너를 대표한 자 누구이며
도마 위에 너를 올려놓고 초 치고 장 치고 포 치고 차 치고
내 조국의 운명을 요리하는 자 누구냐
입으로는 자유와 평화를 사랑하고
뒷전에서는 원격조종의 끄나풀로 꼭두각시를 앞장세워
제 조국의 해방과 독립을 위해 싸우는 민중들을
계획적으로 학살하는 아메리카여
보아다오, 너희들과 너희들 똘마니들이 저질러놓은 범죄를
보아다오, 음모와 착취로 뒤덮인 이 땅을
보아다오, 너희들이 팔아먹은 탄환으로 벌집투성이가 된 내 조국
의 심장을

*『나의 칼 나의 피』 초판, 『조국은 하나다』 초판, 『사랑의 무기』에는 「학살 1」
   로 수록됨.

학살 3

학살의 원흉이 지금
옥좌에 앉아 있다
학살에 치를 떨며 들고일어선 시민들은 지금
죽어 잿더미로 쌓여 있거나
감옥에서 철창에서 피를 흘리고 있다
그리고 바다 건너 저편 아메리카에서는
학살의 원격조종자들이 회심의 미소를 짓고 있다

당신은 묻겠는가 이게 사실이냐고

나라 국경 지킨다는 군인들이 지금
학살의 거리를 누비면서 어깨총을 하고 있다
옥좌의 안보를 위해
시민의 재산을 지킨다는 경찰들은 지금
주택가에 난입하여 학살의 흔적을 지우기에 광분하고 있다
옥좌의 질서를 위해

당신은 묻겠는가 이게 사실이냐고

검사라는 이름의 작자들은
권력의 담을 지켜주는 셰퍼드가 되어 으르렁대고 있다
학살에 반대하여 들고일어선 시민들을 향해
판사라는 이름의 작자들은

학살의 만행을 정당화시키는 꼭두각시가 되어
유죄판결을 내리고 있다
불의에 항거하여 정의의 주먹을 치켜든 시민을 향해

당신은 묻겠는가 이게 사실이냐고

보아다오 파괴된 나의 도시를
보아다오 부러진 낫과 박살난 나의 창을
보아다오 살해된 처녀의 피 묻은 머리카락을 잘려나간 유방을
보아다오 학살된 아이의 눈동자를

장군들, 이민족의 앞잡이들
압제와 폭정의 화신 자유의 사형집행인들
보아다오 보아다오 보아다오
살해된 처녀의 머리카락 그 하나하나는
밧줄이 되어 너희들의 목을 감을 것이며
학살된 아이들의 눈동자
그 하나하나는 총알이 되고
너희들이 저질러놓은 범죄
그 하나하나에서는 탄환이 튀어나와
언젠가 어느날엔가는
너희들의 심장에 닿을 것이다

학살 4

대검이 와서
그의 가슴을 찌르자 뒤에서는
개머리판이 와서 그의 뒤통수를 깠어요
으윽— 한낮의 신음 소리와 함께
그가 고꾸라지자 이번에는
군홧발이 와서 그의 턱을 걷어찼어요
피를 토하며 거리에
푸르고 푸른 하늘에 오월에
붉은 피를 토하며
벌렁 그가 대지에 나자빠지자
기다렸다는 듯이 기다렸다는 듯이
미제 군용 트럭이 와서 그를 실어갔어요
갈고리로 그의 목을 찍어올려

옥좌

학살의 수괴가 지금
옥좌(玉座)에 앉아 있다

학살에 반대하여 들고일어선 민중들의 수괴도 지금
옥좌(獄座)에 앉아 있다

어느 자리가 더 편안한 자리이고
어느 자리가 더 불안한 자리이냐

*『나의 칼 나의 피』 초판에는 「학살 4」로 수록됨.

살아남은 자들이 있어야 할 곳

한 나라의 대통령이란 자가
외적의 앞잡이이고
수천 동포의 학살자일 때
살아남은 사람들이 있어야 할 곳
그곳은 어디인가
전선이다 감옥이다 무덤이다
도대체
동포의 살해 앞에서 저항하지 않고
누가 있어 한낮의 태양 아래서 자유로울 수 있단 말인가
누가 있어 한밤의 잠자리에서 편할 수 있단 말인가

동지여
제국주의에 반대하여 싸우지 않고
압제와 착취에 시달리는 민중들을 옹호하며
무기를 들지 않는다면
혁명의 새벽을 어디서 찾을 것인가

*『조국은 하나다』 초판에는 「학살」로 수록됨.

무등산을 위하여

힘겨워선가
꼭두새벽부터 피어오르던 가벼운 안개도
아기봉에 잠들고 그대가 서 있다
무등산 상상봉에
보라
산은 무등산 그대가 앉으면 만산이 따라 앉고
보라
산은 무등산 그대가 일어서면 만파가 일어선다
무색해선가
이른 아침부터 솟아오르던 찬연한 태양도
구름 뒤로 숨고 그대가 서 있다
무등산 상상봉에 투쟁의 나무가

희망에 대하여 1

희망을 가지라 한다
시인은 서재에서 시를 쓰면서
이를테면 이렇게 쓰면서
시는 분노가 아니나니 신의 입김이나니
희망을 가지라 한다
선생은 학교에서 군자를 가르치면서
이를테면 이렇게 가르치면서
수신제가하야 치국평천하하고
희망을 가지라 한다
목사는 교회에서 설교하면서
치마를 걷어올리거든 고쟁이까지 벗어줘라
그러나 무슨 희망을 가져야 하나
살아 날뛰는 것은 사냥개뿐이고
살아 설치는 것은 총잡이뿐이고
세상이 온통 도살장이 되어버린 이 땅에서
한낮에 대낮에
청천백일하 중인환시리에
무고한 시민 마구잡이로 죽인 자가
왕관을 뒤집어쓰고 있는 이 나라에서
그것도 한두사람이 아니고
그것도 몇수십명이 아니고
수천명 수만명을 죽이고 살해하고 학살한 자가
오 능욕당한 도시 광주여, 오 우리 시대의 치욕이여 공포여

피, 피, 피, 강물처럼 흐르는 피의 거리여
굴욕으로 흐르는 침묵이여, 침묵의 거리여
굴욕으로 도대체 무슨 희망을 가져야 하나

희망에 대하여 2

학살의 만행을 만인에게 만인에게 고하고
학살에 치를 떨고 일어선 민중들을 찬양하고
원군으로서 그들의 영웅적 투쟁을 노래한
시인 하나 없는 이 나라에서
양키야말로 학살의 숨은 원흉이고
양키야말로 이 땅의 모든 악의 근원이고
양키가 이 땅에 온 것은 해방군으로서가 아니라 점령군으로서 왔
다고
가르쳐주는 선생 하나 없는 이 나라에서
그리하여 한일관계는 협력관계가 아니라 모순관계에 있고
이 모순의 고리를 끊어버리지 않는 한
이 땅에는 자유도 통일도 평화도 없다고
씌어진 책 하나 없는 이 나라에서
해방투쟁을 이데올로기적으로 준비하고
그것을 내부적으로 조직하고 활성화시키는
혁명단체 하나 없는 이 나라에서
도대체 어떤 희망을 가져야 하나
형제여 내 바라나니 서재에서 자유를 노래하지 말라
형제여 내 바라나니 학교에서 진리를 구하지 말라
형제여 내 바라나니 교회에서 예수를 찾지 말라
형제여 내 바라나니 법정에서 정의를 구하지 말라

오월 그날이 다시 오면

1

여러분 일어나주십시오
광주교도소 3사 하에 계신 여러분
일어나 잠시 철창 가에 서주십시오
오늘은 그날입니다 삼년 전
1980년 오월 그날입니다
그날이 오면 오월 그날이 다시 오면
우리 가슴에 붉은 피 솟는 날입니다
우리 주먹에 증오의 힘 모아지는 날입니다

오늘은 그날입니다 여러분
자유 달라 벌린 입에 압제자가
미제 총알을 먹인 바로 그날입니다
오늘은 그날입니다 여러분
밥 달라 벌린 입에 착취자들이
미제 수류탄을 먹인 바로 그날입니다
오늘은 그날입니다 여러분
통일의 노래 부르다가 어여쁜 처녀들이
미제 대검에 그 하얀 젖가슴 난도질당한 바로 그날입니다
오늘은 그날입니다 여러분
독재타도 외치다가 피 끓는 청년학생들이
미제 총칼에 그 붉은 가슴 벌집투성이가 된 바로 그날입니다
생존권 보장하라 아우성치다가 노동자 농민들이

이름도 없이 얼굴도 없이 능지처참으로
미제 트럭에 실려 어둠속으로 끌려간 바로 그날입니다

그날입니다 오늘은
1980년 오월 그날입니다 오늘은
학살에 치를 떨며 광주 시민들이 들고일어선 바로 그날입니다
선생과 학생들이 책가방을 내던지고 횃불을 들고
새벽을 향해 밤으로 일어선 바로 그날입니다
신부와 목사가 성경책 대신 십자가 대신
주먹을 치켜들고 일어선 바로 그날입니다
화이트칼라 사무원들이 서류철을 내동댕이치고
팔소매 걷어붙여 일어선 바로 그날입니다
직공들은 철공소에서 망치를 들고 일어서고
농부들은 들녘에서 낫과 호미를 들고 일어선 바로 그날입니다
운전사들은 거리에서 차를 세워 일어서고
아가씨들은 술집에서 주먹밥을 뭉쳐 일어선 바로 그날입니다
어머니들은 부엌에서 식칼을 들고 일어서고
할머니들은 우리 새끼들 다 죽인다아 군인들이!
목청에 피를 토하면서 꼬꾸라지면서 일어선 바로 그날입니다

여러분 오늘은 그날입니다
삼년 전 오월 그날입니다
그날이 오면 오월 그날이 다시 오면

자유 만세 부르다 죽은 그 사람 그 얼굴이 그리워지는 날입니다
통일의 노래 부르다 죽은 그 사람 그 목소리가 그리워지는 날입니다
생존권 보장하라 외치면서
무기와 함께 쓰러진 그 사람 그 이름을 불러보고 싶은 날입니다
그 사람 그 얼굴 기리기 위해
그 사람 그 목소리 기리기 위해
그 사람 그 이름 기리기 위해
일어나 우리 함께 묵념합시다
오월 그날이 다시 오면
우리 가슴에 붉은 피 모으며
오월 그날이 다시 오면
우리 주먹에 증오의 힘 모으며

　　2
여러분 이제 앉아주십시오
앉아서 잠시 제 말씀 들어주십시오
오월 그날 누가 가장 잘 싸웠습니까
압제에 반대하여 자유를 위해
착취에 반대하여 밥을 위해
학살에 반대하여 밥과 자유와 민주주의를 위해
누가 과연 최후까지 싸웠습니까
가장 잘 배운 그런 사람들이었습니까

아니면 아니라고 소리쳐주십시오
가장 많이 아는 그런 사람들이었습니까
아니면 아니라고 소리쳐주십시오
가장 많이 가진 그런 사람들이었습니까
아니면 아니라고 소리쳐주십시오
오월 그날 착취와 압제와의 싸움에서
무기를 들고 최후의 그날까지
승리 아니면 죽음을 외치며 싸운 사람은
가장 잘 싸운 사람은
여러분처럼 배운 것이 없는 그런 사람들이었습니다
여러분처럼 아는 것이 없는 그런 사람들이었습니다
여러분처럼 가진 것이 없는 그런 사람들이었습니다
가장 많이 일하고 가장 적게 받는 공장의 노동자들이었습니다
가장 힘든 일을 하고 일년 삼백예순날
쉬는 날 하루도 없는 들녘의 농민들이었습니다
가장 험하게 일하고 매일처럼
가장 천하게 일하고 매일처럼
천길 굴속에서 빠져 죽는 광부들이었습니다
만길 하늘에서 떨어져 죽는 현장 인부들이었습니다
배운 것이라고는 여러분처럼
부잣집 담밖에 넘을 줄 모르는 그런 사람들도 있었습니다
아는 것이라고는 여러분처럼
니기미 씨팔! 좆같은 세상밖에 모르는 그런 사람들도 있었습니다

238

가진 것이라고는 여러분처럼
손 달리고 발 달린 몸뚱이 하나밖에 없는 그런 사람들도 있었습
니다
몸 팔아 상품으로 팔아 쾌락의 도구로 팔아
배운 자들 아는 자들 가진 자들 좋은 일 시켜주고
하루 세 끼 겨우 빌어먹는 그런 사람들도 있었습니다

여러분 무엇이 그들로 하여금
최후까지 싸우게 했겠습니까
선생들은 학생들은 책가방을 던지고
어둠속에서 횃불을 들기는 했지만
목사들은 신부들은 십자가를 던지고
주먹을 불끈 쥐고 한길에 나서기는 했지만
화이트칼라 신사들은 서류 뭉치를 던지고
팔소매를 걷어붙이고 길가에 나서기는 했지만
무기를 들지는 않았습니다 그들은
하늘에 종이 비둘기밖에 날릴 줄 몰랐습니다 그들은
가슴에 십자가밖에는 그을 줄 몰랐습니다 그들은
대지에 무릎을 꿇을 줄밖에 몰랐습니다 그들은
여러분 무엇이 그들로 하여금
가진 것 없는 노동자 농민들로 하여금
배운 것 없는 무식쟁이들로 하여금
아는 것 없는 부랑아들로 하여금

죽기 아니면 살기로 최후까지 싸우게 했겠습니까

그들에게는 선생이나 학생들처럼 뒤돌아봐야
은행에 부어놓고 온 적금 따위가 없었기 때문입니다
그들에게는 목사나 신부들처럼 뒤돌아봐야
그림 같은 집 같은 것이 없었기 때문입니다
그들에게는 화이트칼라 신사들처럼 뒤돌아봐야
느긋하게 발 뻗고 쉴 수 있는 방 같은 방이 없었기 때문입니다
앞으로 나아가야
죽기 아니면 살기로 앞으로 전진해야 싸워야
죽기 아니면 살기로 싸워야 무기를 들고 최후까지 싸워야
그들에게는 그런 것들이 생기기 때문이었습니다
가진 자들만이 배운 자들만이 아는 자들만이
독점으로 누릴 수 있었던 것
자유 밥 평화 행복 그따위 것들을
그들도 한번 누릴 수 있으리라 기대했기 때문입니다

여러분들처럼 그들도 뒤를 돌아봐야
잃어서 아까울 게 아무것도 없었기 때문입니다
잃을 것은 압박과 가난의 쇠고랑밖에 없었기 때문입니다

남도의 피바다 앞에서

예수쟁이는 십자가 밑에 무릎을 꿇고
학살자와 희생자가 다 같은 형제나니
용서의 눈물을 흘리라 기도하고

글쟁이는 종이 위에 펜을 굴려
왼손을 갖다 오른손 위에 얹으며
어제 일은 잊고 살자고 망각의 세계를 그리고

말쟁이는 혀끝을 놀려 가족적인 분위기 운운하며
부자와 가난뱅이를 화해의 둥근 테이블에 앉으라 하고

아 이 나라 삼천리금수강산에 화해의 꽃이 만발했구나
아 이 산 저 산 골짜기에 용서의 눈물이 홍수를 이루었구나
그래서 나와 같이 욕되고 모난 놈은
이념의 꽃 한송이 이 땅에서 피워내지 못하고
화해의 갈채 속에 묻혀 질식하겠구나
용서의 눈물바다에 익사하고 말겠구나
그렇구나 본색은 탈바가지 열두개 뒤집어써도
해가 뜨면 백일하에 드러나고 마는 법
어제까지만 해도 목청 돋워 핏대 올린
민주인사 무슨 인사로 골골에 쟁쟁하더니
오늘 아침 남도의 피바다 앞에서 경악의 위선이구나

그러나 나 혼자라도 그런 위인이 되어서는 안되겠구나
하루 살다 저세상으로 간들 나 오늘 이 땅에서
이념의 깃발 하나 하늘 높이 펄럭이게 해야겠구나
그것이 비록 앙상한 나뭇가지에 걸린 걸레 조각일지라도
그것이 비록 바람에 대롱거리는 관념의 해골바가지일지라도

바람에 지는 풀잎으로 오월을 노래하지 말아라

바람에 지는 풀잎으로 오월을 노래하지 말아라
오월은 바람처럼 그렇게 서정적으로 오지도 않았고
오월은 풀잎처럼 그렇게 서정적으로 눕지도 않았다

오월은 왔다 피 묻은 야수의 발톱과 함께
오월은 왔다 피에 주린 미친개의 이빨과 함께
오월은 왔다 아이 밴 어머니의 배를 가르는 대검의 병사와 함께
오월은 왔다 총알처럼 튀어나온 아이들의 눈동자를 파먹고
오월은 왔다 자유의 숨통을 깔아뭉개는 미제 탱크와 함께 왔다

노래하지 말아라 오월을 바람에 지는 풀잎으로
오월은 바람처럼 그렇게 서정적으로 오지도 않았고
오월은 풀잎처럼 그렇게 서정적으로 눕지도 않았다

오월은 일어섰다 분노한 사자의 울부짖음과 함께
오월은 일어섰다 살해된 처녀의 피 묻은 머리카락과 함께
오월은 일어섰다 파괴된 인간이 내지르는 최후의 절규와 함께
그것은 총칼의 숲에 뛰어든 자유의 육탄이었다
그것은 불에 달군 철공소의 망치였고
그것은 식당에서 뛰쳐나온 뽀이들의 식칼이었고
그것은 술집의 아가씨들이 순결의 입술로 뭉친 주먹밥이었고
그것은 불의의 대상을 향한 인간의 모든 감정이
사랑으로 응어리져 증오로 터진 다이너마이트의 폭발이었다

노래하지 말아라 오월을 바람에 지는 풀잎으로
바람은 야수의 발톱에는 어울리지 않는 시의 어법이다
노래하지 말아라 오월을 바람에 일어서는 풀잎으로
풀잎은 학살에 저항하는 피의 전투에는 어울리지 않는 시의 어법
이다
피의 학살과 무기의 저항 그 사이에는
서정이 들어설 자리가 없다 자격도 없다
적어도 적어도 광주 1980년 오월의 거리에는!

피여 꽃이여 이름이여

내란의 무기 위에 새겨진
피의 이름

시가전의 바리케이드에서 피어나는
꽃의 이름

자유여 나는 부르지 않으리
함부로 그대 이름을

그대가 한발자국 전진하면
그 뒤에는 피가 강물이 되어 흐르고

그대가 한발자국 물러나면
그 앞에는 시체가 산이 되어 쌓이고

오 자유여 무서운 이름이여
나는 부르지 않으리 그대 이름을 함부로

내란의 무기 위에서 시가전의 바리케이드에서
피의 꽃으로 내가 타오르는 그 순간까지는

* 『조국은 하나다』 초판에는 「이름이여 꽃이여」, 『사랑의 무기』에는 「꽃이여
  이름이여 자유여」로 수록됨.

달

비수에 꽂힌 달
비수에 꽂혀 살해된 처녀의 달
비수에 꽂혀 비수에 꽂혀
학살된 아이의 달

달이여 피 묻은 피 묻은 오월의 달이여
노래해주마 당신들의 죽음을
시인인 내가 기억해주마

이방인의 침략처럼
원주민의 학살처럼
파괴당한 오월의 사자들이여
내가 노래해주마 기억해주마
가로수와 함께 쓰러진 당신들의 육체를
아침의 창살에서 교살당한 당신들의 미소를
압제자의 총알 때문에 벌집투성이가 된 당신들의 가슴을
그 하나하나까지를 노래해주마 기억해주마

화해가 아니고 용서가 아니고
갚으라고 원수는 저기 저렇게 있나니
저주의 낙인이 찍혀 저기 저렇게
피 묻은 옥좌에 앉아 있나니
달이여 피 묻은 오월의 달이여

피는 피로써 씻겨져야 하나니
노래해주마 시인인 내가

싸움은 아직 끝나지 않았다고
피 묻은 오월의 가슴은 아직도 총칼에 맞서고 있으며
치켜든 오월의 주먹은 아직도 불의에 항거하고 있다고

길 2

길은 내 앞에 있다
나는 알고 있다 이 길의 시작과 끝을
그 역사를 나는 알고 있다

이 길 어디메쯤 가면
낮과 밤을 모르는 지하의 고문실이 있고
창과 방패로 무장한 검은 병정들이 있다
이 길 어디메쯤 가면
바위산 골짜기에 총칼의 숲이 있고
천길만길 벼랑에 피의 꽃잎이 있고
총칼의 숲과 피의 꽃잎 사이에
"여기가 너의 장소 너의 시간이다 여기서 네 할 일을 하라"
행동의 결단을 요구하는 역사의 목소리가 있다

그래 가자 아니 가고 내가 누구에게 이 길을 가라고 하랴
가고 또 가면 혼자 가는 길도 함께 가는 길이 되느니
가자 이 길을 다시는 제 아니 가고 길만 멀다 하지 말자
가자 이 길을 다시는 제 아니 가고 길만 험타 하지 말자

*『나의 칼 나의 피』 초판, 『조국은 하나다』 초판에는 「길」로 수록됨.

자유

만인을 위해 내가 일할 때 나는 자유
땀 흘려 함께 일하지 않고서야
어찌 나는 자유이다라고 말할 수 있으랴

만인을 위해 내가 싸울 때 나는 자유
피 흘려 함께 싸우지 않고서야
어찌 나는 자유이다라고 말할 수 있으랴

만인을 위해 내가 몸부림칠 때 나는 자유
피와 땀과 눈물을 나눠 흘리지 않고서야
어찌 나는 자유이다라고 말할 수 있으랴

사람들은 맨날
겉으로는 자유여, 형제여, 동포여! 외쳐대면서도
안으로는 제 잇속만 차리고들 있으니
도대체 무엇을 할 수 있단 말인가
도대체 무엇이 될 수 있단 말인가
제 자신을 속이고서

전사 1

일상생활에서 그는
조용한 사람이었다
이름 빛내지 않았고 모양 꾸며
얼굴 내밀지도 않았다

무엇보다도 그는
시간 엄수가 규율 엄수의 초보임을 알고
일분일초를 어기지 않았다
그리고 동지 위하기를 제 몸같이 하면서도
비판과 자기비판은 철두철미했으며
결코 비판의 무기를 동지 공격의 수단으로 삼지 않았다
조직생활에서 그는 사생활을 희생시켰다
조직의 이익을 위해서라면 모든 일을 기꺼이 해냈다
큰일이건 작은 일이건 좋은 일이건 궂은일이건 가리지 않았다
그리고 아무리 하찮은 일이라도
먼저 질서와 체계를 세워
침착 기민하게 처리해나갔으며
꿈속에서도 모두의 미래를 위해
투사적 검토로 전략과 전술을 걱정했다

이윽고 공격의 때는 와
진격의 나팔 소리 드높아지고
그가 무장하고 일어서면

바위로 험한 산과 같았다
적을 향한 증오의 화살은
독수리의 발톱과 사자의 이빨을 닮았다
그리고 하나의 전투가 끝나면
또다른 전투의 준비에 착수했으며
그때마다 그는 혁명가로서 자기 자신을 잊은 적이 없었다

전사 2

해방을 위한 투쟁에서
많은 사람이 죽어갔다
많은 사람이 실로 많은 사람이 죽어갔다
수천명이 죽어갔다
수만명이 죽어갔다
아니 수백만명이 다시 죽어갈지도 모른다

지금도 죽어가고 있다

세계 도처에서 나라 곳곳에서
거리에서 공장에서 산악에서 감옥에서
압제와 착취가 있는 바로 그곳에서

어떤 사람은 투쟁의
초기 단계에서 죽어갔다
경험의 부족과 스스로의 잘못으로
어떤 사람은
승리의 막바지에서 죽어갔다
이름도 없이 얼굴도 없이 죽어갔다
살을 도려내고 뼈를 깎아내는 지하의 고문실에서
쥐도 모르게 새도 모르게 죽어갔다
감옥의 문턱에서
잡을 손도 없이 부를 이름도 없이 죽어갔다

그러나 보아다오 동지여!
피의 양분 없이 자유의 나무는 자라지 않는다 했으니
보아다오 이 나무를
민족의 나무 해방의 나무 민족해방투쟁의 나무를 보아다오
이 나무를 키운 것은 이 나무를 이만큼이라도 키워낸 것은
그들이 흘리고 간 피가 아니었던가
자기 시대를 열정적으로 노래하고
자기 시대와 격정적으로 싸우고
자기 시대와 더불어 사라지는 데
기꺼이 동의했던 사람들
바로 그 사람들이 아니었던가

오늘밤
또 하나의 별이
인간의 대지 위에 떨어졌다
그는 알고 있었다 해방투쟁의 과정에서
자기 또한 죽어갈 것이라는 것을
그는 알고 있었다
자기의 죽음이 헛되이 끝나지는 않을 것이라는 것을
그렇다, 그가 흘린 피 한방울 한방울은
어머니인 대지에 스며들어 언젠가
어느날엔가

자유의 나무는 결실을 맺게 될 것이며
해방된 미래의 자식들은 그 열매를 따 먹으면서
그가 흘린 피에 대해서 눈물에 대해서 이야기할 것이다
어떤 사람은 자랑스럽게 이야기할 것이고
어떤 사람은 부끄럽게 쑥스럽게 이야기할 것이다

나의 칼 나의 피

만인의 머리 위에서 빛나는 별과도 같은 것
만인의 입으로 들어오는 공기와도 같은 것
누구의 것도 아니면서
만인의 만인의 만인의 가슴 위에 내리는
눈과도 햇살과도 같은 것

토지여
나는 심는다 그대 살찐 가슴 위에 언덕 위에
골짜기의 평화 능선 위에 나는 심는다
평등의 나무를

그러나 누가 키우랴 이 나무를
이 나무를 누가 누가 와서 지켜주랴
신이 와서 신의 입김으로 키우랴
바람이 와서 키워주랴
누가 지키랴, 왕이 와서 왕의 군대가 와서 지켜주랴
부자가 와서 부자들이 만들어놓은 법이
법관이 와서 지켜주랴

천만에! 나는 놓는다
토지여, 토지 위에 사는 농부여
나는 놓는다 그대가 밟고 가는 모든 길 위에 나는 놓는다
바위로 험한 산길 위에

파도로 사나운 뱃길 위에
고개 너머 평지길 황톳길 위에
사래 긴 밭의 이랑 위에
가르마 같은 논둑길 위에 나는 놓는다
나는 또한 놓는다 그대가 만지는 모든 사물 위에
매일처럼 오르는 그대 밥상 위에
모래 위에 미끄러지는 입술 그대 입맞춤 위에
물결처럼 포개지는 그대 잠자리 위에
투석기의 돌 옛사랑의 무기 위에
파헤쳐 그대 가슴 위에 심장 위에 나는 놓는다
나의 칼 나의 피를

오 평등이여 평등의 나무여

민중

지상의 모든 부(富)
쌀이며 옷이며 집이며
이 모든 것의 생산자여

그대는 충분히 먹고 있는가
그대는 충분히 입고 있는가
그대는 충분히 쉬고 있는가
그렇지 않다 결코
그대는 가장 많이 일하고 가장 적게 먹고 있다
그대는 가장 따뜻하게 만들고 가장 춥게 입고 있다
그대는 가장 오래 일하고 가장 짧게 쉬고 있다

이것은 부당하다 형제들이여
이 부당성은 뒤엎어져야 한다

대지로부터 곡식을 거둬들이는 농부여
바다로부터 고기를 길러내는 어부여
화덕에서 빵을 구워내는 직공이여
광맥을 찾아 불을 캐내는 광부여
돌을 세워 마을의 수호신을 깎아내는 석공이여
무한한 가능성의 영원한 존재의 힘 민중이여!

그대의 삶이 한 시대의 고뇌라면

서러움이라면 노여움이라면
일어나라 더이상 놀고먹는 자들의
쾌락을 위해 고통의 뿌리가 되지 말고

이제 빼앗는 자가 빼앗김을 당해야 한다
이제 누른 자가 눌림을 당해야 한다
바위 같은 무게의 천년 묵은 사슬을 끊어버려라
싸워서 그대가 잃을 것이라고는 아무것도 없다 쇠사슬 말고는
승리의 세계가 있을 뿐이다

권력의 담

나는 나가야 한다 살아서
살아서 더욱 튼튼한 몸으로

나는 보여줘야 한다 나가서
나가서 더욱 의연한 모습을

나는 또한 보여줘야 한다 놈들에게
감옥이 어떤 곳이라는 것을
전사의 휴식처 외 아무것도 아니라는 것을
무기를 바로 잡기 위해
전선에서 잠시 물러나 있었다는 것을

보라 창살에 타오르는 이 증오의 눈을
보라 주먹으로 모아지는 이 온몸의 피를

장군들 이민족의 앞잡이들
압제와 폭정의 화신 자유의 사형집행자들
기다려라 기다려라 기다려라
나는 싸울 것이다 살아서 나가서 피투성이로
빼앗긴 내 조국의 깃발과 자유와 위대함을 되찾을 때까지
토지가 농민의 것이 되고
공장이 노동자의 것이 되고
권력이 민중의 것이 될 때까지

달러 1

달러가 간다 어딘가로
지구 어딘가로 달러가 간다
어디로 가는가 달러는
어디로 가는가 달러는
살찐 땅에서 오히려 부황 뜬 얼굴
누런 바탕의 아시아로 간다
황금으로 오히려 가난한 대륙
검은 태양의 아프리카로 간다
빚에 눌린 빈사의 항구
바나나 공화국 라틴아메리카로 간다
왜 그리로 가는가 달러는
왜 그리로 가는가 달러는
그곳에 빵을 기다리는 굶주린 인류가 있어서인가
그곳에 평화를 그리는 부러진 날개의 새가 있어서인가
그곳에 자유를 꿈꾸는 가위눌린 나무가 있어서인가
아니다 거기 가면 아시아에 가면
보다 넓은 시장이 있기 때문이다
아니다 거기 가면 아프리카에 가면
보다 값싼 노동력이 있기 때문이다
아니다 거기 가면 라틴아메리카에 가면
보다 높은 이윤이 있기 때문이다
달러가 간다 어딘가로
지구 어딘가로 달러가 간다

원조라는 미명으로 가고
오늘은 되로 주고 말로 받는
차관의 너울을 쓰고 가고
내일은 빛 좋은 개살구
경제협력이란 망또를 걸치고 간다

달러 2

나는 월가의 총잡이
달러가 가는 곳에 나도 간다
나는 텍사스의 카우보이
달러가 가는 곳에 나도 간다
저 옛날 우리네 조상들이
선교사를 앞장세워 함포를 따르게 하듯
오늘 나도
달러를 앞장세워 그 뒤를 따른다
무엇하러 가느냐고 당신은 묻겠는가
월가의 총잡이인 내가
무엇하러 가느냐고 당신은 묻겠는가
텍사스의 카우보이인 내가
재산을 지키고
생명을 보호하기 위해서다
누구의 재산이고 누구의 생명이냐고
당신은 묻겠는가
나는 자본가의 재산을 지켜주고
구전을 따먹는 월가의 총잡이
나는 자본가의 생명을 지켜주고
땡전을 따먹는 텍사스의 카우보이

달러 3

달러가 가고
월가의 총잡이 내가 가는 곳에
자유가 없다 자유는
싹이 트기가 무섭게 가위 눌려 싹둑
그 모가지가 잘리고
해방은 없다 해방자는
역적으로 몰려
햇살 그리운 감옥의 창살에서 목 졸려 죽어간다
달러가 가고
텍사스의 카우보이 내가 가는 곳에
애들은 어머니 젖 대신에
시카고산 우유를 빨아야 한다
청바지에 더벅머리를 기르는 젊은이들은
코카콜라를 빨아야 하고
달러에 붙어 푼돈이나 모은 늙은것들은
제 딸 같은 계집을 끼고
미국 놈 좆대강이 안주 삼아 조니워커를 빨아야 한다
뿐이랴 나와 손을 잡고 협력하는 자는
하룻밤 새에 벼락치기 부자가 되어
금이빨로 쇠고기를 뜯는 강아지의 재롱을 받고 살지만
눈 속에서 보리를 키우고 가뭄과
홍수 속에서 나락을 건져 바람과
태양에 알곡을 말리는 토지의 자식들은

쭉정이로 남아 불티로 날리거나
뿌리 뽑힌 나무로 도시 위를 떠돌다
부잣집 문턱에서 죽고 만다
달러가 가고
월가의 총잡이 내가 가는 곳에
달러가 가고
텍사스의 카우보이 내가 가는 곳에
성한 땅은 없다
성한 바다는 없다
성한 하늘은 없다
대기는 오염에 죽어 밤 별을 키우지 못하고
바다는 폐유로 썩어 병든 고기로 누워 있고
토지는 금비료 농약으로 중독되어
새로운 아기를 탄생시키지 못한다

의병

산맥을 달리는 말과도 같고
보이었다 사라졌다
영(嶺)을 넘는 바람꽃 같기도 하고
시위를 떠난 화살
바위에서 꽂히는 죽창 같기도 하는
당신은
어둠의 끝이 보이지 않을 때
보이기 시작합니다
눈멀고 귀 먼 천둥과 함께 당신은
피 묻은 싸움이 되고 승리와 패배로
온 마을을 가슴 조이게 합니다
해 저문 들에 선 채로 기다리는 어머니의 마음도
귓가에서 밝은 사립문 미는 소리
갓 시집온 신부의 마음도
설레이게 합니다

나타났어요 의병들이!
무리지어 동구 밖에 나타나
가로질러 들판을 건너
큰 아우성과 함께 능선을 타고
사라졌어요
흰 눈에 덮인 길을 열고!
보일 듯하여 다가서지만

결정적으로는 보이지 않고
잡힐 듯하여 우르르 몰려들 가지만
결정적으로는 잡히지 않는
당신은
한 시대의 유령입니까
타올라 들판 가득 횃불로 살아
삽시에 사그라지고 마는
타고 남은 재입니까

기우는 달 왕관도
왕관을 떠받드는 문무백관도
글줄이나 알아 오히려 우환인 식자들도
도망치듯 어딘가로 다 사라지고
나라의 그림자마저 보이지 않을 때
당신은 보이기 시작합니다
숲 속의 성냥간에서 이글대는 숯으로
숯불에 달구어지는 시련의 무기로
낫 놓고 ㄱ자도 모르는
일자무식의 나라 사랑으로

돌과 낫과 창과

갑오농민에게 소중했던 것 그것은
한술의 밥이었던가 아니다
구차한 목숨이었던가 아니다
다 빼앗기고 양반과 부호들에게
더는 잃을 것이 없는 우리 농민들에게 소중했던 것
그것은
돌이었다 낫이었다 창이었다

돌은
낫을 갈아 창을 깎기 위해
낫은
양반과 부호들의 머리를 베기 위해
창은
외적의 무리를 무찌르기 위해
소중했던 것이다

* 『나의 칼 나의 피』 초판, 『조국은 하나다』 초판에는 「아직도 우리에게 소중
한 것」으로 수록됨.

종과 주인

낫 놓고 ㄱ자도 모른다고
주인이 종을 깔보자
종이 주인의 목을 베어버리더라
바로 그 낫으로

*『조국은 하나다』 초판에는 「낫」으로 수록됨.

각주

헤겔은 어딘가에서
이런 말을 한 적이 있다

동방에서는 한사람만이 자유로웠는데 지금도 그렇다
그리스 로마에서는 몇사람이 자유로웠다
게르만 세계에서는 모든 사람이 자유롭다

맑스는 어딘가에서
이런 말을 한 적이 있다

아시아적 봉건사회에서는 한사람만이 자유로웠다
자본주의 사회에서는 몇사람이 자유롭다
사회주의 사회에서는 만인이 자유로울 것이다

그러나 헤겔도 맑스도
다음과 같이 각주 붙이는 것을 잊어버렸다

식민지 사회에서는
단 한사람도 자유롭지 못하다고

한자 풀이

벌 봉(蜂) 자에 일어날 기(起) 봉기(蜂起)라
참 좋은 말이다
두드릴 타(打) 자에 넘어질 도(倒) 타도(打倒)라
참 좋은 말이다
그러니까 벌떼처럼 들고일어나 마구 두들겨패서
마침내 쓰러뜨린다는 뜻이렷다
시황제가, 씨저가 이렇게 쓰러졌것다
루이가 짜르가 또한 이렇게 쓰러졌것다
바띠스따가 쏘모사가 팔레비가
이 아무개 박 아무개도 이렇게 쓰러졌것다
세상 어느 놈도 민중의 자유를 누르고는
제명대로 살지 못하렷다

읽을 줄도 쓸 줄도 모르는 어느 백성의 이야기

전쟁이 터지고 나는
쌈터로 끌려갔다
앞장세워져 맨 앞 부자들의 총알받이가 되었고
사람들은 그런 나를 두고
나라 국경 지키는 용사라 했다

쌈질이 끝나고 고향은 쑥밭이 되고
나는 건설대로 끌려갔다
소나 말이 되어 게거품을 흘렸고
사람들은 그런 나를 두고
나라 살림 일으키는 역군이라 했다

겨울이 오고 한파가 밀어닥치고
굶주림과 추위 혹사에는 더는 못 견뎌
에헤라 가더라도 내일 삼수갑산 들고일어섰다
그러자 이번에는 감옥으로 끌려갔고
사람들은 그런 나를 두고
나라 팔아먹은 역적이라 했다

* 『나의 칼 나의 피』 개정판에는 「읽을 줄도 쓸 줄도 모르는 어느 백성 이야기」로 수록됨.

친애하는 국민 여러분

밭다랑 논다랑은커녕
제 몸 하나 제대로 간수할 땅 없는
떠돌이 막일꾼에 고주망태 선달이는
막걸리 반사발에 개떡 같은
개떡만도 못한 제 주권일랑 팔아넘겼다네
덕망이 골골에 자자한 양조장집 주인에게

고샅이고 한길이고 급하면 어디서고
궁둥이를 까고 소피보기 일쑤인
칠례팔례 선달이 마누라는
고무신짝 한켤레에 개똥 같은
개똥만도 못한 제 주권일랑 팔아치웠다네
학식이 봉봉으로 높은 방앗간 주인에게

그리하여 학식과 덕망이
선착으로 통대에 당선되어
서울에 가 체육관에 가 99% 찬성으로
박통인가 전통인가를 대통령으로 뽑아내니
고무신 한켤레 값으로 막걸리 한사발 값으로 선달이와 그 마누라는
대통령이 친애하는 국민 여러분이 되었다네
어절씨구 좋아라 밤샌 줄도 모르고
선달이와 그 마누라는
아랫목 뜨뜻한 방에서 떡방아를 찧었다네

* 『나의 칼 나의 피』 초판에는 「대통령이 친애하는 국민 여러분」으로 수록됨.

지위

나도 그리될까?
철들어 속 들고 나이 들어 장가들면
과연 그리될까?
줄줄이 새끼들이나 딸리게 되면
어떤 수모 어떤 굴욕 어떤 억압도
참게 되는 걸까?
아니 참아지는 것일까?
아니 아예 관심 밖의 일이 되고 마는 것일까?
나는 자유의 편에 서 있다고
나는 불의에는 반대한다고
입을 열어 한번 당당하게
말하지 못하게 되는 것일까?
쥐꼬리만 한 봉투 때문에
보잘것없는 지위 때문에

* 『나의 칼 나의 피』 초판에는 「?」로 수록됨.

마수

무릎까지 들어간 농부의 허벅지에서
피를 빨아 피둥피둥 살이 찐 거머리 같은 놈
노동자의 등에서
이윤을 짜내고 그 위에 다시
거부(巨富)를 쌓아올린
흡혈귀 같은 놈
이들을 등에 업고
야수적 공격으로 인간의 이성을 파괴하고
끊임없이 끊임없이 끊임없이
날조된 허위로 위기의식을 조장하고
안보라는 이름으로 테러적 탄압으로
민족의식을 마비시킨
산적 같은 놈

몸에 칼이 들어가야 놈들은
착취·수탈·억압의 마수를 놓는단 말이다

오늘은 그날이다 1

오늘은 그날이다
투쟁의 칼을 세워놓고 내가
민족해방전선에 가입한 날이다
그날 나는 다짐했다 손 위에 손을 포개고
동지와 함께 한 별을 우러러보며

해방의 한길에서 우리 변함없자고
천 고비 만 고비 넘어야 할 시련의 고비에서
너와 나 우리 굴함 없자고
그날을 위해서라면
승리의 그날을 위해서라면
죽음도 우리 불사하자고

오늘은 그날이다
해방전사로서 내가 최초로
밤의 담벼락을 넘어
부잣집의 편안한 잠자리에 칼을 들이댄 날이다
최초로 부자들이 내 앞에서
무릎을 꿇었던 날이다 살려달라고 그때
역사의 입김은 내 귓전에 대고 속삭여주었다
모가지에 칼이 들어가야 그들은
착취의 손을 놓더라고

오늘은 그날이다 2

오늘은 그날이다
영하 20도 혹한의 겨울
뼈를 깎는 톱니바퀴의 공장에서
맨살에 홑옷의 우리 노동자들이
혹사당하던 날이다 썩은 호박죽에 주린 배를 채우며
오늘은 그날이다 감옥에서
간수가 죄수를 부려먹듯 공장에서
감독이 노동자를 부려먹던 날이다 그 무렵 우리에게는
외출의 자유도 없었고 먼 고향 두메에서
어머니 아버지가 찾아와도 만나뵐 수가 없었다
오늘은 그날이다 순이가
밤낮 없는 노동에 지쳐 깜박 졸다가
공장장의 발길질에 저만치 나동그라지던 날이고 영양실조로
영숙이와 길례가 시멘트 바닥에 꼬꾸라지던 날이고
순임이는 끝내 피를 토하고 시골로 내려가던 날이다
오늘은 그날이다 일요일에
메이데이 행사에 참가했다는 이유로
다섯명의 동료들이 경찰에 붙들려간 날이고
전평에서 탈퇴하여 대한노총에 가입하라 협박받던 날이고
협박에 지지 않는 이는 빨갱이로 몰려
어딘가로 지프차에 실려 연행돼갔던 날이다

"더이상 참을 수 없다 파업이다!" 외치며

들고일어선 날이다 오늘은
"야근철폐 8시간 노동제" 이것이 우리들의 요구였다
"식사개선 최저임금제" 이것이 우리들의 인간선언
"대한노총은 노동자들을 이승만의 종으로 만들지 말라"
이것이 우리들의 구호였다
삼삼오오 어깨동무를 하고 우리 노동자들은
공장 안에서 농성을 하였다 굶주림과
추위가 우리들의 옷과 밥이었고, 단식과
형제애의 연대가 우리들의 무기였다

오늘은 그날이다
일제 트럭으로가 아니라 이제
미제 트럭으로 공장에 경찰을 투입하던 날이다
미군이 우리 노동자의 입에
소방호스로 양잿물을 퍼먹이던 날이고
강제로 트럭에 태워 폭우가 쏟아지는 한데에다
쓰레기를 버리듯 인간을 버리던 날이다
오늘은 그날이다
해방의 날로서 8·15가 끝장났던 날이다
평화적인 싸움이 끝났던 날이고 이제
새로운 피의 전투가 시작되던 날이다

오늘은 그날이다 3

오늘은 그날이다
미국이 필리핀을 먹을 테니까 일본이 눈감아주면
일본이 조선을 삼켜도 미국은 입 다물고 있겠다며
카쯔라와 태프트가 비밀협약했던 날이다
그날을 아느냐 친구야
어찌 우리 모르랴 그날의 협잡을

오늘은 그날이다
도둑처럼 뒷문으로 일본군이 빠져나가자
침략처럼 앞문으로 미국군이 쳐들어온 날이다
그날을 아느냐 친구야
어찌 우리 모르랴 그날의 절망을

오늘은 그날이다
종남산(終南山) 꼭대기에 일장기가 내려지면
삼천리 방방곡곡에 태극기가 휘날릴 줄 알았는데
군정청 하늘에 성조기가 오르던 날이다
그날을 아느냐 친구야
어찌 우리 모르랴 그날의 배신을

오늘은 그날이다
삼팔선으로 조선을 갈라 먹자고
미국이 제안하고 소련이 동의했던 날이다

그날을 아느냐 친구야
어찌 우리 모르랴 그날의 분노를

오늘은 그날이다
꼭두각시 이승만이가 미국에 불려가더니
돌아와 하지와 사바사바하더니
남쪽 하늘에 단정수립의 풍선을 띄우던 날이다
아느냐 그날을 친구야
우리 어찌 모르랴 그날의 음모를

오늘은 그날이다
남과 북으로 조국이 두동강 나던 날이다
긁어모아 친일매국노를 긁어모아
긁어모아 친일자본가를 긁어모아
긁어모아 친일지주들을 긁어모아
인간쓰레기들을 긁어모아
이남에 미국이 이승만 괴뢰정부를 세우던 날이다

어제까지만 해도 어제까지만 해도
산 설고 물 선 이국땅에서 항일투쟁을 했던 이들은
이승만의 적이 되어 역적으로 몰리던 날이고
어제까지만 해도 어제까지만 해도
항일 애국투사들을 체포하고 고문하고 투옥하고 학살했던 자들은

'건국의 공로자'가 되어 종로 네거리를 활보하던 날이고
분단의 조국을 막고자 삼팔선을 넘나들던 김구 선생이
이승만의 비수에 맞아 삼팔선을 베고 쓰러지던 날이다

알다가도 모를 일

알다가도 모를 일이다
인구가 이북의 두배인데다가
GNP는 다섯배를 훨씬 넘는다면서
인구에 GNP를 곱하면 국력이 나오고
자그마치 그 국력 열배의 힘으로 이북을 누른다면서
어쩌자고 나라 안에 남의 나라 군대는 끌어안고 있는지
어쩌자고 남의 나라 군대를 산에 들에 주둔시키고
독립의 나라들로부터 손가락질을 당하는지
자기 나라를 자기 나라 군대가 지키지 못하고
남의 나라 군대가 지키게 하는 나라가
세상에 어디 독립국이라 할 수 있냐며
제3세계의 나라들로부터 조롱거리가 되고 있는지
이불을 보고나 발을 뻗을 일이지
어쩌자고 또 이번에는 독립의 나라 잔칫집에는 가서
제3세계의 모임인 비동맹회의장에는 가서
구걸행각에 문전축객을 당하고 왔는지
어쩌자고 가는 곳마다에서 나라 망신을 시키고
나라 체통에 똥칠을 하고 다니는지

알다가도 모를 일이다
철통같은 정규군 60만을 가지고도
역전의 용사들 가는 곳마다 승리뿐이다는 예비군을
직장마다 마을마다 300만을 동원해놓고도

"미사일 자체 생산에 성공!" 하며
핵병기 수백 수천기를 보유하고도
무엇이 그리도 무서운지 가진 자들은
남의 나라 군대가 철수한다 하면
철수한다고 방귀 소리만 새나오면
무엇이 무서워 그리도 가진 자들은 발발 기는지
땅값이 떨어진다 집값이 떨어진다 주가가 떨어진다 보따리를 싼
다……
어쩌자고 저리도 공포에 사로잡히고
어쩌자고 저리도 지랄에 발광을 떠는지

알다가도 모를 일이다
정말이지 전 주민이 노예살이한다는
이북 하나 못해봐서 그러는 것은 아닐 거고
이남에 와서 노예들이 부자들에게
남아돈다는 자유 좀 나눠 갖자고 할까봐 그러는 것일까
알다가도 모를 일이다
정말이지 전 주민이 강냉이죽도 못 먹고 산다는
이북 하나 못해봐서 그러는 것은 아닐 거고
이남에 와서 가난뱅이들이 부자들에게
남아돈다는 밥 좀 나눠 먹자고 할까봐 그러는 것일까

민족해방투쟁 만세

십년 전 오늘 그대는 외쳤지
두 팔 번쩍 치켜들고 광화문 네거리에서 세번 외쳤지
민족해방투쟁 만세! 민족해방투쟁 만세! 민족해방투쟁 만세!
그러자 당연하게도 경찰이 와서 두억시니같이는 와서
그대를 채갔지 솔갱이가 병아리를 채가듯 그렇게
그리고 당연하게도 신문과 텔레비전은 일제히 떠들어대기 시작
했지
그들은 이렇게 떠들었지 미친놈 날굿이한다고
해방된 지가 언제 적인데 자다가 봉창 두드리는 소리 한다고
'자생적 공산주의' 운운하면서 '배후에 고정간첩'이 없나 눈알을
두리번거리는 놈도 있었지

그리고 기계적으로 검사는 그대를 보안법으로 기소했고
그리고 기계적으로 판사는 그대를 감옥으로 보냈고
그리고 세상은 그대를 멀리했고 잊어버렸지
허위가 득세하는 곳에서 진실은 항용 그렇게 처리되는 것이지

그러나 들여다오 벗이여 십년 후의 오늘을
열길 담 너머 철창 안에서나마 들여다오
지금 학살과 봉기의 도시 광주에서는 수십만의 시민들이 아우성
치고 있다네

학살의 배후조종자 양키 제국주의 물러가라고

살인마 ×××을 찢어 죽이라고 벌떼처럼 일어나 아우성치고 있
다네
　침략군의 장수가 동상으로 서 있는 인천에서는
　그동안 사십년 동안 조국의 하늘을 가려왔던 성조기가
　끌어내려지고 짓밟혀 뭉개지고 불에 타 재로 날리고
　부산에서 서울에서는 혁명적 민주학생들이
　노동자와 동맹하여 미문화원 미국계 은행 등을 점거하고
　공공연히 집단으로 반제민족투쟁에 나서고 있다네
　그리고 농촌에서는 ABC는커녕
　호미 쥐고 물음표도 모르던 농민들조차
　맷돌에 코라콜라며 마라치온 파라치온 병을 까부수며
　물음을 던지고 있다네 저곡가정책과 소값 폭락의 원흉은 누구냐며

　벗이여 십년 전의 해방자여
　이제 모든 것이 확연해졌다네 그동안 사십년 동안
　우리의 눈과 귀를 가려왔던 제국주의의 가면은 벗겨지고
　놈들이 이 땅에서 저질러놓은 모든 범죄가 드러났다네 청천백일
하에
　이제 알고 있다네 세살 먹은 삼척동자도
　누가 조국의 허리를 두동강 냈는가를 무엇 때문에
　미국은 이승만을 사주하여 이남에 꼭두각시 정권을 세웠는가를
　이제 알고 있다네 부엉이의 마을 한낮의 소경도
　귀머거리에 입 달린 벙어리도 그가 조선의 아들이고 딸이라면

제 땅에서 뿌리 뽑혀 오갈 데 없는 가난뱅이라면
알고 있다네 제국주의의 살인청부업자 군장성들이
국민 위에 군림하고 있는 한 민주주의란 개좆나발이라는 것을
제국주의의 군대가 이 땅의 언덕에 발을 붙이고 있는 한
자유고 통일이고 미국 놈 좆대강이나 빨아라라는 것을

자유주의 환상은 깨지고 벗이여
투쟁의 새로운 지평이 열리고 있네 그것은
십년 전의 그대가 외쳤던 만세 민족해방투쟁이네
민족해방 없이는 민족의 자유, 민족의 통일이란 있을 수 없다는 민
족의 자각이네

관료주의

"나는 이리가 되어
　　　관료주의를
　　　　　물어뜯고 싶다"
시인 마야꼽스끼는 이렇게 으르렁거렸다
그러나 그는 몰랐다 관료주의의 겉과 속을
그것은 씹으면 이빨이 쑥쑥 들어가는 짐승의 물컹물컹한 속살이
아니다
그것은 물어뜯으면 창호지처럼 북북 찢어지는 가죽도 아니다
바늘 끝으로 쿡쿡 찔러대도 피 한방울 나오지 않는 그것은
철가면의 이마빡이고 아무리 울려대도 그것은
눈물 한방울 흘리지 않는 마귀할멈의 눈구멍이다
아니다 아니다 그것도 아니다 관료주의는
가슴에 철판을 대고 발가락 끝에서 머리끝까지
무쇠로 조립된 몰인격의 로봇이다
우향우 하면 우로 돌고
좌향좌 하면 좌로 돌고 거기 서 하면 장승처럼 서버리는
군대식 복종에 길들여진 노예다
아니다 아니다 그것도 아니다 관료주의는
기계다 기계의 톱니바퀴다 기름만 칠하면
봉급이란 이름의 기름만 칠해주면 기계의 주인이 누구이건
쪽발이건 코쟁이건 그들의 하수인 독재정권이건
밤이고 낮이고 쉴 새 없이 불평 없이 돌고 도는 기계이다
노동자의 나라 쏘비에뜨 동맹의 시민으로서 마야꼽스끼는

당연하게도 이렇게 으르렁거렸어야 했다
"나는 망치가 되어
　　　　관료주의를
　　　　　　두들겨패고 싶다"

여물

부려만 먹고 소에게
여물을 주지 않는 그런 주인이
세상에 있는 것 봤어
그러니 잔말 말고 소처럼 일만 하고 있어
공장 일을 내 일처럼 해주기만 해봐
눈 딱 감고 눈봉사처럼
귀 딱 감고 귀머거리처럼
한 삼년 한식구처럼 일해주기만 해봐
그러면 나에게도 생각이 다 있으니까
괜히 입 달렸다고
인간은 기계가 아니다 짐승이 아니다
노동자도 인간이다 그따위 시늉일랑 하지 마
어느 새벽에 좌경으로 용공으로 몰려 잡혀갈지 모르니까
그때는 나도 어쩌지 못해 나라에서 하는 일이니까
순간의 실수로 여물통마저 깨는 우는 범하지 마
가차없는 무서운 세상이야

사료와 임금

사료를 먹여
자본가 김씨가 닭을 치는 것이나
임금을 주어
자본가 이씨가 노동자를 부리는 것이나
속셈에 있어서는 같다
닭이 김씨에게 알을 까주기 때문이고
노동자가 이씨에게 제품을 만들어주기 때문이다

어디가 아프거나 늙어서 닭이
알을 까지 못하거나 까더라도 그 알이
자본가 김씨에게 이윤을 내주지 못하거나 할 때
어디가 아프거나 늙어서 노동자가
제품을 만들지 못하거나 만들더라도 그 제품이
자본가 이씨에게 이윤을 내주지 못하거나 할 때
어떻게 되는 것일까 닭과 노동자는
모가지가 비틀어져 닭은 통조림 공장으로 보내질 것이다 아마
모가지가 잘려 노동자는 공장 밖으로 내동댕이쳐질 것이다 아마

오 닭이여 그 울음으로
하루의 시작을 알리던 생활의 고지자여
자본의 세계에 와서 그대는
알이나 까는 기계로 전락하게 되었구나
그 알이 자본가의 배를 채워주는 동안에만

그대의 목숨은 붙어 있게 되었구나
오 노동자여 그 노동으로
인간의 새벽을 열었던 대지의 해방자여
자본의 세계에 와서 그대는
말하는 도구로 전락하게 되었구나
그 도구가 자본가의 배를 채워주는 동안에만
그대의 목숨은 붙어 있게 되었구나

모가지 1

주면 주는 대로 받아야지요
모자라 항상 아랫배가 당기지만
이 악물고 참아야지요
그러면 사장님은 제 분수 아는 놈이라며
제 머리를 쓰다듬어주지요
그 후덕한 미소와 함께 칭찬을 곁들여
쥐꼬리만 한 월급에 거스름돈 몇푼 더 달아주지요

시키면 시키는 대로 해야지요
열시간이고 스무시간이고 마다 않고 해야지요
잠이 항상 모자라 졸음이 오면
바늘 끝으로 허벅지를 찔러 잠을 쫓고
아차 하는 찰나에 손가락이라도 한두개 잘리면
발을 동동 구르면서 참아야지요
그러면 사장님은 안타까운 표정으로
제 손등을 어루만져주기도 하지요
후덕한 미소 잃지 않고 위안의 말씀 곁들여
새끼손가락만 한 월급에 잔돈 몇푼 더 얹어주지요

참아야지요 고되거나 아프거나 불평 말고
참아야지요 많거나 적거나 따지지 말고
370원짜리 야식이 왜 이 모양 이 꼴이냐고 투정 부리다가는
우리는 기계가 아니다 우리도 인간이다

292

목청 돋우어 이따위 말 했다가는
모가지요 그날로 당장에!

*『조국은 하나다』 초판에는 「모가지」로 수록됨.

모가지 2

화해 어쩌고저쩌고
용서 어쩌고저쩌고
입으로만 할 것이 아니고
겉으로만 할 것이 아니고
가슴으로 속으로 해야제
그것도 누가 보는 데서 하지 말고
텔레비전 같은 데서 하지 말고
그것도 누가 듣는 데서 하지 말고
라디오 같은 데서 하지 말고
하늘 아래서
밤 별이 고운 데서 해야제
겨레 앞에서 민족 앞에서 해야제
여기 와서
여기 망월동에 와서
이름도 없고 얼굴도 없는 무덤에 와서
아무도 모르게 제 자신까지도 모르게 와서
무릎 꿇고
허리 굽히고
고개 숙이고
죽을죄를 지었습니다 하고
모가지를 내놔야 하제
그래야 암 그래야 쓰제
그래야 모가지 하나쯤은 용서받을 수도 있제

세상 참 좋아졌지요

옛날에 간날에 우리 가난뱅이들은
지게 지고 부잣집 머슴살이했지요
이제 그것을 경운기 타고 하지요
세상 참 좋아졌지요 몰라보게도

옛날에 간날에 우리 상것들은
짚세기 신고 서울 갔지요 고개 넘어
양반집 종살이하러 병신다리 끌면서
이제 그것 하러 기차 타고 가지요
신바람 내며 고속 타고 가지요
세상 참 좋아졌지요 몰라보게도

예나 이제나 우리 없이 사는 것들은
있는 것들 머슴살이하기는 매일반이지요
배운 것들 종살이하기는 매일반이지요
요즘 사람들 다만 우리를 두고
종이라 머슴이라 부르지 않을 뿐이지요
일 잘한다 근로자라 부르는 거지요
어마어마하게도 어떤 이들은 산업역군이라 부르기도 하고
황공무지로소이다! 한가족 한형제라 부르기도 하지요
세상 참 좋아졌지요 몰라보게도 몰라보게도

세상 참

있는 사람들은
진수성찬 먹는 둥 마는 둥 그대로 남기고도
아이고 배야 아이고 배야 배 터져 죽겠다 급살이고

없는 사람들은
남은 음식 바닥까지 긁어 먹고도
아이고 배야 아이고 배야 배고파 못살겠다 야단이고

전업

공장도 다 지어졌고
기계다 뭐다 원료다 뭐다
설비투자도 어느정도 됐고
돈사를 개축하여 어엿하게
기숙사까지 마련해놓았다니까
으흠 이제 앞으로
노동잔가 뭔가만 사들이면 된다 이거지?

──그런데 박상무 과연 말이야
　　노동잔가 뭔가 그런 것들 일 시켜
　　신발 맹글어 팔아묵는 것이
　　되아지 키워 새끼 빼묵는 것보다
　　더 수지맞을까 손해나 보지 않을까?

──예 사장님
　　한마리 돼지에게 한달 먹이는 사료값이
　　노동자 한명에게 한달치 주는 노임보다 훨씬 싸게 먹힌다니까요

──노동자 한명당 값이 얼만데 그래?

──딱 정해져 있는 가격이 아니니까 확실한 것은 아니지만
　　최근 시장가격으로 대충 어림해서
　　여자들 같으면 돼지 한마리 값이면 능히 써먹을 수 있고

298

남자들 같으면 한마리 반이면 충분할 것입니다

—아니 노동잔가 뭔가 하는 것들이 고렇게 비싸?
요즘 되아지값이 아무리 똥값이라구 하지만서두

옳지 옳지

이 책은
정부가 품질을 보증하는 우량도서고
저 책은
법이 붉은 딱지를 붙여놓은 불량서적이라
무엇이 거기에 씌어 있길래
이놈은 우량이고 저놈은 불량인고
음 그러면 그렇지
여기서는 그림마다 글자마다
사장님과 노동자가 가족적인 분위기고
음 그러면 그렇지
저기서는 글자마다 삽화마다
노동자와 자본가가 불구대천 웬수라
어디 보자 여기서는 사장님이
입만 벙긋하면 협조적 타협적이고
어디 보자 저기서는 노동자들이
경제투쟁 정치투쟁 말끝마다 투쟁이라
옳지 이 책 저 책 뒤표지에
우로 좌로 길이 나 있군
이 길로 가다 오른쪽으로 꺾으면 노예의 길이고
저 길로 가다 왼쪽으로 펴지면 해방의 길이라
옳지 옳지

아저씨 아저씨

—아저씨 아저씨

—왜

—아저씨가 시인이어요?

—누가 그러데?

—엊저녁에요 집시법으로요

　우리 앞방에요 학생이 들왔는데요 그 학생이 그러데요

—그래 내가 그 사람이다 시인이다

—아저씨가 정말 시인이어요 몰골을 본께 촌놈 같구만

—에끼 놈

—아저씨 아저씨

—왜 또

—앞방의 학생이 그러던데요

　아저씨한테 알려주라고 그러던데요

　디디디가 손들었대요

—디디디가 뭔데?

—에이 아저씨도 생기기는 그렇게 안 생겼구만 시침 떼기는

　두환이 대머리 돌대가리도 몰라요?

—에끼 놈 대통령 각하를 그렇게 부르면 쓰나

—에이 아저씨도 생기기는 그렇게 안 생겼구만 능청 떨기는

　그게 어디 대통령인가요 지나 나나 깡패 똘마닌디요

—네 이놈 누가 너한테 그런 소리 하데

—학생들이 모두 그러던디요 레이건이 그 두목이고요

—!……?

──아저씨 아저씨

──왜 또 그래?

──나한테 시 한수 써주세요

　나는요 꽃밭에 물 주다가 들왔는디요

　재수 없게 공범 셋이 원예죄로 들왔는디요

　정작 가죽조로로 물 준 놈들은

　돈보석 병보석으로 나가버렸는디요

　물도 못 주고 다리만 잡아준 나만 이렇게

　꼽징역 사는디요

　돈 없으면 깜방에서 딸딸이나 치며 살라는디요

　니기미 돈에 대해서 시 한수 써주세요 아저씨

허수아비

군복을 벗기고 허수아비에게
민간복을 입히거나
철모를 벗기고 허수아비에게
중절모를 씌우거나
허수아비는 허수아비죠
우리나라 참새들 인제 속지 않아요

원숭이와 설탕

참 우습기도 하다
인디언들이 원숭이를 잡는 법은
그들은 이렇게 원숭이를 잡는다는 것이다
코코야자 열매를 따서 옆구리에 구멍을 판다
원숭이의 빈손이 겨우 들어갈 만하게 파서
거기에 원숭이가 제일 좋아하는 설탕을 넣고
높다란 나뭇가지에 그것을 매달아놓는다
그러면 영락없이 원숭이가 와서 잽싸게
구멍에 손을 찔러놓고 덥석 설탕 덩어리를 움켜쥔다
그러나 설탕 덩이를 거머쥔 원숭이의 주먹손은
아무리 용을 써도 빠지지 않는다
뻘뻘 땀이 흐르도록 팔이 빠지도록 잡아당겨도 빠지지 않는다
설탕을 놓아버리면 쉽게 손을 뺄 수 있으련만……
그러나 어찌 그 좋은 것을 감히 포기하랴
사람이 접근해서 손짓 발짓으로 위협을 해도
막대기로 빨간 똥구녕을 쑤셔대도 막무가내인 것이다
결국 인디언이 쏜 화살에 맞고서야 죽고 나서야
주먹을 펴고 설탕을 놓는다는 것인데

참 우습기도 하다
원숭이가 움켜쥔 설탕을 놓는 것하고
후진국의 대통령이 움켜쥔 권력을 놓는 것하고는

어떤 관료

관료에게는 주인이 따로 없다
봉급을 주는 사람이 그 주인이다
개에게 개밥을 주는 사람이 그 주인이듯!

일제 말기에 그는 면서기로 채용되었다
남달리 매사에 근면했기 때문이다

미군정 시기에 그는 군주사로 승진했다
남달리 매사에 정직했기 때문이다

자유당 시절에 그는 도청 과장이 되었다
남달리 매사에 성실했기 때문이다

공화당 시절에 그는 서기관이 되었다
남달리 매사에 공정했기 때문이다

민정당 시절에 그는 청백리상을 받았다
반평생을 국가에 충성하고 국민에게 봉사했기 때문이다

나는 확신하는 바이다
아프리칸가 어딘가에서 식인종이 쳐들어와서
우리나라를 지배한다 하더라도
한결같이 그는 관리생활을 계속할 것이다
국가에는 충성을 국민에게는 봉사를 일념으로 삼아
근면하고 정직하게!
성실하고 공정하게!

풍자

죄 안 짓고 벌이라는 벌은 다 받고 사는
아랫동네 가난뱅이들 농투성이들
순사 나으리 피하기를 뭣 피하듯 했지요
여름날 복날 누렁이 개백정 피하듯 했지요

죄라는 죄는 다 짓고 벌 한번 받는 적 없이 사는
윗동네 부자들 천석지기 만석지기 부자들
순사 대하기를 뭣 대하듯 했지요
봄날 한가한 날 제집 문간에서 조는 워리쯤으로 대했지요

이런 일 저런 일 다 일제 때 일이지요
지금같이 민중의 지팡이 같은 야경국가 같은 나라에서
이런 식으로 경찰을 풍자해서는 안되지요
자본가 나으리들이 기르시는 불독이나 셰퍼드가 물어갈 테니까요

에끼 더러운 것들

이 아무개는
(나는 그의 이름을 입에 올리지 않겠다
내 입이 더러워질 테니까)
을사오적 중의 하나다 그는
왜놈들한테 나라를 팔아넘기고
집에 와서 자랑했다 자기 마누라와 자식들에게
누구누구는 나라값으로 천냥을 불렀는데 자기는 만냥을 불렀다고
누구누구는 그래서 의정서에 도장을 찍을 때도
부들부들 손가락이 떨렸는데 자기는 그렇지 않았다고 떳떳했다고
부엌에서 식칼로 명태의 배를 째고 있던 그 집 식모가
이 소리를 듣고 분을 이기지 못했다
그녀는 식칼을 거머쥐고 소리가 나는 쪽으로 다가가서
방문을 열어젖히고 외쳤다
"에끼 더러운 것들!"
그녀는 칼에 침을 뱉고 그것을 역적의 방으로 내던졌다
그리고 그길로 그녀는 그 집을 뛰쳐나와 네거리에 서서 또 외쳤다
"동네방네 사람들 내 말 좀 들어보소
양반들이 나라를 팔아먹었다네!"

양반들은 가진 것이 많고 배운 것이 많은 사람이었다
그래서 그들은 세상에 걱정거리란 게 없었다
아침저녁으로 그들의 밥상에 오르는 것은
한결같이 나라 사랑이고 백성 사랑이었다

그들은 하루도 나라 걱정 입에 올리지 않으면 배가 부르지 않는 사람이었다

　그들은 하루도 백성 사랑 입에 올리지 않으면 잠이 오지 않는 사람이었다

불감증

내 큰누이는
해방된 조국의 밤골 처녀
고은(高銀)식 독설을 빌리자면
미8군 군화 밑에서 짝짝 벌어진 밤송이보지
내 작은누이는 근대화된 조국의 신식여성
뽀이식 표현을 빌리자면
쪽발이 엔화 밑에서 활짝 벌어진 관광보지
썩어 문드러져 얼마저 빠져버렸나
흔들어 흔들어도 깨어나지 않고
꼬집어 꼬집어도 감각이 없는
아, 반토막 내 조국
허리 꺾여 36년 언제 눈뜨리
치욕의 이 긴긴 잠에서

어디 손 한번 들어보시오

어디 손 한번 들어보시오
서울도 한복판 광화문 네거리에서
이북에도 사람이 살고 있다라고
입을 열고 외칠 수 있는 사람이 있으면

어디 손 한번 들어보시오
서울도 한복판 광화문 네거리에서
이북은 지옥이 아니다라고
입을 열고 외칠 수 있는 사람이 있으면

어디 한번 손 한번 들어보시오
대한민국 사천만 사람들 중에서
이북 사람은 사람이 아닌 것을 본 사람이 있으면
이북 땅은 지옥인 것을 본 사람이 있으면
김삿갓 북한방랑기에서가 아니라
귀순용사 기자회견에서가 아니라
반공투사 텔레비전 대담에서가 아니라
제 눈으로 직접 본 사람이 있으면

어디 한번 손 한번 들어보시오
이북을 헐뜯지 않고
이북을 좋게 말하고
무사히 집으로 돌아갈 수 있는 사람이 있으면

왜 아무도 없소 내 말이 들리지 않소
왜 아무도 없소 내 말이 들리지 않소
누가 무서워 쭐레쭐레 주위만 살피고 있소
자유가 지천에 깔려 있는 대한민국에서
무엇이 무서워 이리저리 눈치만 살피고 있소
왜 손 하나 들어주는 사람 하나 없소
왜 손 하나 들어주는 사람 하나 없소

공식

지배자들은 항상 피지배자들에게
하나의 공식을 내리고 외우게 했다
염불처럼 주문처럼 맹목적으로
잘 외운 자는 몸종으로 곁에 두기도 하고
벼슬을 주어 나라를 다스리게도 했다
대신 공식을 의심하거나 거역하는 자는
이단으로 몰아 투옥하기도 하고 처형하기도 했다

예를 들어보자 중세 서양에서는 승려와
귀족들이 농노들에게 하나의 공식을 주었다
"태양이 지구의 둘레를 돌고 돈다"는
그것을 의심하거나 거역하여
"지구가 태양의 둘레를 돌고 돈다"고 하는 사람은
불에 태워 죽였거나 십자가에 목을 매달았다

삼팔선 이남에서도 그랬다
양키 제국주의자들이 잡아준 터에 나라를 세워놓고
이승만과 그 일당들은 국민 여러분에게 하나의 공식을 내렸다
"미국은 천국이고 이북은 지옥이다"는
이를 의심하거나 거역한 사람은
당연하게도 빨갱이로 몰아 처형하거나
좌익용공으로 몰아 투옥하거나 했다

오늘날 태양이 지구를 돈다는
천동설을 믿을 사람은 한사람도 없다
그것은 천동설이 허위로 증명되었기 때문에서가 아니고
진실을 박해했던 승려와 귀족이 더이상 지배계급이 아니기 때문
이다
허위는 허위를 유포하는 자가
살아 있는 한 죽는 법이 없다
진실은 진실을 유포하는 자가
죽어도 죽는 법이 없다
죽어도 죽지 않는 사람을
위대한 사람이라고 역사는 기록한다
나는 위대한 사람은 아니지만
위대한 사람이 되기 위해 감히 말한다
"미국은 천국이 아니고 이북은 지옥이 아니다"

쌀

중요한 것은 북에서 남으로
사십년 만에 쌀이 넘어왔다는 거야
미국을 거쳐 태평양으로 오지 않고
일본을 거쳐 현해탄으로 오지 않고
삼팔선을 뚫고 왔다는 거야
조국의 산을 넘고 들을 건너 북에서
남으로 조선 쌀이 왔다는 거야
'대화의 테이블'에 이북을 '끌어내기 위해'
받기로 했다고 정부는 강변하고 있지만
(세상에 받아먹으면서 상대편을 꼬시는 기술도 다 있던가!)
그야 그들이 버릇처럼 써먹는 수법의 말투이니까
한 귀로 듣고 한 귀로 흘려버리면 되는 것이고
"저쪽에서는 우리 측에서 안 받을 줄 알고
허세를 부리느라고 여차 것으로 한번 해본 말인데
이쪽에서 막상 받겠다고 하니까 당황하고 있다고
지금 북한에서는 전 주민에게 쌀 강제공출로 아비규환이다"고
텔레비전 명사들은 오두방정에 지랄발광이지만
그야 앉았다 하면 수캐 좆 자랑 하듯
있는 소리 없는 소리 할 소리 안할 소리 씨부렁거리며
제 자랑 하는 것이 그들 명사들의 본성이니까 어떻게 해볼 수도 없
는 것이고
중요한 것은 그 쌀이 저들 부자들한테 오는 것이 아니고
물에 빠져 지푸라기라도 잡아야 할 우리들 가난뱅이들한테 왔다

는 거야
　그래 지금 와 있는 거야 이렇게
　꿈처럼 와 있는 거야 조선 쌀이
　이남 땅에 내려와 있는 거야
　살아 계시면 지금 예순두살이 되셨을
　어머니의 정성이 들어 있을지도 모르는
　살아 계시면 지금 예순일곱이 되셨을
　아버지의 땀방울이 배어 있을지도 모르는
　그런 기막힌 쌀이 두 손 모은 내 손바닥에 와 있는 거야
　눈처럼 하얗게 쌓여 있는 거야
　누구누구는 쌀이 삼년 묵은 썩은 쌀이다고
　텔레비전에 나와 투정이지만
　누구누구는 쌀의 태깔이 곱지 않다고
　신문에 나와 시비조지만
　누구누구는 쌀에 극독물이 들어 있지 않을까 하고
　라디오를 통해 전국으로 주의를 시키지만
　손바닥에 올려놓고 이리 까불고 저리 까불어봐도
　한군데 흠잡을 것 없이 깔끔하기만 하더라 이거야
　혀끝에 올려놓고 내가 깨물어보는 쌀은
　토실토실 여물고 고소하기까지 하더라 이거야
　해남이 고향인 나와 해주가 고향인 아내와
　이남 쌀과 이북 쌀을 반반으로 섞어 밥을 짓고
　고봉으로 밥그릇에 담아 상 위에 올려놓고

터져라 배가 부르도록 우리 부부가 먹어대도
탈이 없더라 이거야 한쪽 쌀로만 지었던 밥보다
더 맛있었고 더 든든하고 더 안심이더라 이거야

어느 개에 관해서

아무리 용한 개도 가끔씩은
주인을 물지요 미처 몰라보고 그러는 거지요
쥐새끼도 궁지에 몰리면 고양이를 물고요
다 제 살길 찾느라 그러는 거겠지요
아무리 충직한 노예도 때로는 상전의 말을 듣지 않고 가끔씩은
대들기까지 하지요 고래고래 소리 지르며
그러나 그렇다고 해서 우리는 노예가
상전으로부터 상대적으로 독립되었다고
말해서는 안되겠지요
상전을 때려눕히고 그가 계급해방을
선언하지 않는 한
노예로서 그 신분이 바뀌어지는 것은
아니니까요

괴뢰정권도 마찬가지지요 신식민지 종속국에서
노예가 상전의 말을 듣지 않고 애를 먹일 때가 있듯이
궁지에 몰린 쥐새끼가 고양이를 물 때가 있듯이
종속국의 괴뢰정권도 종주국의 상전에게 그럴 때가 있지요
그러나 그렇다고 해서 우리는 괴뢰정권이
종주국으로부터 상대적으로 독립되었다고
말해서는 안되겠지요
제국주의를 몰아내고 그가 민족해방을
선언하지 않는 한

괴뢰로서 그 본질이 달라지는 것은
아니니까요

전후 36년사

잡년아 어제는
미친년 고쟁이로 펄럭이는 히노마루 깔고
쪽발이 왜발이 좆대강이 빨더니
아이고 무서워 아이고 무서워
월남이라 망국사 못 읽게 하더니
잡년아 오늘은
피 묻은 고쟁이로 펄럭이는 성조기 깔고
흰둥이 깜둥이 좆대강이 빨더니
아이고 무서워 아이고 무서워
베트남이라 해방사 못 읽게 하더니
내일은 또 누구의 것 빨면서
무슨 책 못 읽게 하려나 잡년아 썩을년아

남의 나라 장수 동상이 있는 나라는

윗것들은
밑으로부터 위협을 받으면
위협을 받아 재산의 뿌리 권력의 기둥이 흔들리면
민중들을 역적으로 몰아붙이고
외국 군대를 끌어들여 그들을 학살했다
1894년 갑오농민전쟁 때 양반과 부호들이 그랬고
1950년 앞뒤에 이승만과 그 추종자들이 그랬다
이런 것쯤은 알고 있다 먹물인 나는
시인인 나는 이렇게 노래할 줄도 안다
동전과 권력의 이면에는 조국이 없다고
그러나 나는 몰랐다 인천엔가 어디에
맥아더 장군의 동상이 서 있더라는 소리를 듣고
그런 것은 미국의 식민지에는 으레 있는 것으로만 알았지
그런 것이 우리나라에만 있는 줄은 차마 몰랐다
그래서 나는 신경림 시인이 『민요기행』에다 담은
어느 농부의 노여움을 읽고 그만 화끈 얼굴이 달아올라
얼른 책을 덮어버리고 말았던 것이다
"남의 나라 군대 끌어다 제 나라 형제 쳤는데
뭣이 신난다고 외국 장수 이름을 절에까지 갖다붙이겠소
하기야 인천 가니까 맥아더 동상이 서 있더라만
남의 나라 장수 동상이 서 있는 나라는 우리나라밖에 없다더만"

함정

―아부지
―오야, 인자 핵교 갔다 오냐
―어떻게 생겼으까 북한 사람들은?
―뚱금없이 먼 소리를 한다냐
　얼른 집에 들어가 밥 묵고 염소 딴겨야제
―선생님이 그려갖고 오락했당께 북한 사람 얼굴을
　아부지 어무니나 언니 오빠한티 물어갖고
―머시라고야, 시킬 것도 없었능갑다 느그 선상은
　벨것을 다 그려갖고락 하게
　너한티만 그러더냐 딴 학상들한티도 그러더냐?
―나하고 순임이한티만 그랬당께
　아부지 증말 북한 사람들은 머리에 뿔 났으까?
　그 사람들은 맨당 깡냉이죽만 묵는다디 증말 그러까?
　아부지는 가봤다 왔응께 알 꺼 아녀
―황씨는 그렇다고 말하지 않았다
　그렇지 않다고 말하지도 않았다
　사람이 사람같이 생겼제 으떻게 생겼으까
　이렇게 말해줄까 하다가 그것도 삼켜버렸다
　납북되었다가 달포 만에 고향인 갯마을에 돌아온
　황씨는 그후 꿀 먹은 벙어리가 되어 있었다
　순임이 삼촌이 지서에 불려간 것은 다음 날 밤이었고
　그날밤 황씨는 묻지 않았다 아들에게
　북한 사람을 어떻게 그려다 바쳤느냐고

아나 법

법이라!
법이니까 지켜야 한다?
그래 지키기는 지키되 어디 한번 물어나 보자
땅을 일구어 봄에 씨앗 뿌리고
이마에 땀 흘려 태양 아래서
곡식을 키운 사람은 누구이고 가을이면
도둑고양이처럼 와서 알곡을 걷어간 놈은 누구냐
네놈들이 아니더냐
양반들 학식 있는 놈들 네놈들이 아니고 누구더냐
어디 한번 물어보자
뒷짐 지고 에헴 하고 터무니없이 큰소리치며
농부의 땀 앗아간 놈들아
봉창에 턱 괴고 마른하늘 멀리
더러운 침을 뱉을 줄밖에는 모르는 혓바닥 긴 놈들아
불모의 땅 갈아엎어 우리 농부들 논 만들고 밭 만들 때
네놈들은 어디서 무엇을 했느냐
계집 끼고 청루에 앉아 주색잡기에 곯아떨어지지 않았더냐
문자 속 하나는 기특하여 잇속에 눈이 밝은 놈들아
네놈들이 곡괭이 들고 흙 한번 찍어본 적이 있었느냐
파릇하게 움터오는 어린 싹을 어루만지며
자식처럼 귀여워해준 적이 있었느냐
우묵장성 뙤약밭에서 등에 따가운 햇살 받아가며
웃자란 김을 매본 적이 있었느냐

가뭄의 방죽가에 나앉아 갈라지는 논바닥을 보면서
가슴에 피가 마른 적이 있었느냐 목이 타본 적이 있었느냐
찬 이슬에 바짓가랑이 적시며 새벽길을 걸어본 적이 있었느냐
낫 갈아 들에 나가 풀 한포기 거름으로 베본 적이 있었느냐
지게 지고 나락 지고 숨 가쁜 고개 한번 넘어본 적 있었느냐
발가락 끝에 흙 한덩이 묻혀본 적 없고
어머니인 대지에 땀 한방울 뿌려본 적 없는 놈들아
남이 일구어놓은 토지를 빼앗아 제부에 기입하고
에헴 에헴 수염 쓰다듬으며 헛기침에 낯바닥 두꺼운 놈들아
남이 키워놓은 금싸라기 같은 알곡을 도적질하여
하얀 쌀밥으로 배때기가 시커먼 날강도 놈들아 양반들아
맨 처음 남의 재산 도적질해간 것은 네놈들이 아니었더냐
도둑맞고 도둑맞았다고 도둑놈 날강도들에게 대든다고
맨 처음 살인한 것은 네놈들 양반들이 아니었더냐
그래놓고 이제 와서 도적질하지 말라!
그래놓고 이제 와서 살인하지 말라!
그래놓고 이제 와서 법이라!
그래놓고 이제 와서 법은 지켜야 한다!

에끼 순 날강도 놈들
학식과 덕망의 똥통에 대갈통 처박고
만세삼창 부르다가 급살 맞아
사지를 쭉쭉 뻗고 뒈질 양반 놈들아

자리

나도 저럴까 저 자리 높은 자리에 앉게 되면
자본가의 세계를 등지고
법정에서 역사 이야기를 하고 있는 노동자를 굽어보며
나도 이렇게 말할 수 있을까

"그것은 구시대 상민계급의 감상적 사고이니
임꺽정이를 의적으로 칭송하는 일부 국민성은 바로잡아야 한다"고

나도 그럴지 몰라 저 자리 높은 자리에 앉게 되면
점령군의 등에 비수를 꽂고
법정에서 역사 이야기를 하고 있는 청년을 굽어보며
나도 이렇게 말할 수 있을까

"그것은 일제시대 식민지 백성의 감상적 사고이니
신돌석이를 의병으로 칭송하는 일부 국민성은 바로 고쳐야 한다"고

* 『조국은 하나다』 초판에는 「개새끼들」로 수록됨.

사실이 그렇지 않느냐

1

지금은 너와 나와 이렇게
어깨동무하고 다정하게 밤길을 걷고 있다만
피를 나눈 한민족 한겨레처럼
조국의 별을 우러러보며 걷고 있다만
너는 지금 제 나라에서 남의 나라 군대의 용병
귀대하면 네 동포의 가슴에 총을 겨눠야 한다
북에 대고 남에 대고 네 핏줄의 가슴에 대고
그리고 그리고 말이다 어느날 내가
너와 나를 낳아준 어머니의 밭과 함께 호미와 함께
너와 나를 키워준 아버지의 논과 함께 괭이와 함께
일어선다면 반제민족해방투쟁으로 일어선다면
너는 소위 진압군이 되어 우리를 무찌르러 올 것이다
오지 않을 수 없을 것이다 와서
가난에 찌든 네 어머니와 같은 어머니의 가슴에 비수를 꽂고
지게질로 벗겨진 네 아버지와 같은 아버지의 등짝에 대검을 꽂고
너와 내가 물장구치고 놀았던 누이의 강을 피로 물들일 것이다
어디 그럴 수가 있겠냐며 그게 말이라고 하냐며
얼굴 붉히며 너는 고개 저어 거부의 몸짓을 한다만
사실이 그러했지 않았느냐 친구야

"가자 북으로 오라 남으로"
사월의 자식들이 손짓하며 통일을 외치고

꽃잎과 평화의 새로 분단의 다리를 놓으려 할 때
오월의 군인들이 반공을 앞세워 그 다리를 파괴하지 않았느냐
미제 탱크를 몰고 와서
사실이 그러했지 않았느냐 친구야
1980년 오월의 영웅들이 민족해방의 나무로 일어섰을 때
매국의 군인들이 도끼로 와서 총칼로 와서
그 나무를 찍어내고 벌집처럼 구멍을 내지 않았느냐

   2
지금은 니네들과 나와 이렇게
술을 마시고 있다만 허물없이 죽마고우인 양
발가벗고 낮술을 마시고 있다만
니네들은 지금 하나같이
자본가의 재산을 지켜주고 밥 빌어먹는 관리들이고
나는 그들의 호주머니를 불려주고 땡전이나 받아먹고 사는 노동자
그래서 그래서 말이다 어느날 내가
지지리도 못난 가난뱅이들 끼리끼리 모여 일어나면
밤낮으로 일요일도 국경일도 없이 열세시간 열일곱시간 일하고
노동시간이 너무 길어 세계에서 가장 길어
8시간 노동제를 실시하라! 외치고 일어나면
임금이 너무 낮아 하루 세끼 밥값보다 낮아
최저임금제를 실시하라! 외치고 일어나면
니네들은 그런 나를 어떻게 할 것이냐

강철이 너는 경감 나으리니까 어험
폭도 운운하며 나를 잡아들일 것이 아니냐
필용이 너는 검사 나으리니까 으흠
극좌 운운하며 나를 기소할 것이 아니냐
현철이 너는 판사 나으리니까 에헴
실정법 운운하며 나를 까막소로 보낼 것이 아니냐
"야 이 새꺄 너 술주정하냐"
"야야 술맛 떨어진다 그딴 소리 집어치우고 노래나 해라"
"야 임마 할 소리가 따로 있지 그따위……"
어쩌고저쩌고 얼버무리며 자리를 피한다만
사실이 그렇지 않았느냐 이 새끼들아
지난여름에만 해도 동일방직 노동자들이
똥물을 뒤집어쓰며 어용노조와 싸울 때
자본가가 고용한 깡패들의 각목에 맞아 대갈통이 터질 때
경찰은 검사는 판사는 누구 편을 들었느냐
강철이 너라고 해서 기업주의 편을 아니 들고 그 자리에 남아 있을
성부르냐
필용이 너라고 해서 현철이 너라고 해서
자본가의 법을 어기고 그 자리에 남아 있을 성부르냐

반공이 국시인 나라에서는

반공이 국시인 나라에서는
하루에도 골백번 잡았다 놓았다
모든 것이 제 좆 꼴린 대로다
저놈 좌경이다 저녁에 잡아넣었다가
아침에 내놓는다 이놈은 우경이라며

반공이 국시인 나라에서는
하루에도 골백번 엎었다 뒤집었다
모든 것이 제 좆 꼴린 대로다
아닌 밤중에 시민들을 떼죽음으로 눕혀놓고
수백명 수천명 무차별로 싹쓸이해놓고
저놈 빨갱이다 해버리면 그걸로 만사 오케이다
저놈 폭도다 해버리면 그걸로 만사형통이다

반공이 국시인 나라에서는
되는 것도 없고 안되는 것도 없다
그래서 그런지 총만 잡았다 하면
게나 고둥이나 내가 대통령이다

328

깡패들

총칼 한번 휘둘러
수천 시민을 살해한 놈은
대통령이 되어 청와대로 가고

주먹 한번 휘둘러
뺨 한대 때린 놈은
폭력배가 되어 까막소로 가고

* 『조국은 하나다』 초판에는 「폭력배」로 수록됨.

맨주먹 빈손으로

죽기 아니면 살기다
대한민국에서 대통령이 된다는 것은
죽기 아니면 살기다
대한민국에서 대통령을 그만둔다는 것도

나는 여태 보지 못했다 대한민국에서
생사를 걸지 않고 대통령이 된 사람을
총도 없이 돈도 없이 맨주먹으로 빈손으로
자유대한의 대통령이 된 사람을

그 나라에서는 7년 동안

1

어머니 그 나라에서는 7년 동안
죽이고 가두는 것이 정치의 전부였답니다
코카콜라며 펩시콜라며
외국의 상품이 들어가 판을 치고 있는 나라에서는
노동자의 땀값이 피값이 죽은 개값만도 못하여서
외국의 자본이 얼씨구 좋다 들어가 있는 나라에서는
남북으로 나라가 두동강 나서
외국의 군대가 쳐들어가 있는 나라에서는
죽이고 가두는 것이 정치의 전부였답니다
총으로 쏴 죽이고 7년 동안
대검으로 찔러 죽이고 7년 동안
밧줄로 목 졸라 죽이고 7년 동안
군화로 밟아 죽이고 7년 동안
불에 태워 죽이고 물에 빠뜨려 죽이고 7년 동안
갈고리로 찢어 죽이고 7년 동안
몽둥이로 때려 죽이고 7년 동안
어머니 그 나라에서는 그 나라에서는 7년 동안
코카콜라를 마실 것이냐 펩시콜라를 마실 것이냐
둘 중 하나를 선택할 자유밖에 없었답니다
야구를 할 것이냐 축구를 할 것이냐
둘 중 하나를 선택할 자유밖에 없었답니다
예수를 믿을 것이냐 석가를 믿을 것이냐

둘 중 하나를 선택할 자유밖에 없었답니다
노예로 살 것이냐 노예이기를 거부하고 저항할 것이냐
둘 중 하나를 선택할 자유밖에 없었답니다

　　2
그 나라에 가서
그 나라의 서울에 가서 나는 보았다
일년 내내 칠년 내내 나는 보았다
거리마다에서
공장이며 대학이며 그 정문마다에서
관공서며 지하철이며 그 입구마다에서
투구 쓰고 방패 들고
거기다가 창만 꼬나잡으면
노예시대의 검투사 같은
중세 암흑기의 흑기사 같은
그런 철인 같은 사람들을 보았다

그들은 아무 때고 밤이고 낮이고
그들은 아무 데서고 한길에서고 골목에서고
그들은 아무 사람이고 여자고 남자고
오가는 행인들을 잡아놓고 세워놓고 또는 꿇려놓고
가방을 뒤지고
보따리를 뒤지고

332

남자면 안주머니 속주머니를 뒤지고
여자면 속옷까지 뒤졌다

저항하는 사람은 없었다 아무도
그것은 길들여진 근성이었고
그것은 습관화된 생활이었고
그것은 체념이었고 공포였고 죽음의 그림자였고……
뭐라고 우물쭈물 대든다거나
곱지 않은 눈길을 보내면
군화에 채이기도 하고 인근 파출소로
개가 되어 질질 끌려갔다

그래도 나라라고
이런 나라도 나라라고
서울 여기저기에는
없는 것 없이 있을 것은 다 있었다
민의의 전당 어쩌고저쩌고하는 의사당도 있었고
정의의 사도들 어쩌고저쩌고하는 법관들도 있었고
사회의 목탁 어쩌고저쩌고하는 신문도 있었다
대통령까지 시인까지 있었다 우스웠다

   3
그 나라에 가니까 거기서는

정치 하나는 간단했다 칼로 무 베기였다
미국의 신식민지라고들 하는데 그 나라는
제3세계의 신식민지가 다 그렇듯이 그 나라도
육해공군 사관학교 나와가지고 미국에서 훈련받고 돌아온 장성
들과
일류대학 명문대학 나와가지고 미국에서 교육받고 돌아온 박사
들이
그 나라를 다스리고 있다는데
정치 하나는 간단했다 칼로 무 베기였다
미국에 대고 누가 손가락질이라도 하면
저놈 빨갱이다 저놈 잡아라 하면 그걸로 그는 끝장이었다
그 나라도 자본주의 나라인지라
한 나라에 두 국민이 있었는데
위쪽에는
나라 재산의 태반을 차지하고 앉아 있는
한줌밖에 안되는 자본가들이 있었고
아래쪽에는
세계에서 노동시간이 가장 길고
세계에서 임금수준이 가장 낮고
세계에서 산재율인가 뭔가 하는 것이 가장 높은
노동자들이 있었는데
자본가에게 생계비 좀 올려달라 누가 요구하면
저놈 빨갱이다 저놈 잡아라 하면 그걸로 그는 끝장이었다

그리고 그 나라는 사십년 동안인가 사백년 동안인가
남북으론가 동서론가 갈라져 있는데
갈라진 나라 잇고 함께 살자 누가 외치면
저놈 빨갱이다 저놈 잡아라 하면 그걸로 그는 끝장이었다

나라 하나는 둘로 갈라져 있어도
나라 하나는 남의 나라 신식민지가 되어 있어도
나라 하나는 두 국민으로 갈라져 있어도
정치 하나는 간단했다 칼로 무 베기였다
저놈 빨갱이다 저놈 잡아라 하면
모든 것이 모든 문제가 단칼에 해결되었다
아무라도 저놈 빨갱이다 저놈 죽여라 하면서
한 몇천명만 죽이면 그길로 대통령까지 되었다
그런 나라였다

*『조국은 하나다』 초판에는 2연부터 「서울 1980년대」로 따로 수록됨.

그후 아무도 나를

그후 아무도 나를
나라 국경 지키는 용사라 하지 않지요
자유다 뭐다 민주다 뭐다 입에 올리고
즈그들끼리 떠들썩하던 사내들은
내 발자국 소리 군홧발 소리를 듣고는
슬슬 피하기가 일쑤지요
혹시나 내가 지놈들 밟아 죽이지나 않을까 하고요

그후 아무도 나를
국민의 재산과 생명을 지키는 군인이라 하지 않지요
조국이다 뭐다 통일이다 뭐다 입에 올리고
즈그들끼리 까불러대던 가시내들도
내가 차고 있는 대검을 보고는
질겁을 하고 달아나기가 일쑤지요
혹시나 내가 지년들 유방을 도려내지나 않을까 하고요

아이들은 아이들대로 그렇지요
어떤 녀석들은 나를 보면 겁부터 내고 울기가 일쑤고
어떤 녀석들은 내 뒤통수에 감자를 먹이면서
"아저씨 아저씨 군바리 아저씨
코쟁이 좆대강이나 빨아 묵어요
우리 집서 자취하는 대학생 아저씨가 그러라 했어요" 하며
골려먹기가 일쑤구요

정말 죽을 지경이지요
그날 이후
어깨에 총칼 메고
허리에 대검 차고
거리에 나서야 하는 대한민국 군인들

*『조국은 하나다』 초판에는 「마각」으로 수록됨.

어서 가서 마을에 가서

어어 저러면 안되는데
자유에 대해서 민주에 대해서 이야기할 때는
조심조심 쥐도 새도 모르게 해야 하는데
장군들의 군홧발 소리보다 크게 해서는 아니되는데

어어 저러면 안되는데
민족에 대해서 해방에 대해서 이야기할 때는
가만가만 쥐도 새도 모르게 해야 하는데
미군들의 코 고는 소리보다 크게 해서는 아니되는데

어어 저러면 안되는데
노동에 대해서 계급에 대해서 이야기할 때는
조용조용 쥐도 새도 모르게 해야 하는데
자본가들 숨소리보다 크게 해서는 아니되는데

어어 눈치를 챘나본데 장군들이
걸음을 멈추고 전후좌우 살피는 것을 보니
어어 냄새를 맡았나본데 미군들이
코를 벌름거리며 킹킹대는 것을 보니
어어 소리를 들었나본데 자본가들이
귀를 세우고 눈알을 굴리는 것을 보니

어어 진짜 수상한데
장군과 자본가를 옆구리에 차고

미군이 미8군 쪽으로 가는 것을 보니
어어 정말로 저 작자들 일을 꾸미는가본데
이마를 맞대고 뭘
쑥덕쑥덕하는 것을 보니
어어 한 놈은 반공을 국시로 어쩌고저쩌고하고
어어 한 놈은 책상 위에 슬그머니 돈다발을 올려놓고
어어 큰일 나겠네 이거
어서 가서 마을에 가서
소리쳐야겠네 일어나라고
어서 가서 마을에 가서
북을 쳐야겠네 단결하라고
어서 가서 마을에 가서
징을 쳐야겠네 무장하라고
다시는 이제 저놈들이 터뜨리는 샴페인 속에
우리 형제들 익사시켜서는 안되겠네
다시는 이제 저놈들이 터뜨리는 너털웃음 속에
우리 민중들 익사시켜서는 안되겠네
이번에는 우리가 이번에는 우리가
형제의 단결과 민중의 파도 속에
저놈들의 침략 저놈들의 압박 저놈들의 착취를 익사시켜야겠네
이번에야말로 우리가 이번에야말로 우리가
죽음 아니면 살기로 싸워서 되찾아야겠네
빼앗긴 내 조국의 깃발과 자유의 위대함을

우익 쿠데타

쿠데타는 언제 일어나는가 겨우내
움츠러들었던 풀들이 바람에 일어 고개를 쳐들고
회복기의 자유가 하늘 향해 두 팔 벌리고 하품과 함께
기지개를 켜기 시작했을 때 일어난다
창문을 열면 거리마다 무거운 군홧발 대신에 오가는 시민들의 가
벼운 발자국 소리가 신선하고
이제 아무도 제 이웃의 거동을 의식하지 않고
사라져 없어진 총칼의 그림자도 의식하지 않고 때마침
머리 위를 나는 새의 자유를 노래하고 그 높이와
한계까지 이야기하기 시작했을 때
그때 쿠데타는 일어난다

그렇다 쿠데타는 자유를 적으로 삼고 일어난다
가진 자들이 강요한 생활의 질서 그 가위눌림으로부터
긴긴 밤의 악몽으로부터 깨어난 가난뱅이들이
끼리끼리 모여 이마를 맞대고 새로운 삶의 질서를 꿈꾸기 시작했
을 때
그 꿈의 번성을 위하여 공장에서는 노동자들이
조합의 결성과 동지의 단결을 호소하고 농촌에서는
농부들이 숫돌에 낫을 갈며 갑오년의 그날을 떠올리고
당돌하게도 부자들의 독점물이었던 통일문제까지 가난뱅이들 좋
을 대로
이러쿵저러쿵 입방아를 찧기 시작했을 때

그때 소위 쿠데타라는 것은 일어난다

이를테면 이럴 때 쿠데타는 일어난다
노동과 가난의 거리에 그날그날의 자유가 넘치고
그 넘침의 자유가 착취의 거리까지 흘러들어
부자들의 발등을 적시고 무릎까지 배꼽까지 차올라
목에까지 차올라
부자들의 재산과 생명이 위험수위에 찼을 때
바로 그때 우익 쿠데타는 일어나는 것이다

남의 나라 이야기

혁명이다아! 이렇게 외치면서
민중들은 부자들 집으로 몰려갔다
저마다 손에는 낫이며 망치며 무기를 들고

폭도들이다아! 이렇게 외치면서
부자들은 당국에 도움을 요청했고
당국은 부자들에게 경찰을 보내주었다

그리하여 한낮의 광장에서
피비린내 나는 참극이 벌어졌다
민중들과 경찰들 사이에

민중과 경찰들은 서로 죽이고 죽였다
때려 죽이고 쏘아 죽였다
밟아 죽이고 찢어 죽였다
쑤셔 죽이고 찔러 죽였다
죽은 경찰들 속에는 민중의 동생들이 있었다
죽은 민중들 속에는 경찰의 형들이 있었다
형제가 형제를 죽였던 것이다

그날밤 부자들은 요정에서 잔치를 베풀었다
당연하게도 경찰 두목과 당국의 고위층이 초대되었다
그들은 유방과 유방 사이에 침을 뱉은 지폐를 꾸겨넣고

술잔과 술잔 사이에서 너털웃음을 터뜨리면서
한낮에 벌어진 살육전을 놓고 안주 삼아 한마디씩 했다
부자들은 황금의 손으로 여자들의 유방을 쓰다듬으면서
가난뱅이들의 무지와 게으름과 분수없음을 개탄해 마지않았다
당국의 고위층은 오른손으로는 여자들의 사타구니를 탐색하면서
왼손으로는 사건의 성격과 배후관계를 분석했고
부자들과 고위층이 벌여놓은 잔치에 어울리지 않게 경찰 두목은
냉혹한 이성의 자로 손익계산을 따졌다
폭도들의 사망자 수와 자기 부하들의 사상자 수 사이를 오가면서

그날밤 그들은 오랜만에 만취의 쾌락을 맛보았다
그날밤 그들이 마신 술은 민중의 피였다
그날밤 그들이 뿌린 황금도 민중이 흘린 땀의 결정체였다
그날밤 그들이 사들인 여자들도 민중의 딸들이었다
그들이 마시고 뿌리고 그들이 농락한 것 중에서
민중의 것이 아닌 것이 없었다

나이롱 박수

꽃잎처럼 금남로에 뿌려진 너의 붉은 피
두부처럼 잘려나간 어여쁜 너의 젖가슴
철창에 서서 내가 이렇게 오월의 노래를 부르자
맞은편 사동의 소년수 하나가 따라 불렀다
소리 내어 감히 부르지는 못하고 방긋방긋 붕어 입으로
그러고는 한다는 소리가 아저씨 아저씨
우리도 하고 싶은데요 그러면 벌방 가요
손으로 나팔을 만들어 속삭이며 미안해했다

광주학살 두목 전두환을 처단하자
광주학살 지령한 양키들을 몰아내자
철창에 대고 내가 이렇게 구호를 외치자
맞은편 사동의 소년수 하나가 따라 외쳤다
소리 질러 감히 외치지는 못하고 성난 얼굴로만
그러고는 한다는 소리가 아저씨 아저씨
우리도 하고 싶은데요 그러면 벌방 가요
손으로 나팔을 만들어 속삭이며 부끄러워했다

오일팔 광주사태를 계기로 해서 우리는……
오일팔 광주항쟁의 패배에서 우리가 얻은 교훈은……
철창 밖으로 내가 이렇게 선전선동을 하자
맞은편 사동의 소년수 하나가 고개 숙여 듣고 있었다
그러고는 고개 들어 한다는 소리가

아저씨 아저씨 아저씨는 시인이지요
그러니까 썰 하나는 잘 푸네요 잉
그러고는 나이롱 박수로 남몰래 응원을 보냈다

사십년 동안이나

나는 들어왔다 사십년 동안
이북 사람들에 대해서 이남 사람들이
욕하고 야유하고 헐뜯고 비웃고 하는 소리를
쏘아 죽이자 찢어 죽이자 때려 죽이자 하는 소리를
귀가 시끄럽도록 들어왔다
고막이 터지고 치가 떨리도록 들어왔다

나는 또한 들어왔다 사십년 동안
이북에 대해서 이남 사람들이
어둡게
나쁘게
부정적으로 이야기하는 소리를
귀가 따갑도록 들어왔다
못이 박혀 귀에 진물이 나도록 들어왔다

모든 사물에는
어두운 면이 있고 밝은 면이 있다
이것은 진리이다
모든 사람에는 나쁜 면이 있고 좋은 면이 있다
이것은 사실이다
모든 나라에는
부정적인 면이 있고 긍정적인 면이 있다
이것은 현실이다

그러나 나는 보지 못했다
이 진리를 이북에 적용하는 사람을
이 사실을 이북에 적용하는 사람을
이 현실을 이북에 적용하는 사람을
나는 또한 듣지 못했다
이북 사람들에 대해서 이남 사람이
밝게 좋게 긍정적으로 이야기하는 소리를
단 한번도 듣지 못했다 사십년 동안

이렇게 제 민족을 증오하는 민족을 나는 보지 못했다
이렇게 제 동포를 저주하는 민족을 나는 보지 못했다
이렇게 집요하게
이렇게 끈질기게
이렇게 사나웁게
이렇게 악랄하게
이렇게 격렬하게
이렇게 떳떳하게
제 민족과 제 동포를 증오하고 저주하는 국민을
나는 보지도 못했고 나는 듣지도 못했다

김병권 선생님

영문도 모르는 사건에 연루되어
고문도 받고 재판도 받고 징역도 한 오년 받아 겨울이면
동태처럼 언 몸을 마른 수건으로 녹이면서 징역살이하다가
만기 차서 담 밖으로 나와서 한두해 집에 가서
아무도 모르게 불시에 찾아오는 형사들만 알게 살다가
그렇게 살면서 읽을 만한 책이 없어 맑스를 읽다가
그게 들켜 그게 죄가 되어 그것도 역적죄가 되어
고문도 받고 재판도 받고 징역도 한 삼년 받고 징역 살다가
전향하라 전향하라 전향하라……
비녀꽂이 주리틀기 물먹이기 몽둥이찜질하기……
밥 먹듯이 매를 맞으며 살다가 그러는 사이에
사회안전법인가 뭔가가 생겨 만기 채우고도 집에 가지 못하고
집에 가서 그동안 삼년 동안 자란 손주 한번 안아보지 못하고
쇠고랑 차고 오랏줄에 묶여 압송차에 실려 감호소에 가서 살다가
그렇게 살다가 또 밖에서 무슨 사건이 터져 거기에 연루되어
고문도 받고 재판도 받고 이번에는 징역 보따리도 큼직하게 받아
십오년짜리 보따리를 어깨 무겁게 짊어지고
이 감옥 저 감옥 전전하면서 살다가

이제 흰머리에 검은 머리 하나 없이 징역살이하시는 선생님
내일은 며늘아기가 손주 놈 데리고 면회 온다 했다며
푸른 옷도 깨끗하게 빨아 입으시고
거칠거칠한 수염도 단정하게 다듬으시고

구매시간 기다려 과자도 서너봉지 사서 감방 아랫목에 묻어두고
손주 볼 생각에 잠 못 이루시는 선생님 김병권 선생님

조국

우리가 지켜야 할 땅이
남의 나라 군대의 발아래 있다면
어머니 차라리 나는 그 아래 깔려
밟힐수록 팔팔하게 일어나는 보리밭이고 싶어요
날벼락 대포알에도 그 모가지 꺾이지 않아
남북으로 휘파람 날리는 버들피리이고 싶어요

우리가 걸어야 할 길이
남의 나라 병사의 군화 밑에 있다면
어머니 차라리 나는 그 밑에 밟혀
석삼년 가뭄에도 시들지 않는 풀잎이고 싶어요

우리가 이루어야 할 사랑이
남의 나라 돈의 무게 아래 있다면
어머니 차라리 나는 그 아래 깔려
가슴에 꽂히는 옛사랑의 무기이고 싶어요

우리가 지켜야 할 땅이 흰둥이 군대의 발아래 있고
우리가 걸어야 할 길이 깜둥이 병사의 발밑에 있고
우리가 이루어야 할 사랑이 달러의 중압 아래 있고
마침내 우리가 불러야 할 자유의 노래가
점령군의 총검 아래서 숨 쉬는 그림자라면
어머니 차라리 나는 차라리 나는

한사람의 죽음이고 싶어요
천사람 만사람 일으키는 싸움이고 싶어요

고개 들어 조국의 하늘 아래

우방의 이름으로건
평화를 위한 유엔군의 이름으로건
보호다 뭐다 협력이다 뭐다
뭐다 뭐다 환수작 개수작 같은 이름으로건
이 땅에 허리 꺾인 내 누이의 땅에
이방인의 군대가 들어와 있는 한
들어와 총을 메고 이 도시 저 거리를 활보하고 있는 한
나는 아니다 고개 들어 조국의 하늘 아래
직립보행의 독립이 아니다

흰둥이건 깜둥이건
또 무슨 색깔의 알록달록한 인종이건
이 강토 산과 들을
남의 나라 병사들이 밟아대고 있는 한
한포기 풀이라도 밟고 있는 한
나는 아니다 고개 들어 조국의 하늘 아래
우러러 떳떳한 인간의 얼굴이 아니다
빨갛게 부끄러운 원숭이 똥구멍이다

벗이여 너와 나 치욕으로 살지 말자
식민지 종속국 배부른 노예로 살기를 거부하고
차라리 주린 창자 자유로 채우며
직립보행 독립의 나라로 일어서자

352

칼에 얼굴이 긁히고
도끼에 뿌리가 찍히고 외제 총알로
몸뚱이가 온통 벌집투성이인 그러고도
삭풍에 의젓한 우리나라 상수리나무여

삼팔선은 삼팔선에만 있는 것이 아니다

삼팔선은 삼팔선에만 있는 것이 아니다
어부가 그물을 던지다 탐조등에 눈이 먼 바다에도 있고
나무꾼이 더는 오르지 못하는 입산금지의 팻말에도 있고
동백꽃 까맣게 멍드는 남쪽 마을 하늘에도 있다

삼팔선은 삼팔선에만 있는 것이 아니다
사람들이 오고 가는 모든 길에도 있고
사람들이 주고받는 모든 말에도 있고
수상하면 다시 보고 의심나면 신고하는
이웃집 아저씨의 거동에도 있다

삼팔선은 삼팔선에만 있는 것이 아니다
뜨는 해와 함께 일어나고
지는 달과 함께 자며
일하면 일할수록 가난해지는 농부의 팍팍한 가슴에도 있고
제 노동으로 하루를 살고 이틀을 살고
한사람의 평등한 인간이고자 고개를 쳐들면
결정적으로 꺾이고 마는 노동자의 허리에도 있다
어디 그뿐이랴 삼팔선은
농부의 가슴에만 노동자의 허리에만 있으랴
그 가슴 그 허리 위에 거재(巨財)를 쌓아올리고
아무도 얼씬 못하게 철가시를 꽂아놓는 부자들의 담에도 있고
그들과 한통속이 되어

자유를 혼란으로 바꿔치기하는
패자(覇者)들의 남침 위협 공갈 협박에도 있다

나라가 온통 피 묻은 자유로 몸부림치는 창살
삼팔선은 나라 안에만 있는 것이 아니다 나라 밖에도 있다
바다 건너 마천루의 나라 미국에도 있고
살인과 약탈과 방화로 달러를 긁어모으는 그들의 군수산업에도
있고
그들이 북으로 날리는 위장된 평화의 비둘기에도 있다

삼팔선

미군이 있으면
삼팔선이 든든하지요
삼팔선이 든든하면
부자들 배가 든든하고요

미군이 없으면
삼팔선이 터지나요
삼팔선이 터지면
부자들 배도 터지고요

*『나의 칼 나의 피』『조국은 하나다』 초판에는 1, 2연이 각각 「쓰다 만 시」
「다 쓴 시」로 수록됨.

삼팔선의 밤에

눈보라가 친다 삼팔선의 밤에
정작 어디메서 불어오는 줄도 모르는 바람은
내 외투 깃을 여미게 하고 자꾸만 눈은 내려
군화를 덮고 무릎까지 허리까지 덮고 나는
눈에 파묻혀 철모를 쓰고 총을 멘 허수아비가 되어
보초를 서고 있다 삼팔선의 밤에

누구의 밤을 지키고 있는가 이 밤에 나는
내가 지키고 있다는 세상의 재산이란 무엇이며 누구의 것인가
내가 지키고 있다는 생명이란 게 또한 누구의 생명인가
나는 생각한다 어린 시절의 그 무섭던 밤을
토지의 무상분배 쪽에 왼손을 들었다고 해서
지주가 불러들인 경찰의 습격을 받았던 아버지의 밤을

그날밤 어머니는 흰옷의 아버지를 어둠속으로 넣었고
아버지는 어둠속에서 차마 발을 떼지 못하고
누이의 등에 업힌 나를 황소 눈으로 쏘아보았다
그것이 내가 마지막으로 본 아버지였다

내가 훨씬 커서 부잣집 담살이로 들어갔을 무렵
나는 귓가로 들었다 마을 어른들이 수군거리는 소리를
"그 사람 아직도 오포산에 숨어 있을 거여"
"아녀 반란군은 국방군한테 죄다 소탕됐단 거여"

"누가 알아 태백산 줄기 타고 이북으로 내뺐는지"

뭐라 하실까 만약 어딘가에 아버지가 살아 계신다면
미제 군화를 신고 눈 속에 묻혀 미제 철모를 쓰고
북산(北山) 가슴에 미제 총을 겨누고 있는 나를 두고
뭐라 하실까 나라 국경 지키는 용사라 하실까

눈보라가 친다 삼팔선의 밤에
정작 어디메서 불어오는 줄도 모르는 바람은
내 외투 깃을 여미게 하고 자꾸만 눈은 내려
군화를 덮고 무릎까지 허리까지 덮고 나는
눈에 파묻혀 철모를 쓰고 총을 멘 허수아비가 되어
보초를 서고 있다 삼팔선의 밤에

병사의 밤

눈이 내린다 삼팔선의 밤에
하얗게 내린 눈은 북풍한설에 날리고
바람은 울어 바람은 울어
가시철망 분단의 벽에서 찢어진다
내 귀에 와서 내 고막에 와서 아픔으로 터진다

눈은 밤새도록 내릴 것 같은 눈은
북을 향해 치달리다 허리가 끊긴 철길 위에도 내린다
눈은 하염없이 내리는 눈은
총을 메고 북을 향해 서 있는 보초병의 철모 위에도 내린다
눈은 이제 바람이 자고 소리 없이 쌓이는 눈은
병사와 나를 잇는 뜨거운 시선 위에도 내린다

병사여 나는 불러본다 그대를
어디서고 볼 수 있는 내 이웃의 얼굴 같기에
병사여 나는 불러본다 그대 이름을
부르면 형 어쩐 일이오 하고 반겨올 것 같기에
서울로 팔려간 서림이의 작은오빠 같고
빚에 눌려 홧김에 농약을 마셨다는 서산마을 농부 같고
아무렇게나 불러도 좋은 다정한 동무 같기에

병사여 그대를 믿고 나는 물어본다
그대가 지키고 있는 이 밤은 누구의 밤이냐

호미 댈 밭 한뙈기 없어
이 마을 저 마을로 품팔이하고 다니는 그대 어머니의 밤이냐
일자리 빼앗기고 거리에서 거리로
허공에서 허공으로 헤매는 그대 누이의 밤이냐
누구의 밤이냐 그대가 지키고 있는 이 밤은
미제 총을 메고 그대가 지키고 있는 이 밤은
그대 나라의 국경선이냐, 그렇다면 그렇다면
누구를 위한 국경선이냐 저 삼팔선은

병사여 그대를 알고 나는 물어본다
그대는 누구의 밤을 지키는 용사냐
고향에 돌아가면 일구어야 할 땅 한뙈기 없는 병사여
제대하면 누이를 찾아 가난의 거리를 헤매야 할 병사여
그대가 지켜야 할 땅은 재산은 어디에 있느냐
남의 나라 총을 메고 이 밤에 삭풍의 밤에
북을 향해 그대가 겨누고 있는 것은 무엇이냐
그대에게도 저 너머 삼팔선 너머 조선의 마을에
자본가가 이를 가는 노동자의 세계가 있느냐
그대에게도 저 너머 삼팔선 너머 조선의 도시에
아메리카합중국이 초토화시키고 싶은 증오의 대상들이 있느냐
그대에게도 저 너머 삼팔선 너머 조선의 금수강산에
압제자들이 찢어 죽이고 때려 죽이고 싶은 사람들이 있느냐

눈이 내린다 삼팔선의 밤에
하얗게 내린 눈은 북풍한설에 날리고
바람은 울어 바람은 울어
가시철망 분단의 벽에서 찢어진다
내 귀에 와서 내 고막에 와서 아픔으로 터진다

눈은 밤새도록 내릴 것 같은 눈은
눈은 하염없이 내리는 눈은
눈은 이제 바람이 자고 소리 없이 쌓이는 눈은
병사의 철모 위에도 내리고 내 발목 위에도 내리고
병사와 나를 잇는 뜨거운 시선 위에도 내린다

조국은 하나다

"조국은 하나다"
이것이 나의 슬로건이다
꿈속에서가 아니라 이제는 생시에
남모르게가 아니라 이제는 공공연하게
"조국은 하나다"
권력의 눈앞에서
양키 점령군의 총구 앞에서
자본가 개들의 이빨 앞에서
"조국은 하나다"
이것이 나의 슬로건이다

나는 이제 쓰리라
사람들이 오가는 모든 길 위에
조국은 하나다라고
오르막길 위에도 내리막길 위에도 쓰리라
사나운 파도의 뱃길 위에도 쓰고
바위로 험한 산길 위에도 쓰리라
밤길 위에도 쓰고 새벽길 위에도 쓰고
끊어진 남과 북의 철길 위에도 쓰리라
조국은 하나다라고

나는 이제 쓰리라
인간의 눈이 닿는 모든 사물 위에

조국은 하나다라고
눈을 뜨면 아침에 맨 처음 보게 되는 천장 위에 쓰리라
만인의 입으로 들어오는 밥 위에 쓰리라
쌀밥 위에도 보리밥 위에도 쓰리라

나는 또한 쓰리라
인간이 쓰는 모든 말 위에
조국은 하나다라고
탄생의 말 옹아 위에 쓰리라 갓난아기가
어머니로부터 배우는 최초의 말 위에 쓰리라
저주의 말 위선의 말 공갈 협박의 말……
신과 부자들의 말 위에도 쓰리라
악마가 남긴 최후의 유언장 위에도 쓰리라
조국은 하나다라고

나는 또한 쓰리라
인간이 세워놓은 모든 벽 위에
조국은 하나다라고
남인지 북인지 분간 못하는 바보의 벽 위에
남도 아니고 북도 아니고
좌충우돌하다가 내빼는 망명의 벽 위에
자기기만이고 자기환상일 뿐
있지도 않은 제3의 벽 위에

체념의 벽 의문의 벽 거부의 벽 위에 쓰리라
조국은 하나다라고
순사들이 순라를 돌고
도둑이 넘다 떨어져 죽은 부자들의 담 위에도 쓰리라
실바람만 불어도 넘어지는 가난의 벽 위에도 쓰리라
가난의 벽과 부의 벽 사이를 왔다 갔다 하면서
갈보질도 좀 하고 뚜쟁이질도 좀 하고
그래 돈도 좀 벌고 그래 이름 좀 팔리는 중도좌파의 벽 위에도 쓰
리라
조국은 하나다라고

나는 또한 쓰리라
노동과 투쟁의 손이 미치는 모든 연장 위에
조국은 하나다라고
목을 베기에 안성맞춤인 ㄱ자형의 낫 위에 쓰리라
등을 찍어내리기에 안성맞춤인 곡괭이 위에 쓰리라
배를 쑤시기에 안성맞춤인 죽창 위에 쓰리라
마빡을 까기에 안성맞춤인 도끼 위에 쓰리라
아메리카 카우보이와 자본가의 국경인 삼팔선 위에도 쓰리라
조국은 하나다라고

대문짝만하게 손바닥만 한 종이 위에도 쓰리라
조국은 하나다라고

364

오색 종이 위에도 쓰리라 축복처럼
만인의 머리 위에 내리는 눈송이 위에도 쓰리라
조국은 하나다라고
바다에 가서도 쓰리라 모래 위에
파도가 와서 지워버리면 나는
산에 가서 쓰리라 바위 위에
세월이 와서 긁어버리면 나는
수를 놓으리라 가슴에 내 가슴에
아무리 사나운 자연의 폭력도
아무리 사나운 인간의 폭력도
지워버릴 수 없게 긁어버릴 수 없게
가슴에 내 가슴에 수를 놓으리라
누이의 붉은 마음의 실로
조국은 하나다라고

그리고 나는 내걸리라 마침내
지상에 깃대를 세워 하늘에 내걸리라
나의 슬로건 "조국은 하나다"를
키가 장대 같다는 양키들의 손가락 끝도
언제고 끝내는 부자들의 편이었다는 신의 입김도
감히 범접을 못하는 하늘 높이에
최후의 깃발처럼 내걸리라
자유를 사랑하고 민족의 해방을 꿈꾸는

식민지 모든 인민이 우러러볼 수 있도록
겨레의 슬로건 "조국은 하나다"를!

함께 가자 우리 이 길을

함께 가자 우리 이 길을
투쟁 속에 동지 모아
셋이라면 더욱 좋고
둘이라도 떨어져 가지 말자
함께 가자 우리 이 길을
앞에 가며 너 뒤에 오란 말일랑 하지 말자
뒤에 남아 너 먼저 가란 말일랑 하지 말자
열이면 열사람 천이면 천사람 어깨동무하고 가자
가로질러 들판 산이라면 어기여차 넘어주고
사나운 파도 바다라면 어기여차 건너주고
산 넘고 물 건너 언젠가는 가야 할 길
함께 가자 우리 이 길을
서산낙일 해 떨어진다 어서 가자 이 길을
해 떨어져 어두운 길
네가 넘어지면 내가 가서 일으켜주고
내가 넘어지면 네가 와서 일으켜주고
가시밭길 험한 길 누군가는 가야 할 길
에헤라 가다 못 가면 쉬었다 가자
아픈 다리 서로 기대며

* 『나의 칼 나의 피』 초판에는 「함께 가자 우리」로 수록됨.

제4부

옛 마을을 지나며

찬 서리
나무 끝을 나는 까치를 위해
홍시 하나 남겨둘 줄 아는
조선의 마음이여

고목

대지에 뿌리를 내리고
해를 향해 사방팔방으로 팔을 뻗고 있는 저 나무를 보라
주름살투성이 얼굴과
상처 자국으로 벌집이 된 몸의 이곳저곳을 보라
나도 저러고 싶다 한 오백년
쉽게 살고 싶지는 않다 저 나무처럼
길손의 그늘이라도 되어주고 싶다

사랑 1

사랑만이
겨울을 이기고
봄을 기다릴 줄 안다

사랑만이
불모의 땅을 갈아엎어
제 뼈를 갈아 재로 뿌리고

천년을 두고 오늘
봄의 언덕에
한그루의 나무를 심을 줄 안다

그리고 가실을 끝낸 들에서
사랑만이
인간의 사랑만이
사과 하나 둘로 쪼개
나눠 가질 줄 안다

파도는 가고

나는 쓴다
모래 위에 그대 이름을 쓴다
파도가 와서 지워버린다
지워진 이름 위에 나는 그린다
내 첫사랑이 타는 곳 그대 입술 위에
다시 와서 파도가 지워버린다
그 위에
모래 위에 미끄러지는 입술 위에
나는 판다 오 갈증의 샘이여
깊고 깊은 그대 몸속의 욕망을 오 환희여
파도가 와서 메워버린다

황혼의 바다 파도는 가고
나는 떠난다
모래 위에 그림자 길게 늘어뜨리고
내 고뇌의 무덤 그대 유방 위에
허무의 재를 뿌리며

슬픔

내가 시를 쓸 때는
뜨겁지도 차갑지도 않고
그저 미지근한 시를 쓰고 있을 때는
제법 보아주는 얼굴이 있고 이름 불러주는 이도 있더라

내가 노래를 부를 때는
맑지도 않고 흐리지도 않고 높지도 않고 낮지도 않고
마냥 술에 물 탄 듯 물에 술 탄 듯한 소리로 노래를 부를 때는
제법 들어주는 귀도 있고 건네주는 술잔도 있더니

없구나 이제는 시여 노래여
날 받아줄 가슴 하나 없구나
날 알아주는 얼굴 하나 없구나

칼을 품고 내가 거리에 나설 때는
쫓기는 몸이 되어 떠도는 신세가 되었을 때는

포효

고약한 시대 험한 구설을 만났다, 나는 버림받았다
황혼에 쓰러진 사자처럼 무자비한 발톱처럼 나는 누워 있다
비비댈 언덕인들 있으랴
잡고 일어설 풀 한포기 없고
나무들 있어 손을 내밀지만 부여잡고 사정하기엔
너무 좀스럽다
아서라 세상사 쓸 것 없다 이대로 내버려둬라
때가 되면 일어나 포효하리니
고약한 시대 사나운 풍파를 만났다, 나는 버림받았다
아닌 밤 난파된 거함처럼 나는 버림받았다
닻 내릴 해안인들 있으랴
둘러보아 사방 등불 하나 없고
종선(從船)들은 파도처럼 까불대지만……
아서라 세상사 쓸 것 없다 이대로 내버려둬라
파도 속의 독백으로
때가 되면 일어나 항진(抗進)하리니

*『조국은 하나다』 초판에는 「때가 되면 일어나」로 수록됨.

강

봄이 와도
풀리지 않는 강 풀 길이 없음인가
발이 시리는지 어떤 이는 발만 동동 구르고
손이 시리는지 어떤 이는 손만 호호 불고 있네

봄이 오고 또 오고
여전히 풀리지 않는 강 영영 풀 길이 없음인가
어떤 이는 강 건너 마을에 봄이 왔음을 시새워하고
어떤 이는 왔던 길 되돌아가고
어떤 이는 추위를 이기지 못해 주막을 찾고
그는 금방 붉은 달이 되어 낮게 낮게 엎드려 울기 시작하네

풀리지 않는 강
아
과연
정말
영영
풀 길이 없음인가 벗이여

나에게 다오 철의 규율을
나에게 다오 불의 열정을
나에게 다오 바위의 조직을
얼어붙은 강을 으깨어놓을 테다!

이렇게 노래하는 사람은 없음인가
이 봄에 한두사람 없음인가

*『조국은 하나다』 초판에는 「풀리지 않는 강」으로 수록됨.

모닥불

타오르더니 불꽃
손에 손을 맞잡고 원을 그리며 춤을 추는 선남선녀들
두 뺨을 물들이며 타오르더니
붉게 붉게 타오르더니

사위어가더니 불꽃
동그라미 그리며 부르는 선남선녀들
노랫소리와 더불어 사위어가더니
가물가물 사위어가더니

한줌의 재로 남더니 불꽃
재로 남아 눈앞에서 눈 깜짝할 사이에
흩어지더니 사방으로 팔방으로 흩날리더니
하늘 높이에서 별이 되었나
선남선녀의 눈에서 반짝이는

봄

나하고는 무연한 것이
창 너머 담 밖에 와 있나보다
봄이, 자연이, 멀리에 가까이에
푸르고 푸른 나무들은
햇살 머금어 더욱 빛나고
하늘하늘 가지들은 바람이 일어 춤을 추겠지
그리고 산과 들에는 이름 모를 새들
날 저물어
금빛 나래 접으며 황혼을 펼치겠지 부챗살처럼
그러나 어디에 있는가, 나의 날개, 나의 노래는
나의 햇살, 나의 바람, 나의 혼은
어디에 어디에 내가 있는가?
황혼에 쓰러진 거목이 되어 버림받고 있는가
고여 있는 바닥 어둠의 뿌리가 되어 썩어가고 있는가
자유의 나무가 되어 피 흘리고 있는가
마지막까지 남은 한마리의 작은 새가 되어 절망을 노래하고 있는가
떨어진 대지의 별, 자기의 땅에서 유배당한 몸이 되어
증오의 벽을 허물고 있는가
태우기 위하여, 심장을
자연의 고질인 온갖 균을 몰아내기 위하여
살아남아 불씨로, 숨죽여 기다리고 있는가

파도가 와서

뱃길 삼십리
오가는 배도 없지예

산길 삼십리
오가는 차도 없지예

구불구불 육십리
읍내로 가는 길은 멀지예

바다는 울먹이고
섬은 죽고 싶고
어미 등에 업힌 아기 우리 아기 아픈 아기
파도가 와서 눈을 뜨게 한다

산국화

서리가 내리고
산에 들에 하얗게
서리가 내리고
찬 서리 내려 산에는
갈잎이 지고
무서리 내려 들에는
풀잎이 지고
당신은 당신을 이름하여 붉은 입술로
꽃이라 했지요
꺾일 듯 꺾이지 않는
산에 피면 산국화
들에 피면 들국화
노오란 꽃이라 했지요

나물 캐는 처녀가 있기에 봄도 있다

마을 앞에 개나리꽃 피고
뒷동산에 뻐꾹새 우네
허나 무엇하랴 꽃 피고 새만 울면
산에 들에 나물 캐는 처녀가 없다면

시냇가에 아지랑이 피고
보리밭에 종달새 우네
허나 무엇하랴 산에 들에
쟁기질에 낫질하는 총각이 없다면

노동이 있기에
자연에 가하는 인간의 노동이 있기에
꽃 피고 새가 우는 봄도 있다네
산에 들에 나물 캐는 처녀가 있기에
산에 들에 쟁기질하는 총각이 있기에
산도 있고 들도 있고
꽃 피고 새가 우는 봄도 있다네

둥근 달

첫사랑의 귀엣말은
가장 시끄러운 곳이라야
달빛 아래 솔밭 사이에서 해야
제격이지요

첫 키스의 추억은
가장 밝은 곳이라야
가로등 희미한 돌담길에서 해야
제맛이고요

그라고요 첫날밤의 포옹은요
헉헉 숨이 막혀 벌거벗은 여름밤보다야
후끈 달아올라 금세 식어버리고 마는 겨울밤보다야
긴긴 밤으로 둥근 달이 뜨는 가을밤이 그만이지요

봄바람

불란서 혁명가요를 차용해서

바람은 불어서 봄바람
복사꽃 피고
너울너울 나비는 답청(踏靑)을 가네
아— 꽃 찾아 나비 날고 달마저 뜬들
어이하랴, 어이해 나는 갇혀서

바람은 불어서 갈바람
낙엽은 지고
하늘하늘 철새는 구천을 나네
아— 새도 가고 잎도 지고 님마저 가면
어이하랴, 어이해 나만 남아서

지는 잎새 쌓이거든

당신은 나의 기다림
강 건너 나룻배 지그시 밀어 타고
오세요
한줄기 소낙비 몰고 오세요

당신은 나의 그리움
솔밭 사이사이로 지는 잎새 쌓이거든
열두겹 포근히 즈려밟고 오세요

오세요 당신은 나의 화로
눈 내려 첫눈 녹기 전에 서둘러
가슴에 당신 가슴에 불씨 담고 오세요

오세요 어서 오세요
가로질러 들판 그 흙에 새순 나거든
한아름 소식 안고 달려오세요
당신은 나의 환희이니까요

첫눈

첫눈이 내리는 날은
빈 들에
첫눈이 내리는 날은
캄캄한 밤도 하얘지고
밤길을 걷는 내 어두운 마음도 하얘지고
눈처럼 하얘지고
소리 없이 내려 금세
고봉으로 쌓인 눈 앞에서
눈의 순결 앞에서
나는 나도 모르게 무릎을 꿇는다
시리도록 내 뼛속이
소름이 끼치도록 내 등골이

고향 1

장대 메고
달 따러 가고는 했던
내 어린 시절의 추억이여
옛 동산에 올라 들에 강에 눈을 주고
먼 산을 바라보면 고향은
내 그리던 고향이 아니다
저 건너 솔밭에는
소 치는 아이도 없고 새들은
날아와 나뭇가지 끝에 집을 짓지 않나니
수숫대 싸리울 너머로는
신행길 이바지 주고받는 손길도 끊어졌나니
십년 만에 찾아든 고향은
내 그리던 고향은 아니다
내 그리던 고향은 아니다

고향 2

마을 앞을 가로질러
산모퉁이를 돌아 감돌아 바다로
바다로 달리고는 했던
내 어린 시절의 강이여
망태 메고
풀 베러 오르고는 했던
옛 제방에 올라 나는 본다
폐유로 썩어 병든 고기로 누워 있는
빈사의 강을 본다
나는 또한 본다
실배미 가는 허리를 자르고
기세 좋게 달리는 뭇 차량들을 본다
쌀이며 보리며 감자며 토마토며……
농부의 땀을, 가득가득 배를 채우고
서울을 향해 치닫는 엄청난 덩치의 트럭들을 본다
그 밑에 깔려 직사한 똥개를 본다
그 옆에 쓰러져 누워
풀풀이 날리는 흙먼지나 받아먹고 사는
새마을창고가 된 방앗간을 본다
술에 취해
노래에 취해
떠들썩한 도시의 근대화에 취해
바다로 달리는 주말의 행락들을 본다

무릎까지 빠진 수렁논에서
긴 한숨과 함께 꺾어진 허리를 펴고
행락을 좇는 농부의 눈살을 본다
그 노여움을 본다

고향 3

올라가고
내려오지 않는다
올라가고 올라가고 올라가고
내려오는 사람은 아무도 없다
여기서 저기까지
밭둑에서 논둑까지는
실한 다리 성한 팔은 하나도 없다

똬리 틀어 머리에 얹고
물동이나 일 만한 가시내는
보퉁이 차고 올라가고
낫 갈아 숫돌에 갈아
꼴풀이나 벨 만한 녀석은
불알 차고 덜렁 올라갔다
샛골댁 화순이는
식모살이 서울로 올라가고
눈썰미가 고와 반달이던 연실이는
부산 가서 돈 잘 번다는 소문이더니
애비 없는 아이 업고
읍내 술집을 떠돌다던가
머슴살이 십년으로
나락섬이나 장만한 복근이는
화투짝에 아내까지 날려 광산으로 달아나고

390

고등까지 나온 재 너머 황영감의 외손자는
큰 회사에 취직하여 한달 월급이
촌것들 한해 소득 뺨친다 자랑이더니
들리는 소문으로는
노존가 뭔가 맹글다 옥살이 십년으로
까막소에 갔다더라

올라가고
내려오지 않는다
올라가고 올라가고 올라가고
내려오는 사람은 아무도 없다
여기서 저기까지
밭둑에서 논둑까지
실한 다리 성한 팔은 하나도 없다

농부의 밤

우두둑 우두두두둑
느닷없이 한밤중에 쏘내기 쏟아지고
잠귀 밝은 할머니 젤 먼저 들어
소리친다
비 온다 아그들아 내다봐라
웃통 바람 애비는 가래 들고 들로
속곳 바람 에미는 멍석 말아 헛간으로
눈 비비고 손주 놈은 소 몰아 마구간으로
아 여름밤 쏘내기여 고단한 농부의 잠이여

농부의 일

지난해 이맘때
천리 길 널 찾아 내가 왔을 때
바라보는 들판 황금물결이더니
털고 보니 털리고 빈 마당이더구나
내 가슴 빈 곳간이구나

이 가을 다시 와서
저만치 서 있는 네 얼굴
가득 찬 수심이구나 네 손등
짝짝 벌어진 가뭄의 손바닥이구나
여전히 하늘은 푸르고 여전히 들판은 황금물결이건만
우리 형제 벙어리 냉가슴이구나

아우야 차라리 뜨자 이 들판
똥값보다 못한 토지야
드는 가뭄 들지라도 한 십년 들어
풀 한포기 나지 않는 바위산이 되게 하자
아우야 차라리 뜨자 이 마을
오는 비는 올지라도 한 십년 와서
잡초로 무성한 폐허가 되게 하자

그리하여 우리네 들판으로 하여금
더이상 도시의 곡물지대가 되도록 하지 말자

그리하여 우리네 마을로 하여금 더
더이상 도시의 상품시장이 되도록 하지 말자
그리하여 우리네 아들딸로 하여금
이 세상 잘난 놈들의 값진 고용살이 되도록 하지 말자

네 재주 밭 갈아 씨 뿌리고 김매는 재주밖에는 따로 없다면
기어이 흙으로 살아 토지로 일어서고 싶다면
죽여라 먼저 논 갈아 물 대어 모내기 전에
물속에 숨어 물에 잠긴 네 허벅지를 빨고 있는 거머리를
뽑아라 먼저 물 빼어 거름 주고 김매기 전에
벼 속에 살아 기생충처럼 벼를 해치고
가뭄이 드나 수해가 드나, 풍년이 드나 흉년이 드나
논 가운데 우뚝 솟아 아, 태평 태평평평성대를 노래하는
피피피피를 먼저 뽑아버려라

농민

공기와도 같은 것
공기 속에 보이지 않는 산소와도 같은 것
물과도 같은 흙과도 같은 것
질소와도 같은 것
어디에나 있으면서 어디에도 없는 것
존재하고 존재하지 않는 것
흔해빠져 아무도 눈여겨보지 않으면서도
내가 없으면, 일분일초도 없으면
세상은 순식간에 죽음의 바다, 나는 농민이다
조상 대대로 농민이다
천·지·현·황 삼라만상이 생긴 이래 으뜸가는 농민이다
보라
이글이글 검게 탄 얼굴 나를 보라
보라
무릎까지 빠진 대지의 기둥 나를 보라
더는 빠질 수 없는 밑바닥 인생 나를 보라
나는 쩍쩍 벌어진 가뭄의 논바닥이다
나는 수마와 모기와 거머리에 할퀴고 뜯기고 빨린 상처투성이
나는 천년을 하루같이 일하고 가을이면 빈손으로 그득한 쭉정이

아 가난한 자는 천국이 그의 것이나니
나는 찢어지게 행복한 똥구녕이 아닌가
물건과도 같은 것

물건에 붙어다니는 꼬리표와도 같은 것
삼등열차에 실려가는 상품과도 같고
새벽이면 하역장에서 매겨지는 가격과도 같은 것
흉년에도 10원 풍년에도 10원
값은 고하간에 규격미달 반팽이 나는 농민이다
읽을 줄도 모르는 까막눈이다
화물차에 실려 도시의 잡담에서 밟히고 뭉개지는 배추 포기이다
도시의 어금니에서 씹히는 보리알이고
도시의 배 속에서 부글부글 끓어오르는 분노의 쌀이고
자본가가 통째로 삼킨 안 뽑힌 터럭의 통닭이다
뿐이랴! 네놈들 인육의 시장에서 매매되는 노예이다
나는 부재의 사모님 저택에서
애비고 애비의 큰놈이고 작은놈이고 마구 올라탄 식모살이다
나는 네놈들이 막걸리와 고무신짝으로 벌여놓은 선거판에서
쿠데타 치다꺼리나 해주는 99%의 국민투표다
그리고 내가 물건이 아니라 꼬리표가 붙은 상품이 아니라
하나의 인격이고자 할 때
대지의 주인이고 내가 만든 쌀이며 옷이며 집이며
이 모든 것의 주인이고자 할 때
그때마다 네놈들이 멋대로 갖다붙이는 이름이다 딱지다
폭도고 비적이고 공비고 역적이다

명줄

칠년 가뭄에도
우리 어머니 살았습니다 죽지 않고
시원하게 물 한모금 없이
한낮의 불 같은 더위 먹고 살았습니다
보릿고개 너머로 불어오는 황사 바람이
우리 어머니 격한 숨결이었습니다
칡뿌리 나무껍질이 아침저녁의 밥이었고
손톱 끝에 피 나는 노동이
칠십 평생 우리 어머니 명줄이었습니다

그 명줄 한 매듭 끊고 태어나
나 이 땅에 갇혀 삽니다
가뭄의 자식 칠년 옥살이에도 시들지 않고
주먹밥 세 덩이로 살아 있습니다
철창 끝을 때리는 북풍한설이 나의 숨결입니다
내 어머니 노동의 착취에 대한 증오가 내 명줄입니다
증오 없이 나 하루도 버틸 수 없습니다
증오는 나의 무기 나의 투쟁입니다
노동과 그날그날이 우리 어머니 명줄이듯이
나의 명줄은 투쟁과 그날그날입니다
노동과 투쟁 이것이 어머니와 나의 통일입니다

어머니

일혼 넘은 나이에 밭에 나가
김을 매고 있는 이 사람을 보아라

아픔처럼 손바닥에는 못이 박혀 있고
세월의 바람에 시달리느라 그랬는지
얼굴에 이랑처럼 골이 깊구나

봄 여름 가을 없이 평생을 한시도
일손을 놓고는 살 수 없었던 사람
이 사람을 나는 좋아했다
자식 낳고 자식 키우고 이날 이때까지
세상에 근심 걱정 많기도 했던 사람
이 사람을 나는 사랑했다
나의 피이고 나의 살이고 나의 뼈였던 사람

이렇게 산단다 우리는

어떻게 사느냐

어디 아픈 데는 없느냐

감옥에서는 불도 안 땐다던데 춥지는 않느냐

느그 아부지가 어제 지서에 끌려갔단다
삼년 전에 미국 송아지를 사서
90만원엔가 몇만원에 사서
온 식구들이 자식처럼 키워서
엊그제 장날에 쇠전에 내놓았는데
글쎄 그것을 40만원밖에 부르지 않더란다
그래서 성미가 불같은 느그 아부지가
소 어딘가를 쥐알렸는가본데
그게 그만 탈이 되어 소가 죽어버렸단다
죽은 소 그냥 땅에 묻어버리기가 뭣해서
그걸 마을 사람들끼리 나눠 먹었는데
그게 밀도살인가 뭔가 하는 죄가 된다면서
느그 아부지는 지서로 끌려가고⋯⋯

이렇게 산단다 우리는

아버지

그래 그런 사람이었다 나의 아버지는
날이 새기가 무섭게 나를 깨워 사립문 밖으로 내몰았다

"남주야 해가 중천에 뜨겄다 일어나 깔 비러 가거라"

그래 그런 사람이었다 나의 아버지는
학교에 늦을까봐 아침밥 뜨는 둥 마는 둥 책보 매고 집을 나서면
내 뒤통수에 대고 냅다 고함을 쳤다

"너 핵교 파하면 핑 와서 소 띧겨야 한다
길가에서 놀았다만 봐라 다리몽댕이를 분질러놓을 팅께"

그래 그런 사람이었다 나의 아버지는
방학 때라 내가 툇마루에서 낮잠 한숨 붙이고 있으면
작대기로 마룻장을 두드리며 재촉했다

"아야 해 다 넘어가겄다 빨랑 일어나 나무하러 가거라"

그래 그런 사람이었다 나의 아버지는
저녁 먹고 등잔불 밑에서 숙제 좀 하고 있으면
어느새 한숨 자고 일어나 다그쳤다

"아직 안 자냐 섹유 닳아진다 어서 불 끄고 자거라"

그래 그런 사람이었다 나의 아버지는
소가 병이 나면 어성교로 약을 사러 간다
읍내로 수의사를 부르러 간다 허둥지둥 몸 둘 바를 몰랐으되
횟배를 앓으며 내가 죽을상을 쓰면 건성으로 한마디 뱉을 뿐이었다

"거시기 뭐드라 거 뒤안에 가서 감나무 뿌리나 한두개 캐다가 델
여 멕여"

그래 그런 사람이었다 나의 아버지는
공책이란 공책은 다 찢어 담배말이 종이로 태워버렸다
내가 학교에서 상장을 타오면
"아따 그놈의 종이때기 하나 빳빳해 좋다"면서
씨앗 봉지를 만들어 횃대에다 매달아놓았다

그는 이름 석자도 쓸 줄 모르는 무식쟁이었다
그는 밭 한뙈기 없는 남의 집 머슴이었다
그는 나이 서른에 애꾸눈 각시 하나 얻었으되
그것은 보리 서너말 얹어 떠맡긴 주인집 딸이었다

그는 지푸라기 하나 헛반 데 쓰지 못하게 했다
어쩌다 내가 그릇에 밥테기 한톨 남기면 죽일 듯 눈알을 부라렸다

그는 내가 커서 어서어서 커서
사람이 되어주기를 바랐다
농사꾼은 그에게 사람이 아니었다
뺑돌이 의자에 앉아 펜대만 까딱까딱하고도
먹을 것 걱정 안하고 사는 그런 사람이 되어주기를 바랐다
그는 못돼도 내가 면서기쯤은 되어야 한다고 했다
그러면 자기도 면에 가면 누구 아버지 오셨냐며
인사도 받고 사람대접을 받는다 했다
그는 내가 고등학교 대학교 다닐 때
금판사가 되면 돈을 갈퀴질한다고 늘상 말해왔다
금판사가 아니라 검판사라고 내가 고쳐 일러주면
끝내 고집을 꺾지 않고
금판사가 되면 장롱에 금싸라기가 그득그득 쌓일 거라고 부러워
했다

그는 죽었다 화병으로
내가 자본과 권력의 모가지에 칼을 들이대고
경찰에 쫓기는 몸이 되었을 때
식구들에게 둘러싸여 마지막 숨을 거두면서
그는 손을 더듬거리고 나를 찾았다 한다

그러나 나는

그러나 나는
면서기가 되어
집안의 울타리가 되어주지 못했다
황금을 갈퀴질한다는 금판사가 되어
문중의 자랑도 되어주지 못했다

나는 항상 이런 곳에 있고자 했다
인간적인 의무가 있는 곳에
용기 있는 사람이 필요로 하는 곳
착취와 억압이 있는 곳 바로 그곳에

말하자면 나는 이런 사람과 함께 있고자 했다
해가 뜨나 해가 지나 근심 걱정 잠 안 오고
춘하추동 사시장철 뼈 빠지게 일을 해도
허리띠 느긋하게 한번 쉬어보지 못하고
맘 놓고 허리 풀어 한번 먹어보지 못하고
평생을 한숨으로 지새는 사람들과 함께
읽을 줄도 쓸 줄도 모르고
나라로부터 받아본 것이라고는
납세고지서 징집영장밖에 없는

그 집을 생각하면

이 고개는
솔밭 사이사이를 꼬불꼬불 기어오르는 이 고개는
어머니가 아버지한테
욱신욱신 삭신이 아리도록 얻어맞고
친정집이 그리워 오르고는 했던 고개다
바람꽃에 눈물 찍으며 넘고는 했던 고개다
어린 시절에 나는 아버지 심부름으로
어머니를 데리러 이 고개를 넘고는 했다
고개 넘으면 이 고개
가로질러 들판 저 밑으로 개여울이 흐르고
이끼와 물살로 찰랑찰랑한 징검다리를 뛰어
물방앗간 뒷길을 돌아 바람 센 언덕 하나를 넘으면
팽나무와 대숲으로 울울한 외갓집이 있다
까닭 없이 나는 어린 시절에
이 집 대문턱을 넘기가 무서웠다
터무니없이 넓은 이 집 마당이 못마땅했고
농사꾼 같지 않은 허여멀쑥한 이 집 사람들이 꺼려졌다
심지어 나는 우리 집에는 없는 디딜방아가 싫었고
어머니와 함께 집으로 돌아갈 때
외할머니가 들려주는 이런저런 당부 말씀이 역겨웠다
나는 한번도 들여다보지 않았다
아버지가 총각 머슴으로 거처했다는 이 집의 행랑방을

일 찾아 사람 찾아

숙자가 시집을 가게 되었다니
이제 안심이다 덕종아
폭도로 몰려 빨갱이로 몰려 강도로 몰려
옥에 갇혀 있는 나 때문에
순전히 제 오빠 때문에
선을 볼 때마다 그때마다
퇴짜를 맞고는 했다던 숙자가
스물여덟 나이로 시집을 가게 되었다니
안심이다 정말
어머니가 제일 먼저 시름 놓으시겠다
나 때문에 화병으로 돌아가신
흙 속의 아버지도 이제 겨우 눈을 감으시겠다

시집은
남도 끝 해남에서도 한참이나 더 내려가는
화원반도 어디라지
쌀농사를 지을 논은 서너마지기밖에 안되고
한여름 내내 호미질할 밭만 많다지
거기에다 바닷가 추운 겨울 김밭도 많다지
그래서 일감이 많을 것이라며 처음에 어머니는
시집살이 고생스러울 자식 생각에 눈물지으시며
한사코 반대하셨지만
일하기 좋아하는 숙자는

건강하고 믿음직스럽고 성실해 보이니까
어쩌구저쩌구 서방 될 사람을 두둔하면서
바닷가 추운 보리밭으로 시집가겠다고 우겼다지
우기면서 언젠가 내가 편지에 써 보냈던 그 말까지 동원해서
"일에서 멀어질수록 사람은 짐승에 가까워진다"는
그 말까지 동원해가면서
막무가내로 반대하시는 어머니의 고집을 꺾었다지

기특하고 장하다 덕종아
일 찾아 사람 찾아 갯마을로 시집가는 숙자가
덕종아 네발로 기어다니던 짐승이
직립보행의 인간으로 된 것은 노동의 덕이 아녔더냐
피를 맑게 해주고
근육을 튼튼하게 해주고
마음을 깨끗하게 해주는 것은
사람이 토지에 가하는 그날그날의 노동이 아니더냐
우리 주변에서 어떤 사람이 가장 더럽게 타락하더냐
남의 노동으로 피둥피둥 살이 찐 유한계급이 아니더냐
그들의 살결은 하얗고 매끄럽다 그러나 덕종아
그들의 몸속을 흐르는 피를 보아라
탐욕과 욕정으로 썩고 병든 동물의 피가 아니더냐

다행이다 덕종아

탐욕과 색정으로 끈적끈적한 허영의 도시가 아니라
이 땅에서 그래도 마지막으로
사람이 사람과 이웃하여 형제지간으로 살 수 있는 곳
산에 가면 그래도 맑은 물이 샘처럼 흐르고
들에 가면 그래도 맑은 공기가 바람처럼 흐르는 곳
그런 세상으로 우리 숙자가 시집을 가게 되었다니
참으로 다행이다

40이란 숫자는

내 나이 40입니다 어머니
40이란 숫자는
어머니가 갇혀 살았던 일제 36년보다 긴 굴속이고
캄캄한 세월입니다
40이란 숫자는
미제 총알이 나를 업어 키웠던 삼촌의 등에
벌집을 냈던 구멍의 숫자이고
40만 인구의 평양에 B29가 퍼부었던 40만 톤 폭탄의 숫자이고
열 손가락을 꼬부려 내 어린 나이가 셀 수 있었던 가장 끔찍한 숫자입니다
어머니 8·15 이후 그동안 40년 동안 대한민국의 정치란 것은
애초에 총칼의 폭력이었고
다음에 사기와 협박이었고 공갈이었고
그래도 안되면 수천 수십만 학살의 살인극이었습니다
어머니 그동안 40년 동안 나는
미국이란 나라를 우방 아닌 다른 이름으로 불러보지 못했습니다
성조기보다 아름다운 깃발은 세상에 달리 없다고 미술 선생은 가르쳤고
아이젠하워보다 멋지게 웃고 케네디보다 용기 있는 사람은
역사 이래 없다고 국사 선생님은 가르쳤습니다
꼬부라진 그들의 글자 A·B·C를 외우다가
어머니 내 혀는 굳어져
'조선'이란 우리말을 발음하기가 어려워졌고

요란스런 그들의 의상에 눈이 멀어
검은 치마에 흰 저고리를 입은 조선의 처녀들을 보지 못했습니다
그리고 나는 어머니
도살장의 비명 소리 같은 시카고의 음악 소리 때문에
내 귀에 쟁쟁하던 아버지의 가락, 장구 소리 징 소리를 잊어버렸습
니다

그동안 40년 동안 어머니
내가 무사히 살아왔다고 말하지 마세요
밭둑길 논둑길에 농부의 딸을 눕혀놓고
흰둥이 병사들이 돌려가며 능욕을 해도
파라치온 마라치온 미국산 농약이 우리네 농부의 땀을 훔쳐가고
문어발 같은 저들의 다국적기업이 우리네 노동자의 피를 빨아가도
해방과 자유를 외치는 겨레의 입에 미제 총알을 먹여도
그 나라를 나는 은인의 나라 말고는 다른 이름으로 부르지 못하
다가
우방이 아니라 은인의 나라가 아니라 다른 이름으로
그 나라를 불렀다 해서 역적으로 몰려 옥살이를 하고 있습니다

어머니 이제 내 책상에서
꽃병일랑 치워주세요 이제 그 자리에
살해된 동지의 얼굴이 새겨진 입상이 놓여질 것입니다
어머니 이제 내 책꽂이에서

꽃을 노래한 시집이 있거들랑 치워주세요
그 자리에 바위산과 투쟁을 노래한 전사의 시가 들어찰 것입니다

이 세상에

사슬로 이렇게 나를 묶어놓고
자유로울 사람은 아무도 없다 이 세상에
벽으로 이렇게 나를 가둬놓고
주먹밥으로 이렇게 나를 목메이게 해놓고
배부를 사람은 아무도 없다 이 세상에

아무도 없다 이 세상에
사람을 이렇게 해놓고 개처럼 묶어놓고
사람을 이렇게 해놓고 짐승처럼 가둬놓고
사람을 이렇게 해놓고 주먹밥으로 목메이게 해놓고
잠자리에서 편할 수 있는 사람은 아무도 없다

그럴 수 있는 사람이 있다면
천에 하나라도 만에 하나라도
세상에
그럴 수 있는 사람이 있다면 어디 한번 나와봐라

나와서 이 사람을 보아라
이 사람 앞에서 묶인 팔다리 앞에서
나는 자유다라고 어디 한번 활보해봐라
이 사람 앞에서 주먹밥을 쥐고 있는 이 사람 앞에서
나는 배부르다라고 어디 한번 외쳐봐라
이 사람 앞에서 등을 돌리고

이 사람 앞에서 얼굴을 돌리고
잠자리에서 편할 수 있는 사람이 있으면 어디 한번 있어봐라

남의 자유 억누르고 자유로울 사람은 아무도 없다 이 세상에
남의 밥 앗아 먹고 배부를 사람은 아무도 없다 이 세상에
압제자 말고 부자들 말고는

*『조국은 하나다』에는 「이 세상에서」로 수록됨.

뿌리

겨우 뿌리를 내렸다
민중의 나무 민족해방투쟁의 나무는
언제 다시 뽑힐지 모른다 그래서

다시 바람이 분다
태평양 건너 북아메리카에서
이리처럼 바람은 사납게 몰려오고
미친개처럼 하얗게 게거품을 물고 몰려오고
나뭇잎은 일제히 아우성치기 시작한다
민족해방투쟁 만세!

떨어진 잎도 있다 터져라 목청 돋워 만세 소리 외치다가
찢어진 가지도 있다 두 팔 벌려 힘껏 깃발을 흔들다가
밤 별과 함께 나뭇잎은 대지에 떨어지고
흙 속에 묻혀 거름이 된다

이제 뽑히지 않으리
깊게 든든하게 흔들리지 않게 내린 뿌리는
다시는 쓰러지지 않으리
민중의 나무 민족해방투쟁의 나무는
노동자는 치켜든 망치와 함께 거리에 나서고
농부들도 이제 깨어나 숫돌에 낫을 갈고 있으니
바위 같은 가슴으로 바람을 막기 위하여

꿈길에서

어젯밤 꿈길에서 나는 만났네
통일로 가는 꿈길에서 거대한
거대한 바위 둘을 만났네 하나는
코가 엄청 큰 것이 양키바위 같았고
하나는 터져라 배가 부른 것이 부자바위 같았네
바위를 만나 나는 어찌할 바를 몰랐네
앞으로 나아갈 수도 없었고 사람인 주제에
비켜달라 길을 바위에게 사정할 수도 없었네
그렇다고 그냥 그대로 물러설 수도 없었네 그때
홀연히 내 앞에 한 노인이 나타났으니
그 형용을 볼작시면 옛날 옛적 내 어린 시절에
그림책에서도 보았음직한 산신령 같기도 했고
성성한 백발이며 준엄한 이마며 자상한 눈매로 보아서는
설화에서나 보았음직한 마을의 촌장 같기도 했네
"어르신 어르신 어찌하면 좋으리까
내 가는 길 통일의 길을 막고 서 있으니
이 바위 저 바위를 어찌하면 좋으리까"
나의 물음에 노인은 짚고 있던 지팡이를 들어
바위 등을 서너번 툭툭 두드려보기도 하고
물끄러미 키가 작은 나를 내려다보기도 하고
한참이나 망연히 먼 산을 바라보다가는
이윽고 입을 열어 한 말씀 하시고 홀연히 다시 사라졌네
"옛사람의 말에

입이 여럿이면 무쇠라도 녹인다 했으니
나라 안의 뭇 백성들을 불러모아
노래 지어 부르고 괭이로 바위를 쳐라
그러면 좋은 수가 있으리라"
번개를 신호로 하여 천둥이 내리치듯
나는 노인의 말씀이 끝나기가 무섭게
이 골 저 골 삼천리 방방골골을 득달같이 휘돌아다녔네
밭매는 아낙을 불러 호미 쥐고 일어나게 하고
쟁기질하는 장정을 세워 가래 들고 치닫게 하고
목수는 연장을 챙기고 풀무간의 대장장이는 쇠망치를 거머잡고
연달아 연달아 줄달음치고 내달리게 했네
"바위야 바위야 물러나라
통일의 길 막고 선 죄 그 아니 크냐
네 만약 거역하고 물러나지 않으면
괭이로 널 찍어 부숴버리리라"
노래 지어 부르면서 바위를 치게 했네

나는 보았네 어젯밤 꿈길에서
박살난 바위를 싣고 태평양을 건너는 양키 함대를
나는 보았네 어젯밤 꿈길에서
조각난 바위를 싣고 현해탄을 건너는 부자 상선을
나는 보았네 나는 보았네
어젯밤 꿈길에서 나는 보았네

동풍에 나부껴 춤추는 동해바다를
남한강 청천강이 한데 어우러져
휘돌아 솟구치며 노래하고 까부는 것을
지지리도 못난 사람들 끼리끼리
어깨춤에 보릿대 얹고 병신춤을 추는 것을
남에는 한라산 백록담에 목욕재계하고
북에는 백두산 천지연에 목욕재계하고
남남북녀가 통일의 하늘 아래서 맞절하는 것을

산

파괴된 인간의 도시
아무도 이 고을을 들어오지 못하는데
가책의 양심 없이는 아무도 못 들어오는데
파묻은 자유의 성지
아무도 이 고을을 들어오지 못하는데
하늘을 우러러 한점 부끄럼이 없다는
수녀도
고개 숙인 참회 없이는 못 들어오는데
희대의 살인마도
총검으로 권력을 휘두르는 악당도
마빡에 저주의 낙인이 찍힌 악마도
소위 한 나라의 대통령이란 자도
이 고을에 들어올 때는
대명천지 인간의 얼굴로는 들어오지 못하고
밤으로 도둑고양이처럼 기어드는데
누가 제까짓 것 어떻게 할까봐
방탄조끼에 방탄모에 방탄차에 싸여
세겹 네겹 경호의 장벽에 싸여 기어들었다가
아침이면 쥐새끼처럼 빠져나간다는데

당신은 오십니다 이 가을 빛고을에
푸르고 높은 하늘 머리에 이고
해바라기 미소와 함께 오십니다

천겹 만겹으로 출렁이는 춤 자락에 싸여
인파로 환한 꽃다발에 싸여 환호에 싸여
그러나 당신은 누구입니까?
수십 수백만의 인파에 싸여 대중의 환호 꽃다발에 싸여
무등의 산으로 우뚝 솟아 있는 당신은 진정 누구입니까
어제는 긴긴 밤의 투옥의 나날이었다가
잠시라도 한때는 석방의 봄이었던 당신
어제는 죽음의 용궁이었다가 천길 밧줄을 드리운 나락이었다가
오늘은 다시 부활이었던 당신
어제는 나라 밖으로 쫓기는 망명이었다가
돌아와 다시 조국에서도 끝없이 이어지는 연금이었던 당신
당신은 누구입니까 과연
민중의 벗입니까 끝까지 다시 죽을 때까지
민족의 해방자입니까 끝까지 다시 죽을 때까지
민중의 적 민족의 적이 쓰러질 때까지
당신은 과연 민중의 벗으로 서 있겠습니까
당신은 과연 민족의 해방자로 서 있겠습니까
무등으로 무등의 산으로 허물어지지 않고

418

아버지와 아들

아들아
　　　너는 물어왔구나
　　　　　　　　애비에게
조선
　　독립
　　　　만세!
부르다가
　　　　조선인
　　　　　　　형사에게
체포되어
　　　　조선인
　　　　　　　검사에게
취조받고
　　　　조선인
　　　　　　　판사에게
유죄받아
　　　　조선인
　　　　　　　간수에게
감시받으며
　　　　　십년을
　　　　　　　　옥살이했던
이 애비에게
　　　　　물어왔구나

감옥에서!
이 애비의
　　　청춘을 반백으로
　　　　　　만들었던
바로
　　그 감옥에서!
반미
　　민족해방
　　　　　투쟁을
외치다가
　　　　한국인
　　　　　　형사에게
체포되어
　　　　한국인
　　　　　　검사에게
취조받고
　　　　한국인
　　　　　　판사에게
유죄받아
　　　　한국인
　　　　　　간수에게
감시받으며
　　　　옥살이하는

아들아

이렇게 물어왔구나
나라 걱정 민중 사랑 했다고
제 동포를 감옥에 쑤셔넣고
잠자리에서 편할 자 누구겠느냐고
돈이란 게 밥이란 게 권력이란 게 지위란 게 무엇이냐고
사람이란 게 사람이 산다는 게 무엇이냐고

재순이네

저렇게 많은 별이 있구나 하늘에는
그것도 모르고 갑석이 마누라는 일만 하는구나
늦도록 밤늦도록 아이고 허리야
허리 한번 못 펴고 손톱 끝이 보이지 않을 때까지

저렇게 많은 논과 밭이 있구나 땅에는
그것도 모르고 바보 갑석이는 고향을 뜨자는구나
지게질을 해도 서울로 가서 하자고
품팔이를 해도 대처에 가서 하자고

저렇게 많은 학교가 있구나 도시에는
그것도 모르고 재순이 아버지 갑석이는
재순이를 공장으로 내모는구나
열살 먹은 막내까지 내모는구나

저렇게 많은 불빛이 있구나 강 건너 마을에는
그것도 모르고 재순이네는 다리 밑에 자리를 까는구나
마침 겨울이라 함박눈이 와서 그들을 덮어주는구나

님
「떠나가는 배」의 곡에 맞춰

저 거친 세상 헤치며
험한 쌈터로 떠나는 님

내 언제까지 기다리리
님 부른 조국은 거룩하니

날 잊지 말고 싸워 잘 싸워서
기어이 이기고 돌아와요

청춘의 노래
「늙은 군인의 노래」의 곡에 맞춰

나 태어난 이 강산에 투사가 되어
노래하고 싸우기 어언 석삼년
어디서 살았느냐 무엇을 하였느냐
압제의 타도에 우리 모두 나섰다
아 사월이여 붉은 피 청춘이여!
자유 위한 싸움에 나아가자 전진하자

나 키워준 이 조국에 전사가 되어
힘 길러 단련하기 어언 석삼년
어디서 살았느냐 무엇을 하였느냐
해방의 전선에 우리 모두 나섰다
아 오월이여 붉은 피 청춘이여!
통일 위한 싸움에 나아가자 전진하자

투쟁 속에 동지 모아 손을 맞잡고
생사를 같이하기 어언 석삼년
흩어져 패할 거냐 단결하여 이길 거냐
혁명의 대열에 우리 모두 나섰다
아 해방자여 붉은 피 청춘이여!
유혈의 전투에 나아가자 전진하자

동시대의 합창

우리가 의를 들어 여기에 이르니
우리가 해방의 칼날을 세워 그 주위에 모이니
그 본의가 다른 데 있지 아니하고

창생을 도탄 중에서 건지고
민중을 자본의 굴레에서 벗어나게 하고

국가를 반석 위에 두고자 함이라
조국을 이민족의 억압에서 해방시키고자 함이라

안으로는 탐학한 관리들의 머리를 베고
안으로는 정상모리배들의 머리를 베고

밖으로는 횡포한 강적의 무리를 구축하자 함이다
밖으로는 제국주의 신식민지 세력과 그 앞잡이들을 몰아내고자
함이다

양반과 부호 밑에서 고통받는 민중들과
재벌과 군벌 밑에서 고통받는 노동자 농민들과
방백수령 밑에서 굴욕을 당하고 사는 소리(小吏)들은
고급관리들 앞에서 기를 펴지 못하는 말단관리들은

우리와 같이 원한이 깊은 자라

일어나라 주저치 말고
만약 기회를 놓치면 후회해도 미치지 못하리라

* 『나의 칼 나의 피』 초판, 『조국은 하나다』 초판에는 「동시대인의 합창」으로
  수록됨.

수병의 노래
러시아의 민요 「뱃노래」의 가락을 빌려

어기여차 어기여차 닻 감아라 어기여차

어기여차 어기여차 돛 달아라 어기여차

어기여차 어기여차 노 저어라 어기여차

흰 구름 피어오르는
수평선 저 멀리
민중의 원수 갚으러 가자
키를 바로 잡아라

일어나라 일어나라 형제들이여 일어나라

단결하라 단결하라 깃발 아래 단결하라

전진하라 전진하라 원수 향해 전진하라

붉은 피 끓어 들끓어
지평선 저 멀리
민중의 원수 갚으러 가자 총을 바로 잡아라

모래알 하나로

티끌 모아 태산이라고 사람들은 말한다

천리 길도 한걸음부터라고 사람들은 말한다

첫술에 배부르랴라고 사람들은 말한다

그러나 없어라 많지 않아라
모래알 하나로 적의 성벽에
입히는 상처 그런 일 작은 일에
자기의 모든 것을 던지는 사람은

솔연(率然)

대가리를 치면 꼬리로 일어서고
꼬리를 치면 대가리로 일어서고
가운데를 한가운데를 치면
대가리와 꼬리가 한꺼번에 일어서고

뭐 이따위 것이 있어
그래 나는 이따위 것이다

만만해야 죽는 시늉을 하고 살아야
밥술이라도 뜨고 사는 세상에서

나는 그래 이따위 것이다

모진 세상 그래도

그래그래 그렇게 살아라 당신들은
나는 그렇게는 못 살겠다 용서도 하고
왼손 잡아다가 오른손과 화해도 시켜주며
좋은 것이 좋은 것 아니냐는 방식으로는

도량이 좁아서 그런지는 몰라도
원수는 갚아야 한다 나는 단순한 사람이다
넉넉하지 못해서 그런지는 몰라도
빼앗긴 손으로 나는 가진 자의 손을 잡을 수 없다
빼앗는 자는 빼앗겨야 한다

돌아서며 세상에는 저런 놈도 있구나 하고
그쯤으로 생각해주기 바란다
비비 꼬여 맨손으로는 어떻게 해볼 수 없는 철사
그것을 바로잡으려면
뼈와 살이 시위처럼 팽팽한 저런 놈도 있어야겠구나
많이는 아니고 모진 세상 그래도
한두놈은 있어야 되겠구나 하고
그쯤으로 생각해주기 바란다

동산에 둥근 달이

들에는 개나리꽃 노랗게 만발하고
산자락에는 진달래꽃 붉게 붉게 타오르는 곳
그 마을에 가서 나는 살고 싶다
야유회다 뭐다 하이킹이다 뭐다 바캉스다 뭐다 하면
그 말이 어느 나라 말인지 알아듣지 못하고 어리둥절하다가도
들놀이 가자 산놀이 가자 바다놀이 가자 하면
어절씨구 좋아라 지화자 놓아라 얼싸안고 춤추는 곳
그 마을에 가서 나는 살고 싶다
없이 산다 해도 나는 좋다 그 마을에 가서
콩알 하나 둘로 쪼개 노나 먹을 수 있다면
자유 없이 죽는다 해도 나는 좋다 그 마을에 가서
노동과 그날그날이 고역의 하루하루가 아니고
생활의 으뜸가는 기쁨의 강물이라면
이 밤이 다음 날 아침 끼니를 걱정하는 근심의 밤이 아니고
동산에 둥근 달이 떠오르면
춤과 노래와 술이 한데 어우러져
앞 강물 뒷 강물에서 깊어간다면

이제 나는 지쳤다 이 마을에
포만의 자유와 허기의 노동에
씨 뿌리는 사람 따로 있고 걷어가는 사람 따로 있는
이 마을이 나는 지긋지긋하다 몸서리쳐진다
남자가 여자를 여자가 남자를 돈으로 사서
쾌락의 도구로 즐기는 이 마을의 풍습에

삭풍에 눈보라가

어차피 나의 삶은
파도에 시달리는 일엽편주
출항할 때 새벽의 부두에서
나를 향해 흔들어주는 손수건 하나 없었던 것처럼
황혼에도 그래라 닻 내릴 항구 하나 없어라
섬에서는 깜박이던 등댓불마저 꺼져버리고
하늘에서는 별 하나 반짝이지 말거라
삭풍에 눈보라가 치거나
성난 바다에 비바람이 불거나
어차피 가야 할 길 혁명의 길
사나이 가는 길은 차라리
천 고비 만 고비 넘어야 할 시련의 고비이거라
천 고비 만 고비 넘어야 할 시련의 고비이거라

물 따라 나도 가면서

흘러 흘러서 물은 어디로 가나
물 따라 나도 가면서 물에게 물어본다
건듯건듯 동풍이 불어 새봄을 맞이했으니
졸졸졸 시내로 흘러 조약돌을 적시고
겨우내 낀 개구쟁이의 발 때를 벗기러 가지

흘러 흘러서 물은 어디로 가나
물 따라 나도 가면서 물에게 물어본다
오뉴월 뙤약볕에 가뭄의 농부를 만났으니
돌돌돌 도랑으로 흘러 농부의 애간장을 녹이고
타는 들녘 벼 포기를 적시러 가지

흘러 흘러서 물은 어디로 가나
물 따라 나도 가면서 물에게 물어본다
동산에 반달이 떴으니 낼모레가 추석이라
넘실넘실 개여울로 흘러 달빛을 머금고
물레방아를 돌려 떡방아를 찧으러 가지

흘러 흘러서 물은 어디로 가나
물 따라 나도 가면서 물에게 물어본다
봄 따라 여름 가고 가을도 깊었으니
나도 이제 깊은 강 잔잔하게 흘러
어디 따뜻한 포구로 겨울잠을 자러 가지

하늘과 땅 사이에

바람의 손이 구름의 장막을 헤치니
거기에 거기에 숨겨둔 별이 있고

시인의 칼이 허위의 장막을 헤치니
거기에 거기에 피 묻은 진실이 있고

없어라 하늘과 땅 사이에
별보다 진실보다 아름다운 것은

감을 따면서

감을 따면서 푸른 하늘에
초가을의 별처럼 노랗게 익은 감을 따면서
두 발의 연장인 사닥다리의 끝에 서서
두 손의 연장인 간짓대의 끝으로 감을 따면서
나는 나도 모르게 중얼거렸다

태초에 노동이 있었다
그리고 인간이 인간의 뿌리가 있었다
네발로 기어다니는 짐승과는 구별되는

나는 감 따는 노동을 중지하고
인간의 대지로 내려왔다 직립보행의 동물인 나는
손을 호주머니에 찌르고 골똘히 생각에 잠겼다
감나무와 감나무 사이를 왔다 갔다 하면서

그렇다 인간을 인간이게 한 것은 노동이었다
수천년 수만년 수백만년의 노동이었다
숲과 강과 자연과의 싸움에서 노동 속에서
인간은 짐승과는 다른 동물이 되었다 인간이 되었다
보라 감을 쥐고 있는 이 상처투성이의 손을
손과 발의 연장인 이 간짓대와 사닥다리를
간짓대와 사닥다리를 깎고 잘랐던 저 낫과 톱을
낫을 갈았던 저기 저 숫돌까지를 보라

노동의 손자국이 나 있지 않는 것이 어디 있느냐
노동의 과실 아닌 것이 어디 있느냐
보라 내가 지금 앉아서 먼 산을 바라보고 있는 이 평상을
이 평상 위에 놓인 네발 달린 밥상과 밥상 위의 밥을
보라 내가 짓고 있는 저 돼지막과
내가 기거하고 있는 저 초가집과
지붕 위에 우뚝 솟은 검은 굴뚝과
굴뚝에서 하얗게 피어올라 하늘 끝으로 사라지는 연기를
보라 장독대를 그 위에 가득 찬 옹기그릇을
옹기에 가득가득 담겨져 진한 냄새를 뿜어내고 있는 간장과 된장을
어느 것 하나 노동의 결실 아닌 것이 있느냐
모두가 모든 것이 노동의 역사 아닌 것이 있느냐
뿐이랴 내가 입고 있는 이 내의도
내가 벗어놓은 저 저고리의 단추도 노동의 과실이자 옷의 역사다
내가 만지고 있는 이 장딴지의 굳은살도
굽혔다 폈다 할 수 있는 이 팔의 뼈도
그리고 내 가슴에서 뛰고 있는 이 심장의 피도
수천년 수만년 수백만년의 노동이 창조한 물질이다
노동의 역사이고 인간의 역사다 그리고 지금
내가 쥐고 있는 이 펜도
펜 끝에서 흐르는 언어의 빛도 종이 위에서
끝없이 이어지는 말의 행렬도 하나가
하나같이 노동의 결정이고 인간 역사의 기록이다

이제 확실해졌다 노동이야말로
인간을 인간이게 한 장본인이었다 짐승과는 다르게
살과 뼈와 피를 빚어낸 마술이었다 기적이었다
노동이야말로 인간의 출발점이고 과정이고 종착역이다
한마디로 끝내자 인간의 본질은 노동이다
노동에서 멀어질수록 인간은 짐승에 가까워진다
이제 분명해졌다 적어도 나에게는
나의 가장 가까운 적은 노동에서 가장 멀리 떨어져 있는 인간이다
아니다 노동에서 이미 멀어져버린 인간은 인간이 아니다
그것은 된장 속의 구더기다 까맣게
감잎을 갉아먹는 불가사의한 벌레다
쌀 속의 좀이고 어둠속의 쥐며느리이고 축축하고
더럽고 지저분한 곳에서 서식하는 이이고
황소 뒷다리에 붙어 있는 가증스런 진드기이고
회충이고 송충이고 십이지장충이고 기생충이고 흡혈귀다
인간의 동지는 노동 그 자체다

늦가을 찬 바람에

아버지가 살아 계실 때만 해도
그러니까 유신인가 뭣인가 나고
형님이 까막소에 들어가기 전까지만 해도
우리 집 구서리 논은 근동에서도 상답이어서
우리 식구 다섯 식구 노동에
하늘에서 내리는 고운 햇살만 받아도
풍년이었지요
땅이 차지기가 오히려 무서울 만큼이어서
금비는커녕 퇴비만 조금 넘게 해도 가을엔
이삭이 스스로 고개 숙여 쓰러지기가
일쑤였지요
물 같은 것은 논 가운데 칠년 가뭄에도
마르지 않는 방죽이 있어 벼 잎사귀는
아침에 내리는 이슬만으로도
파릇파릇 살아 있었고요
그런데 유신인가 뭣인가 나고 유신변가 뭣인가 생기고
관에서 그것을 심으라 해서 마지못해 심고부터는
벼가 숫제 자라지 않는 거지요 화학비료 먹지 않고는
한 철에도 열두번 농약을 먹지 않고는
나락은 아예 몸져누워버리고 일어날 줄을 모르는 거지요
사시사철 물 좋고 그 차지던 논이
우리 식구 다섯 식구 땀 묻은
노동만으로도 정성만으로도

438

어린모 쑤욱쑤욱 밀어올려 바람에 나부끼게 하고
가을이면 따가운 햇살과 함께
들판 가득 황금물결을 치게 했던
그 논 그 흙이
이제 시름시름 앓는 병자인 것이지요
비료 없이는 벼 한포기 튼튼하게 키워내지 못하고
농약 없이는 한줄기 잎사귀를
생생하게 피워올리지 못하지요
그래 우리 식구 남은 식구 세 식구
동에서 해 뜨고 서쪽으로 해 질 때까지
일년 삼백예순날 반나절도 쉬지 않고 일해서
허리 부러지게 일해서 쎄가 빠지게 일해서
손톱 끝이 닳아지게 일해서
제 논에서 일해서 남의 농사 지어주는 셈이지요
농약장사 비료장사 농기구장사 돈 벌어주는 셈이지요
물세에 농지세에 오만 잡세 거둬가는
나라 농사 지어주는 셈이지요 재벌 농사 거둬주는 셈이지요
우리 식구 세 식구 결국 지주 없는 소작쟁이지요
탈탈탈 털리고 늦가을 찬 바람에 쭉정이로 남은

탁류

탁류에 휩쓸려
하류로 하류로 떠밀려가는
수천수만의 고기떼를 보네
어떤 놈은 아가리를 벌리고
탁류에 욕을 퍼붓기도 하고
어떤 놈은 대가리를 쳐들고
탁류를 거슬러오르려고도 하네
그러나 그때마다
누가 던진 작살에 찍혀
땡볕의 모래밭에 내던져지네

나는 보네
튀어나온 물고기의 눈에서
한 시대의 분노를
나는 보네
흙탕물로 가득 찬 물고기의 입에서
한 시대의 저주를

쪽지

갑자기 떠나게 되었소 인사도 없이
부잣집 개들이 냄새를 맡아낸 모양이오 불온한
내 왼쪽 발뒤축에 묻은 피의 냄새를
그동안 신세 많이 졌소 특히 어부인에게

언제 다시 만나게 될지 그것은 내 사고 밖의 일이오
나를 추적하는 개다리의 능력과 그것을 따돌리는
내 발의 능력과의 싸움이 결정할 일이오
운수 대통하면 내가 이겨 해방의 그날 만나게 될 것이오
운수 사나우면 개가 이겨 암흑의 세계에서 만나게 될 것이오

아무튼 만나게 될 것이오
해방의 그날 천국에서 만나든지
고문실로 법정으로 감옥으로 무덤으로 끌려다니면서
암흑의 세계 착취와 압제의 세계에서 만나든지
차라리 무덤에서 만났으면 하오
이제 나는 지긋지긋하니까
내가 인간이라는 것에 계급사회의 인간이라는 것에
무덤은 차라리 천국일 것이오 없이 사는 놈들에게는
무덤에는 적어도 가진 자들의 천국에서처럼
한 나라에 두 국민 따위는 없을 터이니까!
부자들이 나눠주는 헌금을 놓고
치고받고 이합집산하는 정상모리배들도 없을 터이고

부자들이 흘리는 떡고물을 놓고 눈치를 살피며
아귀다툼하는 쥐새끼들도 없을 터이고
부자들의 접시에 놓인 고기에 한눈을 팔고 있는
소위 순수문단 패거리들도 없을 터이니까

적어도 거기에는 가난뱅이들을 못살게 구는
경찰도 판사도 검사도 변호사까지도 없을 터이니까
이들의 왕초 대통령 따위도 없을 터이니까

그날밤을 회상하면

불이 되어 차라리 불바다가 되어
붉은 연꽃으로 피어오르고 싶은 밤
머리끝에서 발가락까지 타버리고
빈 그릇 한줌 재로 남고 싶은 밤
아니 재 속의 조그마한 불씨로 되살아
한뼘 어둠이라도 물러나게 하고 싶은 밤

나는 걷고 있었다 그날밤
살얼음이 깔린 압제의 거리를
기역 자로 꺾어진 엿장수 골목을 돌아
밤참으로도 허기진 배를 채우지 못하는 노동자들
카바이트 불빛의 포장마차를 지나
내 이름 아닌 아무개 이름을 불러도
혹시나 나를 세워 몸수색이나 하지 않을까
호루라기 소리만 들려도 가슴이 철렁 내려앉고
죄 안 짓고 죄지은 양 괜시리 불안해지는 곳
그런 곳 파출소 앞을 지나

환청이었을까 '어이 학생' 하는 소리에
환각이었을까 목덜미에 닿을 것 같은 검은 손의 촉감에
어처구니없게도 나는 발걸음이 빨라졌고
급기야는 뛰기 시작했다
뛰면서 나는 생각했다 열번이고 스무번이고

칵 뒈져나 버려라 이 겁보야
아냐 나도 할 수 있어 사내가 되어야 해
놈들이 노리고 있는 것은
고문에 대한
감옥에 대한
죽음에 대한
나의 이런 두려움이야 가슴의 이 동계야
이겨야 해 이 공포 이 동계를
비열한 놈들 네놈들에게 먹여줄 것은 다이너마이트뿐
이것만이 우리의 요구에 대답해줄 것이다

그날밤 나는
나에게 맡겨진 임무를 성공적으로 끝냈다
아 그날밤 하늘에서 반짝이는 별 하나 얼마나 아름다웠던가

선반공의 방

가난한 이들에게 진실을 말하고
허위의 그림자에게 쫓기던 그런 어느날
나는 밤의 거리에서 오갈 데 없다가
선반공인 고향 후배가 내미는 손을 잡고
그가 이끄는 대로 따라갔다

한길에서 꺾여
골목길로 접어드는 구멍가게에서부터 시작하여
하나 둘 셋 넷……
숨 가쁜 돌계단 삼백일흔여섯개를 세고서야
산꼭대기 어디메쯤 선반공의 자취방에 닿았다

그 집의 벽이란 벽은
모래와 자갈과 바람 난 구멍으로 무장하고 있었다
지붕은 가로세로 금이 간 함석이었고
새끼에 돌을 매달아 자연의 폭력과 싸우고 있었다

그 집에는 손바닥만 한 마당이 있기는 했으되
어디서고 수도꼭지는 볼 수 없었다
그 집에는 담이 있기는 했으되
어디서고 대소변을 볼 수 있는 변소가 없었다

그래도 집이라고 그 집에는

방이란 게 있었다 세개나 있었다
그 집 아낙네들은 하나같이 사투리를 썼는데
함경도 사투리도 있었고 충청도 사투리도 있었고 경상도 사투리
도 있었다
전라도 순창이 고향인 선반공의 방은
감옥의 먹방과도 같이 어둡고 비좁았다

나는 굴속을 들어가듯 그 방으로 들어갔다
방에는 한쪽 구석에 지퍼가 고장난 비닐옷장이 있었고
다른 한쪽 구석에는 책상 겸 밥상으로 씀직한 앉은뱅이상이 있었
는데
그 위에는 메모로 접은 쪽지가 놓여 있었다

"형, 오늘밤 못 들어올지도 모릅니다
이불 속에 밥 두그릇을 해놓았으니
한그릇은 형이 드시고 남은 그릇은
남주 형이 들를지도 모르니 따뜻하게 담요로 싸놓으세요"

때 전 이불을 들추니 거기에는 과연
밥그릇 두개가 담요에 묻혀 있었다
목이 메어 나는 그 밥을 다 먹지 못하고
벽을 향해 돌아앉아 담배만 공연히 빨아댔다

446

방 한켠에는 반되들이 쌀 한봉지가 입을 벌리고 있었고
책 몇권이 벽에 기댄 채 나란히 누워 있었다
거기에는 고리끼의 『어머니』가 있었고
거기에는 하인리히 만의 『독일 노동자의 길』이 있었고
체 게바라가 쓴 『제3세계 민중에게 보내는 메시지』가 있었다

그날밤 선반공의 친구는 돌아오지 않았다
다음 날 아침에도 저녁에도 들어오지 않았다
그를 내가 만난 것은 감옥에서였다
선반공의 방처럼 어둡고 비좁은 먹방에서였다

40년 묵은 체가 내려가고

그날
살해된 애국투사의 장례식이 있던
그날
매판자본가들은 빠지고
매판관료들은 빠지고
제국주의에 고용된 용병 두목들은 빠지고
노동자 농민은 물론 청년학생은 물론 일곱살 아이에서부터
일흔살 할아버지 할머니까지
나라를 사랑하고 나라의 적을 증오하는 모든 사람들이
살해된 애국투사의 뒤를 따르던 그날
서울에서도 한복판 시청 앞 광장에서 식민지 하늘 아래서
성조기가 끌어내려지던 그 순간
40년 만에 정확하게 42년 만에 끌어내려지던 그 순간
조국의 하늘로 민족의 상징 국기가 올라가던 그 순간
수천 수백만의 손이 환호가 되어 올라가더라
미제 타도하자!
친미매국 군사정권을 타도하자!
민족민중해방투쟁 만세!
함성과 함께 일제히
수천 수백만의 손이 환희의 날개가 되어 올라가더라
그날 그 순간에 나는
40년 묵은 체가 내려가고
가슴 후련하더라

448

눈물이 내 두 볼을 적시더라
뜨겁게 뜨겁게 가슴을 타고 내려와
조국의 대지를 적시더라

고개

이 고개를 갑오년에는
빼앗긴 토지의 농민들이 넘었지요
짚신에 감발하고 을미적 을미적
죽창 들고 넘고는 했지요

이 고개를 을사년에는
빼앗긴 나라의 의병들이 넘었지요
무명 수건 머리에 질끈 동이고
화승총 메고 넘고는 했지요

넘었지요 넘고는 했지요 이 고개를
허울 좋은 거품으로 온 해방은 가고
빼앗긴 독립의 빨치산이 넘고는 했지요
눈에 묻혀서 사라진 길을 열고
어둠에 묻혀서 사라진 길을 열고

이제 우리가 넘어야 할 차례지요 이 고개
빼앗긴 토지 나라의 독립을 찾아
옛사람이 남기고 간 발자국 발자국을 따라
이제 우리가 넘어야 할 차례지요 이 고개
피 흘리며 쓰러지고 다시 일어나

님

그가 보고 싶을 때 나는
들것에 실려 압송되어가는
한 시대의 패배 그 위대함을 그린다
갑오년 그해의 부러진 창
성난 얼굴 농부를 그린다
그러면 그는 내 안에 살아
피가 되어 흐르고
만경창파 들판 가득
옛 쌈터의 북소리로 내 잠든 혼을 깨운다

그의 목소리가 듣고 싶을 때 나는
천방지축 벼랑에서 부서지는
한줄기 폭포수를 그린다
그러면 그것은 내 침묵의 가슴을 울리고
으르릉 쾅쾅 물줄기로 쏟아진다
쏟아져 쏟아져내려 강을 이루고
앞 강물 뒷 강물 한데 어우러져
바다를 이루고 세상을 이뤄
암벽에서 노호하는 파도가 된다

그래도 그가 그리우면
그래도 그가 그리우면
나는 고개를 넘는다

오르막길 시오리
내리막길 시오리
오르며 내리며 삼십리
장성 갈재
의병의 고개를 넘는다
쓰러지고 쓰러지고 다시 일어나 넘었던
열두굽이 단장(斷腸)의 고개를
그러면 나는 볼 수 있었다
지배자의 턱 밑으로 불쑥 치켜든
농부의 주먹을
그러면 나는 볼 수 있었다
침략자의 목을 베는
농부의 시퍼런 낫을

* 『나의 칼 나의 피』에는 「입상(立像)」으로 수록됨.

녹두장군

무엇 때문일까
백년 전에 죽은 그가 아니 죽고
내 안에 살아 있는 것은
내 가슴에 내 핏속에 살아 숨 쉬고
맥박처럼 뛰는 것은

그도 내 아버지의 아버지처럼
서너마지기 논배미로 평생을 살았던 가난한 농부였기 때문일까
나와 같이 그 사람도 한때는
글줄이나 읽었던 서생이었기 때문일까

무엇 때문일까
천석꾼 만석꾼 큰 부자도 아녔던 그가
가난한 이들의 기억 속에 남아 있는 것은
무엇 때문일까
구척장신 불세출의 영웅호걸도 아녔던 그가
녹두꽃이라 녹두장군이라 인구에 회자된 것은
백년 동안 민중의 가슴속에 남아
답답할 때면 노래 되어 그들의 입에 오르내리고
캄캄한 밤이면 별이 되어 그들의 머리 위로 떠오르는 것은
무엇 때문일까

나는 본다

들것에 실려 서울로 압송되어가는 그의 얼굴에서
두개의 눈을 본다
양반과 부호들에 대한 증오의 눈과
가난한 민중에 대한 사랑의 눈을

만세 소리

빼앗긴 나라를 되찾겠다고 우리 할아버지
조선독립 만세! 부르다가 죽었답니다
능지처참 피 묻은 살점으로 찢겨 삼천리 방방곡곡에서 죽었답니다
해방이 와도 해방은 오지 않고 우리 아버지
미군정 때 민주주의민족전선 만세! 부르다가
좌익으로 몰려 친일매국노들한테 맞아 죽었답니다
찢어진 깃발 붉게 붉게 물들이며 죽어갔답니다
이남에 ××정부가 들어서고 이승만 치하에서 우리 삼촌
민족해방투쟁 만세! 부르다가 죽었답니다
동지들과 함께 무더기로 황토에 묻혀 죽었답니다
살아남은 사람도 살아남아 지하에서 숨어 살던 사람도
공화당 치하에서 박정희한테 잡혀 죽었답니다
역적으로 몰려 감옥에서 목매달려 죽었답니다

그래서 그런지 나는 만세 소리를 들으면
기뻐서 가슴이 벅차오르기는커녕 겁부터 난답니다
그래서 그런지 나는 만세 소리를 들으면
죽은 할아버지 아버지 삼촌이 부른 만세로 착각하고
거리로 산과 들로 뛰쳐나가기도 한답니다

전군가도(全群街道)

평야를 가르고
배가 바다를 가르듯 그렇게
한가운데를 가르고
문전옥답이고 뭐고
실배미 천수답이고 뭐고
반달 같은 서마지기 논배미고 뭐고
사정없이 일자무식으로 무지무지하게 가르고
한없이 끝없이 내닫는 이 길이
소위 전군가도라 한다

이 길이 끝나는 곳은 군산항구라 한다
아 나는 오갈 데 없는 글쟁인가 군산이라 항구라 하니까
채만식의 『탁류』가 먼저 내 의식의 강을 휘젓고 미두(米豆)가 떠오
르고
『만인보』의 시인 고은의 숨소리가 내 가슴에서 파문을 일으키니

이 길을 만든 것은 아니지 아니지
이 길을 만들게 한 것은 왜놈들이었다 한다
그 채찍이고 군도에 묻은 피였다 한다
이 길 저쪽을 독차지한 것은 일본인 지주였고
이 길 이쪽을 독차지한 것은 조선인 지주였고
그 밑에서 작인으로 종살이 머슴살이로
땅을 파헤쳐 나락을 키워내고
물을 퍼올려 이삭을 키워낸 농민들은 정작으로

쌀밥 한그릇 하얗게 먹어보지 못했다 한다
쌀은 평야에 산으로 솟은 쌀가마니는
가죽뿐인 농부의 등짝에 업혀 지주의 곳간으로 들어가고
화륜선에 실려 일본으로 건너갔다 한다
이 길은 또한 남도의 장정들이 징용으로
끌려갔던 길이고
조선의 처녀들이 눈물 바람 일으키며 정신대로
끌려간 길이었다 한다

왜놈들은 이 길을 낼 적에
그들의 국화인 사꾸라도 함께 심었다 한다
길 양편에 심게 했다 한다
그것이 일제에서 미제로 바뀌면서 뽑혔다가
한일국교인가 뭔가 정상화되면서 다시 들어왔다 한다
국교정상화 선물로 공짜로 들어와 십년 이십년 지나
이제 그것이
전군가도를 그늘지게 하기도 하고 사월이면 오월이면
사꾸라꽃으로 만발하게 하기도 한다고 한다
그러면 군산에 주둔한 양키 병사들도 나와
원더풀 원더풀 연발하며 꽃구경하고 환장해하고
가끔가다 떼지어 관광 나온 일본 사람들도
스바라시이 스바라시이 연발하며 야단법석이라 한다
저마다 옆구리에 대한민국 처녀 하나씩 꿰차고

옛사람들은

징이 울리고
마을 어른들은 사랑방에 모였다
빼앗긴 토지를 어떻게 찾을 것인가
그들은 등잔불을 둘러싸고 앉아
머리를 맞대고 궁리에 궁리를 거듭했다
첫닭이 울고 먼 데서 개 짖는 소리가 들릴 때까지
"입이 여럿이면 무쇠도 녹인다 했으니
윗녘 사람 아랫녘 사람 불러모아 노래 지어 부르고
우리 모두 손에 연장 들고 쳐들어갑시다"
이것이 그들이 내린 새벽의 결의였다

먼동이 트고 다시 징이 울렸다
마을 사람들은 모두 동구 밖에 모였다
쇠스랑과 괭이와 낫으로 무장한 대지의 자식들은
빼앗긴 토지를 찾아 원수를 찾아
둥 둥 둥 북소리와 함께 전진하기 시작했다
대오를 지어 의기도 양양하게
그들은 마을 앞을 가로 흐르는 살얼음의 내를 건넜다
그들은 보릿고개를 넘어 지게에 소작료를 짊어지고 끙끙 앓으며
넘고는 했던 넘어가고는 했던
원한 서린 서낭당 고개를 넘었다
빼앗긴 토지를 찾아 원수를 찾아
대지의 자식들이 부른 노래는 이러했다

458

"천석꾼 만석꾼아 문전옥답 내놓아라
남의 전답 앗아간 죄 그 아니 크냐
네 만약 거역하고 내놓지 않으면
드는 낫으로 네 목을 쳐 하늘 아래 효수하리라"

한 애국자를 생각하며

그는 정치가는 아니었다 혁명가는 더욱 아니었다
그는 말 그대로 그냥 애국자였다

이국 만리
비바람 눈보라와 싸우며
평생을 나라의 독립 위해 바치고
돌아와 해방된 조국에서
설 자리가 없었던 사람
위에서도 아래서도 오른쪽에서도 왼쪽에서도
설 자리가 없었던 사람
그는 어떻게 되었는가
쓰러졌다
미군에 고용된 매국노들에게
황혼에 넘어진 거목처럼
삼팔선에 허리를 걸치고 쓰러졌다
머리는 위로 하고
다리는 아래로 하고

세상으로 말할 것 같으면

당신은 쏘고 있소 비난의 화살을 나의 눈 나의 시에
세상으로 말할 것 같으면 돌고 돌아서
밤의 세계가 낮의 세계로 되고
태양의 세계가 달의 세계로 되어
어두운 데가 있으면 밝은 데가 있기 마련인데
이것이야말로 자연의 법칙이고 신의 섭리인데
내가 자연의 법칙과 신의 섭리를 배반하고
어두운 데는 보되 밝은 데는 보지 않는다고

인간으로 말할 것 같으면 배와 같아서
작은 배가 있으면 큰 배도 있고
큰 배가 있으면 작은 배도 있어
작은 배는 적게 먹고 큰 배는 많이 먹기 마련인데
이것이야말로 자연의 법칙이고 신의 섭리인데
내가 자연의 법칙과 신의 섭리를 배반하고
작은 배는 노래하되 큰 배는 노래하지 않는다고
당신은 쏘고 있소 비난의 화살을 나의 눈 나의 시에

옳소 당신의 비난이 천번 만번 옳소
세상으로 말할 것 같으면 돌고 돌아서
그늘진 데가 있으면 양지바른 데가 있기 마련이고
양지바른 데가 있으면 그늘진 데가 있는 법인데
이것이야말로 자연의 법칙이고 신의 섭리인데

나는 그동안 석삼년 동안 자연과 신을 배반하고
그늘진 데는 보았으되 양지바른 데는 보지 못했으니
나의 눈은 당신이 쏜 화살을 맞아 애꾸눈이 되어도 싸요

옳소 당신의 비난이 천번 만번 옳소
인간으로 말할 것 같으면 배와 같아서
뚱뚱한 배가 있으면 홀쭉한 배가 있기 마련이고
홀쭉한 배가 있으면 뚱뚱한 배가 있기 마련이고
이것이야말로 자연의 법칙이고 신의 섭리인데
나는 그동안 석삼년 동안 자연과 신을 배반하고
홀쭉한 배는 노래하고 뚱뚱한 배는 노래하지 않았으니
나의 시는 당신이 쏜 화살에 맞아 구멍투성이의 시가 되어도 싸요

그러나 이제 거두시오 비난의 화살일랑 당신의
화살을 맞고 내 눈이 애꾸눈이 안되기 위해서라도 당신의
화살을 맞고 내 시가 구멍투성이의 시가 안되기 위해서라도
나는 이제 한쪽으로만 치우치지 않겠소
어두운 데만 보고 밝은 데는 보지 않는 그런 눈은 가지지 않겠소
긍정적인 것은 노래하지 않고 부정적인 것만 노래하는 그런 시는
쓰지 않겠소
가령 이렇게 하겠소 앞으로는
세상으로 말할 것 같으면 늙은 창부의 사타구니 같아서
겉이고 속이고 썩어 문드러져 있는데

부잣집 오물통에는 싱싱한 과일이 둥둥 떠다니고
수챗구멍으로는 맑고 맑은 물이 콸콸 흐르는도다
인간으로 말할 것 같으면 계급과 같아서
늙은 광부는 열길 스무길 땅속 깊은 굴에서
검은 땀 뻘뻘 흘리면서 가쁜 숨 헉헉 내쉬면서
일당 몇천원의 석탄 백탄을 캐는데
부잣집 청춘남녀는 십층 이십층 고층빌딩 스카이라운지에서
봄바람 밤바람에 머리카락 날리면서
한잔에 몇만원 하는 술잔을 기울이는도다
당시 인간 이완용으로 말할 것 같으면
나라를 통째로 팔아먹은 매국노의 제일인자이기는 했으되
사고무친 기생을 애첩으로 삼아
한 살림 크게 차려주는 박애주의자이기도 했도다
당시 인간 전 아무개로 말할 것 같으면 수천 시민을
쏘아 죽이고 찔러 죽이고 쑤셔 죽이고 때려 죽인 흉악무도한 성격
의 소유자이기는 했으되
대통령의 신분으로서 한갓 천민의 집에까지 친히 찾아가
유괴당한 소녀의 가족을 위로하고 눈물까지 지어 보이는 갸륵한
어른이기도 했도다
뿐만 아니라 경찰관 누구누구로 말할 것 같으면
남의 집 처녀를 성고문한 야수와도 같은 치한이기는 했으되
자기 집 딸이 어쩌다 하룻밤 늦도록 들어오지 않으면
딸아이 교육을 어떻게 시키느냐고 아내에게 나무라는 엄격한 아

버지이기도 했도다

　어떻소 당신 이 정도면 되겠소
　이 정도면 나도 정부가 그 품질을 보증하는
　순수시인들 축에 끼겠소!

남과 북

해방 직후 이북의 감옥은
친일한 사람들로 우글우글했지
미처 남으로 도망치지 못해서겠지

해방 직후 이남의 감옥은
항일한 사람들로 빽빽했지
미처 북으로 넘어가지 못해서겠지

주인과 개

깡패를 부르면
주먹 바람 날리며 각목이 오고

경찰을 부르면
최루탄 터뜨리며 곤봉이 오고

군대를 부르면
피바람 일으키며 총칼이 오고

자본과 노동이 싸우는 거리에서
자본가가 부르면 아니 오는 무기가 없지요

물어라! 주인이 명령만 내리면
달겨드는 개의 이빨처럼 오지요

침 발라 돈을 세면서

이래봬도 나는
단호한 사람이다 마누라에게만은
누가 나를 찾으면 없다고
해!
그러면 마누라도 단호해진다
그런 사람 집에
없어요!
그러면 십중팔구는 물러간다 큰 말썽 없이

그런데 십중팔구 아닌 사람이 있다
그는 똘똘 뭉친 우리 내외의 단호한 가슴을 밀어젖히고 쳐들어온다
그는 밀어젖히고 쳐들어온다
그는 빚쟁이이고 그는 형사이다

그들은 막무가내 안하무인으로
우리 사생활의 비상구로 쳐들어와서
승냥이처럼 구석구석 살피고 사냥개처럼 킁킁 냄새를 맡는다
그리고 빚쟁이는 귀신같게도
마누라가 오른쪽 겨드랑이 밑에 감춰둔
유식한 말로 말해서 우익에 은닉해둔 돈을 빼내가고
그리고 형사는 귀신같게도
내가 왼쪽 겨드랑이 밑에 숨겨둔
유식한 말로 말해서 좌익에 은닉해둔 소책자를 압수해간다

그리고 그는 그것을 부자들 집으로 가지고 가서 돈과 맞바꾼다

역시 돈이다 돈의 낯짝에는
체면이고 뭐고 양심이고 뭐고 없다
자본의 얼굴에서 인간성을 찾는 것은
갈보의 보지에서 처녀성을 찾는 것처럼 무익하다

자본주의 사랑

사랑의 비밀처럼 깊은 숲은 없다

사랑의 아픔보다 깊은 상처도 없다

이제 이런 사랑의 언어는 없다

가로등 희미한 옛사랑의 그림자가 있을 뿐이다

자본주의 사랑은
남자가 여자에게 여자가 남자에게 일회용 반창고고 인스턴트식품
이다
낮과 밤이 없이 돌아가는 포르노 영화다
개 씹이고 닭 씹이고 말 씹이다
당나귀 좆이 여성의 우상이다

어떤 생각

그해 봄에 병실 앞에 뜨락에
추하게 지는 어떤 꽃을 보면서
하룬가 이틀인가 화사한 햇살에
탐스럽게 피었다가는
바람에도 실바람에 간드러지게 웃기도 하다가는
하루아침에 꺾어지고 마는
어떤 꽃을 보면서
나는 어떤 생각을 하게 되었다
꽃에 대해서
자본주의 사회의 어떤 여자들에 대해서

항구의 여자를 생각하면

술 먹이기 화투를 치다가
외화벌이 관광수입을 위해 정부가
수십억 수백억을 투자하였다는 요정에서
옷 벗기기 화투를 치다가
일본 놈 장사치와 한국 놈 장사치의 가랭이 사이에 끼여
노래하고 술 마시고 화투 치고 그러다가
왜놈 앞에서는 한국 놈이 보는 왜놈들 앞에서는
술 마시다 죽으면 죽었지
죽어도 벌거숭이로는 열아홉 처녀를 보이기가 싫어
화투 쳐 질 때마다 옷 벗기 대신 술을 마시다가
열잔째 스무잔째 벌주를 마시다가
가슴이 파열되어 죽었다는 어느 호스티스의 뒷이야기를 듣다가
나는 떠올렸다 십년도 전의 일을

그러니까 그날도 꼭 이런 밤이었을 것이다
바람이 차고 하늘에서는 별들이 으스스 떨던 밤이었을 것이다
뭣이더라 그 항구 그 카바레의 이름이
그날밤 내가 걸었던 거리에서 나는 보았었다
맞은편 술집에서 뛰쳐나와 내 앞을 가로질러
가로등도 희미한 부두에서 꼬꾸라지던 웬 여자를
등으로 어깨 너머로 서럽게 서럽게 흐느껴 울던 웬 여자를

고향이 해남이라 했던가 그녀는

(나와 고향이 같음에 그녀는 더욱 서럽게 울고)
봄 여름 가을 없이 마을 앞 바다로는
흰모래 검은 모래 그림같이 펼쳐지고
동백꽃 붉게 붉게 타오르는 뒷산
송지면 어디가 자기 집이라 했던가
오빠는 월남 가서 상자 속의 잿더미로 돌아오고
아버지는 중풍으로 칠년째 누워 있고
하나뿐인 남동생은 야간상고에 다니는데……
그래서 고향을 버리고 이 거리 저 거리를 헤매었다던가
공장에서 일도 하다가 끝내는 다방까지 술집에까지……

아 미치겠다
이 땅에 흔해빠진 이런 이야기 들을 때면
술집의 여자에게도 열아홉 스물하나 처녀 적에
동백꽃처럼 피어오르는 빨간 사랑이 있었으리라
첫사랑에 얼굴 붉히는 순정이 있었으리라
손가락 깨물고 그 사랑에 맹세도 했으리라
이런 상상 저런 상상 할 때면
정말이지 나는 미치겠다
뭍으로 갓 올라온 성성한 고기와도 같은 바닷가의 처녀를
황금의 손으로 희롱하는 가진 자들을 생각하면
상거래를 매끄럽게 트기 위해
엄지에 침 발라 돈을 세어 아직도

흙 묻은 사투리가 입술에 남아 있는 누이 같은 아이들을
양키 놈들 왜놈들 장사치 놈들에게 통째로 진상한다는
자본가의 전문가 상문가 하는 뚜쟁이들을 생각하면

머리 좋아 일류대학 나와서
달러에 엔화에 싸여 유학 갔다 와서
자본가의 이윤추구에 우리네 처녀들을 이용해먹는 화이트칼라 신
사들
개새끼들아 개새끼만도 못한 사람 새끼들아
가난 때문에 순결을 팔고
첫사랑의 추억에 우는 항구의 여자를 생각하면
가난 때문에 고향을 버리고
타향에서 억지 술에 가슴이 터지는 바닷가의
처녀를 생각하면
나는 미치겠다 네놈들 화이트칼라들을 자본가들을
한입에 못 씹어 먹어 환장하겠다 환장하겠다

어느날 술집을 나오면서

일년 삼백예순날
어제도
오늘도
꼭두새벽부터 일하고
점심은 때우는 둥 마는 둥 일하고
한마디로 쎄 빠지게 좆 빠지게 일하고
저녁이면 아니 밤이면 퇴근길에 목포집에 들러
빈속에 쐬주부터 부어 가슴에 불을 지르는 사람
그 사람의 화등잔만 한 눈을 내가 주눅 안 들고
똑바로 바라볼 수 있을 때 나는 시인이다
그 사람의 손이 나에게 술잔을 건네주며
"동지!"라고 불러줄 때 나는 대지의 별이다

아 가자 우리 함께 어깨동무하고
부자들의 아방궁으로 망치와 펜을 들고
가서 너는 두들겨패고 나는 기록하자 놈들의 범죄를

성에 대하여

이제 사람들은 볼에
붉은 홍조를 띠지 않는다네
부끄러움을 타지 않을 만큼 이제
얼굴 가죽이 두꺼워져서일까
사람들은 이제 한낮에 성을 사고팔고 한다네
시장에서 상품을 사고팔고 하듯
훑어보기도 하고 만져보기도 하고 주물러보기도 하다가
맘에 썩 드는 것이 있으면 골라잡는다네
값을 깎기도 하고 올리기도 하며 흥정하다가
맘에 안 들면 퇴짜를 놓기도 하고요

사창굴에서만 그런 것이 아니라네
술집에서만 그런 것이 아니라네
여관에서만 그런 것이 아니라네
이발소에서만 그런 것이 아니라네
다방에서만 그런 것이 아니라네
성의 시장은 상품처럼 매매되는 성의 시장은
돈 많은 사람과 돈 없는 사람이 있는 곳이면 어디서고 선다네
남아도는 돈이 있어 그 돈으로
타인의 성을 사서 고통을 사서
쾌락의 도구로 삼을 수 있는 사람이 있고
돈이 모자라 그 돈으로는
하루 세끼를 때우지 못하는 사람이 있는 곳이면

그곳이 어느 곳이건 선다네
상품처럼 사고팔고 할 수 있는 성의 시장은

이제 성은 더이상
성스러운 것이 아니라네
자본주의에는 성역이 없다네 범하지 못할
안방의 성도 실은 결혼 때 계약한
성의 사유에 대한 합의일 뿐이라네

룸펜

천길만길 삶의 나락으로 추락한
계급의 저 패잔병들을 보아라
그들은 지금 기어오르고 있다 절벽을
수천마리 시궁쥐의 형용으로 기어오르고 있다
수만마리 구더기의 몸부림으로 기어오르고 있다
밧줄도 없이 무기도 없이 죽기 아니면 살기로

그렇다 죽기 아니면 살기로!
그들은 기어오르고 있다 처절한 포복으로
손바닥에 불이 나도록 기어오르고 있다
발바닥에 피가 나도록 기어오르고 있다
미끄러져 얼굴이 죽사발이 되면서도
떨어져 대갈통이 산산조각이 나면서도
그들은 다시 기어오른다 눈도 없이 코도 없이 맹목의 본능으로

계층상승을 위해서라고? 오 맙소사!
천명에 하나꼴로 그것도 운수대통해야
절벽의 가장자리에 손을 얹을 수 있다
그러나 그것도 금방 나가떨어지고 만다 승자의 발에 턱이 걷어채여
계층상승을 위해서라고? 오 맙소사!
만명에 하나꼴로 그것도 운수대통해야
평지에 발을 올려놓을 수 있다
그러나 그것도 멧돼지처럼 좌충우돌하다가 삶의 무게에 깔려 죽

든지

　부잣집 문턱을 깎아대다가 야경꾼에게 덜미가 잡혀 철창에 내던
져진다

　오 고매하신 학자님이여 그들에게 주지 말라 계층상승의 환상을
　오 자비로우신 신부님이여 그들에게 주지 말라 자선냄비의 뚜껑을
　패잔병에게 필요한 것은 가차없는 무기다
　그들에게 주어라 밧줄을 부자들의 담을 타고 넘도록
　그들에게 주어라 비수를 부자들의 심장에서 피를 보도록
　그들로 하여금 야들야들한 놈들의 허벅지 살을 벗겨서 겨울옷을
해 입도록 하라
　그들로 하여금 자르르 기름기가 도는 놈들의 배때기를 저며서 고
깃국을 끓여 먹도록 하라

　손톱 발톱 다 빠지게 일하고도 그들이 쪼르륵 소리가 나도록 배가
고플 때
　놈들은 빈둥빈둥 놀고도 배가 터지도록 처먹었다
　낮인지 밤인지 모르고 그들이 노동에 시달리고 있을 때
　놈들은 느긋하게 꽃방석에 앉아 그들의 딸들을 요리하고 있었다
　그들에게 이 이상은 바라지 말라
　그들에게 이 이하도 바라지 말라

당돌하게도 나는

하늘에서 가장 먼 곳에 땅이 있고
땅에서 가장 먼 곳에 하늘이 있다
그리고 하늘과 땅 사이에 교회와 나란히
자본가의 빌딩이 키를 다투며 서 있다
키가 작은 나는 바닥을 기다시피 하여
빌딩의 스카이라운지와 교회의 첨탑이 만들어놓은 그늘을 짊어
지고
허위와 욕망의 거리를 빠져나간다
신음처럼 깔린 빌딩 맨 아래층에서는
철판을 두들겨패는 노동자의 망치 소리가
아우성이 되어 찢어진 내 오른쪽 귀를 아프게 하고
교회의 문턱께에서는 앉은뱅이 행상을 쫓는 경찰의 호루라기 소
리가
미처 아물지 못한 내 왼쪽 고막을 울게 한다 그리고
십자가의 위선과 라운지의 호사 때문에 내 얼굴은
노여움의 경련으로 거미줄처럼 찌푸려진다

당돌하게도 나는
도시의 옆구리를 차고 달리는 열차에 뛰어들었다
열차는 냅다 돼지 멱따는 소리를 지르더니
들판을 가로질러 시커먼 굴속으로 들어가더니
산간벽지 외딴곳에 나를 내동댕이쳤다
얼마나 지났을까 상처투성이의 몸으로 내가 일어선 곳은

일어서 내가 발을 디딘 곳은 십자가의 위선과
도시의 허영에서 가장 먼 곳이었다 거기에는
낫과 호미의 노동이 있었고 노동이 끝나는 곳에는
춤과 노래가 어울려서 깊어가는 밤이 있었고
그곳에서는 도시처럼 노동 위에 군림하는
교회의 십자가와 자본가의 빌딩 따위를 필요로 하지 않았다

이 세상 넘으면

폭압의 바람에 쫓기는 피신의 몸이 되어
밤으로 밤으로 산속을 헤매는데 저만치 골짝에
등불 하나 눈에 띄었다 인가였다
갈대로 지붕을 한 그 집은 산지기 집이었는데
식구는 산지기 영감 내외뿐이었다

첩첩산중 두메산골인지라 아침에 일어나보니
도시 것들이 환장해하는 기암절벽의 경치도 있고
유한계급들이 보면 눈독을 들여
별장이라도 지어야 직성이 풀릴 것 같은
전망 좋은 자리는 있었지만
나라에서 세금을 물릴 만한 그런 토지는 없었다

산지기 내외의 주식은 산비탈 계단식 밭에서 나는 옥수수와 감자
였다
  그들의 찬거리는 거개가 산나물이었지만
  철따라 꿩이며 토끼며 날짐승 산짐승 고기도
  더러 상에 오르는 모양이었다
  산지기 영감 내외로부터 아침밥을 얻어먹고
  고개 하나 넘어 산길을 내려오는데 저만치에서
  웬 할머니 할아버지가 묵정밭을 일구고 있었다
  소도 없는지 할아버지가 쇠스랑으로 흙을 찍어내면
  할머니는 호미로 흙에 뿌리를 내린

잡초를 떼어내는 것이었다

—안녕하십니까 할아버지? 일하기 고되지 않으셔요?

—고되기는, 평생으로 맨날 하는 일인디

그런데 뉘시더라 첨 본 사람 같은디?

—예, 그냥 지나가는 사람입니다

그런데 할아버지 어디서 사셔요 근처에 집이 없는 것 같은데?

—저 산 넘으면 마을이 있는디 작년에 대처루 이사 간 사람의 밭
이 놀고 있기에

감자라도 심어볼까 하고……

—아 그러셔요 그런데 할아버지 실례지만 금년에

춘추가 얼마나 되세요 이렇게 힘든 일을 하시게?

—춘추랄 것은 없고 한살 모자란 아흔살이여, 그라고

저 할망구는 시살 모지란 백여시고

—아 그러셔요 굉장하십니다 나이보다 훨씬 젊어 보이셔요

그런데 할아버지 그렇게 정정하게 오래

사시는 무슨 비결이라도 있으십니까?

—비결 말이여? 없어 그런 것 그냥 이러콤 밥 잘 묵고

즐겁게 일한 것뿐이여

—일하는 것이 즐거우세요? 고역 아니고요?

—고역은 외려 집구석에 처박혀 있을 때여

우리같이 평생루 땅이나 파먹고 사는 무지렁이들은

하루만 일손 놓아도 삭신이 옥신거려 못 살어

묵을 것도 너무 많이 생기면 못쓴당께 사람이 그러면 게을러

지고
　　게으름에 빠지면 성한 사람도 빙들게 마련이고
　　베리는 뱁이어
　　— 할아버지 그동안 오래오래 살아오시면서 슬픈 적도 있으셨을
터이고 기쁜 적도 있으셨을 터인데 어떠세요
　　그런 적 있으셔요?
　　— 사람에게 배고픈 서럼보다 더한 서럼이 없제 그러니까
　　기쁨도 없이 살 때 서로 나눠 묵는 기쁨이 제일이제

이 세상 넘어 저 세상 가면
밭 한뙈기 놓고 아버지와 아들이 드잡이하고
돈 몇푼 때문에 형제 살해가 능사인
이 세상 넘어 저 세상 가면
노동이 생활의 으뜸가는 즐거움이 될 것이라고
니 것 내 것 챙기지 않고
콩알 한알 남아돌아도 둘로 쪼개 나눠 갖게 될 것이라고
누군가가 말했다는데
이 노인이 바로 그 진리 살고 있구나
이 세상 넘어
사람이 사람에게 이리인 자본의 세상 넘어
저 세상에서 누릴 수 있는
노동의 즐거움 더불어 사는 기쁨을 누리고 있구나

내력

찢어지게 가난한 마을에도
잘사는 집은 한두채 있게 마련이지요
보릿고개 너머로 달 넘기고 해 넘기고
일년 삼백예순날 목구멍에 거미줄까지는 안 치고
그작저작 질기게 명 이어가는 사람이 태반이지만
그래도 한두집은 곳간에 나락 쟁여놓고
장리쌀에 빚돈까지 놓아가며 살게 마련이지요

첩첩산골 산비탈에 게딱지로 엎어져
거칠게 산사람처럼 어둡게 두더지처럼
옹기종기 이웃하고 사는 우리 마을에서
그래도 부자라면 제일가는 부자는
이름처럼 천석꾼 만석꾼은 아니지만
이 비탈에 반달만 하게 저 골짝에 멍석만 하게
천둥지기 별똥지기로 아흔여섯배미를 일군
만석이 아버지 천석이지요

만석이 아버지 천석이 어른 열두살에서
스물일곱까지 십오년 노총각으로
산 너머 평지마을 고씨 집에서 꼴머슴 실머슴 한 많은 종살이였
지만
구부러진 환갑 조금 넘어 서른넷에
새벽에 눈뜨고 해 뜰 때까지 세고 다녀도

484

똑바로 다 못 세는 그 많은 논배미 밭다랑을 장만할 수 있었던 것은
서산에 해 지고 달 지는 줄 모르고
고집스럽게 백사리처럼 일밖에 몰랐기 때문이지요
지게 지고 장에 가서 막걸리 한잔 안 걸치고
돌아올 때 꽁무니에 갈치 한토막 안 달고 왔기 때문이지요
비 오는 날 공치는 날 온 마을이 도야지 잡아 추렴해도
비계 한점 내장 한근 사먹을 줄 몰랐기 때문이지요
자식들이 나오면 아들딸 구별 않고 국졸로 끝내고
아들에게는 소고삐 잡혀 딸에게는 바구니 끈 잡혀
산으로 들로 내몰았기 때문이지요

이렇게 해서 된 부자 요즘 세상에는
눈 씻고 봐도 없지요 허리가 휘어지고
손가락이 쇠갈퀴 되도록 흙을 긁어모아도
재산 같은 것 불어나기는커녕
조금 있는 것마저 도둑쥐처럼 빠져나가지요
그래 천석이 아들 만석이도
흙 그만 파고 농사 따위 아예 작파해버리고
순석이 두석이처럼 대처로 나갈까 하다가
아버지의 만류도 있고 해서 멈칫멈칫하던 중
새마을 바람인가 헌마을 바람인가 불어서 그도
양잠인가 누에치긴가 하기 시작했지요
콩 심으면 콩 나고 팥 심으면 팥 나오는 밭에

여기저기 구덕을 파고 뽕나무를 심었지요
나라에서 권장하고 장려하는 일이라며 면서기가
손수 갖다준 묘목을 심었지요
봄이 가고 가을이 오고 무럭무럭 뽕나무도 자라서
이듬해 봄에는 뽕잎도 탐스럽게 열렸지요
그래서 가을에는 누에농사를 보겠다 싶어
온 식구가 달려들어 잠실도 짓고 섶도 올리고
그야말로 눈코 뜰 새 없이 허둥대는데
뽕나무 심으라 손수 뽕나무까지 갖다준 면서기가 와서
뽕나무 뽑고 다른 농사 지으라 했지요
수출길이 막혀서 그런다 했지요
"뭐이라고라우 어제는 심으락 해놓고 오늘 와서는 뽑으라
누 집 망쳐먹을라고 일부러 그러능 거요?"
만석이의 삿대질에 면서기도 맞삿대질이었지요
"얻다가 삿대질인가 이 사람아
나라에서 시키고 상관이 시켜서 심으라고 했을 뿐인디
나한티 무슨 죄가 있다고 그러능가 응?"

이문 없는 농사에 뽕나무까지 동티나서
평생에 안 지던 빚까지 지고
피눈물 나게 일구어놓은 전답까지 팔아조져야 할 판에
이번에는 5·17인가 뭔가 나더니
새 시대 새 인물인가 뭔가 나더니

비육운가 뭔가를 키워보라 했지요
우리 면에서 조건이 맞는 집은 만석이 자네 집밖에 없다며
이번에는 조합 서기가 와서 권했지요
영농자금인가 뭔가 주어가면서까지
그래 밑져야 본전치기는 될 성싶어서
논 중에 제법 네모반듯한 것 몇마지기 팔아서
비육운가 뭔가를 하기로 했지요
새끼 소 일곱마리를 마리당 95만원에 샀지요
조합에서는 종합사룐가 뭔가를 사다 먹이라고 했지요
턱도 없는 가격에 돈이 아까워서 시늉으로만 먹이고
온 식구가 동원되어서 풀을 베어 먹였지요
논에는 벼 대신 자운영을 길러 겨울에 먹이고
밭에는 옥수수를 심어 가을에 먹이고
삼년을 먹여 엉덩이에 윤기가 돌게 살찌게 키워서
산 너머 다리 건너 쇠전에 내놓았지요
마리당 40만원인가 얼만가 했지요
온 식구가 대들어 삼년간 키워놓은 어미 소가
새끼 소 반금도 안되었지요
수입 소 때문에 그런다 했지요 사람들은

아무리 찢어지게 못사는 마을에도 잘사는 집은
한두채 있게 마련이지요
이제 그런 집 한채도 없지요 눈 씻고 봐도 없지요

5·16인가 뭔가 나고 새마을인가 생기고
5·17인가 뭔가 나고 새 시대 새 인물인가 나고
아무리 잘사는 부자 마을에도
빚 안 지고 사는 집은 한채도 없지요
우리 마을에서도 이제 부자라면 제일가는 부자는
천석이 만석이네 같은 집이 아니지요
논 사서 소작 놓고 자기는 도회지에서 장사하는 사람이지요
면에 가서 면서기라도 하는 사람이지요
조합에 가서 서기라도 하는 사람이지요
손에 흙 안 묻히고 침 발라 돈이나 세거나
책상머리에서 펜대나 까딱까딱하는 사람이지요
천석이 만석이네 논도 그런 사람들이 사갔지요

깃발

오늘은 3월 10일 근로자의 날이다
그동안 일년 삼백육십오일 동안 돈 많이 벌어줬다고
주머닛돈을 털어 자본가가 근로자에게
상 하나 걸쩍하게 차려주는 날이다 치하의 말씀 곁들여
술상도 주고 고깃상도 주는 날이다
오늘은 5월 1일 메이데이 날이다
혹사로 숨 막히는 공장을 뛰쳐나와 노동자들이
기계이기를 거부하고 인간을 선언한 날이다
최저임금제를 위하여 8시간 노동제를 위하여
생사를 건 투쟁을 개시한 날이다

오늘은 3월 10일 근로자의 날이다
그동안 일년 삼백육십오일 동안
하루도 빼먹지 않고 출근을 해줬다고
하루도 빼먹지 않고 야근을 해줬다고
거스름돈을 긁어모아 자본가가 근로자에게
상 하나 큼직하게 내려주는 날이다 치하의 말씀 곁들여
개근상도 주고 야근상도 주는 날이다
오늘은 5월 1일 메이데이 날이다
인간이 인간에게 이리인 세계를 끝장내기 위해 노동자들이
민주의 깃발을 치켜든 날이다
노동삼권 보장을 위하여 자주노조 결성을 위하여
형제의 결속과 투쟁을 개시한 날이다

오늘은 3월 10일 근로자의 날이다
그동안 일년 삼백육십오일 동안
하루도 빼먹지 않고 특근을 해줬다고
하루도 빼먹지 않고 만근을 해줬다고
주머닛돈 거스름돈 쓸어모아 자본가가 근로자에게
상 하나 묵직하게 내려주는 날이다 치하의 말씀 곁들여
특근상도 주고 만근상도 주는 날이다
오늘은 5월 1일 메이데이 날이다
노동에 대한 자본의 지배를 끝장내기 위해 노동자들이
해방의 깃발을 치켜든 날이다
집회결사 자유를 위해 정치활동 자유를 위해
발을 굴러 땅을 치며 전진하는 날이다

오늘은 3월 10일 근로자의 날이다
그동안 일년 삼백육십오일 동안
밤낮을 가리지 않고 물불을 가리지 않고 일해줬다고
손가락이 잘려나간 줄도 모르고 팔목이 잘려나간 줄도 모르고 일
해줬다고
자본가가 노동자에게 상을 주는 날이다
피 묻은 감투상을 주며 노사협조의 건배를 드는 날이다
오늘은 5월 1일 메이데이 날이다
계급에 의한 계급의 착취를 끝장내기 위해 노동자들이

490

투쟁의 깃발을 치켜든 날이다
한사람은 만인을 위해 만인은 한사람을 위해
만국의 노동자들이여 단결하라 외치며
투쟁의 무기를 치켜든 날이다

노동의 가슴에

사월 이맘때가 되면 하늘에서는
미제 전투기가 동서남북을 가른다
으르릉 쾅쾅 노동의 가슴에 폭음을 터뜨리며

오월 이맘때가 되면 지상에서는
미사일을 적재한 전차대가 광장을 메우고 거리를 질주한다
드르륵 쿵쿵 노동의 가슴에 공포탄을 쏘아대며

다름이 아니겠지 그것은
부자들 안심하고 돈 많이 벌고
가난뱅이들은 찍소리 말고 엎드려 일이나 하라는 거겠지

노동과 그날그날

1
노동에서 멀어질수록 인간은 동물에 가까워진다
보라 논과 밭에서 도시의 일터에서 멀리 떨어져
남의 노동으로
하루를 살고 달포를 살고 삼백예순날을 사는
그런 사람들의 생활이 어떤 것인가를
인간의 타락은 최초로
제 노동에서 떠나 남의 노동으로
먹고 입고 사는 계급이 생기기 시작한 때와
그 역사를 같이한다
사유재산 이것이 타락의 뿌리다

2
생산은
수천 수백만의 노동자가 하고
소유는
한두 놈의 자본가가 하고

이런 관계는 유지되어야 하는가

자본가는
계속 유지되어야 한다 하고
노동자는

끝장내야 한다 하고
어떻게 유지하고
어떻게 끝장낸다는 것인가

자본가는
경찰과 군대와 사법과 감옥 폭력으로
노동자는
수천 수백만의 단결된 힘으로

3
그는 어제 팔려갔다
대한민국에서 사우디아라비아로
삼성그룹에 팔리다가
오천원 더 얹어준다니까 대우에 팔리다가
만원 더 준다니까 현대건설에 팔려
아라비아의 석유왕에게 팔려갔다
강제는 아니고 자진해서 팔려갔으니까
그러니까 그는 노예는 아닌 셈이다
'사냥'한 것이 아니고 '모집'했으니까
그러니까 정주영은 노예상인이 아닌 셈이다
그러니까 석유왕과 현대는 노예매매를 한 것이 아니고
노동자와 자본가와 왕과의 사이는
'자유'다

4
그날이 오면
모든 것이 새로워질 것이다 우선
사람과 사람 사이가 달라질 것이다
사람이 사람을 사서 소나 말처럼 사서
실컷 부려먹다가 수지타산이 안 맞는다고
아무 때고 한거리에 내모는 일은 없을 것이다
그날이 오면 이제 어머니들은
가난 때문에 자식들을 타처로 내보내지 않을 것이며
순이는 한끼 밥 때문에 술집에서
치마를 걷어올리거나 가랭이를 짝짝 벌리며
욕정의 눈앞에서 춤을 추지 않아도 될 것이다
참말이제 그날이 오면 그날이 오기만 하면
모든 것이 모든 것이 새로워질 것이다
아닌 밤중에 홍두깨로 일어나 무단한 사람들을
개 패듯 밟아 죽이고 잡아 가두는
쿠데타 같은 것은 없어질 것이고 대통령이란 자는
부자들과 싸우는 노동자들을 감옥에 쑤셔넣고
턱으로 판사들을 부려먹지 않을 것이다
그렇다 그날이 오면 참말이제
모든 것이 싹 달라질 것이다
토지의 농부는 몸의 언덕에 두레로 씨를 뿌리고

나눠지기 위하여
사과 하나 콩알 한조각까지
두루두루 골고루 나눠지기 위하여
가을에는 산에 들에 노동의 열매가
주렁주렁 열릴 것이다

그날이 오면
훨씬 잘사는 사람도 없을 것이고
훨씬 못사는 사람도 없을 것이다
별을 보는 사람들의 눈도 같아질 것이다

* 「노동과 그날그날」은 내 평생 써야 할 연작시이다. 노동이 끝나는 곳에서
내 시도 끝날 것이다. 여기서 말하는 노동이란 자연에 노동력을 가해 인간
의 필요를 충족시켜주는 어떤 생산물을 생산하는 것에 국한되지 않는다.
인간에 의한 인간의 착취에 대한 투쟁도 나에게 있어서는 노동이다. 우리
시대는 이 투쟁으로서의 노동이 더 절실하고 긴박하게 요구되고 있다.

권양에게

나는 당신을 모릅니다
당신의 이름도 당신의 얼굴도 알지 못합니다
내가 다만 아는 것은 당신에 대해서 아는 것은
당신의 성이 권씨라는 것
대학생이라는 것 위장취업잔가 뭔가라는 것
그런 당신이 노동자와 아픔을 나눠 가졌다는 것
바로 그 때문에 당신이
착취계급의 폭압기관에 끌려가 성고문을 당했다는 것 그뿐입니다

그런데 권양 내가 알기로는 이 알량한 자유대한에서
당신이 성고문을 당한 최초의 여성은 아닙니다
수많은 여성들이 처녀와 아이 밴 어머니들이
착취계급의 고문실에서 육체의 학대와 수모를 당했습니다
벌거벗기를 강요당하고 그것을 거부하면
빨갱이 딸도 부끄러워할 줄 안다며 조롱당하고
실오라기 하나 걸치지 못한 채 젖가슴을 희롱당하고
수갑을 뒤로 채인 채 고문실의 칠성판에서 능욕당하고
그곳에 봉이 박혀 입을 벌린 채 숨을 거두었습니다

어떤 어머니는 집에 숨어든 유격대원에게
찬밥 한덩이 치마 밑으로 건네줬다 해서 그랬습니다
어떤 소녀는 노동운동하는 오빠의 행적을 대지 않는다 해서 그랬
습니다

어떤 처녀는 선두에 서서 자유 만세를 불렀다 해서 그랬습니다
독재를 거부하고 민주주의를 외쳤다 해서
불의에 저항하고 착취에 반대하여 주먹을 치켜들었다 해서 그랬습니다
질서와 안보의 이름으로 용공과 좌경과 반공의 이름으로
아니 자유민주주의 이름으로 그랬습니다

권양 당신은 이 기막힌 대한민국에서
성고문을 당한 최초의 여성은 아니지만
최초로 성고문을 폭로한 여성입니다
나는 알았습니다 당신을 통해서 용기가 어떤 것이라는 것을
자기희생이야말로 모든 용기의 으뜸이라는 것을
나는 또한 당신을 통해서 깨닫게 되었습니다
착취계급의 재산과 특권을 지켜주고 강화해주는 것은
한줌도 안되는 그들이 수천 수백만의 민중을 지배할 수 있는 것은
그들이 공장이며 기계며 토지며 은행이며 일체의 생산수단을 독차지하고 있기 때문이기도 하지만
그들이 신문사며 방송국이며 학교며 교회며 일체의 대중매체와 문화기관을 장악하고 있기 때문이기도 하지만
무엇보다도 그들이 경찰과 군대와 재판소와 감옥 등 국가의 폭력기관을 독점하고 있기 때문입니다
지배계급의 착취와 억압에 저항하는 사람은
체포되고 투옥되어 고문실에서 또는 감옥에서

물고문 전기고문으로 박종철 군처럼 죽거나
권양처럼 성고문으로 치욕과 수모를 당하거나
나처럼 감옥에서 평생을 살아야 한다고
공포감을 이용하기 때문입니다

길 1

내가 지금 걷고 있는 이 길은
억압의 사슬에서 민중이 풀려나는 길이고
외적의 압박에서 민족이 해방되는 길이고
노동자와 농민이 자본의 굴레에서 벗어나는 길이다

나는 알고 있다 이 길의 처음과 끝을
이 길의 역사와 그 내력을 나는 알고 있다
처음에 해방군으로 가장한 미군의 점령이 있었다 그것은
평화의 가면이었고 자유의 솜사탕이었고 제국주의의 숨은 발톱이
었다
마침내 그들 점령군들은 잘록한 내 조국의 허리를 두동강 내고
그 아랫부분을 제 손아귀에 넣었다 그리고 그들은
넝마주이가 쓰레기를 긁어모으듯 그렇게 인간쓰레기를 긁어모
아—
구식민지의 관료들, 친일매판자본가와 지주들, 식민지 군대의 장
교들,
애국투사들을 체포하고 고문하고 투옥하고 학살하기를 밥 먹듯이
했던
특고 형사들, 헌병 보조원들, 주재소 순사들 밀정들을 긁어모아—
삼팔선 이남에 소위 '자유민주주의정부'를 세웠다
그리하여 그동안 사십년 동안 양키 제국주의자들은
야바위꾼의 손놀림으로 꼭두각시 정권을 바꿔치기하면서
이가를 박가로 바꿔치기하고 박가를 전가로 바꿔치기하면서

떡 주무르듯 내 조국의 아랫도리를 주물러왔다
그리고 그들 야바위꾼들은 자유민주주의 바로 그 이름으로
내 조국의 자유와 깃발과 민주주의를 훔쳐갔을 뿐만 아니라
원조와 경제협력이란 탈바가지를 쓰고 그동안 사십년 동안
우리 노동자 농민의 피와 땀과 눈물을 약탈해갔을 뿐만 아니라
농약과 화학비료와 공해산업으로 내 조국의 대기와 토지를 더럽
혔다
뿐이랴, 그들 신식민주의자들은 시카고의 갱 영화
텍사스의 카우보이식 댄스를 동원하여 내 조국의 춤과 노래를
질식시키고 병신다리 만들었을 뿐만 아니라
강 건너 마을의 순결한 처녀지를 집단으로 능욕했을 뿐만 아니라
끝내는 겨레의 골수까지 반공의식으로 파먹어
우리의 팔과 다리를 마비시키고 민족의 동질성까지 남남으로 갈
라놓았다

나는 알고 있다 또한 이 길의 어제와 오늘을
이 길을 걷다가 쓰러진 다리와 부러진 팔과 교살당한 모가지를
고문으로 구부러진 손가락과 비수에 찔린 등과 뜬 눈의 죽음을
그들은 지금 공비와 폭도와 역적의 누명을 쓰고 능지처참으로 쓰
러져 있다
아무도 그들을 일으켜세워 자유와 조국의 이름으로 노래하지 못
한다
해와 달과 조국의 별이 밝혀야 한다 밤이 울고 있다

나는 또한 알고 있다 내가 걷는 이 길의 오늘과 내일을
이 길 어디메쯤 가면 우리의 눈과 귀를 가려온 허위가 있고
마침내 우리가 찢어야 할 가면이 있다 성조기가 있다
자유의 길 이 길을 어디메쯤 가다보면 거기 틀림없이
압제자가 길들여놓은 사나운 경찰견이 있고
마침내 우리가 뽑아야 할 억압의 뿌리 이빨이 있고
해방의 길 이 길을 어디메쯤 가다보면 거기 자본가와
점령군에 고용된 용병의 무리가 있고
마침내 우리가 무찔러야 할 총칼의 숲이 있다
그렇다 자유와 해방과 통일의 길 이 길을 가면 거기 틀림없이
압제와 자본의 턱을 보아가며 재판놀음을 하는 검사와 판사가 있고
마침내 우리가 벗겨야 할 정의의 가면이 있고 불의가 있고
인간성의 공동묘지 감옥의 밤이 있고 마침내
우리가 무너뜨려야 할 증오의 벽이 있다

그러니 가자 우리 이 길을
길은 가야 하고 언젠가는 역사와 더불어 이르러야 할 길
아니 가고 우리 어쩌랴 아픈 다리 서로 기대며 어깨동무하고 가자
침묵의 시위를 떠나 피로 씌어진 언어의 화살로 가자
제 땅 남의 것으로 빼앗겨 죽창 들고 나섰던 옛 농부의 들녘으로
가자
제 나라 남의 것으로 빼앗겨 화승총 메고 나섰던 옛 전사의 산맥으

로 가자
  부러진 팔 노동의 새벽을 여는 망치 소리와 함께
  수유리의 돌 사이에서 아우성치는 사월의 넋과 함께
  파괴된 오월의 도시 학살당한 금남로의 피 묻은 항쟁으로 가자
  북을 쳐라 둥둥둥 전투의 개시를 알리는 골짜기의 긴 쇠나팔 소리
와 함께
  가로질러 들판 싸움을 재촉하는 한낮의 징 소리와 함께
  발을 굴러 땅을 치며 강 건너 불빛으로 가자
  가고 또 가면 이르지 못할 길은 없나니 이제 우리
  제 아니 가고 길만 멀다 하지 말자
  가고 또 가면 이르지 못할 길은 없나니 우리 이제
  제 아니 가고 길만 험타 하지 말자
  눌려 학대받고 주려 천대받은 자 모든 것의 주인 되는 길
  오 자유의 길 해방과 통일의 길이여

* 『조국은 하나다』 초판, 『사랑의 무기』에는 「길」, 『조국은 하나다』 개정판에
  는 「길 2」로 수록됨.

전론(田論)을 읽으며

이백년 전 그대는
한 왕조의 치욕으로 태어나
조선의 자랑으로 살아 있습니다
가슴속 핏속에 살아 흐르고 있습니다
귀양살이 18년 혹한 속에서도 그대는
만권의 책 탑으로 쌓아놓고 고금동서를 두루두루 살피셨습니다
그 위에 다시 압권을 저술하여
한 시대의 거봉으로 우뚝 솟아 있습니다
나라 걱정 백성 사랑 꿈엔들
한시라도 잊으신 적 있었으리요마는
때로는 탁한 세상 하 답답하여
탐진강 강물에 붓대를 휘저었습니다
애절양(哀絶陽)이여 애절양이여 애절양이여
그러나 어떤가요 그후 백여년 지금은
여전히 농민은 토지로 밭을 삼아 땀 쏟아 일구고
여전히 벼슬아치는 백성을 밭으로 삼아 등짝을 벗겨먹고 있으니
한 시대의 굴욕으로 태어나
식민지 감옥에서 15년을 죽고 있는 나는
책 한권 책답게 볼 수 없고
글 한줄 적어둘 종이 하나 없습니다
흙 한줌 사랑으로 만질 수 없고
햇살인들 한줄기 쬐일 수 있겠습니까
아, 다산이여 다산이여

504

그대 어둔 밤 조국의 별로 빛나지 않는다면
내 심사 이 밤에 얼마나 황량하리오
어느 세월 밝은 세상 있어 그대 전론(田論)을 펴고
주린 백성 토지 위에 살찌게 하리오

*『나의 칼 나의 피』에는 「다산이여 다산이여」로 수록됨.

나 자신을 노래한다

신으로부터 불을 훔쳐 인류에게 선사했던
프로메테우스가 인류의 자랑이라면
부자들로부터 재산을 훔쳐 민중에게 선사하려 했던
나 또한 민중의 자랑이다

나는 듣고 있다 감옥에서
옹기종기 참새들 모여 입방아 찧는 소리를
들쑥날쑥 쥐새끼들 귀신 씻나락 까는 소리를
"왜 그런 짓을 했을까, 왜 그렇게 일을 했을까
좀더 잘할 수도 있었을 텐데, 경박한 짓이었어
그 때문에 우리의 역사가 한 십년 후퇴되었어
한마디로 미친놈들이었어 미친 짓이었어
이에 상당한 책임을 그들은 져야 할 거야" 하는 소리를

나는 묻고 싶다 그들에게
굴욕처럼 흐르는 침묵의 거리에서
앉지도 일어서지도 못하고
엉거주춤 똥 누는 폼을 하고 있는 그들에게
그들은 척척박사이기에 무엇보다도 먼저 묻겠다

불을 달라 프로메테우스가
제우스에게 무릎 꿇고 구걸했던가
바스띠유 감옥은 어떻게 열렸으며
쎄인트 피터폴 요새는 누구에 의해서 접수되었는가
그리고 꾸바 민중의 몬까다 습격은 웃음거리로 끝났던가

그리고 프로메테우스의 고통은 고통으로 끝났던가
루이가 짜르가 바띠스따가 무자비한 발톱의 전제군주가
스스로 제 왕궁을 떠났던가
팔레비와 쏘모사와 이 아무개와 박 아무개가
제 스스로 물러났던가

묻노니 그들에게
어느 시대 어느 역사에서 투쟁 없이
자유가 쟁취된 적이 있었던가
도대체 자기희생 없이 어떻게 이웃에게
봉사할 수 있단 말인가

혁명은 전쟁이고
피를 흘림으로써만이 해결되는 것
나는 부르겠다 나의 노래를
죽어가는 내 손아귀에서 칼자루가 빠져나가는 그 순간까지

나는 혁명시인
나의 노래는 전투에의 나팔 소리
전투적인 인간을 나는 찬양한다

나는 민중의 벗
나와 함께 가는 자 그는

무장이 잘되어 있어야 한다
굶주림과 추위 사나운 적과 만나야 한다 싸워야 한다

나는 해방전사
내가 아는 것은 다만
하나도 용감 둘도 용감 셋도 용감해야 한다는 것
투쟁 속에서 승리와 패배 속에서 그 속에서
자유의 맛 빵의 맛을 보고 싶다는 것 그뿐이다

지금 나에게 필요한 것은

그대는 나를 사랑한다 하지만
이렇게 저렇게 사랑한다 하지만
나는 당신을 사랑할 수 없을 것 같소
당신이 나를 사랑하는 그런 사랑으로는

나에게는 사무친 병이 있소
갚아야 할 원수를 갚지 못하면 잠을 이루지 못하는
자나 깨나 원수 갚음의 궁리에 시달리는
원수와의 화해와 용서를 타협하는 자에게 저주 있어라

나에게는 상처가 있소 원수와
싸우지 않고는 고칠 수 없는 그 상처는
나만이 앓고 있는 상처가 아니오
남남북녀가 앓고 있고
꺾인 허리의 조국이 산과 들이
능지처참으로 앓고 있소
이 상처를 있게 한 자에게 저주 있어라
이 상처를 덧나게 하는 자에게 저주 있어라
이 상처를 아물게 하는 싸움에서 빠진 자에게 저주 있어라

나에게 소중한 것은
나 혼자에게만 향하는 그대의 눈길이 아니오
매일 밤 잠자리에서 주고받는 입맞춤이 아니오

매일 아침 밥상에 오르는 이런저런 찬 이름이 아니오

나에게 필요한 것은 지금
통일에의 갈증을 풀어줄 한방울의 이슬이오
그 이슬에 날을 세워 내 손아귀가 움켜쥘 수 있는 칼자루의 행복
이오
오늘 싸우지 않는 자는 내일
지탄의 과녁이 될 것이오 자손들에게

이따위 시는 나도 쓰겠다

창비에 실린 시를 보고
이따위 시는 나도 쓰겠다 싶어 보면서
나는 처음으로 시라는 것을 써보았다
『나의 칼 나의 피』에 실린 나의 시를 보고
이따위 시는 나도 쓰겠다 싶어 보면서
노동자와 농민이 또는 전사가
시라는 것을 처음으로 써보았으면 한다
그것이야말로 나의 보람이고 나의 자랑이다

그 무렵 창비에 실린 시를
내가 읽어주면 우리 어머니가 듣고
헤헤 영축 없이 우리 사는 꼴이다이
그런 거이 시다냐 참 우습다이 참 재미있다이
그 당시 창비에 실린 시는 그런 것이었다

시집 『진혼가』를 읽고

나는 싸웠습니다 잘 싸웠거나 못 싸웠거나
한 십년 싸움에 나는 불만이 많습니다 싸움이 미지근했기 때문입
니다
뜨겁지도 않고 차갑지도 않고
이 미지근한 싸움에 나는 죽고 싶을 정도로 부끄럽습니다
서투른 싸움은 그래도 용서받을 것입니다 역사로부터
그러나 최선을 다하지 않은 싸움 그것은 유죄입니다 역사 앞에서
나는 유죄입니다 적어도 이제까지의 나는

피와 살과 뼈와 근육으로 이루어진 인간 그 본질인 노동
그 노동으로 피가 맑아지고 살이 아름다워지고 뼈가 튼튼해지고
근육이 팽팽해져
굳세고 다부지고 건강하고 아름다워지는 인간, 바로 그 인간의 노
동의 성과가
노동하지 않는 비인간들(인간이 아닐진대 그것은 짐승이고 버려
지고 기생충일 터)에
약탈당하고 빨리고 털리는 그런 사회에서
그리하여 사람과 사람의 관계가
누르는 자와 눌리는 자, 착취하는 자와 착취당하는 자의 관계로 이
루어진
그리하여 사람과 사람과의 관계가 주인과 종으로 만나지는 그런
사회에서
싸움 말고 내가 할 수 있는 것이라고는 없었습니다

적어도 나는 그렇게 생각하며 살아왔습니다

노동의 적, 짐승이고 버러지이고 기생충인 인간의 적은 죽어야 합
니다
짐승이라면 그는 창으로 찔려 죽어야 제격입니다
버러지라면 그는 말발굽에 밟혀 죽어야 제격입니다
기생충이라면 그는 독약으로 독살되어야 제격입니다
그들이 사람의 형상을 했다 해서 딴생각을 가져서는 아니됩니다
적과의 싸움에서 감상은 죄악입니다

나의 시는 내가 싸운 싸움의 부산물 외 아무것도 아닙니다
내가 한 싸움이 내 맘에 들지 않는 것과 마찬가지로
내가 쓴 시가 내 맘에 들지 않습니다
하물며 독자의 마음에야! 부끄럽고 부끄럽습니다

도둑의 노래

밤은 이리 깊고
담은 저리 높은데
한번 해볼까 마지막으로 한번만
한번 넘어 부잣집 담 한번만 넘어
어머니에게 아버지에게
밥 한그릇 고봉으로 해드릴 수만 있다면

달은 저리 밝고
밤새워 야경은 담을 도는데
한번 해볼까 마지막으로 한번만
한번 넘어 부잣집 담 한번만 넘어
우리 누나 순이 누나
술집에서 빼낼 수만 있다면

나 하나 묻혀
담 너머 저 어둠속에 묻혀
우리 부모 생전에 한번
밝게 웃으시게 할 수만 있다면

우리 누나 시집갈 무렵에
박꽃처럼 하얗게
피어나게 할 수만 있다면
피어나게 할 수만 있다면

시인이여

암흑의
시대의
시인의 일 그것은 무엇일까
침묵일까
관망일까
도피일까
밑 모를 한(恨)의 바다 넋두리일까

무엇일까
박해의
시대의
시인의 일 그것은
짓눌린 삶으로부터
가위눌린 악몽으로부터
잠든 마을을 깨우는 일
첫닭의 울음소리는 아닐까
옛사랑의 무기
참을 일으켜세워
쳐라 둥둥둥 북을 쳐
나아가게 하는 일은 아닐까
나아가게 하고 싸우게 하는
전투에의 나팔 소리는 아닐까

시인이여
누구보다 먼저 그대 자신이
싸움이 되어서는 안되는가
시인이여
누구보다 먼저 그대 자신이
압제자의 가슴에 꽂히는
창이 되어서는 안되는가

시인의 일

수천의 시민을 학살하여
양키의 이익을 지켜주고
그 댓가로 세자 책봉의 영광을 누리는 것이
장군인 너의 일이라면

총칼 들이대 민중의 재산을 약탈하고
그 위에 다시
쉴 새 없이 꾸며지는 음모의 소굴
복마전을 짓는 것이 너의 일이라면

홀랑 까진 마빡 위에 자르르 기름기가 흐르고
그 위에 학살과 저주의 낙인이 찍힌 채
양키의 부름으로 바다를 건너는 것이
반역자인 너의 일이라면

그리하여 이 강토를 더럽히고
그리하여 이 겨레를 욕보이고
그리하여 이 나라를 망신시키는 것이
패륜아인 너의 일이라면

이자가 약탈한 전리품을 놓고
나도 한몫 끼고 너도 한몫 끼기 위해
똥파리처럼 몰려드는 것이

정상배인 너희들의 일이라면

이자와 한패가 되는 것만이
기왕의 재산을 지킬 수 있고
계속해서 민중의 피를 빨아 거대한 부를 쌓아올리는 것이
재벌인 너희들의 일이라면

이자의 권력을 지켜주는 폭력기구가 되어
감시하고 체포하고 연행하고 감금하고
조사하고 구타하고 고문하고 치사하는 것이
검찰관인 너희들의 일이라면

민중의 피를 빠는 빨대가 되어
이자의 자금을 조달하여 관리해주는 것이
이자와 결탁한 재벌들의 재산을 늘려주는 것이
관리인 너희들의 일이라면

이자가 만든 국회에서
이자가 만든 법정에서
이자가 만든 감옥에서
이자의 모든 짓이
타당하고 온당하고 지당하고 정당하다고
부당하지 않다고

대변해주고, 합법화해주고, 감싸주는 것이
의원인 너희들의, 판관인 너희들의, 간수인 너희들의 일이라면

시인인 나의 일은?
이자가 저질러놓은 범죄
그 하나하나를 파헤쳐
만인에게 만인에게 만인에게 고하고
민중들을 일깨워
일어나 단결케 하여
자유의
신성한
유혈의
전투에
나아가자 나아가자 앞으로 나아가자
북 치고 장구 치고 노래하는 일

화가에게

동해바다
무한한 공간의 저 영원한 침묵
그대로 둬라
섭섭하거든 화가여
무엇 하나 꼭 하나 그려넣고 싶거든
화가여, 저 높은 곳에
천둥이나 하나 큼직하게 달아놓아라
너무 빨리도 말고 너무 늦게도 말고
바로 지금
그것이 시인의 마음이나니

시를 쓸 때는

시가 술술 나오는구나
거미줄이 거미 똥구녕에서 풀려나오듯이
막힘없이 거침없이 빠져나오는구나
기분 좋구나 어절씨구 배설의 쾌감처럼
시원스럽기도 하구나 소위 카타르시스라는 것처럼

왜 이런 일이 일어나는 것일까 나 같은 놈에게
멋도 없고 가락도 없고 서정도 없는 엉터리 시인에게
이런 일이 어째서 일어나는 것일까 벽이
내 귀를 막아주어서 그러는 것일까
아닌 밤중에 느닷없는 호루라기 소리 어지러운 군홧발 소리 문 두
드리는 소리
안보적 차원에서 쏘아올리는 공포탄 소리를 이 벽이
원천봉쇄적으로 내 귀를 막아주고 있어서 그러는 것일까
보기만 해도 겨드랑이에 소름이 돋고 아랫도리가 떨려오는 것
들—
해골바가지와도 같은 전투경찰들의 투구와 방패막이
권력의 담벼락을 등지고 행인의 가슴을 향해 아가리를 벌리고 있
는 쇠뭉치들
자본가의 대문턱에서 허옇게 으르렁대고 있는 이빨의 개들
지하실의 피비린내 나는 고문 도구들—이런 것들이 뵈지 않도록
벽이 네 벽이 사방 천지를 가려주고 있어서 그러는 것일까

시인이여 박해가 극에 달해 있어 아슬아슬
백척간두에 모가지를 걸고 있는 자유대한의 시인이여
전후좌우 살피지 말라 시를 쓸 때는
시를 쓸 때는 어둠으로 눈을 가리고 써라
공포탄으로 귀를 막고 침묵 속에서 써라 내일 아침이면
뜨는 해와 함께 밑씻개가 되기 위하여 오늘밤에 써라
쓰는 족족 어둠으로 지워가면서 써라 찢어가면서 써라
사후의 부활? 아나 천주학쟁이 너나 먹어라 내던져주고 써라
사후의 평가? 아나 비평가 너나 쳐먹고 입심이나 길러라 하고 써라
네가 쓴 시가 깜부기가 될지 보리밥이 될지 그것은 농부에게 맡기고 써라
네가 쓴 시가 꼴뚜기가 될지 준치가 될지 그것은 어부에게 맡기고 써라
네가 쓴 시가 황금이 될지 똥금이 될지 그것은 광부에게 맡기고 써라
네가 쓴 시가 비싸게 팔릴지 싸게 팔릴지 그것은 임금노동자에게 맡기고 써라

그러면 시가 씌어질 것이다 술술
쓰고 싶지 않아도 쓰려고 용을 쓰지 않아도 씌어질 것이다
생똥을 싸려고 용을 쓰고 얼굴을 찡그리지 않아도 똥구녕에서 걸쭉한 것이 막힘없이 거침없이 빠져나오듯이 술술

그들의 시를 읽고

희한한 일이다 그들의 시를 읽다보면
어딘가 닮은 데가 있다 많이 있다
나무로 말할 것 같으면 그 뿌리가 닮았다고나 할까
소금으로 말할 것 같으면 그 맛이 닮았다고나 할까
빛으로 말할 것 같으면 어둠을 밀어내는 그 모양이 닮았다고나
할까
나라가 다르고 시대가 다르고 언어가 다르고……
그러면서도 그들의 시에는 영락없이 쌍둥이 같은 데가 있는 것이다
그것은 흙이 타고 밤이 타는 냄새와도 같다
그것은 노동의 대지가 파괴되는 천둥소리와도 같다
그것은 투쟁의 나무가 흘리는 피의 맛과도 같다
한마디로 말하자 그들의 시에는
인간이 있는 것이다 육체를 가진 인간이 있고
인간과 인간 사이를 원수지게 하기도 하고 동지이게 하기도 하는
물질이 있는 것이다 그 깊이와 역사가 있는 것이다
거기에는 꽃이 있고 이슬이 있고 바람의 숲이 있되
인간 없는 자연 따위는 없다 거기에는
인간이 있되 계급 없는 인간 일반 따위는 없다 거기에는
관념이 조작해낸 천상의 화해도 없다
그들 시에서 십자가와 성경은 하나의 재앙이었다 적어도 가난뱅
이들에게는
보라 하이네를
보라 마야꼽스끼를

보라 네루다를
보라 브레히트를
보라 아라공을
사랑마저도 그들에게는 물질적이다 전투적이다 유물론적이다
그들은 쏘네트에서 천사를 노래했으되
유방 없는 천사를 노래하지 않았다
그들은 연애시에서 비너스를 노래했으되
궁둥이 없는 비너스를 노래하지 않았다
그들은 노래했다 꿀맛처럼 달콤한 입술을
술맛처럼 쏘는 입맞춤의 공동묘지를
그들은 노래했다 박꽃처럼 하얀 허벅지를 그 부근에서
은밀하게 장미향을 피워내며 끊임없이 흐르는 갈증의 샘을
나는 자신한다 감히 다른 것은 자신 못해도
밤으로 낮으로 형이상학적으로 이마에 내 천 자를 그리며
육체의 허무를 탄식하는 도덕군자들도 그들의 시를 읽으면
느끼게 될 것이다 빳빳하게 일어서는 아랫도리의 물질로
나는 자신한다 감히 다른 것은 자신 못해도
플라토닉 러브 어쩌고저쩌고하는 순수 여류시인들도
그 시를 읽고 감격해 마지않는 신사 숙녀 여러분들도
알게 될 것이다 그들의 시를 읽으면
자기들도 관념이 조작해놓은 위선의 인간이 아니라는 것을
축축하게 젖어드는 아랫도리의 물질로 알게 될 것이다

시의 요람 시의 무덤

> 과거의 시는 표현이 내용을 능가했다
> 그러나 미래의 시는 내용이 표현을 능가할 것이다
> ── 맑스

당신은 묻습니다
언제부터 시를 쓰게 되었느냐고
나는 이렇게 대답할 수밖에 없습니다
투쟁과 그날그날이 내 시의 요람이라고

당신은 묻습니다
웬 놈의 시가 당신의 시는
땔나무꾼 장작 패듯 그렇게 우악스럽고 그렇게 사납냐고
나는 이렇게 반문할 수밖에 없습니다

싸움이란 게 다 그런 거 아니냐고
하다보면 목청이 첨탑처럼 높아지기도 하고
그러다보면 차마 입에 담지 못할 욕도 나오는 게 아니냐고
저쪽에서 칼을 들고 나오는 판인데
이쪽에서는 펜으로 무기 삼아 대들어서는 안되느냐고
세상에 어디 얌전한 싸움만 있기냐고
제기랄 시란 게 무슨 타고난 특권의 양반들 소일거리더냐고

당신은 묻습니다
시를 쓰게 된 별난 동기라도 있느냐고
나는 이렇게 말할 수밖에 없습니다

혁명이 나의 길이고 그 길을 가면서
부러진 낫 망치 소리와 함께 가면서
첨으로 시라는 것을 써보게 되었다고
노동의 적과 싸우다보니 농민과 함께 노동자와 함께
피 흘리며 싸우다보니
노래라는 것도 나오더라고 저절로 나오더라고
나는 책상머리에 앉아 시라는 것을 억지로 써본 적이 없다고
내 시의 요람은 안락의자가 아니고 투쟁이라고 그 속이라고
안락의자야말로 내 시의 무덤이라고

제5부

돌멩이 하나

하늘과 땅 사이에
바람 한점 없고 답답하여라
숨이 막히고 가슴이 미어지던 날
친구와 나 제방을 걸으며
돌멩이 하나 되자고 했다
강물 위에 파문 하나 자그맣게 내고
이내 가라앉고 말
그런 돌멩이 하나

날 저물어 캄캄한 밤
친구와 나 밤길을 걸으며
불씨 하나 되자고 했다
풀밭에서 개똥벌레쯤으로나 깜박이다가
새날이 오면 금세 사라지고 말
그런 불씨 하나

그때 나 묻지 않았다 친구에게
돌에 실릴 역사의 무게 그 얼마일 거냐고
그때 나 묻지 않았다 친구에게
불이 밀어낼 어둠의 영역 그 얼마일 거냐고
죽음 하나 같이할 벗 하나 있음에
나 그것으로 자랑스러웠다

혁명은 패배로 끝나고

서른에서 마흔몇살까지
황금의 내 청춘은 패배와 투옥의 긴 터널이었다
이에 나는 불만이 없다
자본과의 싸움에서 내가 이겨 금방 이겨
혁명의 과일을 따 먹으리라고는
꿈에도 생시에도 상상한 적 없었고
살아남아 다시 고향에 돌아가
어머니와 함께 밥상을 대하리라고는 생각지도 않았다
나 또한 혁명의 길에서
옛 싸움터의 전사들처럼 가게 될 것이라고
그쯤 다짐했던 것이다

혁명은 패배로 끝나고 조직도 파괴되고
나는 지금 이렇게 살아 있다 부끄럽다
제대로 싸우지도 못하고 징역만 잔뜩 살았으니
이것이 나의 불만이다
그러나 아무튼 나는 싸웠다! 잘 싸웠거나 못 싸웠거나
승리 아니면 죽음!
양자택일만이 허용되는 해방투쟁의 최전선에서
자유의 적과 싸웠다 압제와
노동의 적과 싸웠다 자본과
펜을 들고 싸웠다 칼을 들고 싸웠다
무기가 될 수 있는 모든 것을 들고 나는 싸웠다

한사람의 죽음으로
박관현 동지에게

혼자서 당신이 단식을 시작하자
물 한모금 소금 몇알로
사흘을 굶고 열흘을 버티자
어떤 이들은 당신을 웃었습니다
배고픈 저만 서럽제 그러며

밤으로 끌려가 어딘가로 끌려가
만신창이 상처로 당신이 돌아오자
돌아와 앓는 소리 끙끙으로 사동을 채우자
어떤 이들은 당신을 웃었습니다
맞은 저만 아프제 그러며

물 한모금 소금 몇알로
끼니를 때우고 스무날 마흔날을 참다가
심근경색으로 당신이 숨을 거두자
어떤 이들은 당신을 웃었습니다
죽은 저만 불쌍하제 그러며

그러나 나는 보았습니다
그들이 냉수 한사발로 타는 목 축이고
남은 물 그 물 손가락으로 찍어 세수하고
세수한 물 그 물로 양치질하고
여름이면 철창 밖으로 고무신을 내밀어 빗물을 받아

530

갈증을 풀던 그들이
당신의 죽음 그 덕으로 철철 넘치는 대얏물에 세수하고
따뜻한 물로 십년 묵은 때까지 벗기는 것을

나는 보았습니다
낮이고 밤이고 일년 삼백예순날
햇살 한줄기 제대로 못 구경하던 그들이
푸르고 푸른 오월의 하늘 아래서
입이 째지도록 하품을 하고
겨드랑이에 날개라도 돋친 듯 기지개를 켜는 것을

나는 또한 보았습니다
주면 주는 대로 먹는 게 제 분수라 여기고
때리면 때린 대로 맞는 게 제 분수라 여기고
노예가 되라면 기꺼이 노예가 되었던 그들이
간수한테 대드는 것을 보았습니다

반말을 한다고 항의하는 것을 보았습니다
부식이 왜 이 모양 이 꼴이냐고
야단치는 것을 보았습니다 하루아침에
썩은 배추가 싱싱한 상추로 둔갑하여
그들의 식단에 오르는 것을 보았습니다

당신의 죽음으로 박관현 동지여
우스운 당신 한사람의 죽음으로
만사람이 살게 되었습니다
노예이기를 거부하고
싸우는 인간으로 살게 되었습니다

자유에 대하여

자유를 내리소서 자유를 내리소서
십자가 밑에 무릎 꿇고 주문 외우며
기도 따위는 드리지 않을 것이다
적어도 대지의 자식인 나는

자유 좀 주세요 자유 좀 주세요
강자 앞에 허리 굽히고 애걸복걸하면서
동냥 따위는 하지 않을 것이다
적어도 직립의 인간인 나는

왜냐하면 자유는
하늘에서 내리는 자선냄비가 아니기 때문이다
왜냐하면 자유는
위엣놈들이 아랫것들에게 내리는 하사품이 아니기 때문이다
자유는 인간의 노동과 투쟁이 깎아 세운 입상이기 때문이다
그것은 타는 입술을 적시는 술과도 같은 것
그것은 허기진 배에서 차오르는 밥과도 같은 것
그것은 검은 눈에서 빛나는 별과도 같은 것
선남선녀가 달무리의 원을 그리며
노래하고 춤추는 대지의 축제이기 때문이다

그러기에 오 자유여 어떤 욕심쟁이가 있어
그대를 가로채어 독차지하고

그대 주위에 담을 쌓고 철망을 치고
한낮의 거리에 미친개를 풀어놓는다면
오 그러기에 자유여 어떤 심보 사나운 자가 있어
그대 가슴에 그대 숨통에 쇠뭉치와 군홧발을 올려놓는다면
나는 싸울 것이다 시위를 떠난 화살이 되어
나는 싸울 것이다 손아귀를 떠난 창이 되어
나는 싸울 것이다 나무꾼이 휘두르는 도끼와 함께
나는 싸울 것이다 쇠붙이를 녹이는 대장간의 풀무와 함께
나는 싸울 것이다 군화를 찢어발기는 푸줏간의 칼과 함께
그러면 그때 가서는 눈먼 장님의 지팡이도
미친개를 패주는 도리깨로 변할 것이며
굴속에 웅크리고만 살았던 겁쟁이 토끼들도 뛰쳐나와
눈알을 부라리며 욕심쟁이에게 덤벼들 것이다
그러면 그때 가서는 산에 들에 풀들도
고개를 치켜들고 일어나 폭정의 바람에 달겨들 것이며
길가에서 버림받은 돌멩이들까지도
솟아오르는 총알이 되어 놈들의 심장에 닿을 것이다
그러면 그때 가서는 그러면 그때 가서는
그동안 하늘에서 빛을 잃고 눈이 멀었던 별들도 다시 눈을 뜨고
달과 함께 강물에 자유의 문자를 아로새기며
나와 함께 전진할 것이다

자유를 위한 싸움에는 끝이 없다

빼앗긴 자유를 위한 대지와 인간의 싸움에는
낮과 밤의 휴식이 없다
최후의 압제자가 쓰러질 때까지는

고뇌의 무덤

나는 그린다 여인의 얼굴을
허공에 담배 연기 속에 그 까만 눈을
내 고뇌의 무덤 그 하얀 유방과
달빛에 젖은 골짜기 그 축축한 허벅지를
눈을 감고 그린다 허공에 담배 연기 속에

오 부챗살처럼 펼쳐지는 여인의 몸 밤의 잠자리여
입술을 기다리는 입술
팔을 기다리는 허리
가슴을 기다리는 가슴
오 귀가 멀수록 가깝게 들리는 그대 거친 숨결이여
나는 놓는다 나는 놓는다 나는 놓는다
그대가 마시는 모든 술잔에 나의 입술을
그대가 만지는 모든 사물에 나의 무기를
그대가 그리는 모든 그리움에 나의 노래를
깊고 깊은 골짜기에서 그대는 갈증의 샘처럼 흐르고
나는 땅속 깊이 그대를 파헤쳐 하늘 아래 별처럼
붉은 아기 하나 태어나게 하고 싶다

나의 꿈 나의 날개

하늘을 나는 새가 나를 비웃네
날개도 없는 주제에 내 꿈의 높이가 하늘에 있는 줄 알고
그 꿈 키우다가 땅에 떨어져 이런 신세 철창 신세 면치 못한 줄 알고
그러나 웃지 마라 새야
십년을 하루같이 벽과 벽 사이에
갇혀
오가도 못하는 이 사람을 보고
팔다리 육신이야 이렇게 기막히게 철창과 철창 새에 끼여
옴짝달싹 못한다만
나에게도 날개가 있단다 꿈의 날개가
바람의 속도로 별과 달의 세계를 정복할 수 있는
무기의 꿈이 있고
해님의 은총을 받아 기름진 대지에
달무리 원을 그리며 씨를 뿌리고
만인의 입술에 가을의 결실을 가져다주는
노동의 날개가 있단다

그러나 새야
하늘 높이에서 나를 비웃고
철창에 그림자를 떨어뜨리며 비켜가는 매정한 새야
나의 꿈은 너처럼 먼 데 있지 않단다
나의 날개는 너처럼 높은 데 있지 않단다
나의 꿈 나의 날개는

지금 이곳에 있단다 지상에 있단다

노동의 팔이 닿을 수 있는 인간의 대지에 있고

발을 굴러 산맥과 함께 강과 함께 전진할 수 있는 벌판의 싸움터에
있단다

가장 높아야 내 꿈의 날개는

하늘 아래 첫 동네 백두산에 있단다

그 산기슭에서 강가에서 숲 속에서

재롱을 피우며 자작나무 가지를 오르락내리락하는 다람쥐의 꼬리
에 있단다

팔팔하게 뛰노는 붕어의 지느러미에 있단다

무지개 끝을 달리는 청노루의 뒷다리쯤에 있단다

다람쥐와 함께 붕어와 함께 청노루와 함께

춤과 노래로 밤을 지새는 온갖 잡새와 함께

인간세계를 이루고 사는 작은 농장에 있단다

무르익은 노동의 과실 맑은 물과 맑은 공기

하늘의 별과 산에 들에 만발한 꽃과

인간에게 공기와도 같은 것

밀이며 옥수수며 남새며 이슬이며 집이며

인간에게 기본적인 이런 것들이 너나없이 만인의 입으로 가슴으로

골고루 들어차는 그런 세상 바다에 있단다

가장 높아야 내 날개의 꿈은

기차로 한나절쯤 달리면 닿을 수 있는 청천강 푸른 물결 위에 있
단다

538

그 물결 위에 아롱진 이름이여 아침의 나라여
"조국은 하나다"에 있단다
"조국은 하나다"에 있단다

나는 나의 시가

나는 나의 시가
오가는 이들의 눈길이나 끌기 위해
최신 유행의 의상 걸치기에 급급해하는 것을 바라지 않는다
나는 바라지 않는다 나의 시가
생활의 현실에서 눈을 돌리고
순수의 꽃으로 서가에 꽂혀
호사가의 장식품이 되는 것을
나는 또한 바라지 않는다 자유를 위한 싸움에서
형제들이 피를 흘리고 있는데 나의 시가
한과 슬픔의 넋두리로
설움 깊은 사람 더욱 서럽게 하는 것을

나는 바란다 총검의 그늘에 가위눌린
한낮의 태양 아래서 나의 시가
탄압의 눈을 피해 손에서 손으로 건네지기를
미처 먹지도 마시지도 못하고
배부른 자들의 도구가 되어 혹사당하는 이들의 손에 건네져
깊은 밤 노동의 피곤한 눈들에서 빛나기를
한자 한자 손가락으로 짚어가며
그들이 나의 시구를 소리 내어 읽을 때마다
뜨거운 어떤 것이 그들의 목젖까지 차올라
각성의 눈물로 흐르기도 하고
누르지 못할 노여움이 그들의 가슴에서 터져

싸움의 주먹을 불끈 쥐게 하기를

나는 또한 바라 마지않는다 나의 시가
입에서 입으로 옮겨져 노래가 되고
캄캄한 밤의 귓가에서 밝아지기를
사이사이 이랑 사이 고랑을 타고
쟁기질하는 농부의 들녘에서 울려퍼지기를
때로는 나의 시가 탄광의 굴속에 묻혀 있다가
때로는 나의 시가 공장의 굴뚝에 숨어 있다가
때를 만나면 이제야 굴욕의 침묵을 깨고
들고일어서는 봉기의 창끝이 되기를

아무래도 내 시는

아무래도 내 시는
죽어서나 먼 훗날 살아날지도 모른다
김을 매는 아낙네의 호미에 긁혀
쟁기질하는 농부의 보습에 걸려

세월의 바람에 손발이 트고
먹고 입고 사는 일의 중압에 시달리느라
읽을 줄도 쓸 줄도 몰랐던 사람들
새 세상이 와서 새 세상에서
늘그막에 까막눈이라도 뜨게 되면
화석이 된 내 시를 읽고 나를 발견할지도 모른다
내가 다산을 읽고 인민을 사랑하게 되고
착취와 수탈의 대상을 저주했다는 것을
이를테면 가령 이렇게 저주했다는 것을
"밤새워 모진 벌레 천지를 뒤덮고
주둥이떼 솔잎 갉아 떡 먹듯 하는구나
아 어찌하면 뇌공(雷公)의 벼락도끼 얻어내어
네놈의 족속들을 모조리 잡아다가
이글거리는 화덕 속에 처넣어버릴꼬"

그들은 또 알게 될지도 모른다
내가 녹두꽃을 좋아하고 죽창을 사랑하고
폭정과 외적의 무리를 증오했다는 것을

이를테면 가령 이렇게 증오했다는 것을
"장군들 이민족의 앞잡이들 폭정의 화신 자유의 사형집행자들
기다려라 기다려라 기다려라
살해된 처녀의 피 묻은 머리카락 그 하나하나는
밧줄이 되어 언젠가 어느날엔가는 너희들의 목을 감을 것이며
학살된 아이들의 눈동자 그 하나하나는 총알이 되고
너희들이 저질러놓은 범죄의 구멍 그 하나하나에서는 탄환이 튀
어나와
언젠가 어느날엔가는 너희들의 심장에 닿을 것이다"

나 이 땅에 태어나고 사십몇년
나 역사와 현실에 눈을 뜨고 이십몇년
나 시를 쓰기 시작하고 십몇년
외적에 대한 증오의 감정 없이 하루도 살 수 없었다
외적과 손을 잡고 제 동포를 가두고 고문하고 살해하는
미국 사람보다 더 미국 사람인 자들에 대한
저주의 감정 없이 하루도 살 수 없었다

예술지상주의

예술지상주의 그것은 애초에
이승은 떠남의 세계였고 현실은 네미 씹이었다
그에게는 예술지상주의자에게는
문명은 파괴되어야 할 적이었고
자학과 광기와 절망이 삶의 전부였다
그에게는 나이도 없었다
예술이라면 제 애비도 몰라보는 후레자식이 예술지상주의였다
염병할! 그놈의 사후의 명성이란 것도
그에게는 부질없는 무덤이었다
예술이라면 예술 아닌 모든 것이
저주해야 할 대상이었다 쓰레기였다
부르주아 새끼들의 위선이 거만이 구역질나서 보들레르는
자본의 시궁창 빠리 한복판에 악의 꽃을 키웠다
랭보는 꼬뮌 전사의 패배에 절망하여
문명의 절정 빠리를 떠났다
시에다 똥이나 싸라 침을 뱉고

대한민국의 순수파들 절망도 없이
광기도 자학도 없이 예술지상주의를 한다
수석과 분재로 예술지상주의를 한다
학식과 덕망의 국회의원으로 예술지상주의를 한다
자르르 교양미 넘치는 입술로
자본가의 접시에 군침을 흘리면서 예술지상주의를 한다

에끼 숭악한 사기꾼들
죽으면 개도 안 물어가겠다
그렇게 순수해가지고서야 어디 씹을 맛이 나겠느냐

가엾은 리얼리스트

시골길이 처음이라는 내 친구는
흔해빠진 아카시아 향기에도 넋을 잃고
촌뜨기 시인인 내 눈은
꽃그늘에 그늘진 농부의 주름살을 본다

바닷가가 처음이라는 내 친구는
낙조의 파도에 사로잡혀 몸 둘 바를 모르고
농부의 자식인 내 가슴은 제방 이쪽
가뭄에 오그라든 나락잎에서 애를 태운다

뿌리가 다르고 지향하는 바가 다른
가난한 시대의 가엾은 리얼리스트
나는 어쩔 수 없는 놈인가 구차한 삶을 떠나
밤 별이 곱다고 노래할 수 없는 놈인가

시인이란 것들

밤중에
홀랑 께벗고 마누라와 그것을 하다가 열렬하게 하다가
문득 시상이라는 것이 떠올랐다나
벌떡 일어나 책상으로 달려가 그것을 수첩에 적어놨더니

"뜨겁지도 않고
차갑지도 않고 그저 미지근하니까
나는 너를 내 입에서 뱉어버린다"

어느 장단에 춤을

그의 시를 읽고 어떤 이는
목소리가 너무 높다 핀잔이고 어떤 이는
목소리가 너무 낮다 불만이다
아직 목소리가 낮다 불만인 사람은
지금 싸움의 한가운데 있는 사람이고
너무 목소리가 높다 핀잔인 사람은
지금 안락의자 속에서 꿈을 꾸고 있는 사람이다

그의 행동을 놓고 어떤 이는
혁명 조급증에 걸린 놈이라 타박이고 어떤 이는
혁명 느림보라 채찍질이다
조급증 환자라 타박인 사람은
지금 먹을 만큼은 먹고 사는 사람이고
느림보라고 채찍질인 사람은
당장에 주리고 있는 사람이다

시를 대하고

시는 저주가 되어서는 안되는가
시는 증오가 되어서는 안되는가
시는 전투가 되어서는 안되는가
별을 노래하듯 시를 노래하고 시를 노래하듯 별을 노래하고
시는 인간의 입김 인간의 육화된 내면의 방귀 소리인가

아니다 적어도 내가 어둠의 자식으로 갇혀 있는 한은
아니다 적어도 내가 민중의 자식으로 묶여 있는 한은
아니다 적어도 내가 이민족의 노예로 박해받고 있는 한은

시도 사람의 일
신이 아닌 신이 아닌 것도 아닌
일하고 노래하고 싸우고 그러다 끝내 죽고 마는
보통 사람의 일인 것이다
한술의 밥 때문에 할퀴고 물어뜯고 살해까지 하는
한가닥 빛을 위해 세계를 거는
단순하고 당돌한 사람들의 일인 것이다
집을, 보습 대일 한뙈기의 땅을, 빛을 갖고 싶어하는
제 새끼도 남의 새끼마냥 키우고 싶어하는
소박한 사람들의 일인 것이다

옹달샘

여기가 거기구나
새벽에 토끼가 눈 비비고 일어나
세수하러 왔다가 물만 먹고 가는 곳
깊은 산속 옹달샘이구나

여기가 거기구나
한여름에 나무꾼이 맹감잎으로 표주박을 만들어
물 한모금 떠먹고 하늘 한번 쳐다보는 곳
깊은 산속 옹달샘이구나

여기만은 지켜야겠구나
깊은 산속 맑은 공기
자본가의 숨결로부터 지켜야겠구나
그 숨결이 닿는 것이면
세상 모든 사물이 부패하고 마는
하늘의 공기마저 더럽혀지고 마는
더러운 자본가의 숨결로부터

여기만은 지켜야겠구나
옹달샘 맑은 물을
자본가의 손으로부터 지켜야겠구나
이윤이 나올 것 같으면 그곳이 어디건
지 애비 무덤이건 뭐건

550

지 에미 ××건 뭐건
파헤쳐야 직성이 풀리고 마는
탐욕스런 자본가의 손으로부터

골아실댁 아저씨

어험 게 아무도 없느냐
주인영감 헛기침의 권위를 위하여
골아실댁 아저씨 우리 아저씨
행랑채에서 사랑채까지 오락가락하느라
불알 밑에 땀 식힐 참이 없었지요

어 차다 그놈의 날씨 고연 날씨
주인어른 등 따순 아랫목을 위하여
골아실댁 아저씨 우리 아저씨
북풍한설 뒷마당에서 장작 패느라
얼어붙은 손발 녹일 참이 없었지요

거참 술맛 조오타
고년 참 복스럽게도 생겼다
주인양반 주색잡기를 위하여
골아실댁 아저씨 우리 아저씨
쌍놈으로 좆 빠지게 일만 했지요

불알 한쪽 덜렁 차고
이승에 와서 빈손으로 와서
밥 한그릇 배부르게 먹어보지 못하고
늦잠 한번 늘어지게 자보지 못하고
장죽 한번 길게 빨아보지 못하고

그야말로 좆 빠지게 쎄 빠지게
일만 하다가 골병이 들어
저승길 빈손으로 갔지만
골아실댁 아저씨 입심 하나는 좋은 우리 아저씨
어허라 상사뒤여 북망산천 눈앞에 두고
한소리 길게 하고 갔지요

태어나더라도 골백번
양반으로 태어나지는 않겠다고
양반들 똥은 개도 안 물어간다고

할머니 세상

나는 못 살아야
집과 집 사이에 높다랗게
담을 싸놓고 사는 그런 세상에서는
담 위에 그 위에
시퍼렇게 유리 조각을 꽂아놓고
담 위에 그 위에
삼지창처럼 쇠꼬챙이를 찔러놓고
이웃 간에 어떻게 산다냐 가슴 맞대고

담 위에 유리 조각을 꽂아놓고
그것도 안심이 안되어
세빠똔가 네빠똔가 사납게는 기르고
담 위에 쇠꼬챙이를 찔러놓고
그것도 안심이 안되어
경보기다 비상벨이다 귀청이 떨어지게는 달아놓고
손님이 와서 누가 문을 두드리면
어서 나가 문부터 열어줄 생각은 않고
혹시나 도둑이 아닐까
혹시나 강도는 아닐까
겁부터 덜컥 내며
아버지와 딸이 어머니와 아들이
얼굴만 서로들 쳐다보고 있는 그런 살풍경한 속에서는
죽어도 나는 못 살아야

참말이제 나는 못 살아야
그런 막된 인심 속에서는
밥티 한알이 아까워 주워 먹고 살 만큼
그렇게 궁색하게는 살지 않았다만
세상에 사람도 천신을 못하는 음식을
개한테 주다니!
개밥에 도토리도 아까운 법인데
쌀밥에 쇠고기라니!
그런 꼴을 보고 어떻게 사람이 산다냐
하늘이 무서워서 어떻게 산다냐
흙 한덩이 손발에 안 묻히고
반가집 마나님처럼 호강하고 산다고
어디 그게 사람 팔자냐 개 팔자지
우리 같은 농투성이들이야
하루라도 일 못하면 삭신이 욱신거려서도 못 산다야
일 않고 배부르면 죄 돼야 죄 돼

명의(名醫)

피를 토하며 갑자기
억장처럼 무너진 남편을 부축하고
여인은 병원 문턱에서 동동거렸다
돈 한푼 손에 쥔 것이 없는지라
빈손 가슴에 얹고

날이 저물고
밤은 깊어가고
퇴근길을 서두르는 의사 옆에 비켜서서
여인은 죄인이 되어 처분만 기다렸다
다행히 의사는 거절하지 않았다

의사는 환자를 긴 의자에 눕혀놓더니
혀를 길게 내밀게 하여 혓바닥을 들여다보기도 하고
눈을 크게 치뜨게 하여 눈깔을 뒤집어보기도 하고
옷을 홀랑 벗게 하여 배꼽을 꼬집어보기도 하고
젖꼭지에 청진기를 맞춰 통통 가슴팍을 두들기기도 했다
한참 동안 그러다가 뭔가 생각하는 눈치더니
마침내 다음과 같이 진단을 내리는 것이었다

영양실조 현상인데다가 너무 과로했습니다
달리 이상한 데는 없으니 걱정 마시고
어디 가서 공기 좋은 데라도 가서

556

한 달포 푹 쉬고 나면 좋아질 것입니다
영양가 높은 음식을 충분히 섭취하면서

의사의 진단에 여인은 한숨이 놓였다
처방에는 그러나 걱정이 태산 같았다
남편은 여기저기 현장을 쫓아다니는 막노동자였던 것이다
하루라도 일거리를 찾지 못하면
다음 날 아침에 다섯 식구의 끼니를 걱정해야 하는

자루

살판났다 이 땅에서
활개 치는 놈들은 뭔가 쥐고 있는 놈이다
밤인지 낮인지 모르고
계집 끼고 술 마시며
거참 술맛 조오타
고년 참 쓸 만하다
세상 참 살맛 난다
게트림 용트림에 입맛 다시며
흰소리 검은 소리 하는 놈은

그래 뭔가 쥐고 있는 놈이다
이 땅에서 자유대한에서
살판났다 떵떵거리는 놈은
손아귀에 뭔가 쥐고 있는 놈이다

피 묻은 칼자루를 쥐고 있는 놈이거나
묵직하게 돈자루를 쥐고 있는 놈이다
하다못해
칼자루를 쥔 놈 밑에서
돈자루를 쥔 놈 옆에서
펜자루라도 쥐고 있는 놈이다

그리고 이 땅에서 자유대한에서

못 살겠다 갈아보자 하는 놈들은
낮인지 밤인지 모르고
쎄 빠지게 좆 빠지게 일이나 하는 놈들
흙이나 파는 괭이자루를 쥐고 있는 농부들이고
망치자루를 쥐고 애꿎은 철판이나 두들겨패는 노동자들이고

세상은 고이 잠들고

세상은 고이 잠들고 적막한데
자지 않고 깨어나 일어나 유령처럼
어둠속을 배회하는 것이 있다
하나는 그 꼬리에 반딧불처럼
불을 켠 불온의 사상이고
하나는 그 머리에 탐조등처럼
쌍심지를 켠 관헌의 눈이다

잡히지 말아라 불온한 사상아
네 꼬리가 잡히면 어둠이 운다
뜬 눈의 봉사 네 어머니가 운다

너는 총각 나는 처녀

반반한 얼굴의 계집은
그 처녀를
기생오라비 같은 난봉꾼에게 바치고
그것도 허영에 들떠서 바치고

순진하기 짝이 없는 사내는
그 총각을
서울역이나 청량리 근처 어디 갈보한테 바치고
그것도 무릎까지 꿇어가면서 바치고

모년 모월 모시 모처에서 그들은
나는 총각 너는 처녀 선남선녀로 만났다네
모년 모월 모시 모처에서 그들은
신랑 신부가 되어 주례 앞에 섰다네
그랬다네

산에 들에 봄이 오고

누가 와서 물었네 지나가는 말로
그는 지금 어디에 있느냐고
나는 대답했네 거기에 갔다고

누가 와서 물었네 거기가 어디냐고
나는 대답했네 담 너머 하얀 집을 가리키며
자유가 묶여 발버둥치는 곳이라고

산에 들에 봄이 오고
누가 와서 물었네 지나가는 말로
그는 이번에 나오지 않았느냐고
나는 대답했네 무덤 하나를 가리키며
그는 지금 저기에 있다고

새가 되어

이 가을에
하늘을 보면 기러기 구천을 날고
진눈깨비 내릴 것 같은 이 가을에
잎도 지고 달도 지고
다리 위에는 가등도 꺼진
이 가을에
내가 되고 싶은 것은
오직 되고 싶은 것은
새다

새가 되어
날개가 되어 사랑이 되어
불 꺼진 그대 창가에서 부서지고 싶다
내가 걸어온 길
내가 걸어갈 길
내 모든 것을 말하고
그대 전부를 껴안고 싶다

여자

여자
역시 여자
어쩔 수 없이 여자일 수밖에 없는 여자
그러나 여자가 과연 여자일 때는
백치가 되어
전사의 피를 닦아주는 하얀 손수건일 때
천치가 되어
노동의 땀을 씻어주는 푸른 손수건일 때

동행

밤하늘 희미한 구름 사이로
으스름 달빛 빛나고
바람은 불어 된새바람
솔밭 사이 황토밭 마른 수숫대를 흔든다

——진눈깨비가 오려나보지요

달빛에 젖은 창백한 사내가 외투 깃을 세우며
동행의 여자에게 다시 말을 붙였다

——아까 그 차가 막차였나봐요
　　어떡하죠 저 땜에 차를 놓치게 돼서

여자는 자기보다 큰 보퉁이를 애꿎게 쥐어뜯으며
미안해했다
딴은 그놈의 보퉁이가 차를 그냥 가게 했는지도 모른다
차는 멈출 듯하다가도 덩치 큰 짐을 보고 그랬는지
번번이 줄행랑을 놓고는 했으니까

——아니어요 운전사가 심통이 나서 그랬을 것입니다
　　이쁜 아가씨와 함께 있는 못생긴 남자가 아니꼬워서 말입니다
　　그런데 아가씨 아가씨는 아까 자기를 소개하면서
　　자조 섞인 말투로 공순이라고 했고

나는 나를 소개하면서 멋쩍게 웃으며 글쟁이라 했습니다
이제 우리 그러지 맙시다
당신은 노동자 나는 시인 떳떳합시다

그리고 사내는 허리 굽혀 여자의 보퉁이를 어깨에 멨고
그러자 여자는 사내의 가방을 들고 뒤를 따랐다
가방에서는 고소하게 깨소금 냄새가 났다
읍내까지 시오리 길은 험했다
앞서거니 뒤서거니 하면서
노동자와 시인은 밤길을 재촉했다
살얼음이 깔린 개울을 건너고 고개를 넘었다
찾아갈 곳은 못되더라 내 고향 어쩌고저쩌고
나 태어난 이 강산에 투사가 되어 어쩌고저쩌고
그들은 에움길을 돌면서 노래를 불렀다

그들은 합의했다 너럭바위 언덕에서
읍내에 도착하면 대합실에서 한숨 붙이고
내일 아침 서울행 첫차를 타자고

하염없이 하염없이

더위에 불타는
한낮의 뜨락
느닷없이 퍼붓듯 소낙비가 내린다
누워 있던 소복의 여인 불현듯 일어나
활짝 장지문을 열어젖히고
창대처럼 꽂히는 빗줄기를 바라본다
하염없이 하염없이

여인은 돌아서 거울 앞에 앉는다
싱싱한 파초잎에 주룩주룩 쏟아지는 거울 속의 빗줄기를 보며
여인은 머리를 빗기 시작한다
거울 속의 소낙비는 여인의 타는 입술을 적시고
한동안 고뇌의 무덤 유방 사이에서 머물렀다가
타고 내려 하얀 배를 쓰다듬고
새벽의 골짜기를 흘러 골짜기를 흘러
발등을 적실 때까지 여인은
거울 앞에서 빗질을 한다
하염없이 하염없이

별

밤들어 세상은
온통 고요한데
그리워 못 잊어 홀로 잠 못 이뤄
불 밝혀 지새우는 것이 있다
사람들은 그것을 별이라 그런다
기약이라 소망이라 그런다
밤 깊어
가장 괴로울 때면
사람들은 저마다 별이 되어
어머니 어머니라 부른다

자주댕기는 봄바람에 나부끼고

내 가슴은 뛰더라
동해바다 거센 파도에
명태잡이 그물을 던지다가 잡혀가 북에
한 일년 여기저기 구경 한번 잘하다가
남에 와 십년 징역으로 옥살이하고 있는
어느 가난한 어부의 이야기를 듣고
내 가슴은 뛰더라 초야에
신부의 옷고름을 풀 때의 신랑처럼

여그 가시낙년들은
까발치고 되바라지고 싹수없기가
자갈치시장 뒷골목의 개망나니 뺨치긴데 거그 처녀들은
순박하기가 하얀 박꽃 같고
순진하기가 대처에 처음 나온 촌색시 같더라
여그 가시낙년들은
우리 것은 속곳까지 벗어버리고
논노다 판탈롱에 고고춤 디스코 바람인데 거그 처녀들은
다홍치마 색동저고리에 부끄럼 빛내는 새악시 볼이더라
자주댕기는 봄바람에 나부끼는 강변의 버들이고
몽금포타령에 맞춰 추는 군무는
참말이제 참말이제 장관이더라는
거짓말 같은 어느 가난한 어부의 얘기를 듣고
내 가슴은 뛰더라 초야에
신부의 옷고름을 풀 때의 신랑처럼

신춘 덕담

통일로 가는 길에서
우선 우리가 해야 할 일은
얼핏 보아 겉으로는
우리인 것 같으면서도 속으로는
우리가 아닌 것이 있으니
나락 속의 피 같은 것이 있으니
그것을 우리가 가려내야 합니다
주머니 속의 칼 같은 것 있으니
그것을 우리가 찾아내야 합니다
귀신몰이 굿이라도 한마당 벌여서
돈귀신에 홀려서 남과 북을 왔다 갔다 하는
재벌귀신을 쫓아내야 합니다
선무당 불러서 칼춤이라도 추게 해서
재벌귀신과 한패가 되어 권력을 휘두르는
독불장군 총 든 장군 그 목을 쳐야 합니다

그러나 우리가 통일로 가는 길에서
정작으로 당장 해야 할 일은
휴전선 팔백리 삼팔선 따라
쇠붙이란 쇠붙이는 죄다 걷어내는 일입니다
부러진 날개의 새 피 묻은 B29는
태평양 건너 아메리카로 보내고
그 자리에 영변의 약산 진달래가 피어나게 해야 합니다

녹이 슨 캐터필러 소련제 탱크는
압록강 뗏목에 실어 시베리아로 보내고
그 자리에 지리산 철쭉꽃이 만발하게 해야 합니다
그리하여 봄이 오면 평화의 마을에서
남남북녀가 통일의 초례청에서 맞절하게 하는 일입니다

그런 날 우리가 마셔야 할 술은
조니워커도 아니고 보드카도 아닙니다
남녘의 쌀막걸리이고 북녘의 옥수수술입니다
그런 날 우리가 불러야 할 노래는
켄터키의 옛집도 아니고 볼가 강의 뱃노래도 아닙니다
아리 아리랑 아라리요 몽금포타령입니다
그런 날 우리가 추어야 할 춤은
고고도 디스코도 아니고 마주르카도 아닙니다
도라지타령에 더덩실 보릿대춤입니다

쌀 한톨

남녘에 와서 북녘의 사람들
십년
이십년
삼십년도 넘게
옥살이하고 있지요
그들에게는 면회 올 가족도 없고
편지 한장 주고받을 주소도 없지요

개나 돼지를 가둬두면
삼년도 못 가 죽고 말 것이라는 그런 곳에서
나도 그들과 한 십년 이웃하여 살았지요
이웃하여 살면서 남과 북은 서로 말은커녕
눈인사도 제대로 주고받지 못했지요
그러나 우리는 간수 몰래 김치도 나눠 먹고
남녘의 노래 북녘의 노래 바꿔 부르기도 했지요
그동안 십년 동안 우리들 사이에는
숨 가쁘게 벅찬 순간도 있었지요
북녘에서 키운 쌀이 남녘의 땅에 오시던 날이었지요
아 그날 우리는 얼마나 가슴 설렜던가
쌀 한톨 손바닥에 올려놓고 깨물어볼 수는 없을까 하고
평안도 어디가 고향이라는 강태욱 선생님은
그 꿈에 부풀어 철창을 부여잡고 흐느껴 울기까지 했지요
그러나 끝내 북녘 사람들의 소원은 이루어지지 않았고

미전향좌익수가 되어 대전교도소로 이감을 갔지요

그날 남과 북이 갈라지던 날
철창을 사이에 두고 우리는 약속 하나 했지요
남과 북이 하나가 되는 날 그날이 오면
우리 다시 쌀 한톨로 만나 헤어지지 말자고

북으로 가는 길에는

이쪽으로 가면 국군 초소가 있어
내 가는 길을 가로막고
저쪽으로 가면 미군 초소가 있어
내 가는 길을 가로막고
북으로 가는 길에는 어쩌자고 이렇게 검문소가 많으냐
허리 꺾인 내 조국
삼팔선 팔백리를 철조망으로 칭칭 감아놓았으면 됐지
그러고도 밤이면 가진 권력 어떻게 될까봐
안심이 안되는 사람이 있다더냐
자본과 폭력의 세계에서 주먹이 가장 세다는
월가의 두목들과 자리를 같이하고 있으면 됐지
그러고도 밤이면 가진 재산 어떻게 될까봐
잠 못 이루는 사람이 있다더냐
무엇이 두려워서 국군 초소는
머리카락 끝에서 발가락 끝까지 내 몸을 이 잡듯이 뒤지느냐
무엇이 두려워서 미군 초소는
분단의 선이 그어져 있지 않은 우리나라 지도를 압수하느냐
허름하기 짝이 없는 내 등산복 차림에서
가난의 그림자라도 읽어냈단 말이냐
핏기 없는 내 몰골 어느 구석에서
불온한 사상이라도 발견했단 말이냐

통일되면 꼭 와

장병락 선생님 그는
一心이라고 팔에 문신을 한 뱃사람이었지
북녘에서 남녘으로 조선 쌀이 오던 날
우리 둘은 얼싸안고 울었지
아이처럼 엉엉 울면서 언약도 하나 했지
통일되면 꼭 놀러 오라고 꼭 놀러 가마고
그는 내가 그의 고향 원산에 가면
명사십리 해당화를 구경시켜주겠다고 했고
나는 그가 내 고향 해남에 오면
실낙지에 막걸리를 대접하겠다 했지
고향에 홀어머니를 두고 왔다는 그는
내게 편지가 올 때마다 어머니한테서 왔냐며 묻고는
어머님 잘 계시냐 어디 아프신 데는 없느냐
앞으로 나가게 되면 효도 많이 해드리라 신신당부했지
철창으로 으스름 달빛이 젖어드는 밤이면
내 심사 울적하여 청천 하늘의 잔별을 헤아리다가
옆방의 그를 불러내어 이런 부탁 가끔씩 하고는 했지
"장선생님 나오셔서 노래나 한곡조 뽑아주시오"
그러면 그는 한사코 또 어머니 생각나냐며
"수천년 수만년 그 모습 여전해
세상에 근심 걱정도 많네……"
볼가 강의 뱃노래를 고적하게 불러주거나
"이 한 몸 다 바쳐 쓰러지면은

대를 이어 싸워서라도 금수강산 삼천리에

통일의 그날이 오면 만세 소리를

자손아 불러다오”를 목메이게 불러주었지

그런 그가 어느날 새벽 갑자기

어딘가로 모르는 곳으로 이감을 가게 되었지

나는 부랴부랴 내 십오년의 징역 보따리를 뒤져

덧버선이며 귀마개며 장갑이며를 꺼내

어쩌면 통일의 그날까지 징역살이를 할지도 모르는

어쩌면 통일의 그날을 맞이하지 못하고 옥사할지도 모르는 그에게

철창 너머로 사슬 묶인 그의 손에 건네주었지

폐가 나빠 자주 각혈을 하고는 했던 그는

교도관한테 끌려가면서 뒤돌아보면서

백지장 같은 얼굴에 눈물 빛내며 다짐했지

“통일되면 꼭 와”“통일되면 꼭 와”

풍속도

엿 한가락 사먹고 싶어
철길 건너 고물상에 가서
철근 한토막 훔치다가 들켜
천하에 못된 도둑놈이 된 소년이
두 손 꽁꽁 묶인 채로 법정에 서면
다소곳이 눈을 내리깔고
위풍당당하고 노기등등한 판사 앞에 검사 앞에 서면
이제는 한물간 변호사 꼬부랑 노인 국선변호사가
가까스로 의자에서 일어나 변론을 하기 시작한다

고향에는 양친 부모가 살아 계시죠?

집에 가면 논도 있고 밭도 있고 송아지도 키우죠?

그동안 반성 많이 했지요?

이상입니다 재판장님

그리고 변호사는 그길로 법원 서무과에 가서
일당 몇만원의 변론비를 타가지고 사직공원 노인당에 가서
점심 내기 바둑을 두기도 하고
손주에게 줄 과자를 사기도 한다
그리고 소년수는 그길로 감옥에 가서

담 밖에 대고 그렇고 그런 세상
변호사 판사 검사님의 대갈통에 대고
아나 엿이나 처먹어라 주먹밤을 먹인다

발언

보내준 책 잘 받았네
나만 알아볼 수 있게 점으로 몰래몰래 찍어놓은
이른바 '발언'들을 읽었네
자네의 탄식이 담 안에서도 들리는 듯하고
노여움으로 부르르 떨렸을 자네의 주먹이 보이는 듯하네

——양국을 대등한 관계로서 논하는 것은 비현실적이며 양국 간의
모든 관계에서 실질적인 평등은 존재할 수 없다
　(1982년 6월 워싱턴에서 열린 한미수교 100주년 기념 강연에서, 글
라이스틴 전 주한 미 대사)

——한국이 이따금 역효과를 초래할 민족적이고 자기중심적인 행
동 패턴을 피해주기를 우리는 바란다
　(1982년 9월 28일 서울에서 열린 한미수교 100주년 기념식에서, 워
커 주한 미 대사)

——한국의 국민성은 들쥐 같아서 누가 지도자가 되든 그 지도자를
따를 것이다 한국 국민에게는 민주주의가 적합지 않다
　(1980년 8월 8일, 위컴 주한 미 사령관)

——전두환 장군이 대통령에 취임한다면 미국은 지지한다
　(1980년 8월 상순, 위컴 주한 미 사령관)

──두개의 한국이 미국의 국익에 합치하는 이유 가운데 하나는 한국에 투하한 자본이 세계에서 가장 높은 연 50%의 이윤을 가져다주기 때문이다
(1980년 5월, 미 국무성 한국 담당 부장 래너드)

언제는 그렇지 않았겠는가마는
이승만 때 박정희 때는 그렇지 않았겠는가마는
이 나라의 대통령이란 자의 급선무는
이 땅에서 대한민국에서 미국의 이익을 지켜주는 일이네
그것은 나라 안팎의 자본가들에게
우리네 아들딸들의 피땀을 헐값으로 팔아넘기는 것이고
허기진 농부의 배를 깔아뭉개고 앉아
쌀이며 밀이며 콩이며
값이야 고하간에
미국산 농산물을 사들이는 것이네
그것은 또한 미제 병기를 쌍수로 사들여
오른손의 무기로는 북을 향해 들이대는 일이고
왼손의 무기로는 남쪽의 가난뱅이들의 가슴에 들이대는 일이네
미국이 이 땅을 점령하고 그동안 사십년 동안
나라의 대통령이란 자가 해야 할 급선무는
자유가 그 고개를 들면 그 목을 치고
민족이 그 목소리를 높이면 그 입을 틀어막고
노동이 해방의 불꽃으로 타오르면 그 불에 찬물을 끼얹는 일이네

그는 말하자면
월가의 자본가들이 급파한 소방서 대장이고
암흑가의 두목일 따름이네

싸가지 없는 새끼

하얗게 이마에 천년의 눈을 이고
파랗게 가슴에 억년의 물을 안고
웅장하게 광활하게 펼쳐지는 화면을 보고
문자 그대로 장관으로 전개되는
백두산을 보고 백두산 천지를 보고
원더풀! 원더풀! 뒤에서 누가 감탄사를 연발한다
어떤 놈이 우리말 좋은 말 놔두고
남의 말 코쟁이 말을 쏟아놓는고 뒤를 돌아보니
빈대코에 마늘 냄새 풍기는 한국 놈이었다
싸가지 없는 새끼!
주먹으로 아갈통을 쥐박아줄까 하다가
와! 화! 우리말 조선말 까먹고
원더풀! 원더풀! 혀 꼬부라진 소리 치는 것도
꼭 제 탓만은 아니렷다! 싶어
그만 놔둬버렸다

미제 사십년 나라 꼴 더럽게 됐다 퉤!

황소 뒷다리에 붙은 진드기 같은 세상

어깨에는 무겁게 꼴망태 메고
빗속으로 송아지를 모는 아이의 모습에서
나는 본다 어린 시절의 나를

입에는 허옇게 게거품 물고
고갯길을 넘는 황소의 거친 숨결에서
나는 본다 젊은 시절의 나를

나는 본다 나는 본다
황소 뒷다리에 붙은 진드기 같은 세상에서
농부 허벅지에 붙은 거머리 같은 세상에서
나는 나의 적을 본다

다시 와서 이제 그들은

전쟁에 쓰려고
앞가슴 총알받이로 쓰려고
왜놈들은 그때 우리 아들을 끌고 갔단다
병정들의 위안부로 쓰려고
시집 안 간 우리 딸을 끌고 갔단다

다시 와서 이제 그들은
공장에 쓰려고 일본 딱지가 붙은 물건 만드는 데 쓰려고
우리 손자를 데려간단다
일본 술집에 기생으로 쓰려고
우리 손녀를 데려간단다

지방색

아이쿠 구린내야
지방색이 나라 얼굴에 똥칠을 하고 있구나
그 앞에서는 똥 묻은 지방색 앞에서는
세상에서도 가장 아름다운 꽃의 향기도
무색해하는구나 무색하다 못해
코를 싸쥐고 달아나는구나
달아나다가 좌충우돌 갈지자로 도망치다가
혼란이라는 이름의 매를 맞고 몽둥이로 맞고
자유란 놈은 피투성이가 되어 내동댕이쳐져 있고
민주주의다 뭐다 조국이다 뭐다 통일이다 뭐다 하는 것들은
저기 가서 감옥에 뻥끼통에 가서 용두질이나 치라는구나
해방이다 뭐다 평등이다 뭐다 하는 것들은
저기 가서 삼팔선 너머에 가서 누구누구 좆대강이나 빨라는구나
모든 사람 모든 사물이
지방색 앞에서는 발작을 일으키고 불구가 되어
바른 길도 삐뚤어지게 걷는구나
눈은 청맹과니가 되어 흑과 백을 가리지 못하고
코는 엉망진창이 되어 된장인지 똥인지 분간을 못하는구나

내 지방 사투리면 검은 소리도 흰소리로 들리고
내 지방 똥구녕이 싼 똥이면 구린내도 향기로 맡아지고
내 지방 사람이면 그놈이 어떤 놈이건
사돈네 팔촌이고 우리 집 삽살개구나 강아지구나

대단도 하구나 그놈의 지방색
사기꾼 협잡배도 수백 수천을 쏴 죽인 살인 흉악범도
그놈이 내 지방 출신이면 학식과 덕망이 골골에 자자하구나
그놈이 내 지방 사람으로 대통령이 되고 국회의원이 되면
내 고장에 영광이고 집안의 자랑이구나
지식수준 정치의식이 하늘을 찌른다는 먹물들의 의식도
지방의식 앞에서는 맥을 못 추는 낙지 대가리고
계급의식 어쩌고저쩌고하는 노동자의식도
지방의식 앞에서는 참새 눈곱이고 새 발의 피구나

까마득하구나 여기서 저기까지 민주의 길은
요원하구나 여기서 저기까지 해방의 길은
아득하구나 한라에서 백두까지 통일의 길은
지방색이 삼천리금수강산에 똥칠을 한 그런 나라에서는
모든 사람 모든 사물 모든 행동거지가
그 앞에서는 지방색 앞에서는 발작을 일으켜 무릎을 꿇고 마는
그런 나라에서는
세상에서도 가장 아름다운 말
자유 평등 해방 통일…… 그런 말의 향기가
무색하여 코를 싸쥐고 혼비백산하는 그런 나라에서는

막걸리 반공법

우연히 나는 술집에서
그와 싸우게 되었습니다
그 새끼가 내 작은 키를 깔보았던 것입니다
싸우다가 치고받고 정신없이 싸우다가
우연히 내 주먹이 그 새끼 코에 맞았는데
거만하게 높은 그 새끼 코에 납작하게는 맞았는데
그게 그만 재수 옴 붙을라고 그 새끼가 뻗어버렸던 것입니다
개새끼처럼

경찰 앞에서도 말했지만
무슨 원한이 있어서 그에게 내가 그런 것이 아니었습니다
천석이 누나처럼 나의 누이는
밭두렁에서 흰둥이한테 깔려
황구처럼 비명에 간 적이 없었으니까요

판검사 앞에서도 말했지만
나는 지게 지고 A자도 모르고
반미감정 같은 게 있는지도 없는지도 몰랐으니까요
맹세코 말할 수 있지만
대통령 앞에 가서도 맹세할 수 있지만
낫 놓고 ㄱ자도 모르는 내가
아이고매 불온사상이 뭣인 줄 알기나 했겠소
그런 사상 내가 어떻게 평소에 포지하고나 다녔겠소

그 새끼들이 그러니까 흰둥이 새끼들이
우리나라에 진을 치고 있는 한 뭐라더라
통일을 기다린다는 것은 모래알에 싹 트기를 기다리는 것과 같다고
그 새끼들이 그러니까 흰둥이 새끼들이
우리나라에 발을 붙이고 있는 한 뭐라더라
자유 달라는 소리는 내 입에 총알이나 먹여주시오라고
입을 벌리고 있는 것과 같다고
어느 대학생이 귀띔해준 이야기는
왼쪽 귀로 듣고 오른쪽 귀로 막아버렸다니까요
정말이지 나는 코쟁이 좆대강이에 코 박고
숨통이 막혀 뒈져버렸으면 뒈져버렸지
반미감정이 아니라니까요 나는
불온사상이 아니라니까요 나는
지게 지고 A자도 모른 나는
토종 한국 놈이라니까요

노예라고 다 노예인 것은 아니다

노예라고 다 노예인 것은 아냐
자기가 노예라는 것을 알고 그게 부끄러워서
참지 못하고
고개를 쳐들고 주인에게 대드는 자
그는 이미 노예가 아닌 거야

보라고 옛날 옛적 고려 적에
칼에 맞아 죽을지언정 항복은 하지 않겠다
기어코 개경에까지 쳐들어가
권귀들의 목을 베고 빼앗긴 재물을 도로 찾겠다
이렇게 다짐하고 들고일어섰던 망이와 망소이를 보라고
이렇게 노예이기를 마다한 그 순간부터
그들은 이제 노예가 아닌 거야

보라고 또
총칼로 왕후장상이 되고 안되고 했던 그런 시절에
왕후장상이 따로 있는가
때를 만나면 누구도 할 수 있는 것이다
우리 노예들이라고 해서
모진 매질 밑에서 일만 하고 살라는 법은 없는 것이다
노비문서를 불에 태우고
이 땅에서 천민을 없애고 나면
우리도 왕후장상이 될 수 있다

이렇게 선언하고 동지를 규합했던 만적을 보라고
이렇게 노예이기를 거부한 그 순간부터
그는 이미 노예가 아닌 거야

노예가 노예인 것은
자기가 노예이면서 노예인 것을 깨닫지 못한 자야
깨닫고는 있으면서도 주인이 두려워서
노예이기를 거부하지 못하고 눌려 사는 자나
주인이 던져주는 밥덩이의 크기에 배가 불러
돼지처럼 행복한 자야
그래서 노예는 노예시대에만 있었던 게 아냐
착취와 압박을 당하고 살면서도 그것을 깨닫지 못하거나
깨닫고는 있어도 노예이기를 거부하지 못한 자는
때와 장소에 상관없이 오늘날에도 노예인 거야
그 대신 착취와 압박을 당하며 살고 있다는 것을 깨닫고
그게 부끄러워서 참지 못하고 싸우는 자
그는 이제 노예가 아닌 거야
해방자인 거야 해방자!

굴레

타고난 양반이었기에 너의 아버지는
손에 흙 한줌 안 묻힌 부자였고
타고난 상놈이었기에 나의 아버지는
나이 마흔에 허리가 구부러졌고
손가락이 쇠갈퀴가 되도록 흙을 파도
가난의 굴레에서 벗어나지 못했다

부잣집 자식으로 태어난 너는
시도 때도 없이 꿀맛처럼 달콤한 강정을 빨았고
가난의 자식으로 태어난 나는
때 묻은 손가락이나 더럽게 빨아야 했다

나는 보았다 내 어린 시절에
상놈의 딸을 사고파는 양반들을
나는 보았다 내 어린 시절에
남의 아내 희롱하고 겁간하고도
탈 없이 잘도 사는 부자들을

나는 보았다 내 어린 시절에
양반의 도덕에 감히 어쩌지 못하고
제 마누라한테 화풀이를 하는 상놈들을
나는 보았다 내 어린 시절에
부자의 윤리에 그 가슴에 낫을 꽂고

까막소로 끌려가는 가난뱅이 자식들을

그렇다 양반들로부터 부자들로부터
우리 상놈들이 가난뱅이들이 받아본 것이라고는
곰방대를 두드려 내리는 호령 소리뿐이었다
종아리에서 시퍼렇게 멍드는 채찍뿐이었다
걸레처럼 엉덩짝에서 찢어지는 곤장뿐이었다

삶
종놈의 삶
가난의 삶
거기에는 치욕이 있을 뿐이었다
거기에는 모욕이 있을 뿐이었다
거기에는 굴욕이 있을 뿐이었다

똥 누는 폼으로

앉아서 기다리는 자여
앉지도 서지도 못하고
엉거주춤 똥 누는 폼으로
새 세상이 오기를 기다리는 자여
아리랑고개에다 물찌똥 싸놓고
쉬파리 오기나 기다리는 자여

종이 되어 사람이

종이 되어 사람이
남의 집 문간방에서 떨고 있는 곳
그곳으로 주인집 마당으로
우리네 꺽정이들이 몰려간 것은
우르르우르르 주먹이 되어 몰려간 것은
분노만은 아녔으리라 양반들에 대한

개가 되어 사람이
남의 집 담을 지키고 있는 곳
그곳으로 주인집 곳간으로
우리네 길산이들이 몰려간 것은
칼이 되어 시퍼렇게 몰려간 것은
적개심만은 아녔으리라 부자들에 대한

수탈이 되어 나락이
관아의 창고에서 썩어가는 곳
그곳을 갑오년 농민들이 들이친 것은
가차없이 죽창이 되어 들이친 것은
원한만은 아녔으리라 탐학한 관리들에 대한

그 모든 것이었으리라
분노의 주먹 없이는
적개심의 칼 없이는

원한 서린 죽창 없이는
주린 백성 구할 수 없었기 때문이었으리라
학대받고 천대받는 우리 백성들
사람대접 주인으로 받을 수 없었기 때문이었으리라

봇짐

일제 때 친일한 사람들
고향 땅 북녘에서 살지 못하고
타향 땅 남녘으로 넘어왔지요
빼앗긴 나라에서도 그들은
일장기 앞세우고 남부럽지 않게 살았으니
천석꾼 만석꾼 부자로
일본군 만주군 장교로
신사참배 황국신민으로
알게 모르게 잘도 살았으니
그들 봇짐 속에는 없는 것이 없었지요
현금에다 귀금속에다 어떤 사람은
가옥문서 토지문서까지 갖고 왔지요
좋은 세상 다시 오면 그때 가서 고향에 가서
몰수당한 가옥과 토지 도로 찾겠다 벼르면서

그런 사람들을 친일한 사람들을
보배처럼 고스란히 받아들인 것은
남녘땅이 제 땅이 된 아메리카 카우보이들이었지요
그리고 그들은 친일한 사람들 중에서
특고형사는 옆구리에 곤봉을 채워 경찰서에 심어주고
천주학쟁이는 십자가를 들게 하여 예배당에 심어주고
일본군 밑에서 말똥깨나 칠 줄 알았던 사람은
어깨에 총을 메게 하여 군대에 심어주었고요

596

아메리카 카우보이들 참 좋은 친구들이었지요
한쪽에서는
똥바가지로 쓰레기 처분한 것들을
한쪽에서는
십자가가 되고 무궁화가 되고 별이 되게 해줬으니까요

벼랑에 선 야수들

칼 차고 총 메고 복면만 안 썼지
아시아 아프리카 라틴아메리카의 식민지 정권은
하나같이 날강도에 떼도적들이었습니다
베트남의 고 아무개 정권이 그러했고
콩고의 촘베와 꾸바의 바띠스따가 그러했고
그 이름 입에 올리면 구역질부터 나는
이란의 팔레비 니까라과의 쏘모사 일당이 그러했습니다
밥과 자유와 조국의 깃발을 도둑맞은 사람들은
그들 날강도 떼도적들에게 주먹질도 했습니다
똥바가지에 욕설을 담아 찌끌기도 했습니다
돌멩이와 화염병을 던지며 위협도 했습니다
거기 보따리 내려놓고 물러가라고
그러나 물러가라 해서 물러갈 그들이 아니었습니다
벼랑에 선 야수들 그들에게는 한발 뒤가
천길만길 낭떠러지 황천길이었기 때문입니다
전에는 그래도 상전 앞에 무릎을 꿇고 빌면
빠져나갈 구멍을 만들어주고는 했습니다
세계적인 반공투사 대한민국의 이 아무개는
하와이 섬에다 은신처를 마련해주었습니다
그러나 이제 그들 날강도 떼도적들에게는
바다 건너 도망칠 상전의 나라가 없습니다
쏘모사는 아이띠 뒷골목을 숨어다니다가
니까라과 인민의 대포밥이 되었습니다

팔레비는 지구를 떠돌며 숨을 곳을 찾다가
쥐구멍에 코 박고 질식사했습니다
박 아무개는 자객의 총에 맞아 쓰러졌습니다
이제 식민지 인민들은 어리숙한 백성이 아닙니다
알 것은 다 알고 있습니다 그들 야수들 뒤에
누가 있다는 것도 알고 있습니다

기지촌에 와서

무엇이 남을까
오늘이라도 당장 기지촌에서
성조기가 내려지면

황구의 비명이 남을 것이다
찢어지게 가난한 밤골 처녀의

* '황구의 비명'은 천승세 소설의 제목이다.

600

매국

매국의 칼로
나라의 허리를 잘라 그 아랫도리를
이민족의 코앞에 바치고 그 댓가로
제 동포의 머리 위에 군림하는 자
이에 분노하여 사람들이
주먹을 치켜들면 그 팔목을 자르고
이에 격노하여 사람들이
발을 굴러 땅을 치면 그 발목을 자르고
자르고 잘라 능지처참으로 잘라
애국투사들을 역적으로 묶어
지하의 세계로 내모는 자

그런 자를 나는 무어라 불러야 하나

이민족의 용병으로 고용살이하면서
어느날 갑자기 반공 쿠데타로 일어나
살아 숨 쉬는 활자 하나가
자유를 노래하면 그 입술에
꽃잎 대신 재갈을 물리고
살아 움직이는 몸짓 하나가
노동자 농민 쪽으로 기울어지면
좌경이라 하여 왼쪽 어깻죽지를 자르는 자
그런 자를 나는 무어라 불러야 하나

아메리카의 우방에서 흔해빠진 이름
독재자라 불러야 하나
뒷골목의 주먹깡패들도 거들떠보지 않는
군사깡패라 불러야 하나
백악관에서 입안되고
CIA에서 변조되고
미8군에서 급조되어
제국주의 총구에서 튀어나온 상품
새 시대 새 인물이라 불러야 하나

그 이름 입에 올리면
내 이름이 먼저 더러워지는 이름
나는 부르지 않겠다
독재자라고도 부르지 않겠다
군사깡패라고도 부르지 않겠다
새 시대 새 인물이라고도 부르지 않겠다
극우다 뭐다 반동이다 뭐다
그따위 이름으로도 부르지 않겠다

나는 부르겠다 그들을
민중의 고혈에 취해 갈팡질팡하다가
여차하면 한보따리 돈 보따리 챙겨들고

나라 밖으로 도망치는 산적들이라고
민족을 팔아 제 배 속을 채우다가 들통이 나면
허겁지겁 미제 비행기를 타고 줄행랑을 놓는 매국노들이라고

* 『이 좋은 세상에』에는 「매국 2」로 수록됨.

두 사진을 보면서

이 사진을 보세요 어깨에 총을 메고
입성이 초라한 홍안의 소년을 보세요
이 소년은 맹세했다지요 만주벌 눈보라 속에서
붉은 피 하얀 눈에 적시며 빼앗긴 나라 되찾겠다고
그런 그가 지금은 북녘땅에서
노동자 세상의 수령이 되었다지요
일제 때 친일한 사람들 남김없이 쫓아내고

이 사진을 보세요 허리에 닛뽄도 차고
입성도 당당한 이 청년 장교를 보세요
이 청년은 맹세했다지요 천황폐하 앞에서
한 목숨 다 바쳐 대일본제국에 충성하겠다고
그런 그가 지금은 남녘땅에서
자본가 세상의 두목 노릇을 한다지요
일제 때 친일한 사람들 남김없이 긁어모아

나도 맹세 하나 해야겠어요 두 사진 앞에서
남의 나라에 내 조국이 점령을 당했을 때
총을 메고 싸우지는 못할지언정 죽어도
점령군이 지휘하는 군인은 되지 않겠어요

열 고개 스무 고개 넘어

그날 같아서는
사슬 묶여 두 손 꽁꽁 묶여
압송차에 실려 검은 고개 넘으시던
그날 생각 같아서는
이제 가면 언제 오나 다시 못 올 님이더니

오시는구려 열 고개 스무 고개 넘어
더 큰 산이 되어 오시는구려
어절씨구 지화자 좋아라
정월이라 까치 소리 더욱 곱고
흰옷 입고 오시는구려

부탁 하나

뭐라구요? 죽여버리겠다구요!
그 새끼들 씨를 말려버리겠다구요!
아이구 맙소사 그러면 안돼요 큰일 나요
그들이 죽고 이 땅에서 없어져봐요
당신들 노동자는 좋을지 몰라도
착췬가 뭔가 없는 그런 세상 만날지 몰라도
그 대신 다른 사람이 밥자리를 잃게 돼요
이를테면 생활의 최전선에서 자본의 이익을 지켜주고
하루하루를 살아가는 순사 나으리가 그렇고
법정에서 그들의 신성한 사유재산을 보호해주고
정의의 사도처럼 살아가는 판검사 나으리가 그렇고
그들의 문간에서 뼈다귀를 추려 먹고 사는 개들도
밥자리를 잃고 만다구요

나만 해도 그렇다구요
그동안 이십몇년 동안 성조기와 독점 지배의 그늘 아래서
증오 없이는 하루도 살지 못했던 나에게
싸움 없이는 하루도 살지 못했던 나에게
그들이 죽고 이 땅에서 없어져봐요
그러면 우리 시대에서 가장 아름다운 말의 꽃—
자주의 꽃 민주의 꽃 통일의 꽃도 시들어버린다구요
그러면 나의 시 나의 노래도 빛을 잃고 만다구요
그러니 나의 동지 노동자여 제발 부탁하노니

내 증오의 대상 그들을 죽이지 마오
내 싸움의 대상 그들을 죽이지 마오
기어이 그들을 죽일진대는 그 씨를 말려버릴진대는
그 일에 나의 칼 나의 피도 한몫하게 해다오

벽

이웃 몰래 침 발라 돈을 세는 소유의 벽

이데올로기에 눈이 먼 허위의 벽

자본과 권력이 쌓아올린 계급의 벽

벽을 보면 나는 치고 싶다
주먹이 까지도록
벽을 보면 나는 들이받고 싶다
이마가 깨지도록

오 시인이여
벽을 등지고 앉아 팔짱을 낀 채
먼 산만 바라보고 있는 젊은 시인이여
무슨 일로 그렇게 눈살을 찌푸리고 있느냐
창창한 나이에 생각은 무슨 생각이 그리도 깊으냐
그 내력 내 알 바는 아니다만
팔짱만 끼고 그렇게 앉아만 있지 말거라
그 마음 무엇을 찾고 있는지 내 알 수는 없다만
궁리만 하고 그렇게 바라보고만 있지 말거라
차라! 벌떡 일어나
소유의 벽
허위의 벽

계급의 벽이 넘어질 때까지
가라! 벼랑의 끝까지
이제는 앉아서 행복을 좇는 시절은 지났다
치켜든 주먹 전진하는 발걸음
이것이 이제는 젊은 날의 초상이어야 한다

늙은이의 지혜가 젊은이의 용기를
병신다리로 만들게 해서는 안되겠다

대통령 하나

성조기 아래서 대한민국이 태어나고 마흔다섯해
그동안 대통령도 서너개 생겨났다 없어졌다
하나는 제 나라에서 살지 못하고 남의 나라 섬으로 쫓겨났다
하나는 제 심복의 총에 맞아 술잔에 코 박고 쓰러졌다
하나는 제 집에 살지 못하고 절간에 유배되었다

이런 대통령들 밑에서 나 태어나고 자라고 마흔다섯살
왜 내 머리는 그들을 나를 친애까지 했던 그들을
대통령이라는 이름으로 기억하지 못하고
폭력배 사기꾼 정상모리배 매국노……
그따위 못된 이름으로밖에 떠올리지 못하는 것일까
내 입이 워낙 더러워서 그러는 것일까
내 심보가 워낙 고약해서 그러는 것일까

나 태어난 이 나라 금수강산에서
아름다운 추억의 대통령 하나 갖고 싶다
나 죽어 이 땅에 묻히기 전에
존경하는 이름의 대통령 하나 갖고 싶다
자본가들 헌금이나 미제 총구에서 나오는 그런 대통령이 아니라
산과 들에서 공장에서 조국의 하늘 아래서
땀 흘려 일하는 사람들의 손으로 만들어진 대통령 하나

신식민지의 대통령감

미국의 우방 월남 같은 나라에서는
총칼을 가장 잘 쓰는 사람이 대통령감으로서
우선 물망에 오른다더라
한낮의 대로상에서
눈 하나 깜짝할 사이에
수백 수천의 동포를 죽이고도
눈 하나 까딱 않는 그런 대장부라야
그놈 크게 될 놈이라 평가되어
백악관에 불려가
미국 대통령과 혈맹의 악수를 할 수 있다더라

그러나 들리는 소문으로는
대량학살의 배짱 그것 하나만 가지고는
대통령감으로서 자격이 모두 갖춰지는 것은 아니라더라
민족의 자주성이다 뭐다 국가의 독립이다 뭐다 하고
빈말이라도 알랑방귀 뀌고 다니는 놈은
제 나라 못난이들한테는 신뢰 같은 것을 받을지 몰라도
미국같이 잘난 나라한테는 의심부터 받는다더라
적어도 나는 과거에 민족 같은 말 입에 올린 적도 없고
앞으로는 꿈도 꾸지 않겠다고 맹세 같은 것을 해야
미국도 그를 안심하고 써먹는다더라
그래서 그랬는지는 몰라도
구엔 카오 키 같은 월남의 수상은

프랑스 식민지 시절에 공군장교였고
구엔 반 티우 같은 월남의 대통령은
대불항쟁 시절에 식민지 군대의 공군장교였다더라
그래서 그랬는지는 몰라도
월남의 고딘 디 엠 같은 대통령은
반공투사로서 자유세계에 그 이름을 떨쳤는데
한때는 프랑스 식민지 정부의 성장(省長)이었다더라
그랬다더라

*『이 좋은 세상에』에는 「대통령감」으로 수록됨.

풍자와 해학

어떤 이는 풍자와 해학으로
총독부 고관대작의 간담을 서늘하게 해놓고
명연설가로서 독립운동사에 빛나고
어떤 이는 태화관인가 명월관 요릿집에 이름 석자 내밀고
민족의 대표가 되어 교과서에 빛나고
어떤 이는 아는 것이 힘이다 배워야 산다며 육영사업에 힘쓰더니
애국계몽운동사에 빛나고
어떤 이는 담배 한모금 아껴 피우고
어떤 이는 무언의 침묵으로 자리를 지키고
어떤 이는 신사참배 거부하여 예수를 지키고
어떤 이는 일인 학생보다 더 공부 잘하여
항일도 하고 배일도 하고 승일도 하고
민족해방운동사에 찬연히 빛나는데
나는 무엇이 되어 역사에 빛나랴
빼앗긴 나라 빼앗긴 토지를 찾아
왜적의 총칼 앞에서
낫으로 대를 깎아 일어섰던 사람들
이름도 없이 얼굴도 없이 사라져갔던 사람들
그들을 위해 밤하늘에 시나 한편 새겨놓고
개똥벌레처럼 빛날까보다

개똥아 말똥아 쇠똥아

일장기가 꽂혀 있던 자리에 성조기가 들어서고
성조기가 꽂혀 있던 자리에 태극기가 들어서고
무엇이 달라졌나 개똥아
총독부가 군정청으로 바뀌고 군정청이 중앙청으로 바뀌고
말하자면 그 간판이 달라졌지요
이승만이 앉아 있던 자리에 박정희가 들어서고
박정희가 앉아 있던 자리에 전두환이 들어서고
무엇이 달라졌나 말똥아
이가가 박가로 달라지고 박가가 전가로 달라지고
말하자면 그 성이 달라졌지요
2공의 자리에 3공이 들어서고 4공의 자리에 5공이 들어서고
무엇이 달라졌나 쇠똥아
4·19가 5·16으로 달라지고 5·16이 12·12로 달라지고
말하자면 그 숫자가 달라졌지요

무엇이 달라졌나 너희들은 개똥아 말똥아 쇠똥아
식민지의 기가 바뀔 때마다 관청의 이름이 달라지고
달력의 숫자가 바뀔 때마다 대통령의 성과 이름이 달라질 때
개똥아 말똥아 쇠똥아 너희들은 도대체 무엇이 달라졌나
개똥이 말똥으로 달라지고 말똥이 쇠똥으로 달라지고
똥의 이름과 똥의 모양과 똥의 냄새가 달라졌지요

그 나라에 가거든

그 나라에 가거든
자네도 한번 날뛰어보게나
백주 대낮에 칼 차고 총 들고
그러면 누가 아나
자네도 대통령이 되어 떵떵거리고 살게 될지
잊지 말게 그러나
총칼 휘둘러 찔러 죽이고 쏴 죽이고
닥치는 대로 오가는 거리의 행인들을 죽이되
아이건 어른이건
아이 밴 어머니건 처녀건
가리지 말고 죽이되
혼란이닷!
빨갱이닷!
좌경폭력이닷!
고래고래 소리치는 것을

하늘이 노하면 어찌할 거냐고
걱정도 팔자 다음 날 아침이면
예수의 수제자들이 부랴부랴 찾아와서
대통령을 위한 조찬기도회를 열어줄 것이네

대통령이란 것도 해먹으려면
총칼만 갖고서야 할 수 없지 않느냐고

염럴랑 놓게 다음 날 밤이면
부자들이 떼로 몰려와 돈 보따리를 풀어놓을 테니까

그 나라 운명은
미국이 놓았다 흔들었다 한다는데
나 같은 사람을 대통령 자리에 앉혀줄까
내가 누군가 나로 말할 것 같으면
똘마니나라대통령만들기 논문으로
식민지정치학박사까지 딴 사람이 아닌가
불원간에 아메리카 대통령이 백악관으로 불러
자네의 머리를 쓰다듬어줄 것이네
제집 강아지 머리 쓰다듬어주듯

똥물이 나올까봐

코쟁이한테는 못하고
총자루를 빼앗길까봐 못하고
쪽발이한테는 못하고
돈자루를 빼앗길까봐 못하고
총도 없고
돈도 없는
제 나라 백성들한테나 큰소리치는
그런 사람을 나는 무어라 불러야 할까

입을 다물겠다 나는
총구가 무서워서가 아니고
돈뭉치가 두려워서가 아니고
그 이름 더러운 이름 입에 올리면
내 입에서 똥물이 나올까봐

소극 삼장(笑劇三場)

1. 공원

공원 벤치 위에 맹인과 소녀가 나란히 앉아 있다. 그 앞을 신문팔이가 호외를 뿌리며 지나간다. 소녀가 그걸 하나 줍는다.

맹　　인　뭐라고 써졌냐? 읽어봐라.

소　　녀　맨당 한문이라서 한자도 못 읽겠네, 씨.

맹　　인　썩을 놈들, 우리말로 신문을 만들면 안 팔린다더냐. 이리 조바라.
　　　　　(신문을 받아쥐고 주위를 두리번거리며) 근처에 암도 없냐?

소　　녀　아까 그 사람이 오고 있어요, 이리로.

맹　　인　(손을 내저으며) 아가 아가, 이리 좀 오너라.

신문팔이　난 아가가 아닌데요.

맹　　인　그럼 소년.

신문팔이　소년도 아닌데요.

맹　　인　그럼 어이 청년, 이리 좀 와주게.

신문팔이　청년도 아니고요.

맹　　인　나오는 목소리로 봐서 분명 어르신은 아니신 것 같고.

신문팔이　그리고 분명히 꼬부랑 늙은이도 아니고요.

맹　　인　그럼 뭣이라 불러줄까? 소년도 아니고 청년도 아니고.

신문팔이　청소년이라고 불러주세요.

맹　　인　옳거니, 청소년, 호외에 무엇이 났지?

신문팔이　죽었어요.

맹   인   어떤 사람이?

신문팔이   사람이 아녀요.

맹   인   그럼 짐승인가, 동물원의?

신문팔이   짐승도 아닌걸요.

맹   인   옳지, 새겠구먼. 천연기념물인 크낙새가 죽었는가?

신문팔이   크낙한 기념물에는 가까울 것 같지만 새는 아녀요.

맹   인   사람도 아니다, 짐승도 아니다, 새도 아니다. 그러면 뭐
           가 있지, 신문 호외에 날 만큼 떠들썩한 죽음이?

신문팔이   아저씨 저를 따라서 해봐요. 사람은 사람인데 짐승만도
           못한 사람이고.

맹   인   사람은 사람인데 짐승만도 못한 사람이고.

신문팔이   야수처럼 포악하고.

맹   인   야수처럼 포악하고.

신문팔이   이리처럼 잔인하고.

맹   인   이리처럼 잔인하고.

신문팔이   여우처럼 간사하고.

맹   인   여우처럼 간사하고.

신문팔이   늑대처럼 탐욕스럽고.

맹   인   늑대처럼 탐욕스럽고.

신문팔이   그래도 감이 안 잡혀요?

맹   인   크낙한 기념물에 가깝고
           사람은 사람인데 짐승만도 못한 사람이고
           야수처럼 포악하고

이리처럼 잔인하고

여우처럼 간사하고

늑대처럼 탐욕스럽고.

신문팔이   그러면서도 부자들한테는 사랑받고.

맹   인   그러면서도 부자들한테는 사랑받고.

신문팔이   그러면서도 가난뱅이한테는 미움받고.

맹   인   옳거니 독재자군!

신문팔이   맞았어요! 이제 눈 뜬 당달봉사도 독재자는 가난뱅이들
          의 적이고 부자들의 친구란 걸 아네.

맹   인   그런데 소년, 아니 청년 아니 청소년 그게 참말인가?

신문팔이   헛말은 아니어요.

맹   인   어떻게 죽었지?

신문팔이   빵. 빵. 빵. (총 쏘는 시늉을 하며 사라진다.)

  2. 거리

기 자 1   이거 낭팬데, 어디서 찍지.

기 자 2   글쎄
          시민들의 표정은 하나같이 밝고
          시민들의 얼굴은 하나같이 즐겁고
          거리마다 술집마다 분위기는 들떠 있고 만원이고 흥청
          망청인데
          어떻게 하지.

620

기 자 1 그래도 나라의 대빵이 죽었는데 이럴 수가 있을까.

기 자 2 누가 아니래. 개 같으나 소 같으나 그래도 사람이 죽었
는데 말야.

기 자 1 아, 저기 슬픈 표정이 하나 오는군.

기 자 2 (잽싸게 다가가서) 실례합니다 사모님.

여 자 전 사모님이 아녜요.

기 자 1 죄송합니다 아가씨.

여 자 어머 제가 아가씨로 보여요? 전 아가씨도 아녜요.

기 자 2 아, 그렇습니까. 그럼 뭐라 부를까요?

여 자 그냥 여자예요.

기 자 1 아 그렇군요 아주머니.
저는 ××일보 기잔데 한마디만 여쭤보겠습니다. 슬프
지요?

여 자 ?

기 자1·2 (동시에) 그러니까 단군 이래 가장 위대한 지도자 대통
령 각하께서 어젯밤에 서거하셨습니다. 이제 슬프지요?

여 자 전 지금 바빠요. 우리 집 강아지가 어젯밤에 죽었거들랑
요. 그래서 지금 가축병원에 가는 길이에요.

기 자1·2 (동시에) 그렇군요. 과연 슬프겠습니다.

기 자 1 제기랄 어디서 찍지, 슬픈 표정을.

기 자 2 제기랄 어디서 찍지, 우는 얼굴을.

기 자 1 아, 저기 ○○일보 강기자가 오는군. 슬픈 표정 많이 찍
었소?

기 자 3   실컷 찍었지. 울고불고 야단난 분위기.

기 자 2   어디서, 도대체 어디서 그것을 찍었소?

기 자 3   초상난 집에서.

기자1·2   (서로 마주 보며) ?!

3. 감옥 면회실

맹   인   알고 있냐?

아   들   뭣을요? 아버지.

맹   인   아직 듣지 못했느냐?

아   들   아버지 여긴 감옥이어요.

　　　　　여기서 내 귀가 듣는 것이라고는

　　　　　아침저녁으로 문 따는 쇠붙이 소리

　　　　　가까워졌다 멀어져가는 군홧발 소리

　　　　　매 때리는 소리와 매 맞고 지르는 비명 소리뿐이어요.

맹   인   갔다.

아   들   누가 가요? 아버지.

맹   인   뺐었다.

아   들   참 아버지도, 뺐긴 뭣이 뺐어요?

맹   인   골로 갔다.

아   들   참 아버지도. 가긴 누가 가고 뺐긴 뭣이 뺐었단 말예요?

맹   인   너를 여기다 처넣은 놈이.

간   수   정치적인 얘기 하면 안됩니다. 집안 안부만 묻고 대답하세요. 잘 있냐, 잘 있다 이런 식으로.

아　들　나를 여기다 처넣은 놈이 어디 한두 놈인가요.

맹　인　그중 한 놈이다.

아　들　자유를 밀고한 놈인가요?

맹　인　아니다.

아　들　자유를 잡아 조진 놈인가요?

맹　인　아니다.

아　들　자유를 때려 조진 놈인가요?

맹　인　아니다.

아　들　자유를 불러 조진 놈인가요?

맹　인　아니다.

아　들　자유를 연기해 조진 놈인가요?

맹　인　아니다.
　　　　자유를 살해한 놈이다.
　　　　일제 때는 관동군의 하사가 되어
　　　　조국의 독립을 살해하고
　　　　미군정 때는 CIA의 첩자가 되어
　　　　민족의 해방을 살해하고
　　　　4·19 이후에는 CIA의 사주를 받은 쿠데타가 되어
　　　　나라의 독립과
　　　　민중의 자유와
　　　　조국의 통일을 살해한 놈이다.

아　들　어떻게 뺐었어요? 그놈이.

맹　　인　빵. 빵. 빵.

아　　들　만세, 민주주의 만세!

　　　　　만세, 민족해방 만세!

　　　　　만세, 조국통일 만세!

세상에

자유당 때 한창
때려잡자 공산당 할 때
열차간에서 이런 일이 있었지요
미처 자리를 잡지 못한 승객이
벌써 자리를 잡고 편하게 앉아 있는 사람들이 미워서
그들 중 아무나 하나 지목하여
마침 통로를 지나가는 헌병에게 고발했지요
저 사람은 우리 동네 사람인데 빨갱입니다
지목받은 사람은 당장에
헌병한테 끌려 어디론가로 사라졌고
지목한 사람은 그가 떠난 자리에 앉아
편하게 편하게 목적지까지 갔고요

공화당 때 한창
유신반대 데모로 거리가 어수선할 때
포장마차집에서 이런 일이 있었지요
어떤 손님이 술에 취해 박정희에 취해
공화당 만세라고 부른다는 것이 혀가 말을 듣지 않아
공산당 만세라고 불러버렸지요
그래서 그는 평소에 공산주의 사상을 포지한 자가 되어
3년 동안 감방 신세를 지게 되었지요

민정당 때 한창

새 시대에 새 인물이 났다 하여 매스컴이 떠들썩할 때
산속의 여관에서 이런 일이 있었지요
등산객 세사람이 관광지도를 펴놓고
이쪽으로 마냥 가면 금강산이 나오겠지라고 했는데
마침 지나가던 여관 주인이 그 말을 듣고 신고했지요
그래서 그들은 월북기도죄가 적용되어
각각 2년 6개월의 형을 받았지요

그때나 이때나
우리나라 사람들 공산당 되기 쉬운 나라지요
우리나라처럼 감옥 가기 쉬운 나라 없지요 세상에

대단한 나라

아닌 밤중에 홍두깨로 일어나
오가는 행인들을 때려눕히고
빨갱이다! 폭도들이다! 좌경용공이다!
고래고래 소리치는 나라

꼭두새벽이면 고함 소리의 장본인이
세상 모든 잠을 설쳐놓고 텔레비전에 나타나
내가 왕이다! 내가 왕이다!
넉살 좋게 웃어제끼는 나라

아침이면
예수의 제자들이 들고일어나
새로 탄생한 국왕의 만수무강을 위해
조찬기도회를 갖고

오전 아홉시쯤이면
나라의 모든 관리들이 그 한사람의 사노가 되고

낮 열두시쯤이면
나라의 모든 병사들이 그 한사람의 사병이 되고

오후 서너시쯤이면
나라의 모든 재산이 그 한사람의 사재가 되고

저녁 일곱시쯤이면
나라의 모든 명사들이 초대되어
그 한사람의 너털웃음을 위해
샴페인을 터뜨리는 나라

그러고도
십년이고 이십년이고 사십년이고
아무렇지 않은 나라 대단한 나라
아무렇지 않은 국민 대단한 국민

시궁창에 대갈통 처박고

참 좋은 나라지요 어머니 우리나라는
무엇이든지 바라면 이루어지고
하면 안되는 일이 없는 나라
수백 수천의 시민을 살상한 흉악범도
대통령까지 되는 그런 나라니까요

어머니 이번에는 흉악범의 공범이
대통령 선거에 후보로 나왔다지요
학살의 현장에 나와
살해된 아이의 어머니 앞에 나와
나를 대통령으로 뽑아주면 어쩌고저쩌고하며
유세를 하고 다닌다지요

화해와 용서로 충만한 나라
어머니 이렇게 좋은 나라 없겠지요 세상천지에
우리나라 좋은 나라 만세라도 불러야겠지요
시궁창에 대갈통 처박고
대한민국 만세! 대한민국 국민 만만세!

가다밥

일제 때
우리 할아버지뻘 되는 사람들
왜놈들 주재소에 불 지르고
이 밥 먹고 살았다지요
대구나 서대문 형무소에 잡혀가서

해방되고 사십년
그 할아버지 손자뻘쯤 되는 대한민국 학생들
양키들 공보원에 불 지르고
이 밥 먹고 산다지요
광주나 부산 교도소에 잡혀가서

달라진 게 없다구요? 있습니다
일제 때는 조선 사람이 일본 물러가라 하면
일본 순사가 와서 잡아갔는데
일본이 물러나고 미군이 들어오고
대한민국 사람이 미군 물러가라 하면
한국 경찰이 와서 잡아가니까요

약한 자여 그대 이름은

강한 자는 항상 약한 자를
앞질러 한발 먼저 갔나니
가서 저만치 산마루턱께에서
억새로 환생하여 손짓하나니
어서 오라고 함께 가자고
바람에 날을 벼리며 부르나니

약한 자여 그대 이름은 무엇이뇨

성조기가 싫어

성조기가 싫어
성조기 아래서 태어난 대한민국이 싫어
대한민국의 대통령이 싫어
대통령이 친애하는 국민 여러분이 싫어 내가 싫어
이런 일 저런 일 성조기와 대통령이 싫어하는 일을 하다가
나는 지금 역적으로 몰려 징역살이를 하고 있습니다
일제 식민지 시절에 독립투사들이 살고 죽었다는 바로 그 감옥에서
일본식 가다밥을 씹어 삼키면서

아무도 모르게 나만 알고 있으라고
간수의 입이 내 귀에 대고 일러준 말은
듬성듬성 가다밥에 박힌 늙은이 이빨과도 같은 콩알도
태평양 건너 미국에서 가져온 것이랍니다
함평 천지 길가에 밭가에 우리 농부들이 키운 마늘이
산더미로 쌓여 썩어 문드러져가는데
왜간장에 부식으로 나오는 양파도 미국산이랍니다

이런 소문 저런 소문 어떻게 돌고 돌았는지
건너 사동 도둑놈 방에서 고래고래 소리 지릅니다
니기미 씨팔 미국 놈 없으면 징역도 못 살겠다아
그러자 이에 지지 않고 사기꾼 방에서도 고함을 칩니다
야이 씨팔놈들아 조상 대대로 미국 놈 좆대강이나 빨고 살아라

진실은 목숨을 걸어야

사실을 말하겠습니다 여러분
이북에서는 김일성과 그 동지들이
소련군과 함께 친일매국노들을 몰아내고
대동강변에 나라 하나를 세웠답니다

사실을 말하겠습니다 여러분
이남에서는 이승만과 그 일당들이
미군과 함께 독립투사들을 몰아내고
한강변에 나라 하나를 세웠답니다

이런 말 어디 가서 하지 마세요 여러분
벽에도 귀가 있고 밤말은 쥐가 듣는답니다
허위가 활개를 치고 다니는 세상에서
진실은 목숨을 걸어야 제 소리를 낸답니다

신입사원에게

이제 너는 기계야
기계의 톱니바퀴일 따름이야
노동자의 살을 째고 뼈를 갉아먹는

기계니까 너는
노동자의 살을 째고 뼈를 갉아
자본가의 배를 채워주는 톱니바퀴니까 너는
인격 따위는 저리 가라야
인격 따위는 이제
워리 개야, 너나 와서 물어가거라야

그래 이제 너는 기계야
노동자의 살을 째고 뼈를 갉아
자본가의 배를 채워주는 톱니바퀴야
그러니까 너는 이제
주인이 돌리는 대로 돌아가면 돼
개미 쳇바퀴처럼 그렇게
그러면 너도
목에다는 화이트칼라 뻣뻣하게 세우고
이마에다는 노동자의 기름 번지르르하게 바르고
신사 숙녀 여러분처럼 살 수도 있어

잘해봐

어차피 너나 나나 남의 집 종살이야
상무가 되고 전무가 되고 또 무엇이 되면
그러면 그런대로 한세상 그럴싸하게 살 수 있어
노동자들에게는 사나운 불독이 되어야 하고
자본가들에게는 고분고분한 복슬강아지가 되어야 하겠지만

역시

역시 그런 사람들이었군
80년
5월투쟁에서
총을 메고 거리에 나선 사람들은
역시 그런 사람들이었군
80년
5월투쟁에서
나의 펜 나의 꿈이 가고자 했던 길을 갔던 사람들은
역시 그런 사람들이었군
80년
5월투쟁에서
영웅적으로 죽어갔던 사람들은

나하고는 나 같은 사람하고는
거리가 먼 사람들이었군
나로부터는 나 같은 사람으로부터는
배운 자로부터는 가진 자로부터는
값싼 동정밖에 받아본 적이 없었던 사람들이었군
다 앗기고 더 앗길 것이 없었던 사람들이었군
80년
5월투쟁에서
70년대의 나의 피 나의 칼이 가고자 했던 길을 갔던 사람들은

개털들

당나귀 귀 빼고 좆 빼고 나면
쥐뿔도 남을 것이 없지요 우리 개털들은 그렇지요
깡다구 하나 빼고 나면 쥐뿔도 남을 것이 없지요
자유다 뭐다 하며 학생들이 오월로 들고일어나니까
인권이다 뭐다 하며 양심세력들이 따라나서니까
덩달아 우리도 쏠려들어가게 되었지요
타도하자 독재정권!
누가 선창을 하니까 우리도 따라 외쳤지요 타도하자 독재정권!
노동삼권 보장하라!
누가 앞장서서 소리치니까 우리도 따라 고래고래 소리쳤지요 노
동삼권 보장하라!
이 땅이 뉘 땅인데 오도 가도 못하냐!
누가 또 피맺힌 절규를 하니까 우리도 따라 목청 돋워 핏대를 올렸
지요
배고픈다리를 지나 돌고개를 넘어 우리는
전진하는 대열을 따랐지요
유동사거리에서 경찰들과 투석전을 하다가
쭉 뻗은 금남로로 진입해 들어갔지요 이때
어디선가 귀를 찢는 총성이 났지요
앞을 보니 저만큼에 바리케이드가 쳐져 있고 그 너머로
일단의 군바리들이 이쪽을 향해 시커먼 총구를 들이대고 있었지요
봉기한 시민의 전진이 주춤했지요
대열이 흐트러지기 시작하더니…… 우리는 보았지요

샛길로 빠지는 사람들 뒤로 처지는 사람들 옆길로 새는 사람
들……

그들은 앞길이 훤한 대학생들이었지요

그들은 집에 가면 진수성찬에다 토끼 같은 새끼들이 기다리는 변
호사들이었지요

그들은 제자리걸음만 해도 먹고살 것이 걱정 없는 교수와 목사들
이었지요

그러나 우리는 나아갔지요 앞으로

우리 개털들은 앞으로 나아가야 그런 것들이 생기니까요

뜨뜻한 방, 여우 같은 마누라, 고봉으로 올린 쌀밥 그런 것들이 말
입니다

안팎

안이고 밖이고 우리나라
깡패들 세상이구나
밖에 있을 때는 군사깡패가 판을 치더니
안에 들어와보니 주먹깡패가 판을 치누나

제발 좀 솔직하자

그놈이 그놈이고 그놈이 그놈이라고 한다
어떤 놈이 되어도 마찬가지일 것이라 한다
이가가 박가이고 박가가 이가이고 하나같이
미국 놈 좆대강이나 빨다 제 갈 곳 갔다 한다
전가도 잘못 빨다가는 미제 군홧발에 채어 골로 갈 것이라 한다
줄줄이 사탕으로 아닌 밤중에 홍두깨로
또다른 무슨 굉장한 성씨가 나와
새 시대 새 인물로 깝죽거릴 터이지만
그놈이 그놈이고 그놈이 그놈일 것이라 한다
제 나라 논밭에 뿌리를 내리지 않는 한은
제 백성 숨결 속에서 살아 숨 쉬지 않는 한은

그렇다 반도 이남은
사십년 묵은 마구간 남의 나라 땅이다
이국 병사의 발아래 밟혀 썩어 문드러진 지푸라기가 이 땅의 몸뚱
이다
똥파리, 진드기, 거머리, 쥐새끼에 쥐며느리, 모기, 빈대, 벼룩……
온갖 물것에 피범벅이 된 아수라장이 이 땅의 잠자리다
오욕으로 질컥이는 시궁창이 이 땅의 강이다
한번도 쳐낸 적이 없는 사십년 묵은 마구간
쓸어버려야 한다 동해바다 거친 파도를 끌어들여
가능하면 남으로 청천강 푸른 물을 끌어내려서라도

그러나 누구랴 이 물을 끌어올 사람은
땅을 파 수로를 내고 물길을 잡아줄 사람은
마법의 혀로 청중을 사로잡는다는 웅변가의 혀끝이랴
사기와 협잡으로 제 배때기를 채우는 데 영일이 없는 정상배들의
쑥덕공론이랴
심심하면 벌여놓는 부자들의 굿거리장단이랴
아니다 아니다 천부당만부당 아니다

이 땅의 주인 농부의 곡괭이고 쇠스랑이다
땅을 파 수로를 내고 물길을 잡아줄 사람은
바위를 만난 광부의 다이너마이트이고
나른한 오후 골짜기를 깨치는 노동의 망치 소리이고

광견(狂犬)

그것이
살기인지 독기인지 또는 미친개의 광기인지는 모를 일이고
내 또한 알 바 아니로되 이 땅에서
한낮에 눈에 불을 켜고 쏘다니는 자들은
군인들뿐이다
그것이
허세인지 텃세인지 또는 권세를 등에 진 위세인지는 모를 일이고
내 또한 알 바 아니로되 이 땅에서
대도를 활보할 수 있는 자들은
발에 군화를 끼고 무릎까지 끼고
허리에는 곤봉 어깨에는 총을 멘 군경들뿐이다
나는 언제부턴가 그들만 보면 주눅이 들고 만다
파출소 같은 데를 지나가면 괜히 누가
잡아 끌어당기지는 않을까 목덜미가 간질간질하고
골목으로 꺾어들기가 무섭게 내 발에는 발동이 걸리는데
무서움 때문일까 그들에 대한 나의 도피행각은
그들의 표정이 무장한 그들의 복장이 나로 하여금
고문의 상처를 감옥의 비인간성을 죽음 직전의 무감각을
악몽처럼 되살아나게 하는 것일까 아니면
총과 칼이 떠받치고 있는 어떤 세계에 대한
나의 반역심에서 오는 것은 아닐까 어젯밤
부잣집만 털고 다니다가 덜미가 잡힌 어떤 강도 선생도
빵 한조각에 소년 형무소로 넘어간 좀도둑의 심리도

나와 같은 것은 아닐까 가진 자들에 대한
무심한 반항에서 오는 무서움은 아닐까

공수병에 걸려 대도를 쏘다니며 활보하는 미친개를 보고도
태평천하인 사람은 필시
미친개의 주인이거나 그 노예는 아닐까

비애

상아의 탑은 안개에 갇혀 있고
우리는 서성였네 최루탄 터지는 눈물 속을
요소요소에 총알로 박혀 되쏘아보는 눈초리로 번득이고
우리는 빠져나갔네 살풍경한 교정을
여기서 저기까지 진리로 가는 길에는
온통 쇠그물망 차의 우주인뿐이고
우리는 돌고 돌았네
얼어붙은 분수대를 돌아
맙소사 당돌하게도 우리는 부닥쳤네
ㄱ자로 꺾어지는 골목에서
가로등 창백한 골목에서
중년의 웬 사내와 부닥쳤네

아니 교수님 왜 여기 계십니까
몰라서 묻는가 나다니지 말고 어서들 집에 가게나
아니 교수님은 우리 가는 길을 못 가게 하는 겁니까
몰라서 묻는가 제발 내 입장도 좀 생각해주게나
아니 당신이 형사요 가라 마라 하게
야, 말을 바로 해라 이분이 형사냐 형사 똘마니지!

　　──이전에 독일 교수들은 호엔촐레른 가의 정신적 친위대였다. 그
런데 지금 그들은 히틀러 나치즘의 정신적 친위대가 되어버렸다.(루
카치 『이성의 파괴』에서)

644

당나귀 좆 빼고 귀 빼고 나면

이곳 감옥에는
교회사라는 관리들이 있지요
자유민주주의를 사랑하고 공산주의를 미워하라는 사람들이지요
그들의 하루 종일 일은
아니 일년 삼백예순날의 일은
남의 편지 뜯어 구석구석 살피는 것이지요
혹시나 거기에 자유라는 유령이 숨어 있지 않나 해서
담 밖에서 차입한 책을 샅샅이 뒤지는 일이지요
민주, 민중, 민족 어쩌고저쩌고하는 말이 있으면
귀신처럼 찾아내어 붉은 줄을 그어 지워버리거나
찢어 꼬기작거려 쓰레기통에 폐기처분하는 것이지요

일주일 전에 집에서
소포로 책 열권 보낸다며 아우한테서 편지가 왔지요
오늘 내 손에 들어온 것은 한권뿐이었지요
나머지는 불허 불허 불허……라는 것이지요
나는 달려갔지요 수개의 철문을 통과하여 교회사실로
　　―이제 소설까지 못 읽게 하깁니까
　　―보세요 제목을『피와 꽃』이 무엇이지요? 남주 씨는 시인이니까
더 잘 아시겠지만 여기서 '피'는 폭력을 상징하는 것이 아니겠어요?
　　―여태까지 시집이 불허된 적은 없었는데 이건 왜 불허된 것이
죠?
　　―말이 시집이지 이건 시를 빙자해서 노동자를 의식화하고 있어

요. 그리고 엊그저께 상부에서 지시가 내려왔는데 노동운동에 관한 책은 일체 불허시키라고 했어요

　—이것은요?

　—그것은 법무부에서 내려온 불허도서 목록에 있어요

　—이것은요? 스페인어로 씌어진 책인데 내용을 알고서 불허시켰어요?

　—보나마나 뻔하죠 복사까지 해서 넣었으면 저자가 네루단가본데 어디서 들은 적이 있는 것 같아요 그 사람 나쁜 사람이지요? 남민전 사람들은 왜 그런 책만 보려고 하죠 좋은 책도 많이 있는데?

　—당나귀 좆 빼고 귀 빼고 나면 뭐가 남지요?

마의 산

이제 아무도
산을 오르려 하지 않는다
소위 군인이란 것들이 죄다 점령하고 있으니까

그래 사람들은 이제 저만큼 아래에서
불평객이 되어 돼지처럼 툴툴대거나
치켜든 손으로 삿대질을 하면서
야 이 새끼야 그만 내려와야 욕을 해댄다
바다 건너 아메리카 쪽에다 가래침을 뱉으며
니기미 자손 대대로 흰둥이 코쟁이 좆대강이나 빨아라 야유를 놓
기도 한다
기껏해서 목청 돋워 핏대나 세우는 성토대회고
주걱이며 낙지 대가리며 화상을 그려놓고 불을 지르는 것이 고작
이다

그러나 오르는 사람도 있다 없지 않아 있다
무릎이 까지고 군홧발에 채어 턱이 떨어져나가면서도 그들은
오르고 또 오른다 개미떼처럼 오른다
벼랑에 목숨의 밧줄을 걸고 오르는 사람도 있다
벌집으로 가슴팍에 총알을 받으면서 오르는 사람도 있다
삽이며 괭이며 어깨에 메고 농부의 낫과 함께 오르는 사람도 있다
강 건너 공장에서 불에 달군 쇠뭉치를 치는 노동자의 망치 소리와
함께

골짜기에서 터지는 광부의 다이너마이트와 함께 오르는 사람도
있다

  이름 없는 사람들 내노라고
  얼굴을 내밀 건덕지가 없는 사람들 안에 든 것이 없어
  끄적거려 펜으로, 조잘거려 입부리로 제 배를 가득 채워보지 못한
사람들
  오늘 하루 일 못 나가면 일터에서 쫓겨나고
  다음 날부터는 삼시 세때가 걱정인 사람들
  이들이 물불 가리지 않고 산을 기어오름은
  정상이라는 자리를 차지하기 위해서가 아니리라
  일 않고 배부른 위엣것들처럼 떵떵거리며 살고 싶어서가 아니리라
  토지 없는 농부에게 산을 일구어 밭뙈기라도 나눠주기 위함이리라
  겨울의 광부에게는 불을 주고
  쉬는 날을 그리워하는 노동자들에게는 바위산을 깎아내려 그늘을
만들어주기 위함이리라
  여차하면 아예 통째로 산을 무너뜨려
  울뚝불뚝 솟은 데를 깎아내려 골짜기를 메우고
  평지를 이루고자 함일지도 모르리라 층하 없이

음모

아무도 안 보는 데서

　니 것 내 것 없이 섹스와 재산을 공유하기로 계약한 마누라도 없는

데서

　맘 놓고 안심하고 시를 쓸 수는 없을까

　시를 쓰면서 검열관이나 출판사의 여직원을 떠올리지 않고

　미래의 복권 사후의 명성까지도 운산하지 않고

　무심하게 무심하게 시를 쓸 수는 없을까

　요즘 나는 밤으로 시를 쓰다가 간수나 밀정처럼

　누가 내 속을 엿보고 있지는 않나 해서

　두리번두리번 앞뒤를 둘러보는 버릇이 생겼다 가령

　자유라든가 해방이라든가 그 염병할 그 저주받을 이름을 부르다가

　농민이라든가 노동자라든가 그 흔해빠진 것들을 노래하다가

　시험 치는 아이가 커닝을 하려고 선생님의 눈치를 살피듯이

　어둠속을 살피게 되는데 그러면 영락없이

　문밖에 뭔가 부스럭거리는 소리가 나고

　바삐 옮겨지는 발자국 소리가 나고

　그 발자국을 뒤쫓는 또다른 발자국 소리가 나고

　바람을 가르는 채찍 소리가 나고 비명 소리가 나고…… 그러면

　순식간에 나는 종이를 말아 목구멍에 쑤셔넣고

　침 발라 꿀꺽 삼켜버리는 것이다 그것이

　아랫배에 착 가라앉는 것을 알고서야 나는 겨우

　안심이다 섹스와 재산의 공유로부터

마을 길도 넓혀졌다는데

왜 헌 마을 농부들은
새마을에 살기를 싫어하는지
몰라보게 좋아졌다는데
마을 길도 넓어져 도시 택시 굴러다니기에 좋고
푸른 기와 노란 기와 붉은 기와 하얀 기와
울긋불긋 그림책처럼 아름다워 좋고
전기밥솥에 전기다리미 세탁기에 냉장고
골방 가득 없는 것이 없는지라
손 안 대고 밥 먹고 빨래하고 코 풀고
살기 편해서 좋아졌다는데
무슨 일로 헌 마을 농부들은 알거지 쑥굴형 빠져나가듯
밤으로 낮으로 새마을을 빠져나가는지
문전옥답 빼앗기던 시대 일제 때도 아닌데
기지촌에 땅 뺏기고 계집 뺏기던 8·15 직후도 아닌데
어쩌라고 가시내들은 기를 쓰고 마을을 빠져나가는지
어쩌라고 머스마들은 기를 쓰고 막차를 타는지
주인이 되어 제 논 갈아 제 밥 먹기보다는
어쩌라고 그들은 다투어 도시의 종이 되어가는가
어쩌라고 그들은 다투어 부잣집 식모가 되어 떠나고
술집 작부가 되어 세상을 떠도는가
모를 일이다 나는
정부 고관이 아닌 바에야
모를 일이다 나는

새마을 지도자가 아닌 바에야
모를 일이다 나는
사기꾼 정상배가 아닌 바에야

새마을

옴박지만 한 호박 하나 보듬고
우리네 어매 아배 그렇게 모질 수가 없었지
그 어매 새끼들 근대화에 바람나
달덩이 같은 송아지를 받고도 그것이 돈으로 안될 성부르면
어미 소로 키워 논밭에 이랑을 내려 하지 않는다지
복동이는 깨구락지 뒷다리를 잘라 재산을 모았다지
정부에서는 새마을 소득증대 장려상까지 주었다지

친절에 대하여

처음 내가
서울 구경을 한 것은
고등학교를 졸업하고 재수할 때다
아는 사람이라고는 사돈네 팔촌도 없는 나에게
"따뜻한 방 있어요"
친절하게 말을 건네주고는
"참한 아가씨 있어요"
앞장일랑 서서는 길까지 안내해준 사람은
서울역 뒷골목의 아줌마였다

그동안 나는 십년을 서울에서 부대꼈다
살냄새 땀 냄새 입 냄새 사람 냄새에 끼여
그동안 나는 수많은 사람들로부터 친절을 받았다
하나같이 그들은 제 속에 잇속을 갖고 있었다
잇속 없이 나를
밀어주고 이끌어주고 감싸준 사람이
딱 한사람 있었는데
그는 지금 감옥에 있다

도로아미타불

쓰잘 데 없음
돌로 깎아 내 아우가 세운 자유의 입상도
식은땀 빈속에다 밤새워 채우는 내 친구의 평등의 시도
북을 향해 앉아 드리는 내 아버지의 아우의
그러니까 내 작은어머니의 다소곳한 통일에의 기원도
쓰잘 데 없음

다 쓰잘 데 없음
내 아내의 서푼짜리 부푼 꿈도
자본가 주머니 속의 귀찮은 잔돈 같은 것
19일 단식의 내장으로 울부짖는 내 조카 놈의 노동삼권도
가을을 바라보며 봄의 언덕에
제 보습 한번 대고 죽고 싶다던 내 이웃
골아실댁 할아버지의 한치 땅의 소망도
다 쓰잘 데 없음

이 모든 것의 다 쓰잘 데 없음이여
일어남이 없이는
학교를 교회당의 십자가를 뒤로하고
일어남이 없이는
집을 아내를 내 자신마저 뒤로하고
곰보 애꾸 애 못 낳는 여자, 요강 망건 장죽
이 모든 것의 벌떼같이 일어나는 일어남이 없이는

자유도 평등도 통일도 꿈도 토지와 노동의 꿈도
다 쓰잘 데 없음이여
이 모든 것의 쓰잘 데 없음이여

굴욕 속에서 패배 속에서
한신의 고사를 생각하지 않는 바는 아니지만
레닌의 지혜를 떠올리지 않는 바는 아니지만
그래도 남은 것이 있었으니
끝까지 남아서 찌꺼기처럼 남아서
나를 괴롭히는 것이 있었으니
아, 내 자신에 대한 미움이여

달구지에 실려 어디론가 끌려가는 볏섬과 함께

가을이 끝난 들판에
그는 서 있다 쓰러진 허수아비
그루터기만 남은 논바닥을 바라보며
한해의 노동이 준 허망을 생각하며
고랑째 이랑을 돋우고
땀 흘려 일하는 사람이
밭의 주인이 되어서는 아니되는가
뜨는 해 지는 달과 함께

소 몰아 쟁기질하는 사람이
논의 주인이 되어서는 아니되는가
골짜기를 적시는 눈 녹아 바람에
봄의 싹을 틔우고
허벅지까지 들어간 수렁논에서
꺾어진 허리로 모를 심고
가뭄과 홍수 속에서
나락을 건져내는 사람이
가을의 주인이 되어서는 아니되는가

탈곡을 끝낸 마당에
그는 서 있다
바람에 날리는 쭉정이를 바라보며
어디론가 실려가는 나락섬을 보며

독립의 붓

독립의 붓을 들어 그들이
무명베에 태극기를 그린 것은
그 뜻이 다른 데에 있지 않았다

다른 데에 있지 않았다 그 뜻
밤을 도와 살얼음의 강을 건너고
골짜기를 타고 험한 산맥을 넘고
집에서 집으로 마을에서 마을로
민족의 대의를 전한 것은

일어나고 싶었던 것이다
한사람이 일어나고
열사람이 일어나고
천사람 만백성이 일어나
거센 바람 일으켜 방방곡곡에
성난 파도 일으켜 항구마다에
만세 만세 조선독립 만세
목메이게 한번 불러보고 싶었던 것이다
빼앗긴 문전옥답 짓밟힌 보리와 함께 일어나
빼앗긴 금수강산 쓰러진 나무와 함께 일어나
왜놈들 주재소를 들이치고 손가락 쇠스랑이 되어
왜놈들 가슴에 꽂히고 싶었던 것이다
동해에서 서해까지

한라에서 백두까지
삼천만이 하나로 일어나
벙어리까지 입을 열고 일어나
우렁차게 한번 외치고 싶었던 것이다
만세
만세
조선독립 만세!

용봉의 꿈

나는 안다 당신들의 꿈을
곤봉에 머리가 터지고 최루탄에 눈물 흘리며
폭정의 거리에서 투석전을 해본 적이 있는 나는 안다
밤으로 끌려가 시멘트 바닥에 무릎 꿇고(그렇다 나는 무릎을 꿇었
다!)
사타구니에 고개 처박히고 개떡처럼 뺨을 얻어맞고 피 흘리고
속수무책으로 육년 동안 감옥에 갇혀 있으면서
사월이면 오월이면 모교 쪽에서 봄바람 꽃바람을 타고
향기처럼 실려오는 최루가스에 눈시울을 적시고 있는 나는
당신들의 꿈이 얼마나 아름다운가를 안다

민중의 고혈에 취해
미친 듯이 뿌려대는 재벌들의 지폐 뭉치가 아니라
피 묻은 미제 총알이 아니라 그 원격조종이 아니라
노동의 낫으로 상처투성이인 우리네 농부의 손으로
망치질로 흠집투성이인 우리네 노동자의 손으로
나라와 민족의 지도자를 뽑아야겠다는 꿈

아름답다 그 꿈은
옷고름을 적시고 내 발등에 떨어져 산화하는 눈물처럼
당신들의 투쟁은 아름다운 꽃이다

이념의 닻

대중은 혁명의 바다
죽은 듯 평시에는 잠잠하다가도
때를 만나 바람을 타면
사납게 노호하고 험한 파도 일으킨다
그 파도 제방을 만나면 제방에 이마를 부딪치고
그 파도 바위를 만나면 바위에 이마를 부딪치고
산산조각 하얗게 부서져
한 목숨 혁명의 바다에 바친다

그렇다 산에 들에
혁명의 꽃이 만발한 것은
이념의 닻이 대중의 가슴에 뿌리를 내릴 때이다

불씨 하나가 광야를 태우리라
금요회를 위하여

우리도 모여야겠다 하나로
하나로 모여 열여덟 작은 불씨
무엇 하나 이루어야겠다

흩어져 깜박이다가
언제 또 바람에 맞아 꺼질지 모르는
불티이기를 거부하고
흩어져 반짝이다가
언제 또 군화에 밟혀 뭉개질지 모르는
개똥벌레이기를 거부하고

우리도 뭉쳐야겠다 하나로
하나로 뭉쳐 열여덟 작은 불씨
큰불 하나 이루어야겠다
이루어 큰불 하나
거세게는 타오르게 하고
해와 달로 높이는 떠서 높이는 뜨게 해서
어둠에 묻힌 새벽을 열어야겠다

자유를 위하여

곡괭이에 찍혀
잘려나간 대지의 뿌리
당신은 생각하는가 한두번의 곡괭이질로
자유의 뿌리가 뽑히리라고
갈고리에 걸려
떨어져나간 하늘의 가지
당신은 생각하는가 한두번의 갈고리질로
자유의 날개가 꺾이리라고
도끼에 찍혀
흠집투성이가 된 대지의 기둥
당신은 생각하는가 한두번의 도끼질로
자유의 나무가 넘어지리라고

보아다오 뿌리는 벌써 뻗어
마을로 동구 밖 한길의 네거리로 뻗어내려
찢어지는 산맥 강물의 속삭임과 함께 전진하고 있나니
보아다오 가지는 이미 그 씨방을 퍼뜨려
땅속 깊은 곳 대지의 자궁에서
반전의 싹을 틔우고 있나니
오 자유여
봉기의 창끝에서 빛나는 별이여

자유여

웬 사내 하나
육교 밑에서 군화에 밟히고 있다
안경은 저만치에서 박살이 나 있고
웬 엿장수 하나
겁먹은 얼굴로 가위 소리 요란스레 골목으로 사라진다

웬 사내 하나 여전히
육교 밑에서 군화에 밟히고 있다
가방은 책과 함께 저만치서 나뒹굴고
웬 거지 하나
육교 위 난간에서 코를 풀고 있다

무너져내린 콧날 터진 입술이여
웬 사내 하나
두 사내의 팔에 끼여 끌려가고
웬 남녀 한쌍 발걸음도 가볍게
가로수 밑을 걷다가
붉은 피 비에 젖어 바람에 뒤채이는
웬 종이 하나 무심코 보다가
사색이 되고 질겁을 하네
"자유여!" 이 말에

역사

나는 저 사람을 안다

수갑을 차고 삼등열차에 실려 어딘가로 이송되어가는 저 사람을

어딘가에서 본 적이 있다 어딘가에서

그렇다 텔레비전에서였다 육년 전에

신민당사에서 YH 노동자들이 앉아버티기 싸움을 하고

부산에서 마산에서 민중들이 일어나고 김 아무개가

박 아무개를 암살하고…… 그때 그 와중에서

저 사람은 기자들의 질문 공세를 받고 있었던 것이다

담담하게 그러면서도 단호하게

　—소위 남조선민족해방전선은 북에서 주장하는 공산혁명의 일환
으로서 공산주의자들이 만든 집단이 아닌가?

　—해방전선은 특정한 이데올로기를 신봉하는 사람들의 조직이
아니다 민족의 해방 국가의 독립 민중의 자유를 사랑하고 제국주의
의 신식민지정책과 그 하수인들을 증오하는 사람들이 만든 조직이다

　—그러면 왜 '남조선'이란 말을 썼는가?

　—'조선'은 우리 민족 고유의 이름이다 분단 이전에 있었던 이름
이다 조국이 남과 북으로 갈라져 있는 상태에서 남쪽을 '남조선'이
라 했을 뿐이다

　—당신 모 재벌 집을 습격했다고 하는데 시민으로서 잘했다고 생
각하는가?

　—유치한 질문이다 내가 그곳에 간 것은 파렴치한으로가 아니다
해방전사로서 갔던 것이다 잘했고 못했고는 역사가 말할 것이다 역
사는 도덕적인 순결을 여러가지로 해석한다 우리가 논개를 평가할

664

때 기생으로서 그의 직업을 문제 삼고 있는가

나는 저 사람을 안다

혁명의 길

시대의 절정에서
대지의 사상에 뿌리를 내리고
새벽을 여는 사람이 있다 어둠의 벽을 밀어
혁명하는 사람이 그 사람이다
굶주림이 낯익은 그의 형제이고
몸에 밴 북풍한설이 그의 이불이다
그리고 얼굴 없는 그림자가 그의 길동무고

혁명의 길은
다정히 둘이 손잡고 걷는 길이 아니다
박수갈채로 요란한 도시의 잡담도 아니다
가시로 사납고 바위로 험한 벼랑의 길이 그 길이다
끝이 보이지 않는 도피와 투옥의 길이고
죽음으로써만이 끝장이 나는 긴긴 싸움이 혁명의 길이다
그러나 사내라면 그것은 한번쯤 가볼 만한 길이다
전답이며 가솔이며 애인이며 자질구레한 가재도구며……
거추장스러운 것 가볍게 털어버리고
한번쯤 꼭 가야 할 길이다
과연 그가 사내라면
하늘의 태양 아래서
이름 빛내며 살기란 쉬운 일이다
어려운 것은
지하로 흐르는 물이 되는 것이다 소리도 없이
밤으로 떠도는 별이 되는 것이다 이름도 없이

제6부

길

감옥이 열리고
길도 따라 내 앞에 열려 있다
세갈래 네갈래로

어느 길로 들어설 것인가
불혹의 나이에
나는 어느 길로도 선뜻
첫발을 내딛지 못한다

농사나 지을까
나로 인해 화병으로 돌아가신
아버지의 들녘으로 가서

시나 쓸까
이 세상 끝에라도 가서

쉬었다나 갈까
어디 절간 같은 데라도 가서

별생각이 다 떠오른다
그러나 세상은
내 좋을 대로 하라고 내버려두지 않는다
자꾸만 자꾸만 내 등을 밀어 사람들 속으로 집어넣는다

오늘도 나는 어느 집회에 가야 한다
가서 세상이 한번 뒤집히기를 요구하는 사람들 앞에 서서
목소리를 높여 시를 읽고 말을 하고
돌아오는 길에 쓰디쓴 입맛을 다셔야 할 것이다
사물의 핵심을 찌르지 않고 비켜가는
내 시와 말이 비겁하지 않느냐는 생각을 하면서
나도 한때 핵심을 비켜가는 시를 쓰고 말을 하고 다니는 사람을
안타까운 눈으로 바라본 적이 있었음을 떠올리면서

나그네

조상 대대로 토지 없는 농사꾼이었다가
꼴머슴에서 상머슴까지
열살 스무살까지 남의 집 머슴살이였다가
한때는 또 뜬세상 구름이었다가
에헤라 바다에서 또 십년 배 없는 뱃놈이었다가
도시의 굴뚝 청소부였다가
공장의 시다였다가 현장의 인부였다가
이제는 돌아와 고향에
황토산 그늘에 쉬어 앉은 나그네여
나는 안다 그대 젊은 시절의 꿈을
그것은 아주 작은 것이었으니
보습 대일 서너마지기 논배미였다
어기여차 노 저어 바다의 고기 낚으러 가자
통통배 한척이었고
풍만한 가슴에 푸짐한 엉덩판
싸리울 너머 이웃집 처녀의 넉넉한 웃음이었다
그것으로 그대는 족했다
그것으로 그대는 행복했다

십년 만에 고향에 돌아와서도
선뜻 강 건너 마을로 들어서지 못하고
바위산 그늘에 쉬어 앉은 나그네여

무덤 앞에서

상원아 내가 왔다 남주가 왔다
상윤이도 같이 왔다 나와 나란히 두 손 모으고
네 앞에 네 무덤 앞에 서 있다

왜 인제 왔느냐고? 그래 그렇게 됐다
한 십년 나도 너처럼 무덤처럼 캄캄한 곳에 있다 왔다
왜 맨주먹에 빈손으로 왔느냐고?
그래그래 내 손에는 꽃다발도 없고
네가 좋아하던 오징어 발에 소주병도 없다
지금은 그럴 때가 아니다 아직

나는 오지 않았다 상원아
쓰러져 누운 오월 곁으로 네 곁으로
나는 그렇게는 올 수 없었다
승리와 패배의 절정에서 웃을 수 있었던
오 나의 자랑 상원아
나는 오지 않았다 그런 네 앞에 오월의 영웅 앞에
무릎을 꿇고 가슴에 십자가를 긋기 위하여
허리 굽혀 꽃다발이나 바치기 위하여
나는 네 주검 앞에 올 수가 없었다
그따위 짓은 네가 용납하지도 않을 것이다

나는 왔다 상원아 맨주먹 빈손으로

네가 쓰러진 곳 자유의 최전선에서 바로 그곳에서
네가 두고 간 무기 바로 그 무기를 들고
네가 걸었던 길 바로 그 길을 나도 걷기 위해서 나는 왔다

그러니 다오 나에게 너의 희생 너의 용기를
그러니 다오 나에게 들불을 밤의 노동자를
그러니 다오 나에게 민중에 대한 너의 한없는 애정을
압제에 대한 투쟁의 무기 그것을 나에게 다오

언제 다시 아

내가 서 있는 곳은 어디인가
어제까지만 해도 달과 별자리의 운행이
나와는 상관없이 진행되었던 어젯밤까지만 해도
아니 담 하나를 사이에 두고 십년 동안 반십년 동안
자유의 이름 들을 수 없었고, 해돋이의 산과 바다를 볼 수 없었던
오늘 아침까지만 해도 감옥이
파괴된 내 육신의 집이었는데 어둠과 공포와
가위눌린 내 혼의 방이었고 시간이었는데
지금 나는 어디에 있는가

사람들은 말한다 이제 나는 자유라고
과연 그런가 지금 내 손목에는
옥죄는 쇠붙이의 톱니로 속수무책의 아픔은 없다
없다 철근과 콘크리트가 겨울의 햇살을 자르는 칼날의 추위도
그리고 사람들은 번호 대신 내 이름을 불러주고
형제애의 손길로 내 등을 또닥거려준다
그렇다 분명히 있다 그들이 말하는 자유는
사상과 무기의 결합 그것만 아니면
불꽃의 도화선에서 번뜩이는 혁명의 새벽만 아니면
말이고 글이고 섹스고 나발이고……
모든 것이 허용되는 관제된 질서는 있다 거리는 있다
술병과 함께 오징어 뒷다리 같은 여자를 꿰차고
주말이면 종잡을 수 없이 산을 오르고 하산하면

고래고래 소리 지르며 그 거리를 활보할 수 있는 자유는 있다
그들이 말하는 자유는
황혼이 되자 날기 시작한다는 올빼미의 눈에도 있고
허공에 매달려 사후의 세계를 꿈꾸는 십자가의 기도에도
허기져 현기증이 나고 눈알이 핑핑 돌도록
먹을 것이며 입을 것이며 오만가지 상품으로 현란한
상가의 진열장에도 있다
그러나 어디에 있는가 내가 바라는 자유는
농부이기 때문에 다만 그 때문에 서른셋의 나이로
늙은 총각으로 장가를 들지 못하는 내 아우가 갖고 싶어하는 자유는
집이며 쉬는 날이며 맑은 대기와 건강을 갖고 싶어하는
선반공인 내 이웃의 자유는 어디에 어디에 있는가
가난의 힘 딛고 설 땅은
노동의 배가 숨 쉴 수 있는 공기는 밥은 어디에 어디에 있는가
나는 묻겠다 그들에게 그들의 다문 입술에
나는 속삭일 수 있는가 진실을
마음 놓고 터놓고 가난의 귀에 호소할 수 있는가 단결을
여기저기 배고픈 돌에게 뿌리 뽑힌 나무에게 풀에게 강에게 산맥
에게
단결하여 전진하라고 노래할 수 있는가 그래도 탈이 없는가
싸움의 팔이 되고 주먹이 되라고
내 입은 전투의 나팔 소리가 될 수 있는가 그래도 괜찮은가
이 거리는 내가 지금 딛고 있는 이 도시는

674

유혈의 전투로 자유를 넘치게 했던 그 거리 그 도시인가
영산강이 흐름을 멈추고 무등산이 귀를 세우고 지켜보았던
그 도시 그 거리는 어디에 있는가
어디 가서 나는 만날 수 있는가 오월의 사자들을
영웅들의 투쟁을 그 죽음을 어디 가서 다시 만날 수 있는가
언제 다시 나는 그들과 함께 불굴의 생명으로 태어나 노래하고 싸
울 수 있을까
검은 고개 돌고개를 넘어
배고픈다리께에서 리어카와 함께 파괴된 행상인의 다리
세칠이 현동이 관옥이—
불에 달군 철판처럼 그 가슴이 뜨거웠던 철공소 아이들
야학의 밤길에서 지친 발길과 함께 쓰러진 노동자의 언니 기순이
야채와 곡물 대신 총알의 심장과 다이너마이트의 분노를 실어날
랐던 단호한 운전사들
감옥을 제 큰집마냥 들쑥날쑥하였던 룸펜 프로들
투쟁의 한가운데서 죽음을 껴안고
최후의 밤을 지키다 별과 함께 사라진 상원이 형
아 언제 다시 그들과 함께 총을 메고 길 위에 설 수 있을까
언제 다시 그들과 함께 어깨동무하고
금남로를 전진할 수 있을까
언제 다시 언제 다시 아 오월의 영웅들
그들 곁으로 갈 수 있을까
그들 곁에서 떳떳할 수 있을까

어머니의 손

동무들과 고샅에서 자치기를 하다가
토막나무에 이마를 맞아 터지기라도 하면
장독에 가서 얼른 가서
된장 한숟갈 떠서 바르면 그만이었지

낫으로 시누대 꺾어 빼무락질을 하다가
아야 하는 순간에 손가락이라도 베면
낫자루로 개미둑을 뽀사
침 발라 사알짝 발라주면 말짱했고

나무하러 가서 산에서
머루랑 다래랑 따 먹다가 폭각질이 나오면
저 아래 옹달샘에 내려가 맹감잎으로 표주박을 만들어
물 한모금 떠먹고 하늘 한번 쳐다보면 쑥 들어가고는 했지

그러나 무엇보다도
내 어린 시절에 신통했던 것으로 치자면
어머니 손을 덮을 것이 없었지
아이고 배야 아이고 배야 뜬금없이 배가 아파
방 안을 온통 떼굴떼굴 굴러다니면
어머니는 나를 따뜻한 아랫목에 눕혀놓고
그 까끌한 손바닥으로 배꼽 주위를 슬슬 문질러주었지
그러면 영락없이 아픈 배가 싹 낫고는 했지
그러면 거짓말처럼 언제 내가 배 아팠냐 했지

어린 시절을 생각하며

내 또래 아이들
책보 차고 학교에 갈 때
나는 망태 차고 뒷산으로 갔다
걸상에 앉아 공부할 동무들을 생각하며
풀밭에 앉아 나는
낫으로 대꼬챙이를 깎아 땅바닥에
ㄱㄴ도 써보고 ㅏㅑㅓㅕ도 써봤다

일곱살 때 봄이었었다
울타리 너머 화자네 집에서
한배 동생 두배가 3×3은 9 구구셈 외우는 소리를 듣고
나도 따라 구구셈을 했다
장독에 떨어진 감꽃을 지푸라기에 꿰면서

열살이 되어서야 아버지는 나를
학교에 넣어주었다
재주가 아깝다고 외할머니의 성화에 못 이겨
나이가 남보다 많아서였을까
나는 공부도 잘하고 싸움도 잘했다

이런 나를 두고 아버지는 물론
집안 대소가가 한마디씩 했다
"우리 문중에서도 사람 하나 내야겠다"고
(지금도 그렇지만 그 당시에 농민들은

땅이나 파먹고 사는 자기들을 사람이라 여기지 않았다)

땅골재 민씨의 문중산에서
멍에감으로 참나무 한 가지 베다가
지서에까지 끌려가 똥줄이 탔던 아버지는
내가 커서 어서어서 커서는
순사 나으리가 되어주기를 바랐고
모내기철에 농주 한 항아리 해 먹다 들켜
면서기한테 씨암탉을 빼앗겼던 사촌형님은
내가 군서기쯤 되어야 한다고 우기셨고
끼니 거르기를 밥 먹듯이 했던 작은아버지는
우리도 사람대접 받고 살려면
못되어도 내가 금판사 정도는 되어야 한다고 큰기침을 했다

그런데 나는
잘된 일인지 못된 일인지 그 무엇이 되어
집안 어른들의 소원을 풀어주지 못했다
판사는커녕
면서기 근처에도 가보지 못했다

어떻게 하고 있을까
지금쯤 내가 면서기 같은 것을 하고 있다면
농활 나온 학생들 몹쓸 놈들이라고

678

마을마다 집집마다 돌아다니며 유세하고 다닐까
들에 나가 논둑길 밭둑길에 서서
콩 심어라 팥 심어라 유신벼에 통일벼 심어라
내 아버지뻘 되는 농부의 면상에다
반말에 삿대질깨나 하고 있을까
아이고 무서워라 아이고 무서워라
운수대길하여 내가 검판사 나으리가 되어 있다면
떨어진 고추값 좀 올려달라고 떼를 쓰는
농부를 잡아다가 오랏줄로 엮어놓고
"이놈 네 죄는 네가 알렷다"
눈을 부라려 호통깨나 치고 있을까

예나 이제나 우리 농부들
사람 된 적 없다
논에 나가 나락을 키우고
밭에 나가 보리를 키우고
농사짓고 살겠다 하면
총각들은 시집올 처녀를 구하지 못한다
지금이 어느 세상인데 오죽 못났으면
촌구석에 남아 두더지처럼 땅이나 파고 살겠냐며
지금이 어느 세상인데 병신 아니면
씽씽한 다리로 흙이나 이기고 살겠냐며
아예 사람 축에도 껴주지 않는다

아버지의 무덤을 찾아서

추수가 끝난 들녘이다
나는 어머니의 등불을 따라 밤길을 걷는다
마른 옥수숫대 사이로 난 좁다란 밭길이 끝나고
어머니의 그림자가 논길로 꺾이는 어귀에서
나는 잠시 발을 멈추고
논가에 쓰러져 있는 흰옷의 허수아비를 일으켜세운다
아버지 제가 왔어요 절 받으세요
그동안 숨어 살고 갇혀 사느라
임종도 지켜보지 못한 불효자식을 용서하세요
그러나 허수아비는 대답이 없다
야야 거그서 뭣 하냐 어서 오지 않고
저만큼에서 어머니가 재촉하신다
아버지 생각이 나서 그래요 어머니
가뭄의 논바닥에 물을 댄다고
아버지와 같이 여기서 이슬잠을 자다가
새벽에 제가 피똥을 싸는 배를 앓았어요
나도 알고 있어야 그해 가을 일은
그때 느그 아부지 놀래가지고 너를 업고
어성교 약방으로 달려가던 모양이 눈에 선하다야
그날 새벽에 니가 꼭 죽는 줄 알았어야
나는 다시 어머니의 등불을 따라
도랑을 건너고 솔밭 사이 황톳길로 들어선다
다 왔다 저기 저것이 느그 아부지 묏등이어야

니가 서울서 숨어 살 때 돌아가셨는디
참 불쌍한 사람이어야 일만 평생 죽자 살자 하고
자식덜 덕 한번 못 보고 저승 사람 됐으니께
느그 아부지가 너를 을마나 생각했는 줄 아냐
너는 평생 돈하고는 먼 사람일 것이라면서
저 아래 징갤 논배미는 니 몫으로 띠어놓으라 하고
마지막 숨을 거두셨단다

산언덕바지에 앉아 있는 아버지의 무덤은
일곱마지기 우리 논을 내려다보고 있었다
이놈아 니가 그러고 댕긴다고 세상이 뒤집힐 것 같으냐
첫 감옥에서 나와 무릎 꿇고 사랑방에 앉아 있을 때
아버지가 내게 하셨던 꾸중이 떠올랐다 가엾은 양반

저 언덕 다 건너면

남들은
하나를 배워
열을 안다는데
열을 배우고도 나는
하나를 알까 말까 한다
그것도 아주 느리게나 알기 때문에
남의 웃음이나 사고

싸움만 해도 그렇다
남들은
아니 가고 앉아서
천리를 보고
이렇게 저렇게 하기만 하면
백번 싸워 백번 이긴다는데
아니 가고 나는
한치 앞도 못 가린다
강을 건너고 산을 넘고
천 고비 만 고비 시련의 고비를 넘고서야
가로질러 들판 싸움터에서
엎치락뒤치락 골백번 싸우고서야
겨우 한번 이길까 말까 한다

가자 가자 저 언덕 가자

저 언덕 다 건너면 뜨는 해도 보리라
가자 가자 저 언덕 가자
저 언덕 다 건너면 깨달음도 얻으리라

'수로부인'을 읽고

나는 보았습니다 억압의 시대에
우리가 불러야 할 노래 자유의 절정을
천년보다 먼 나라 아득한 나라
성골 진골만이 사람으로 행세하던
골품의 나라 신라에서 보았습니다

"거북아 거북아 수로를 내놓아라
남의 아내 앗아간 죄 그 아니 크냐
네 만약 거역하고 내놓지 않으면
그물로 널 잡아 구워 먹으리라"

이 얼마나 당당한 노래입니까
아름다운 것 빼앗기고 우리 백성들 가만있지 않았습니다
무서워 떨고만 있지 않았습니다
싸웠습니다 옛사람들은
빼앗긴 것 아름다운 것 되찾기 위해
그들은 무릎 꿇고 빌지 않았습니다

노래 지어 고을 사람들
천 입의 아우성 한 입으로 터뜨리며
남의 것 앗아간 죄 당당하게 단죄하고 싸웠습니다
거역하면 폭력도 불사하겠다며

녹두꽃 죽창에 달고

동네방네 사람들 내 말 좀 들어보소
감옥에서 나와 십년 만에
산 좋고 인심 좋은 고향에를 갔더니
산에는 나무하는 장정이 없었소
들에는 나물 캐는 가시내가 없었소
아들딸 다 빼앗기고 도시에 홍등가에
자본가의 굴뚝에 빼앗기고
허물어진 폐가처럼 고샅에 주저앉아
하릴없이 먼 산 바라보기나 하고 있는
할아버지 할머니 말씀을 들어볼작시면
세상에 이런 세상이 없었소
봄이면 논 갈아 모내기하고
가을이면 낫 갈아 벼베기하고
농자천하지대본이라 농사짓고 산다 하면
총각한테 시집올 처녀가 없다 했소
농가마다 집집마다 한집에
삼백만원 사백만원 빚더미에 눌려
채무노예로 우리 농민들 끙끙 앓고 있다 했소
한해에도 수백명 수천명 우리 농민들
농약 먹고 술에 취해 죽어가고 있다 했소

동네방네 사람들
이런 세상 세상에 어디에 또 있겠소

나는 양반 너는 쌍놈
한 나라가 두 족속으로 갈라져
인간이 인간을 종으로 부려먹던 그런 세상에서도
나라 빼앗기고 남의 나라 식민살이 하던 그런 시절에도
농사짓고 산다 해서 총각이 처녀한테 장가가지 못하고
늙어가는 그런 일은 없었소
한해에도 수백명 수천명 농민들이
농약 먹고 술에 취해 죽어가는 그런 일은 없었소
단군 이래 없었소 역사 이래 없었소

동네방네 사람들
시인이니까 나는 시나 쓰고 있으라 하지 마소
먹고살기야 전보다 나아졌다고 하지만
인간은 배부른 돼지가 아니라오
마을 길도 넓혀지고 전깃불도 깜박거리고
어쩌구저쩌구 좋은 세상 야단법석들이지만
그 길에 전깃불 밑에
소 몰아 귀가하는 젊으나 젊은 총각이 없다면
머리에 물동이 이고 그 옆을 스치는 처녀의 눈길이 없다면
무엇에 쓰겠소 무엇에 쓰겠소 이 잘난 세상

나에게 다오 동네방네 사람들
대나무와 낫을 나에게 다오

686

녹두꽃 죽창에 달고 어딘가로 가야겠소
갑오년 곰나루 건너 어딘가로 가야겠소
나에게 필요한 것은 시가 아닌 것 같소
나에게 필요한 것은 시가 아닌 것 같소

누이의 서울

흡사
전쟁이 할퀴고 간 자리
그 자리에서 나는 본다
십년 전에 집을 나간
누이의 서울을
하늘나라에서 가장 가깝다 하여
달동네 별동네라고 한다는
산꼭대기 마을에 와서

나는 본다
여기저기 사방 천지에서
박살난 검은 솥뚜껑을 본다
거지처럼 찌그러진 녹슨 양철동이를 본다
엿 대신 돌멩이들로 드글드글한 엿판을 본다
무기로 쓰였음직한
그러다가 패배로 남았음직한
똥 묻은 빗자루와 연탄집게를 본다
판자로 엮은 바람벽과 함께
루펑을 뒤집어쓰고 쓰러진
내 누이의 파괴된 삶을 본다

그리고 저 멀리로 나는
투구와 방패로 무장한

미화부대에 쫓겨
그들이 휘두르는 쇠망치의 바람에 쫓겨
궁색한 살림살이의 잔해를 이고 지고
헐벗은 겨울 산을 넘는
남부여대를 본다

자랑 하나

나 자랑 하나 있지
암 있고말고
두쪽으로 동강 난 나라
하나로 이어지면 그날
손주 놈에게 들려줄
자랑 하나 있지

나 북녘에 대고
하늘에 가슴에 대고
총 겨눈 적 없었지
부자들 총알받이 된 적 없었지
골백번 죽어도 없었지
백골이 진토가 되어도 없었지
남의 나라 식민지
나 군인 된 적 없었지
나 군인 될 수 없었지

말

"인민의
인민에 의한
인민을 위한 정부"
이 말에는 꿈이 있었지
아메리카의 위대한 꿈이 있었지
그러니까 백년 전만 해도
게티스버그에서 링컨이 이 말을 입에 올렸을 때만 해도
그 말에는 싹수가 있었지
그때만 해도 이 말을 들었던 남북의 인민들은
내일이라도 금방 해방이 올 것 같았지

그러나 다르지 오늘에 와서는
한세기가 지난 오늘의 미국에 와서는
그 말은 '인민'이라는 말은 수정되어야 하지
그래야 그 말은 이제 아메리카합중국에 어울리는 말이지

"월가의
월가에 의한
월가를 위한 정부"
이렇게 수정되어야 하지

이 세상에서 '인민'이란 말 그 자체가
금지의 말이 되어버린 그런 나라도 있치
아메리카의 우방 대한민국이 그 나라지

일자무식으로 일어나

배워 점잖고 귀하신 분들이야
싸우자 칼 세워 일어나기야 할까마는
그래도 이런 때는 말이여
세상이 뒤숭숭하고 굴속같이 어두운 때는 말이여
소리라도 한 소리 바르게 해줬으면 좋겠어
한 입 두 입으로 모여
서른세 입으로 모여 명월관인가 태화관인가
그런 데서라도 모여
만세라도 한번 다부지게 불러줬으면 좋겠어

그러면 우리라도 가만있을까
그 소리 바른 소리
한집 건너 두집으로 옮기고
그 소리 만세 소리
열에 열 집으로 우렁차게는 옮겨
삼일운동처럼 일어날 것인데 말이여
삼천리 방방골골로 일어날 것인데 말이여
낫 놓고 ㄱ자도 모르는
일자무식으로 일어나
웬수 놈들 등에라도 꽂힐 텐데 말이여

하늘나라에 가장 가까운 것은

하늘나라에 가장 가까운 것은
예배당의 십자가가 아니다
자본가의 천국
무슨무슨 호텔 꼭대기의 스카이라운지도 아니다
총 든 자들이 몽땅 차지하고 있는 그 정상도 아니고

지금 이 땅에서
하늘나라에 가장 가까운 것은
십자가의 첨탑이 드리운 그늘에 덮여
거적때기 위로 삐어져나온 동사자의 발가락이다
돌아라 돌아라 빨리빨리 돌아라
돌아라 돌아라 쉬지 말고 돌아라
정신없이 돌아가는 자본가의 기계에 먹혀
열개 중에서 다섯개가 떨어져나간
어느 선반공의 피 묻은 손가락이다
나머지 다섯 손가락으로는
해고장 말고는 받을 것이 없는 노동자의 분노고

그렇다 이 땅에서
하늘나라에 가장 가까운 것은
착취와 교회의 위선에 죽음을 선고하고
압제자의 추적을 받고 있는 어둠의 자식들이다
얼어붙은 하늘을 찢어발기는
고문실의 비명 소리고 감옥의 철창이다

오늘의 어머니들은

옛날 옛적에 우리네 어머니들은
자식들 울 밖으로 내보내고
늦도록 집에 들어오지 않으면
걱정이 태산 같아 뜬눈으로 밤을 새웠다
아들놈이 혹시 백여시한테 홀려가지 않았나
딸자식이 혹시 호랑이한테 업혀가지 않았나
하고

오늘의 어머니들도 그런다
자식들 담 밖으로 내보내고
퇴근길 하학길에 조금만 늦어도
불길한 생각에 안절부절못한다
학교로 전화를 걸어본다
직장으로 전화를 걸어본다
잠시도 가만있지를 못한다
딸자식이 치한한테 어떻게 되지 않았나
아들놈이 경찰한테 연행되지나 않았나
혹시는 차에 깔려……
하고

그러나 옛날의 어머니들은
늦도록 들어오지 않는 자식들 걱정에
짐승을 무서워하면서 뜬눈의 밤을 새웠으되

사람이 사람을 무서워하지는 않았다

그런데 오늘의 어머니들은
제때에 들어오지 않는 자식들 걱정에
사람이 사람을 무서워하면서 밤잠을 이루지 못하되
짐승은 무서워하지 않는다

좋은 나라

자고 일어나면 내 옆자리에서
한두사람이 사라지고 없다
그저께는 이재오 형과 문목사가 그러더니
어젠가는 고은 시인과 리영희 선생이 없어졌다
이것은 마치 산짐승이 마을에 와서
오밤중에 병아리를 물어가는 것과 같다

자고 일어나면 내 이웃에서
한두사람이 사라지고 없다
어제는 이부영 선생과 단병오 형이 그러더니
오늘은 학생과 노동자들이 무더기로 없어졌다
이것은 마치 날짐승이 마을에 와서
오밤중에 병아리를 채가는 것과 같다

아무도 내일의 자기 운명을 점칠 수 없다
아무도 이 땅에서 자유대한에서
겨레와 민족과 조국에게 이로운 말을 해놓고
산짐승 날짐승의 습격으로부터 자유로울 수 없다
아무도 이 땅에서 자유대한에서
노동자 농민에게 이로운 행동을 해놓고
산짐승 날짐승의 발톱과 이빨로부터 자유로울 수 없다

통일의 꿈 따위

해방의 꿈 따위
자유의 꿈 따위
그따위 꿈 가슴에 키우지 않는 사람만이
이 땅에서 자유대한에서
산짐승 날짐승의 습격으로부터 자유로워
잠자리에서 편할 수 있다

좋은 나라다, 참

담 안에도 담 밖에도

먹고
자고
싸고
이런 자유는 있다네
여기 담 안에도 있고
거기 담 밖에도 있다네
동물적인 자유는

등쳐먹고
속여먹고
뺏어먹고
이런 자유도 있다네
여기 담 안에도 있고
거기 담 밖에도 있다네
약육강식의 자유는

하나 없다네
읽고 싶은 책 읽고
쓰고 싶은 글 쓰고
하고 싶은 말 하고
그런 자유는 없다네
여기 담 안에도 없고
거기 담 밖에도 없다네

인간적인 자유는

위에는 자본가가 주인으로 앉아 있고
밑에는 노동자가 종으로 깔려 있고
한 나라에 두 국민이 주인과 종으로
갈라져 있는 나라 그런 나라에서는
먹고
자고
싸고
그런 동물적인 자유는 있어도
등쳐먹고
속여먹고
뺏어먹고
그런 약육강식의 자유는 있어도
한사람은 만인을 위해
만인은 한사람을 위해
일하고
노래하고
싸우는
그런 자유는 없다네
감옥에도 없고
감옥 밖에도 없다네

솔직히 말하자

솔직히 말하자
이 땅에서 자유대한에서
허위를 파헤쳐 진실을 노래하고
자유로울 수 있는 사람은 없다
체포와 고문과 투옥과 그 공포로부터 해방되어
잠자리에서 편할 수 있는 사람은 없다
자유대한 사천만 인구 중에서
단 한사람도 없다, 단 한사람도

솔직히 말하자
이 땅에서 자유대한에서
가진 자들 자본가들을 해롭게 말하고
그렇지 못한 자들 노동자 농민들을 이롭게 말하고
자유로울 수 있는 사람은 없다
체포와 고문과 투옥과 그 공포로부터 해방되어
잠자리에서 편할 수 있는 사람은 없다
자유대한 사천만 인구 중에서
단 한사람도 없다, 단 한사람도

솔직히 말하자
이 땅에서 자유대한에서
또 하나의 조국인 이북을
해롭게 이야기하지 않고

헐뜯고 욕하고 증오하지 않고
한핏줄 한겨레인 이북 사람들을
이롭게 이야기하고
단 한마디라도 해롭지 않게 이야기하고
자유로울 수 있는 사람은 없다
체포와 고문과 투옥과 그 공포로부터 해방되어
잠자리에서 편할 수 있는 사람은 없다
자유대한 사천만 인구 중에서
단 한사람도 없다

그런 사람이 있다면
이 땅에서 자유대한에서
허위를 파헤쳐 진실을 노래하고도
해롭게 자본가를 말하고도 이롭게 노동자를 말하고도
이북을 해롭게 이야기하지 않고도
이북 사람들을 이롭게 이야기하고도
이 땅에서 자유대한에서
자유로울 수 있는 사람이 있다면
체포와 고문과 투옥과 그 공포로부터 해방되어
잠자리에서 편할 수 있는 사람이 있다면
자유대한 사천만 인구 중에서
단 한사람이라도 있다면

어디 한번 일어나보시오
그러면 나 같은 사람도 일어나
그와 함께 일어나 소리를 합쳐
오월의 노래를 부르겠소
꽃잎처럼 금남로에 뿌려진 너의 붉은 피
두부처럼 잘려나간 어여쁜 너의 젖가슴
피 묻은 오월의 노래 목이 터져라 부르겠소
그러면 나 같은 사람도 일어나
그와 함께 일어나 어깨동무하고
금남로를 전진하겠소
압제자에게 죽음을! 외치며
배고픈다리를 건너
부자들의 배때기에 창끝을 들이대겠소
오월의 영웅들이 남기고 간 무기를 들고
통일의 길로 나서겠소
해방의 길로 나서겠소

천둥소리
전민련신문 창간호에 부쳐

옛사람의 말씀에
이런 말씀이 있었다는데
입이 여럿이면 무쇠라도 녹인다는
그런 말씀이 있었다는데

이를테면 갑오년에는
안으로는 양반과 부호들의 머리를 베고
밖으로는 흉포한 외적의 무리를 무찔러
나라를 반석 위에 올려놓자고
이 고을 저 고을 삼천리 방방골골이
한데 합세하여
파죽지세로 터지는 우렛소리가 있었다는데

이를테면 기미년 삼월에는
밖으로는 제국주의 일본 놈 강도들을 몰아내고
안으로는 강도들과 한통속인 친일매국노들을 쫓아내어
민중을 나라 안팎의 적으로부터 해방시키자고
이 고을 저 고을 삼천리금수강산이
한데 합세하여
파죽지세로 터지는 천둥소리가 있었다는데

어디 가면 오늘
그런 소리 우렛소리 들을 수 있을까

어디 가면 오늘
그런 소리 천둥소리 들을 수 있을까

저기 가면 들을 수 있을까
저기 저 당당한 집 의사당에 가면
저기 가면 들을 수 있을까
저기 저 높다란 집 예배당에 가면
저기 가면 들을 수 있을까
저기 저 커다란 집 신문사에 가면

나는 듣지 못했다 어디 가서도
곧은 소리 바른 소리로 갈라지는 대쪽 소리를
나는 듣지 못했다 어디 가서도
천방져 지방져 열에 열 골 물이
한데 합수하여
으르릉 쾅쾅 쏟아지는 폭포 소리를
나는 듣지 못했다 어디 가서도
번갯불을 신호탄으로 하여 하늘 높이에서
못된 놈 머리 위에 떨어지는 천둥소리를

민의의 전당 어쩌고저쩌고하는
의사당에 가서도 나는 듣지 못했다
정의의 성당 어쩌고저쩌고하는

예배당에 가서도 나는 듣지 못했다
사회의 목탁 어쩌고저쩌고하는
신문사에 가서도 나는 듣지 못했다

나는 들었다 오늘 논둑길 밭둑길에서
한입으로 터지는 천만 농민들의 분통 소리를
나는 들었다 오늘 공장에서 거리에서
피 묻은 주먹과 함께 치솟는 천만 노동자의 절규를
나는 들었다 오늘 전민련 광장에서
천만 농민의 분통이 천만 노동자의 절규에 합세하여
으르릉 쾅쾅 터지는 천둥소리 우렛소리를

아 그 소리가 그 소리였다
옛사람의 말씀에
입이 여럿이면 무쇠라도 녹인다는
바로 그 소리였다 바로 그 소리였다
그 소리 천만 농민들의 소리
그 소리 천만 노동자의 소리
한데 합세하여 치솟는 민족의 소리 민중의 소리
아 그 소리가 그 소리였다
못된 놈 머리에서 터지는 벼락 소리였다
배부른 놈 배때기에서 터지는 천둥소리였다
압제와 착취의 발등에서 갈라지는 폭포 소리였다

그 소리 안으로는
탐학한 관리 정상모리배들의 모가지를 베고
그 소리 밖으로는
양키 제국주의 쪽발이 제국주의를 몰아내어
안으로는 노동자 농민을 자본의 굴레에서 벗어나게 하라 함이었다
밖으로는 우리나라를 이민족의 압박에서 해방시키고자 함이었다

아 그 소리가 그 소리였다
양반과 부호 밑에서 고통받은 민중들과
고급관리들 앞에서 기를 펴지 못하는 말단관리들은
우리와 함께 노동자 농민과 함께
원한이 깊은 자라
주저치 말고 일어나라 함이었다

어머님 찬가

민가협에 갔더니
감옥에서 나와 겨울에 서울에 와서
서울 어딘가에 있는 민주화실천가족운동협의회에 갔더니
거기에 따뜻한 손길이 있었다
자기 자식이 십년의 철창에서 빠져나온 것인 양 기뻐
어찌할 바를 모르는 뜨거운 가슴이 있었고
내 새끼도 살아만 있었더라면
이렇게 언젠가는 자유의 몸으로 내 품에 안길 터인데 하면서
옷자락에 눈물 적시는 어머니도 있었다

거기 민가협에는
물불을 가리지 않는 사랑으로 똘똘 뭉친 거기 민주화실천가족운
동협의회에는
착취의 세계에 자식을 빼앗긴 노동자의 어머니도 있었다
독재자가 지어놓은 감옥과 고문실의 피바다에 자식을 빼앗기고
자식의 뒤를 이어 투쟁 속에 뛰어든 청년학생들의 어머니도 있었고
쥐도 새도 모르게 놈들에게 매국노들에게
살해당한 자식들의 중음신을 찾아 헤매는 한 맺힌 어머니들도 있
었다

그들 어머니들에게는
자기들 자식만이 제 자식이 아니었다
자기들 남편만이 제 남편이 아니었다

그 사랑 동해바다처럼은 넓어
하늘의 뭇별들을 포용할 수 있는 그들 어머니들에게는
압제와 싸우는 모든 사람이 자기들 자식이었고 남편이었다
그 희망 백두산만큼은 높아
대지의 뭇 산들을 거느릴 수 있는 그들 어머니들에게는
착취와 싸우는 모든 사람들이 자기들 남편이고 자식들이었다
그래서 그런지 그들 어머니들은
서울 어딘가에 비좁게 앉아 민가협 사무실에만
갇혀 있는 것이 아니었다

자유가 위협을 받고
인간성이 말살당하는 곳이면
그곳이 어느 곳이건 그들 어머니들은 그곳에 있었다
민족이 해방을 요구하고
나라가 독립을 외치고
조국이 통일을 염원하고
민중이 행복을 추구하는 곳 그런 곳이면
그곳이 어느 곳이건 그들 어머니들은 그곳에 있었다

그들 어머니들은
수천수만의 새들이 압제의 타도를 외치는 광장에도 있었다
그들 어머니들은
춥고 기나긴 밤을 단식으로 이어가는 농성장에도 있었다

그들 어머니들은
인간의 육체가 질식당하는 고문실의 칠성판에도 있고
감옥의 철창에도 있었다
그들 어머니들은
부정이 날개를 치는 유세장과 투표장에도 있었다
그들 어머니들은
판사의 양심을 지켜볼 수 있는 법정의 방청석에도 있었다
때로는 분노한 주먹과 함께 있었다, 그들 어머니들은
때로는 북받치는 슬픔과 함께 있었다, 그들 어머니들은

그들 어머니들 앞에서는
사랑의 단단함과 증오의 화살로 무장한
그들 어머니들 앞에서는
모두가 모든 것이 속수무책이었다
법질서 확립, 단호대처, 엄벌처벌,
이 세마디 말밖에는 다른 말을 모르는 서슬 퍼런 권력도
흐물흐물 죽은 낙지 대가리거나 부들부들 떠는 사시나무였다
천하장사도 못 연다는 감옥의 문도
그들 어머니들 앞에서는 거짓말처럼 열렸다
잔재주가 잔나비 같고 말빤치가 세다는 유명짜한 인사들도
그들 어머니들 앞에서는 아이고 나 살려라 삼십육계였고
길가에서 우는 아이들도 저기 민가협 어머니들이 몰려온다 하면
울음을 그쳤다, 뚝 그쳤다

그렇다
자식의 죽음으로 새롭게 태어난 그들 어머니들은
사랑의 철옹성이고
자유의 세계를 위해서라면
물불을 가리지 않는 돌격대였다
그렇다
남편의 갇힘으로 새롭게 태어난 그들 어머니들은
그 하나하나가 백병전의 육탄이었고
평화의 무적함대였다

허구의 자유

만인을 위해 내가 일할 때 나는 자유다
이렇게 나는 노래한 적이 있습니다
이 노래는 이제 수정되어야 합니다
자유가 자유의 이름으로 갇혀 있는 나라에서는
천만의 이름으로 저기 저 벌판에
허리 굽혀 모를 심는 농부들이 있고
그 농부들 진드기에 뜯기고 거머리에 뜯기고
지주의 노적가리 옆에서는 공복으로
횟배를 앓고 있는 아이들의 나라에서는

농사짓고 산다는 살아보겠다는
이유 하나 때문에
총각은 시집올 처녀를 구하지 못하고
처녀는 몸 팔아 돈 벌기 위해
흙냄새를 떠나는 나라에서는
여기 천만의 이름으로 노동자가 있고
밤 열시 열두시 다음 날 새벽까지
일하고도 밤낮없이 휴식 없이 일하고도
하루 일 나가지 않으면 다음 날 아침에
하루 세끼 밥을 걱정해야 하는 그런 나라에서
40000000 인구 중에서
손가락으로 꼽을 수 있는 몇몇 사람들이
매판독점 자본가들이

나라 재산의 태반을 독차지하고 있는 나라에서는

이렇게 수정되어야 합니다
만인을 위해 싸울 때 나는 자유다라고
일하지 않고 배부른 자가 살아 있는 한
살아 숨 쉬고 있는 한
자연과 인간은 더러움에서 때를 벗지 못하고
자유란 것도 허구다

대답하라 대답하라 대답하라

폭군의 모가지에 숨통이 붙어 있는 한
자유는 질식한다 이것은 진리다
이 진리를 거부한 자 있으면 그는 필시 겁보일 터

부자의 배때기가 불룩불룩 숨을 쉬고 있는 한
가난뱅이 창자는 쪼르륵 소리를 면치 못한다 이것은 진리다
이 진리를 거부한 자 있으면 그는 필시 사기꾼일 터

그래 나는 묻겠다 겁보에게
그 모가지에 칼이 들어가지 않고
폭군이 억압의 사슬을 놓은 적이 있었던가
역사 이래 있었던가

그래 나는 묻겠다 사기꾼에게
그 배때기에 칼이 들어가지 않고
부자들이 착취의 손아귀를 놓은 적이 있었던가
역사 이래 있었던가

대답하라
대답하라
대답하라

학살 5

출옥하고 다음다음 날 아침 우리는
녀석의 무덤을 찾았다 무덤에는
녀석의 불같은 성격을 닮으려고 그랬는지
창끝처럼 억새가 하늘을 찌르고 있었다
우리는 망초꽃과 패랭이를 다발로 묶어 무덤 위에 던지고
차고 온 소주병을 병째로 들이부었다
그러자 그것은 황갈색 꽃잎에서 이슬로 맺히더니
아침 햇살을 받아 붉게 붉게 타오르는 것이었다

친구들은 나더러 너는 시인이니까
녀석의 넋을 위로하는 시라도 한수 읊어야 되지 않겠느냐였다
암울한 시대를 만나 총 한번 잡아보지 못하고
살아남아 이렇게 꽃다발이나 던지고
추모시 운운하는 나를 두고 무어라 할까
무덤 속의 전사는
……그는
손가락에 침 발라 창에 구멍을 내고
경악의 눈으로
바리케이드의 학살을 엿보지 않았다
그 자신이 바로 바리케이드의 투사였으니
꽃다발을 들고 그는 이렇게
먼저 간 자의 무덤을 찾은 적도 없었다
그 자신 바로 무덤이었으니……

714

영광 있어라 격동의 시대에
민중의 해방을 위해 최초로 봉기한 자에게

망월동에 와서

파괴된 대지의 별 오월의 사자들이여
능지처참으로 당신들은 누워 있습니다
얼굴도 없이 이름도 없이
누명 쓴 폭도로 흙 속에 바람 속에 묻혀 있습니다

사람 사는 세상의 자유를 위하여
사람 사는 세상의 아름다움을 위하여
압제와 불의에 거역하고
치 떨림의 분노로 일어섰던 오월의 영웅들이여
당신들은 결코 죽음의 세계로 간 것이 아닙니다
당신들은 결코 망각의 저승으로 간 것이 아닙니다
풀어헤친 오월의 가슴팍은 아직도 총알에 맞서고 있나니
치켜든 싸움의 주먹은 아직도 불의에 항거하고 있나니
쓰러진 당신들의 육체로부터 수없이 많은
수없이 많은 불굴의 생명이 태어나고 있습니다
그들은 다시 태어나
당신들이 흘린 피의 강물에 입술을 적시고
당신들이 미처 다 부르지 못한 노래를 부르고 있습니다
그들은 새로 태어나
당신들이 흘린 눈물의 여울에 팔과 다리를 적시고
주먹을 불끈 쥐고
당신들이 미처 다 걷지 못한 길을 걷고 있습니다
사람 사는 세상의 자유를 위하여

사람 사는 세상의 아름다움을 위하여
이제 당신들의 자식들은 딸들은
죽음까지도 불사하고 있습니다
사랑과 원수 갚음의 증오로 무장하고
그들은 당신들처럼 전진하고 있습니다

파괴된 대지의 별 오월의 영웅들이여
어둠에 묻혀 있던 새벽은 열리고
승리의 그날은 다가오고 있나니
일어나 받아다오 승리의 영예를 그때 가서는

아직 끝나지 않았다 오월의 싸움은

오월이 온다
전라도라 반란의 땅 빛고을에
오월 그날이 다시 온다
그날
수백 수천의 시민들이 한입의 저주가 되어
압제자에게 죽음을 외쳤던
그날
수백 수천의 시민들이
사람이 사람답게 사는 세상의 아름다움을 위해
싸움의 주먹이 되었던 그날이 온다

그날
오월 그날이 다시 오면
언제부턴가 빛고을 사람들은
가슴이 설레고 일손이 잡히지 않는다
자기도 모르게 주먹이 불끈 쥐어지고
자기도 모르게 슬픔이 북받쳐오르고
자기도 모르게 분노가 치밀어올라
자꾸만 자꾸만 나가고 싶은 것이다
밖으로 나가 거리로 뛰어나가
금남로 충장로로 나가 뭔가를 확인하고 싶은 것이다
영산강에 극락강에 나가
괴어 있는 물도 한번 휘저어보고

오월이 오는 소리를 듣고 싶은 것이다
무등산에 올라 상상봉에 올라
가슴이 터지도록 뭐라고 한번 외쳐보고 싶은 것이다
다시 한번 그날 오월의 역사를 되살려보고 싶은 것이다
그렇다 아직 끝나지 않은 오월
사람들은 이제 오월 그날이 다시 오면
자기도 뭔가 하고 싶은 것이다
방구석에 가만히 앉아만 있고 싶지는 않은 것이다
창밖에서 거리에서 누가
압제자에게 죽음을 외치면 자기도 따라 부르고
누가 통일의 노래 부르면
자기도 따라 목메이게 불러보고 싶은 것이다
그렇다 아직 끝나지 않았다 오월의 싸움은
자유를 위한 싸움 민주주의를 위한 싸움 통일을 위한 싸움
오월의 싸움은 이제부터 시작인지도 모른다
그래서 그런지 사람들은 은근히
오월 그날이 어서 오기를 기다리는 것이다
그날이 오면 그날이 다시 오면 이제 사람들은
경악의 눈으로 창틈으로
학살의 거리를 엿보고만 있지 않을 것 같다
피 묻은 주먹을 치켜들고 누가
형제의 단결과 싸움을 호소하면
자기도 문을 박차고 뛰쳐나갈 것 같다

쓰러지고 대검에 등이 꽂혀 학생들이 쓰러지고
쓰러지고 대검에 꽂혀 처녀 가슴이 쓰러지고
쓰러지고 비수에 꽂혀 아이 밴 어머니의 배가 쓰러지고……
"이제 평화적인 시위는 끝났다!"
피투성이 입으로 누가 절규하면
자기도 모르게 본능적으로
뭔가를 들고 싶을 것 같다
하다못해 돌멩이라도 들고
폭정의 하늘을 향해 내던질 것 같다

오월의 그날이 오면
정말이지 이제 빛고을 사람들은
우두커니 앉아서 바라보고만 있지 않을 것 같다
맨주먹 빈 가슴으로는
오월의 그날을 맞이하지는 않을 것 같다
방구석에 이불 속에 웅크리고 앉아
부들부들 떨고만 있지는 않을 것 같다

법 앞에서 만인이 평등하답니다

우리나라에서는
법 앞에서 만인이 평등하답니다
암, 그래야지요 그래야 쓰고말고요
헌법에도 그렇게 나와 있는걸요
부잣집 침대 위에서 태어난 아기나
염천교 다리 밑에서 태어난 아기나
똑같이 평등하게 태어나니까요

우리나라에서는
법 앞에서 만인이 평등하답니다
암, 그래야지요 그래야 쓰고말고요
헌법에도 그렇게 나와 있는걸요
집 없이 평생을 떠도는 도붓장수 박서방이나
대궐 같은 기와집에 사는 왕서방이나
허가 없이 무허가 판잣집을 지어서는 안되니까요

우리나라에서는
법 앞에서 만인이 평등하답니다
암, 그래야지요 그래야 쓰고말고요
헌법에도 그렇게 나와 있는걸요
물 쓰듯 돈을 쓰고도 남아도는 재산 때문에
고민이 태산 같은 자본가 정 아무개나
무노동에 무임금이라

다음 날 아침이면 다섯 식구 끼니 때문에
걱정이 태산 같은 노동자 김 아무개나
언제라도 아무 데라도 나라 안팎을
여행할 자유가 있으니까요

그뿐이 아니랍니다 자유대한에서는
예 예 연발하며 머리를 조아리는 사람에게는
다문 입에 쌀밥이 보장되고
아니오 아니오 목을 세워 고개를 쳐든 사람에게는
벌린 입에 콩밥이 보장된답니다

참 좋은 나라지요 우리나라
자유대한 길이길이 영원히 빛나라지요

단결하라! 철의 규율로

노동자
그 노동으로 인간의 세계를 열었던 아름다운 이름이
오늘에 와서 자본의 세계에 와서
상품으로 전락하게 되다니
이놈 저놈에게 팔려 자본가에게 팔려
놈들에게 이윤을 가져다주는 동안에만
그 순간까지만
하루 세끼 밥이나마 안 굶고 사는 신세가 되다니

노동자
그 노동으로 세계의 주인이었던 자랑스런 이름이
오늘에 와서 자본의 세계에 와서
임금의 노예로 전락하게 되다니
이놈 저놈에게 팔려 자본가에게 팔려
놈들의 배를 채워주는 동안에만
그 순간까지만
살아 숨 쉬는 말하는 기계가 되다니

부끄러워라 우리 노동자들
이것도 모르고 자기가 사고팔리는 상품인 줄도 모르고
오늘도 아침 여섯시에 꼭두새벽에 일어나
자본가가 벌려놓은 공장의 입으로 들어가더니
울어도 시원찮을 터인데 웃어가면서까지

검은 굴뚝 자본가의 배 속으로 기어들어가
낮이 밤이 되도록 새까맣게 시달리다니
우스워라 우리 노동자들
이것도 저것도 모르고 자기가 노예인 줄도 모르고
오늘도 아침 여섯시에 꼭두새벽에 일어나
자본가가 차려놓은 기계 앞에 서다니
울어도 시원찮을 참인데 웃어가면서까지
그 기계의 기계가 되어
낮인 줄도 밤인 줄도 모르고 아이고 어지러워라 빙글빙글 돌다니

아 언제나 찾을까 아름다웠던 그 이름 노동자여
아 어떻게 하면 찾을 수 있을까 자랑스러웠던 그 이름 노동자여
고대 노예들처럼 귀족들에게
무작정 창끝으로 덤벼들어
이놈 저놈 악독한 놈 몇 놈만 찔러 죽이면 되는 것일까
중세 농노들처럼 지주들에게
벌떼처럼 일어나 낫으로 쇠스랑으로
이놈 저놈 악독한 놈 몇 놈만 베어 죽이면 되는 것일까
어떻게 하면 되는 것일까
　총칼로 무장한 수십만 군대를 앞세운 저 자본가들을 어떻게 하면
되는 것일까

　인간을 비인간화시키고 야수화시키고 부패 타락시키고

724

지상의 모든 것을 사랑을 인격을 명예를 전통을
하늘의 별까지도 화폐의 가치로 바꿔버리는 저 자본가들을
어떻게 하면 어떻게 하면 우리 노동자들
아름다운 그 이름 되찾아
대지와 공장의 주인이 되고
권력을 자기 손아귀에 넣을 수 있을까
어떻게 하면 어떻게 하면 우리 노동자들
자랑스러웠던 그 이름 되찾아
세계와 자기 운명의 주인이 될 수 있을까
어떻게 하면 어떻게 하면 우리 노동자들
참된 애국자, 신성한 생산자, 새 사회 건설자
바로 이것이 우리의 이름이다라고 노래할 수 있을까

자본가 밑에서 한시간 덜 일하고
자본가 밑에서 몇푼 더 받으면 그렇게 되는 것일까
자본가 옆에서 사무원이 되고 관리직에 앉으면 그렇게 되는 것일까
자본가 앞에서 경영에 참가하고 분배에 참가하면 그렇게 되는 것
일까

아니다
노예는 노예였던 것이다 고대사회에서
토지가 귀족의 손아귀에 장악되어 있었던 한에는
아무리 배부른 노예도 노예는 노예였던 것이다

아니다
농노는 농노였던 것이다 중세사회에서
농민이 지주의 토지에 묶여 있었던 한에는
아무리 잘 입은 농노도 농노는 농노였던 것이다
아니다
임금노예는 임금노예이다
생산은 수천 수백만의 노동자가 하고
소유는 한두 놈의 자본가가 하고 있는 한에는

빼앗긴 아름다운 이름을 찾아
잃어버린 자랑스런 이름을 찾아 오늘도
자본의 지배와 싸우는 이 땅의 노동자들이여
단결하라 철의 규율로 그러면 된다
그러면 수십만 군대도 그 무기도 어린아이 장난감이다
그러면 그대는 세계와 자기 운명의 주인이 된다
투쟁하라 천만의 조직으로 그러면 된다
그러면 수십만 경찰도 그대 앞에서 무릎을 꿇을 것이다
그러면 그대는 공장의 주인이 되고 대지의 주인이 된다
그러나 명심하라 가슴에 그대 팔뚝에 새겨넣어라
──노동자계급의 해방은 노동자들 자신의 힘으로!
그러나 명심하라 가슴에 그대 팔뚝에 새겨넣어라
──노동자계급은 만인을 해방시킴으로써만이 자신들도 해방된다!
그러니 우리 노동자들은 천만 노동자들은

모든 투쟁에서 앞장서야 한다
반제민족해방투쟁에서 앞장서야 한다
반파쇼민주주의투쟁에서 앞장서야 한다
반전반핵투쟁에서 앞장서야 한다
수세폐지농민운동에서 앞장서야 한다
학원민주화투쟁에서 앞장서야 한다
악법철폐에서 앞장서야 한다
인권투쟁빈민운동에서 앞장서야 한다
교원노조쟁취투쟁에서 앞장서야 한다
그래야만 그래야만 그대들은
변혁의 지도자가 되는 것이다
경제투쟁 조합이기주의의 울타리에 스스로를 가두어놓고
어떻게 만인의 지도자로 자처할 수 있겠느냐
가진 것이라고는 아침저녁으로 달려가
자본가의 공장으로 달려가 그 발로 그 손으로 자본가의 배를 채워
줌으로써만
하루 세끼 밥이나마 굶지 않고 살 수밖에 없는 이 땅의 노동자들
이여
싸워서 잃을 것이라고는
제 팔다리밖에 아무것도 없는 우리 노동자들이여
단결하라 철의 규율로
투쟁하라 천만의 조직으로

그대들 앞에는 세계와 자기 운명의 주인이 되는
하늘과 땅이 열려 있다
그대들 앞에는 만인의 배로 골고루 들어차는 밤의 평야가 있고
그대들 앞에는 누구나 행사할 수 있는 자유의 별자리가 있다

싸움

죽음에 값하는 싸움 하나 있기에
피 흘리는 싸움에 값하는 죽음 하나 있기에 형제여
이 땅에서 나 벅찬 행복입니다 눈물입니다
삼월에서 사월로 사월에서 오월로
하나 됨의 핏줄로
내달리고 쓰러지고 다시 일어나 아우성치는
크낙한 싸움 하나 있기에
죽음 위에 죽음 하나 쌓아올려 꽃봉오리로 살아 있기에
내 가슴은 숨 가쁜 아름다움입니다 경이입니다
이 싸움 이어받아 한라에서 백두까지 밀어올릴 세월의 강이여
어절씨구 좋아라 지화자 좋아라
삼월의 아기 풍덩풍덩 사월의 냇가로 자라
오월의 나무로 씩씩합니다 당당합니다
하늘 향해 두 팔 벌린 잣나무 상수리나무 소나무 벚나무
우리나라 산에 들에 무궁무궁 금수강산입니다

무궁무궁 금수강산입니다 우리나라
한두 놈의 부패로 이제 금수강산 썩지 않습니다
한두 놈의 타락으로 이제 금수강산 더러워지지 않습니다
한두 놈의 탐욕으로 동해바다 고갈되지 않습니다
삼월의 아기 우리 아기 얼뚱아기여
이제 한두번의 칼질로 울음 그치지 않습니다
한입으로 터지는 사월의 아우성이여

이제 한두 놈의 총소리로 지워지지 않습니다
뿌리내린 민중의 나무
무성한 잎사귀로 하늘을 덮는 오월의 나무 혁명의 나무여
이제 한두번의 도끼질로 쓰러지지 않습니다
죽음이 싸움을 낳습니다
싸움을 낳는 죽음보다 아름다운 죽음은 없습니다

불꽃

활
불꽃이 타오른다
어둠이 싫어 어둠의 나라가 싫어
무등산에서 팔공산에서 태종대에서
활 활 활
불꽃이 타오른다

활
성조기를 살라 먹고
반미의 불꽃이 타오른다
활
식민지의 하늘을 붉게 붉게 물들이고
해방의 불꽃이 타오른다

보라 이 불꽃을
이 불꽃에 놀라 개판 소판 재벌들
현해탄을 건너 일본으로 튈거나
태평양을 건너 미국으로 튈거나
갈팡질팡 허둥대는 저 꼬락서니들을 보아라

보라 이 불꽃을
이 불꽃에 놀라 이방인과 그 앞잡이들
경찰을 불러 곤봉으로 끌거나

병정을 풀어 군홧발로 끌거나
안절부절못하는 저 꼬락서니들을 보아라

활
불꽃이 타오른다
곤봉을 만나면 장작으로 패서 먹고
활
불꽃이 타오른다
군화를 만나면 가죽으로 삶아 먹고
활 활 활
어둠이 싫어
어둠의 나라 억압의 그늘이 싫어
봉기의 불꽃이 타오른다

활
불꽃이 타오른다
부자를 만나면 기름진 배때기
증오의 불길로 튀겨 먹고
활
불꽃이 타오른다
흰둥이 깜둥이 이방인을 만나면
저주의 낙인 까맣게 하얗게 태워 먹고
활 활 활

732

예속이 싫어
예속의 나라 식민지의 하늘이 싫어

잣나무나 한그루

내 안에 비수 하나 있었다 그걸 꺼내
독점과 폭정의 심장을 찾아
밤의 거리를 헤매었던 시절이 있었다
나에게는 한때나마 그런 시절이 있었다!
아 그 무렵 내 나이는 팔팔한 나이
조국과 전선의 이름으로 내 모든 것을 바쳐
싸워야 한다고 다짐할 줄 알았던 좋은 때였으니
그날밤 나는 얼마나 벅찬 가슴이었던가!

그것은 그러나 벌써 십여년 전의 일이다
그날밤 나와 함께 밀폐된 방에서 투쟁의 칼을 세워놓고
승리 아니면 죽음을! 맹세했던 동지는
이제 이 세상 사람이 아니고
승리도 아니고 죽음도 아닌 나는
그를 찾아 지금 무덤으로 가고 있다 그와 나란히
비수를 품고 밤길을 걸었던 그 길을 따라

신향식 동지──
사형대의 문턱에 한 발을 올려놓고
고개 돌려 그가 나에게 했던 말 그것은
죽으면 내 무덤에 잣나무나 한그루 심어다오
그뿐이었다

나는 지금 그의 무덤 앞에 와 있다
어엿하게 장성한 그의 아들과 함께
소복을 입은 그의 부인과 함께
무덤가에 한그루 나무를 심고
그 밑에 예의 비수도 하나 꽂아놓는다
그날밤 우리가 다짐했던 맹세
승리 아니면 죽음을! 가슴에 되새기며

그렇다 이 나무는 동지의 나무다
민족의 나무 해방의 나무 밥과 자유의 나무다
사람들아 서러워 말아라 이 나무 밑에서
죽음에는 나이가 없는 법이다 역사에서 위대한 것은
승리만이 아니다 패배 또한 위대한 것이다
이 땅에서 아름다운 것 그것은 싸우는 일이니
그것을 다른 데서 찾지 말아라
찾아라 이 나무 밑에서 칼과 피의 나무 밑에서

밤길

나를 보더니 보자마자 고선생이
남주야 남주야 다급하게 부르더니
다짜고짜 나를 데리고 근처 다방으로 갔다
거기 어디 구석지고 으슥한 데에 나를 앉혀놓고
은밀하게 타일렀다

너 말이야 앞으로 조심 좀 있어야겠더라
어제 말이야 우연히 저쪽 사람 하나를 만났는데 말이야
그 사람 말을 그대로 옮겨볼 것 같으면 말이야
감옥에서 나와서까지 남주가
그런 식으로 말을 하고 다니고
그런 식으로 글을 쓰고 하면
우리들이 곤란하다고 그러더라

출옥하고 나서 그동안 이년 동안
나는 이런 소리를 여러차례 들어왔다
기원이를 만나러 검찰청에 갔다 온 시영이한테도 들었고
무슨 일로 남영동에 갔다 왔다는 수택이한테도 들었고
달포 전에는 남산 어딘가에서 들었다면서
형식이가 밤중에 전화까지 해줬다

고선생과 헤어지고 나는 곧장
집으로 가지 않고 밤길을 걸었다

광화문 지하도를 뚫고
헌병이 어깨총을 하고 있는 미대사관 철문을 지나
울산에서 올라온 노동자들이 땅바닥에 천막을 쳐놓고
앉아버티기 싸움을 하고 있는 어느 재벌 회사의 건물 앞마당에서
잠시 발을 멈췄다

건물의 문이란 문은 죄다 입을 다물고 있었다
노동자들은 그 입에 대고 뭐라고 뭐라고 외쳐대고 있었다
우리도 사람이다 식수 좀 쓰자
우리도 사람이다 화장실 좀 쓰자
우리도 사람이다 눈비 좀 피해 자자

눈 오는 날 비까지 와서 미끄러운 길바닥
오늘은 어디 싸구려 여인숙에나 가서 자고 갈까
이런 계산을 하면서 나는 나에게 물어보았다
어떤 식으로 내가 글을 쓰고 말을 하고 다녔길래 그들을 곤란하게
했을까
어떤 식으로 내가 말을 하고 글을 써야 그들을 곤란에서 벗어나게
할 수 있을까

사랑은

겨울을 이기고 사랑은
봄을 기다릴 줄 안다
기다려 다시 사랑은
불모의 땅을 파헤쳐
제 뼈를 갈아 재로 뿌리고
천년을 두고 오늘
봄의 언덕에
한그루 나무를 심을 줄 안다

사랑은
가을을 끝낸 들녘에 서서
사과 하나 둘로 쪼개
나눠 가질 줄 안다
너와 나와 우리가
한 별을 우러러보며

설날 아침에

눈이 내린다 싸락눈
소록소록 밤새도록 내린다
뿌리 뽑혀 이제는
바싹 마른 댓잎 위에도 내리고
허물어진 장독대
금이 가고 이빨 빠진 옹기그릇에도 내리고
소 잃고 주저앉은 외양간에도 내린다
더러는 마른자리 골라 눈은
떡가루처럼 하얗게 쌓이기도 하고

닭이 울고 날이 새고
설날 아침이다
새해 새 아침 아침이라 그런지
까치도 한두마리 잊지 않고 찾아와
대추나무 위에서 운다

까치야 까치야 뭣하러 왔냐
때때옷도 없고 색동저고리도 없는 이 마을에
이제 우리 집에는 너를 반겨줄 고사리손도 없고
너를 맞아 재롱 피울 강아지도 없단다
좋은 소식 가지고 왔거들랑 까치야
돈이며 명예 같은 것은
그런 것 좋아하는 사람들에게나 죄다 주고

나이 마흔에 시집올 처녀를 구하지 못하는
우리 아우 덕종이한테는
행여 주눅이 들지 않도록
사랑의 노래나 하나 남겨두고 가렴

악몽

밤에 누가 문을 두드리면
내 가슴은 덜컥 내려앉고
내 머리는 순간적으로
체포
감금
고문
재판
투옥의 단어를 기계적으로 떠올린다
아 언제 나는 자유를 노래하고
감시의 눈을 의식함이 없이 거리를 활보할 수 있을까
아 언제 나는 노동자를 두둔하고
자본의 보복으로부터 벗어날 수 있을까
아 언제 나는 또 하나의 조국을 사랑하고
감옥으로부터 자유로울 수 있을까
아 언제 나는
체포
구금
고문
재판
투옥의 그림자를 의식하지 않고
시를 쓰고 집회장에 갈 수 있을까
아 언제 나는 언제 나는
집에 돌아와

문 두드리는 소리에 겁을 먹지 않고
밤의 잠자리에서 편히 쉴 수 있을까

아내가 울고 있다 이불 속에서
젖먹이 아이를 꼭 껴안고

내 나이 벌써

땅 위에 태어나서 나 하늘 높이에
이념의 깃대 하나 세우지 못한다
가난뱅이들이 부자들의 마을에 가서 고자질할까봐 그런 것도 아
니다
내 나이 벌써 마흔다섯이다

하늘 아래 태어나서 나 땅 위에
계급의 뿌리 하나 내리지 못하고 있다
부자들이 가난뱅이들 마을에 와서 행패를 부릴까봐 그런 것도 아
니다
내 나이 벌써 마흔다섯이다

하늘과 땅 사이에 나 할 일이 없는가 이렇게도 없는가
까마득한 세월 십년 전 그날처럼
나는 이제 지하로 흐르는 물도 되지 못하고
지상에서 먹고살 만한 동네에 살면서
이런 말 저런 글 팔고 다닌다
그것도 허가 난 집회에서나
그것도 인가 난 잡지에서나
내 나이 벌써 이렇게 됐는가!

아기를 보면서

제비꽃을 만지작거리는 아기의 손가락
봄바람에 한들한들 춤추는 고사리 같고

장다리밭에서 나비를 좇는 아기의 눈동자
초롱초롱 빛나는 것이 초저녁의 샛별 같고

하늘 향해 두 팔 벌리고 기지개를 켜는 품은
비 온 뒤 쑤욱쑤욱 자라나는 죽순 같네

오 여보게 친구 우리 아기 좀 보게
어서어서 키워서 그 손에 호미를 쥐여줘야겠네
어서어서 키워서 그 손에 괭이를 쥐여줘야겠네
봄이면 들에 나가 나물이나 캐 먹고 살라고 그러는 게 아니네
가을이면 산에 올라 칡뿌리나 캐 먹고 살라고 그러는 게 아니네
콩나물 한그릇 안심하고 먹을 수 없는 서울이 무서워서 그러네
별 하나 아름답게 키우지 못한 서울 하늘이 저주스러워서 그러네
고기 한마리 병들지 않고 살지 못하는 서울의 강이 싫어서 그러네
우리 아기 고운 아기
나물이나 뜯어 먹고 칡뿌리나 캐 먹고 평생을 가난하게 살지언정
맑은 물 맑은 공기 푸른 하늘과 가까이 벗하며
흙과 더불어 시골에 살았으면 싶어서 그러네

고집

아기 고집은 황소고집보다 세다
그 고집 엄한 아버지의 매로도 꺾을 수 없고
그 고집 다정한 어머니의 달램으로도 누그러뜨릴 수 없다
한번 토라졌다 하면
하고 싶은 일 하게 할 때까지
먹고 싶은 것 먹게 할 때까지
꺾이지 않는 그 고집 아기 고집
독재자 아니면 꺾을 자 없다
독재자가 휘두르는 칼 아니고는

검은 눈물

우리 아빠 굴속에서 나올 때쯤 되면
우리 엄마 앉았다 일어섰다 가만있지를 못합니다
화장을 하고 옷을 입고 신을 신고
옆집 철홍이네 엄마한테 가서 연탄불 부탁하고
날 데리고 우리 엄마 허둥지둥 탄광 쪽으로 가는 길
검은 길 까끄막길을 오릅니다

해 저물어 저만큼 캄캄한 굴속에서
새까만 얼굴의 광부 아저씨들이 나오면
탄차에 우뚝 선 우리 아빠 얼굴이 보이고
우리 엄마 나를 꼭 껴안고 길게 한숨을 쉽니다

집으로 돌아가는 길은 즐거운 길
아빠는 엄마에게 달그락거리는 빈 도시락을 건네주고
날마다 날마다 하신 말씀 또 합니다
오늘은 암도 다치지 않았어 조금만 더 참읍시다
그러고는 하늘 높이 기운차게 나를 안아올립니다
그러면 나는 우리 아빠 가슴에 안겨
탄가루 자욱한 얼굴을 자꾸만 자꾸만 문지르고
이윽고 검은 눈물이 아빠의 뺨을 타고 방울져 내립니다

황영감

어서 가야지 어서 가야지
자식들 고상 덜 시키고 어서 가야지
사람들 곁에 있으나 없으나 혼자 중얼거리며
북망산천을 오르내리는 아랫마을 황영감
여든 고개 넘기고 올해도 봄밭에 나와
곡괭이로 웬 구덩이를 판다
한자 반만큼 깊게는 파서 두엄을 깔고
그 위에 다시 합수를 찌끌고 흙을 덮고 그러더니
한그루 나무를 심는다
그리고 그제서야 허리를 펴고 하늘을 보고
저만큼에서 소를 먹이고 있는 손주를 불러
차렷 자세로 세워놓고 이르신다

순동아 이것 내가 심은 단감나무다
너도 크고 나무도 크고 어서어서 커서
먼 훗날에 주렁주렁 감이 열리면 내 몫까지 따 먹어라
마침 지나가는 길손이 있으면 그를 불러
함께 와서 따 먹게 하고……
무릇 먹고 마시고 하는 것은 옛부터
남몰래 혼자 먹는 게 아니란다
모자라면 모자라는 대로 나눠 먹어야 제맛이란다
암 그래야 하고말고
그래야 이웃 간에 우정이 도타워지고
세상도 시끄럽지 않단다 알겠느냐

집의 노래

어제 나는 신림동 어디에 사는
고향 친구 아들의 돌잔치에 갔다
친구 마누라는 국민학교 오학년 때
나와 한반이었던 그 여자아이였다
눈 밑에 점이 있어 동네 아낙들이
이름 대신 점백이라 불렀던 그녀는
역시 나와 한반이었던 내 친구와
단칸 셋방에 살고 있었다

잔치가 끝나고 나는 제약회사에 나간다는
친구의 친구가 권하는 승용차를 물리치고
셋방살이 친구와 옷가게를 찾았다
아버지를 따라나선 친구의 큰아들은 일곱살이라 했다
가게를 나와서 친구와 헤어지고 나는
전철역으로 무거운 발길을 옮기면서
옛 동요 하나를 떠올렸다
학교가 파하면 동무들과 어깨동무하고
집으로 돌아오면서 부르고는 했던 노래—

눈을 감아도 찾아갈 수 있는 우리 집
목소리만 듣고도 난 줄 알고 얼른 나와
문을 열어주는 우리 집
조그만 들창으로 온 하늘이 다 내다뵈는 우리 집

용택이 마을에 가서

어제 나는 용택이 마을에 갔다
마을 앞으로는 섬진강이 얕게 흐르고
집집마다 울타리 너머 감나무에는
빨갛게 익은 감이 주렁주렁 열려 있었다

용택이네 집은 시골 우리 집과 똑같이
삼간 흩집에 밤색 기와를 이고 있었다
우리 집과 매한가지로 용택이 집에도
돼지막은 있었으되 돼지는 없었다
외양간은 있었으되 소는 보이지 않았다
개 한마리 토방 밑에 쭈그리고 앉아
낯선 사람 맞이하는 건지 멀리하는 건지
끔벅끔벅 눈만 떴다 감았다 했다

용택이 동네에서 남자란 남자는
쉰살 예순살 늙은 노인네뿐이었고
마흔세살 용택이가 제일 어린 애였다
그래서 그런다면서 마을에 무슨 일이 생기면
물정 모르는 마을 어르신네들은 밤이고 낮이고
용택이에게 와서 의논을 한다고 했다
그러면 용택이는 마을의 입이 되고 손발이 되어
면에 가서 봄가을 농사자금도 타다주고
제 집사람(그녀는 내가 본 여자들 중에서

기중 맘에 든 여자였다)을 시켜 인근 건설현장에 가서
밥값이며 전표 같은 것을 틀림없이 계산해오도록 했다

마을 앞을 흐르는 섬진강은
아직은 그래도 더럽혀지지 않아서
은어가 팔팔하게 살아 숨 쉬고
동네 길은 다행히 아스팔트로 뚫리지 않아서
오가며 법석을 떠는 외지 사람도 뜸해
산에 들에는 푸성귀가 지천으로 깔려 있지만
남주 형 이런 마을 무엇에 쓰겠소
주인 몰래 홍시 하나 따 먹고 골목으로
냅다 줄행랑을 치는 아이 하나 없으니
무엇에 쓰겠소 형님 저기 꽃산 가는 길
달이 암만 밝아도 그 아래서
연애 거는 처녀 총각 한쌍 없으니……
이것은 나와 헤어지는 길목에서 용택이가
담배 연기에 날려보내는 한숨 섞인 푸념이었다

손

이 손을 보게 친구
얼핏 보아 그 생김새가 짚불에 구부러진 갈퀴 같네
거칠기는 옹이와 상처투성이로 늙어빠진 상수리나무 같고
삭풍에 사이가 벌어진 잔솔밭의 송꽁이처럼 꺼끌꺼끌하네
나는 알고 있네 이 손의 주인과 그 내력을
열여섯살까지였던가 윗마을 고씨 집의 꼴머슴으로 잔뼈가 굵었고
스무살 훨쩍 넘어서까지 저 아래 기와집 상머슴이었다네
밤과 낮의 눈코 뜰 새 없는 노동이 그의 하루하루였고
제 앞으로 땅 한뙈기 가지는 것이 평생소원이었다네
그 꿈은 이루어졌다네 나이 서른둘에
늦은 장가와 함께 이루어졌다네
새우배미 열두다랑치 합배미하여 서마지기 논배미로 만들었고
그는 그것을 이름하여 구천지기라 했다네
성씨가 구씨인데다 봉천지기였기 때문이라네
정금나무와 산돌로 깡깡한 주인집 야산을 파헤쳐
네모반듯한 산밭을 하나 일구었는데 삼년 전에는 그것을
제 앞으로 문서에 올려놨다네 으흠

자네는 볼 수 있을 것이네 아침에 일어나면
일분일초를 가만있지 못하는 이 손을
금방까지 싸리비로 안마당을 쓸고 있었는데 어느새
그 손은 뒤란에서 장작을 패고
쇠죽솥에 불을 때고 있었는데 또 어느새

변소에 가서 합수와 보릿대를 이겨 참거름을 만드네
일하고 일하고 일하고……
한시도 일하지 않으면 배겨내지 못하는 이 손
이 손은 싸운다네
우리들의 밥상에 오르는 그날그날의 양식을 위하여
봄이면 살을 에는 눈녹이바람과 싸우고
씨 뿌려 병충해가 생기면
죽음의 농약과 함께 싸운다네
가뭄을 만나 어제까지는 물과 싸우는가 하면
홍수를 만나 오늘은 무너져내린 둑과 싸우고
다 자란 자식 고개 숙인 황금의 이삭을 부둥켜안고
가을이면 태풍과 싸운다네

그러나 나는 보지 못했네 아직
이 손의 주름이 부자들의 웃음처럼 펴지는 것을
제 노동의 주인이 되어 이 손이
제 입으로 쌀밥을 가져가는 것을
노동의 기쁨이 되어 이 손이
춤이 되고 노래가 되는 것을
제 노동의 계산이 되어 이 손가락이
나락금을 셈하는 것을 나는 한번도 본 적이 없네

나는 묻겠네 친구

따가운 햇살 등에 받으며 한낮의 이랑 속에서 배추 포기를 키우는
사람이
　　가장 싱싱한 채소를 먹어서는 안되는가
　　척박한 땅에 사과나무를 심고 땀을 흘리는 사람이
　　과일의 가장 맛있는 부분을 먹어서는 안되는가
　　지성으로 자식보다 귀하게 소를 키운 사람이
　　겨울의 화롯가에서 등심구이를 먹어서는 안되는가
　　연장 대신에 이 손에 무기를 쥐여주고
　　그 무기를 내 시가 노래해서는 안되는가

보시다시피 나는

보시다시피 나는
난쟁이 똥자루만 한 키에 거무튀튀한 얼굴
볼품없는 인간입니다
내가 쓴 시도 보잘것없는 것이어서
사람들은 숫제 내 시를 시라고 쳐주지도 않으니까요
그러나 나에게도 자랑할 것이 없는 것은 아닙니다
그것은 내가 어떤 놈도 섬긴 적이 없다는 것입니다

우리 아버지 부잣집 노적가리에 깔려
가난으로 허덕인 적은 있지만 나는
지주의 마름이 되어 우리 아버지 같은
토지 없는 농사꾼의 등짝을 벗겨먹은 적 없습니다
우리 형님 남의 차를 굴리다가
구박받고 서러워 우신 적은 있지만 나는
무슨무슨 회사 간부가 되어 우리 형님 같은
임금노동자를 부려먹은 적 없습니다
이 사람의 피를 빨아 저 사람의 배를 채워주는
빨대 노릇을 한 적이 없습니다

나는 된 적이 없습니다
침 발라 돈을 세는 은행원이 되어
구두닦이의 동전
맞벌이 일꾼의 해어진 지폐

세살 먹은 꼬마들의 코 묻은 과자값까지 홀려내어
제 주인을 위해 이자를 길러주는
금융업자의 하복이 된 적이 없습니다

나는 또한 된 적이 없습니다
현대식 신하 고급관리가 되어
현대식 황제 자본가의 재산을 관리해준 적 없습니다
무슨무슨 문화원이다 무슨무슨 연구소이다 무슨무슨 단체의 박사
가 되어
긴급조치다! 위수령이다! 계엄령이다! 쿠데타다!
공갈 협박에 사기극 활극만 벌어지면
개 ×에 보리알 불거지듯 톡톡 불거져
가진 자의 지배이데올로기를 팔아주는
싸구려 약장수가 된 적 없습니다

보시다시피 나는
난쟁이 똥자루만 한 키에 거무튀튀한 얼굴
볼품없는 인간입니다
내가 쓴 시도 보잘것없는 것이어서
사람들은 숫제 내 시를 시라고 쳐주지도 않으니까요
그러나 나는 나보다 못난 사람들의 피땀을 빨아
나보다 잘난 사람들의 배를 채워주는
빨대 노릇을 한 적이 없습니다

누구를 섬기고 배부른 돼지로 살기보다는
차라리 나는 내일 죽더라도
배고픈 인간으로 남아 있겠습니다

개 같은 내 인생

'개 같은 내 인생'
이것은 영화 제목이다
길을 가다 말고 내가 훔쳐본

개처럼 끌려다니고
개처럼 두들겨맞고
사슬에 묶여 개처럼 감금당하고
이것이 지나간 내 십년의 인생이었다

그런데 아니 그러면
사람을 개처럼 끌고 다니고
사람을 개처럼 두들겨패고
사람을 사람의 손과 발을 사슬로 묶어
개처럼 감옥에 쑤셔넣는 사람들
그런 사람들은 어떤 사람들일까
그런 인생은 어떤 인생일까

'개 같은 내 인생'
딱 들어맞는 말투다
나와 내가 시달리고 사는 이 세상에
개 같은 이 세상살이에

숨 막히는 자유의 이 질곡 속에서

밥 달라 벌린 입에
총알 멕이는 그런 사람 없다면
우리나라 좋은 나라 될 거야
자유 달라 벌린 입에
최루탄 멕이는 그런 사람 없다면
우리나라 좋은 나라 될 거야
암 그렇고말고
부자들 재산을 지켜주느라
노동자와 싸우는 경찰관 아저씨가 없다면
권력의 담을 지켜주느라
자유와 싸우는 군인 아저씨가 없다면
우리나라 좋은 나라 되고말고

그러나 그런 사람 없어지지 않을 거야
가난한 이들의 단결 없이는
그러나 그런 사람 없어지지 않을 거야
짓밟힌 이들의 투쟁 없이는
그래서 나는 물었던 거야
살해된 처녀의 피 묻은 머리카락 앞에서
화해와 용서를 설교했던 당신에게
그래서 나는 물었던 거야
피 묻은 옥좌 앞에 무릎을 꿇고
밥과 자유를 구걸했던 당신에게

지금도 묻고 있는 거야 나는
죽음이 죽음을 낳고
죽음이 죽음을 낳고
죽음이 죽음을 낳고
죽음의 긴긴 행렬 속에서만이
살아남은 자들의 숨결이 살아 숨 쉴 수 있는
숨 막히는 자유의 이 질곡 속에서
이렇게 나는 묻고 있는 거야

단결 없이
가난한 이들의 목숨을 건 단결 없이
밥 한그릇 공짜로 부자들이 내준 적 있었는가
투쟁 없이
짓밟힌 이들의 목숨을 건 투쟁 없이
한발이라도 스스로 압제자들이 물러난 적 있었던가
4·19 이래 있었던가
5·18 이래 있었던가
6·29 이래 있었던가
대한민국 반세기 이래 있었던가

고난의 길

어머니가 아들을 낳고 아들이 어머니를 낳았습니다
이소선 여사가 그 어머니고
전태일 열사가 그 아들입니다

나는 혹사의 노역장으로 노동자를 내모는 자본의 세계에 살면서
그 어머니에 그 아들을 본 적이 없습니다
그 아들에 그 어머니를 본 적이 없습니다
상복을 입고
불에 타 죽은 아들의 사진을 껴안고 오열하는 이 여인이 그 어머니
인가
목 놓아 흐느끼는 모습이
험한 세상에 자식을 빼앗기고
가파른 인생을 사는 우리네 어머니들과 꼭 닮았습니다

그러나 어머니여
자식의 죽음으로 다시 태어난 천만 노동자의 어머니여
나는 알고 있습니다
당신의 자식이 굴리다 굴리다 힘에 겨워 못다 굴린 삶의 무게를
그 무게를 머리에 이고 당신이 걸었던 고난의 길을
그 길의 시작과 끝을 나는 알고 있습니다

길에는 끝이 있습니다 나도 가렵니다
자본의 무게에 짓눌린 노동자의 틈에 끼여 어깨동무하고

당신이 지금 걷고 있는 그 길을 함께 가렵니다
노동자가 여는 해방의 길이 인류 해방의 길과 맞닿는다는 것을
나는 알고 있기 때문입니다 당신한테 배워서

동두천에서

저 사람들이 그 사람들인가
옆구리에 하나씩 여자를 꿰차고
술집과 술집 사이를 누비고 다니는 저 사람들이
그동안 사십몇년 동안 나의 자유를 지켜준 사람들인가

저 사람들이 그 사람들인가
Try burning this one이라고 씌어진 글씨와 그 밑에
성조기를 그린 내의를 걸친 저 사람들이
앞으로도 영원히 나의 평화를 지켜줄 사람들인가

어젯밤 나는 동두천에 있었다
밤은 불야성을 이루고 환락의 도가니 속에서
나는 물었다 나 자신에게
1946년 성조기 아래서 태어났던 나
대한민국의 역사를 알고 이날 이때까지
자학과 광기 없이 나는 조국의 하늘을 바라볼 수 있었던가
가위눌려 악몽에 시달리지 않고
나는 내 조국의 자유를 노래할 수 있었던가
감시의 눈을 의식하지 않고
체포와 구금과 투옥의 밤을 의식하지 않고
나는 내 나라의 평화를 그릴 수 있었던가
나는 죽고 싶었다 어젯밤 동두천에서
성조기 펄럭이는 식민지의 하늘 아래서

오 광기여 광기의 자식 자학이여
내가 죽어 차라리 개로 환생할 수 있다면
내 눈엣가시 주둔군의 저 철사줄이라도 물어뜯을 것을
내 증오의 깃발 성조기에 대고 울부짖기라도 할 것을
여기저기 도시에 마을에 숨어 산다는
핵병기의 비밀을 파헤쳐놓기라도 할 것을

목이 쉰 개의 비명이 내 귀에서 지고
밤이 울고 있었다 그 울음소리에 나는 술에서 깨어났고
웬 여자가 토할 듯 입을 틀어막고 내 옆을 지나가고 있었다

조선의 딸

저기 가는 저 큰애기를 보아라
새참으로
막걸리 든 주전자를 들고
보리밥과 김치로 가득한 바구니를 이고
반달 같은 방죽가를 돌아
시방
논둑길을 들어서는
부푼 저 가슴의 처녀를 보아라

마른자리 반반한 풀밭을 골라
빨갛게 파랗게 원앙을 수놓은 하얀 보자기를 깔고
그 위에 들밥을 차리는 농부의 딸을 보아라
이 마을에 아니 이 나라에 하나뿐인
검은 치마 하얀 저고리를 보아라

—아부지 그만 쉬셨다 하셔요
저만치에서 허리 굽혀 나락을 베는 아버지 곁으로 가
아버지 대신 나락을 베고
—아저씨 밥 한술 뜨고 가세요
지나가는 낯선 사람도 불러
이웃처럼 술도 한잔 드시게 하는
조선의 딸 그 마음을 보아라
마을에 하나뿐인 아니 이 나라에 하나뿐인

남과 북이 패를 갈라

어제 나는 잠실운동장에 있었다
거대한 고무보트와도 같은 경기장에서는
남과 북이 패를 갈라 공을 차고 있었고
관람석을 가득 메운 구경꾼들은
그 공의 향방을 좇느라 넋을 잃고 있었다

나는 공의 향방에는 아랑곳하지 않고
무엇에 굶주린 도둑고양이처럼
사방팔방으로 눈알을 굴리며 주위를 둘러보았다
여기저기 일정한 간격을 유지하고
구경꾼들 틈새에 박혀 있는 새마을 모자들
가수들의 요란한 의상과 치어걸들의 괴상한 몸짓
에이스침대 나이키 맥스웰커피
비제바노 프로스펙스 랜드로바 코카콜라……
이런 것들은 분명히 있었다 그러나 어디에도
내가 찾는 것은 없었다 눈을 씻고 봐도 없었다
흔해빠진 노래 우리의 소원은 어쩌고저쩌고하는 것도 없었고
자주네 평화네 통일이네 하며 내 귀를 시끄럽게 했던
관념의 뼈다귀 같은 말의 성찬도 보이지 않았다

여간만 실망하지 않은 나는
발길을 돌려 출입구로 향했다 그런데 바로 그 순간이었다
구경꾼들 틈에 박혀 있었던 새마을 모자들이

허겁지겁 일어나더니 한쪽으로 몰려가는 것이었다
무슨 일이 일어났을까 나의 시선이 멈춘 곳에서는
대여섯명의 젊은이들이 하얀 천을 펼쳐들고 뭐라고 외치는데
모자들이 떼거리로 몰려가서 그 입을 덮치고 있었다
그리고 젊은이들과 모자들은 하얀 천을 놓고
치고받으며 난투극을 벌이고 있었다 그러나 그것도 중과부적
삽시간에 백명 이백명으로 수가 늘어난 모자들은
젊은이들의 멱살과 손목을 움켜잡고 어딘가로 끌고 가버렸다
아무도 거기에 개입하거나 따지는 사람은 없었다
다만 구경하느라 엉덩이를 들고 고개를 내밀었던 사람들은
모자들이 조성한 험악한 분위기에 기가 죽었는지
슬그머니 자리에 엉덩이를 내리고 얌전하게 앉아 있었다

내가 사태의 처음과 끝을 안 것은 한참 후였다
젊은이들이 외치다 모자에 입이 막혀 질식사했던 구호와
젊은이들이 펼치다 모자들에게 빼앗겼던 하얀 천에 씌어진 글씨는
'조국은 하나다'였다

항구에서

이제 항구에는 이별이 없다
이별이 없으니 손수건에 눈물 찍어 우는
슬픈 여인도 없다

그러나 나 어제 군산 앞바다에 가서
울었다
술도 없이 노래도 없이 슬퍼 울었다
부끄러워서
조선의 해와 달이 부끄러워서
속으로 남몰래 갈대처럼 울었다

"고릴라처럼 덩치 큰 미국 병사에게
다람쥐처럼 작은 우리 누나가 매달려가는 것을 보고
나는 슬펐다"
고 써놓은 제자의 일기장을 훔쳐보고
스승도 슬펐다는 이야기를 듣고……

아 이별 하나 있어야겠다 이 슬픈 항구에
뱃고동 소리 짐승의 신음처럼 들리는 선창가 전봇대에서가 아니라
술 취한 마도로스 담뱃불에서가 아니라
기지촌이 있는 미군기지에서 이별 하나 있어야겠다
성조기와
팬텀기와

미사일과
위장된 평화와 자유와
이별 하나 더럽게 있어야겠다
술도 없이 노래도 없이 멀뚱한 눈으로
저들을 보내야겠다 저들을 보내야겠다

이 슬픈 항구에서

매력

일본인 관광객에게
한국이 매력적인 것은
불국사다 뭐다 신라의 금관이다 뭐다
찬란한 문화유산이 아니랍니다
설악산 단풍이다 뭐다 한라산 사냥터다 뭐다
무궁화 금수강산도 아니랍니다

그들에게 일본인들에게
한반도가 매력적인 것은
민속촌의 양반집 툇마루에 놓인 식민지시대의 놋요강이랍니다
그동안 수십년 동안 고스란히 보존된
보수까지 해서 알뜰살뜰하게 간직하고 있는
총독부 건물과 지금은 청와대로 이름이 바뀐 총독부 관저랍니다

그러나 무엇보다도 미나미 죠셍이
일본인 관광객들에게 매력적인 것은
(관광객들은 대부분 목욕탕 주인, 술집 주인, 이발소 주인, 목수, 잡
상인, 농부 등으로 짜여져 있다)
기생 파티랍니다
한집에서 수백명을 부리는 기생집의 거대한 규모랍니다
여자 사타구니 형용의 고려인삼 뿌리이고
그것을 먹었다 하면 하룻밤에도
열탕이고 백탕이고 탱탱 꼴린 좆으로 뛸 수 있는

구렁이탕에 물개 좆이랍니다

하지만 뭐니 뭐니 해도
미나미 죠셍이 일본인 관광객들에게 매력적인 것은
사지가 노골노골하게 깜빡 죽을 정도로
사이고로(최고로) 매력적인 것은 기생들이랍니다
다홍치마에 색동저고리 그 아름다움이 아니라
하이 하이 이랏사이맛세 그 예절 바름이 아니라
엔화 한두닢이면 마음대로 골라잡을 수 있는 섹스랍니다
바나나 서너개 값이면 밤도 없이 낮도 없이 주무를 수 있는
유방이고 팔다리랍니다
가난 때문에 도시에 빼앗기고
자본가의 굴뚝에서 쫓겨난
우리네 노동자 농민들의 딸이랍니다

아메리카여 아메리카여 아메리카여

아침저녁으로 요즘
밥상 앞에 앉아 있노라면
텔레비전을 대하고 앉아 있노라면
후세인은 천하에 죽일 놈 살릴 놈이고
미군은 평화의 십자군
자유세계의 창과 방패이다

이런 일은 어디 이란에서만 그러랴!
탄생 이래 미국은 늘 그런 나라였으니
자유와 평화의 수호자로
남의 나라에 들어가 피를 흘렸으니
사람들은 미국의 얼굴을 보면 우선
비둘기와 자유의 여신상을 떠올린다

그러나 나는 믿지 않는다 아메리카여
세기말 최후의 밤까지
노예무역으로 톡톡히 재미를 본 자유의 나라
인류 최초로 인간의 머리 위에
원폭의 세례를 내린 평화의 나라
그리고 엊그제까지만 해도
리비아에서 파나마에서 그라나다에서
수천의 인명을 살해한 인권의 나라
아메리카여 아메리카여 아메리카여

이 밤의 텔레비전 앞에서 나는 믿지 않는다
그대가 치켜든 자유의 깃발과
하늘 높이 날리는 평화의 비둘기를
나는 믿지 않는다 나는 믿을 수가 없다
사람들이 전쟁과 평화를
가진 나라 가진 자의 눈으로가 아니라
억압받는 계급의 눈으로 볼 수 있을 때까지는
제국주의와 싸우는 식민지의 모든 민중이
그대의 얼굴에서 가면을 벗기고
위선의 평화를 읽을 수 있을 때까지는

자주 민주 행복한 삶을 꿈꾸며
식민지 피압박민족이 제 목소리를 높이면
그곳이 어디건 지구 끝까지 쫓아가
안데스산맥의 고원까지 쫓아가
아프리카의 황금해안 희망봉까지 쫓아가
아시아의 곡창지대 삼각주 하구까지 쫓아가
침략과 약탈로 거재(巨財)를 쌓아올린 마천루의 나라
아메리카여 아메리카여 아메리카여

Welcome U. S. Marines

그날 나는 우연히 포항에 있었다
밀어닥친 한파처럼 미군이 상륙하자
이상한 일이었다! 갑자기
활기에 차 있던 항구의 거리가 입을 다물고
고깃배들은 약속이나 한 듯 하나같이
저 건너 방파제 뒤로 숨어버렸다

거리란 거리는 강아지 한마리 얼씬거리지 않았다

집이란 집은 죄다 문을 잠가버렸다

텅 빈 거리를 가로질러 건물과 건물 사이에는
현수막이 거대한 성조기와 함께 걸려 있었다
Welcome U. S. Marines 이렇게 씌어 있었다 거기에는
그 밑을 텅 빈 거리를 무인지경을 가듯
흰둥이와 깜둥이들이 지나갔다 보무도 당당하게
그들은 꽁무니로 수류탄을 흔들어대고 입으로는 껌을 짝짝 씹었다
그들은 바다에 가래침을 뱉어놓고 빛나는 군화로 문질러버렸다
그들은 어쩌다 여자를 발견하면 휘파람을 불어제꼈다
골목에서 처녀 하나가 나오다가 그들과 마주치자마자 혼비백산
했다
그러자 깜둥이 하나가 허연 이빨을 드러내놓고 발을 구르며 깔깔
댔다

어쩌다 길가에서 원주민 남자를 만나면 붙잡고
다짜고짜로 그들이 묻는 첫마디는 술집이었다
영어를 몰랐기에 그는 당연히 무시되었다
어쩌다 한길에서 여자와 마주치기라도 하면
무작정 덮쳐놓고 보는 것이었다 날짐승이 병아리 덮치듯
그들이 식민지에 와서
밤이고 낮이고 찾는 것은
눈을 부릅뜨고 기를 쓰고 찾는 것은
술집이고 여자였다
그들은 오직 술집을 찾기 위해서 버스를 탈취했고
그들은 오직 여자를 찾기 위해 눈이 뻘게져 있었다

그런 그들을 아무도 어떻게 해볼 수 없었다
나라도 법도 어떻게 해볼 수 없었다
다만 할 수 있는 것은 방파제 뒤로 숨거나
문을 안으로 잠그고 혼비백산하는 일뿐이었다

Welcome U. S. Marines 이렇게 써놓고
성조기를 흔들어도 소용없는 일이었다

*『사랑의 무기』에는 「포항 1988년 2월」로 수록됨.

774

세상사

열이 자도 넓을
큼직큼직한 방에서는
범털은 범털들끼리 팔자로 누워 자고
간수의 수발까지 받아가면서 자고

셋이 자도 좁을
요만요만한 방에서는
개털은 개털들끼리 열두마리 돼지 새끼로 자고
간수의 수발까지 해가면서 자고

코딱지만 한 나라에서
부자는 부자들끼리 대궐 같은 집에서 살고
낮으로는 순경을 밤으로는 방범을
차례로 차례로 돌림방시켜가며 살고

크고나큰 서울에서
가난뱅이는 가난뱅이들끼리 게딱지만 한 꼬방동네에서 살고
낮에는 순경에게 밤에는 방범에게
술값이며 담뱃값을 뜯겨가면서 살고

그래그래 어디를 가나 담 안팎으로
살 권리가 있는 놈들은 가진 놈들뿐이다

유세장에서

내가 만일
국회의원이 되면
여기서 저기까지 둑을 쌓아
바다를 막겠습니다
토지 없는 농민이 없게 하겠습니다
그리고 그는 유권자들의 갈채를 받으며
돌 하나 번쩍 들어올려
풍덩 바닷속에 던졌다
그리고 그는 당연하게도
초선의원이 되었다

나를 다시
국회에 보내주시면
여기서 저기까지 둑을 쌓아
바다를 막겠습니다
농가마다 토지 없는 설움을 없게 하겠습니다
그리고 그는 유권자들의 의심을 사기는 했지만
돌 하나 슬그머니 들어올려
퐁당 바닷속에 던졌다
그리고 그는 가까스로
재선의원이 되었다

마지막으로 한번 더 속을 셈 치고

다시 한번 저를 국회에 보내주시면
삼선의원의 관록과 명예를 걸고
내 몸을 던져서라도
바다가 문전옥답 되게 하겠습니다
그리고 그는 유권자들의 야유를 받으며
그들의 손에 번쩍 들어올려져
철버덕 바닷속으로 내던져졌다

개들의 경쟁

개는 평생을
짖어대고 으르렁거리고 물어뜯는 것을
제 천직으로 알고 있는 개는
부잣집 문간에만 있는 게 아니다
돈이 재산이 쌓여 있는 곳이면 어디에도 있다
부잣집 고방에도 있고 재벌의 담 밑에도 있고
전당포 주인의 호주머니 속에도 있다

개는
사람보다 충성스러운 개는
저 당당한 의사당 안에도 있다
의원석에도 있고 장관석에도 있다
법정의 판사석에도 검사석에도 있다
일언이폐지하고 개는
쌓아올린 돈더미가 위협받고 있는 곳이면
부자들의 재산이 침해받고 있는 곳이면
어디에도 있다 청와대가 그 본산이다

짖어라 개야 밤낮없이
가장 잘 짖는 놈에게는 부자들이 너에게
동이빨에 생선 뼈다귀를 하사할 것이니
으르렁거려라 개야 우렁차게
가장 크게 으르렁거리는 놈에게는 부자들이 너에게

은이빨에 염소 뼈다귀를 하사할 것이니
물어뜯어라 개야 사정없이
가장 사납게 물어뜯는 놈에게는 부자들이 너에게
금이빨에 소 뼈다귀를 하사할 것이다

환상이었다 그것은

언젠가 나는 썼다 너에게
"선거를 통해 선거의 자유라는 것을 통해
독재정권이 민주정권으로 교체된다는 것은 불가능하다
그러나 가능할지도 모른다 식민지 종속국에서는
희귀하게 특수하게 가능할지도 모른다
그래서 나는 6·29선언을
파쇼정권의 사망신고서라 받아들였고
그래서 나는 노래까지 했던 것이다
남은 일은 이제 노동자여 관을 짜는 일이다
남은 일은 이제 농민이여 무덤을 파는 일이다
남은 일은 이제 민중이여
겨울의 시체를 장사 지내고 봄의 언덕에
자유의 꽃을 피우는 일이다"
이렇게 노래까지 했던 것이다

그러나 환상이었다 그것은
누군가 턱짓 하나로
총칼의 숲을 이룬 수십만 군대를
제 사병처럼 부려먹을 수 있고
누군가 손가락 하나로
몽둥이와 방패로 무장한 수십만 경찰을
제 하인처럼 부려먹을 수 있고
누군가 지시 한마디로

꼭대기에서 말단까지 수십만의 관리를
일사천리로 부려먹을 수 있는
그런 기계적인 나라에서
표를 던져 선거라는 자유가
압제의 벽을 무너뜨린다는 것은

환상이었다 그것은
있는 것도 없는 것으로
없는 것도 있는 것으로
작은 것도 큰 것으로
큰 것도 작은 것으로
검은 것도 흰 것으로
흰 것도 검은 것으로
되는 것도 안되는 것으로
안되는 것도 되는 것으로
한마디로 말해서
허위의 세계를 진실의 세계로
진실의 인간을 허위의 인간으로
날조하고 조작하고 왜곡하고 확대하고 축소하는
신문이며 라디오며 텔레비전을
누군가 한사람이 독점하고 있는
그런 어두컴컴한 나라에서
표를 던지는 선거의 진실이

허위의 인간을 몰아낸다는 것은

환상이었다 그것은
권력 앞에서 꿇지 않는 무릎 없고
돈뭉치 앞에서 걷어올리지 않는 치마가 없고
부패와 타락이 그 본색인 부르주아 사회에서
들치기 날치기 소매치기 업어치기 사기꾼 협잡꾼 노름꾼 갈보 뚜
쟁이 깡패 전과자 실업자 가난뱅이 부랑아……
이른바 계급의 찌꺼기들이
술 한잔에 점심 한그릇 값이면
언제라도 누구에게라도 매수될 수 있는 룸펜 프로들이
도시마다 거리마다
하늘 아래 산동네 꼬방동네마다
기어다니고 숨어다니고 내빼다니는
그런 범죄의 나라에서
맨입의 빈손으로 표를 모아
착취의 성을 무너뜨린다는 것은

환상이었다 그것은
자본가는 말할 것도 없고
뱁새 걸음으로
부르주아지의 흉내를 내며 우쭐해하는
이른바 중산층이란 것들은 물론

가진 것이라고는
원숭이 앞발로부터 물려받은 손재간밖에는 없어
하루라도 그것을 자본가에게 팔지 못하면
한시라도 그것으로 부자들의 배를 채워주지 못하면
그날 저녁으로 잠자리를 잃게 되고
다음 날 아침이면 끼니를 걱정하게 되는 노동자들까지도
공산주의 어쩌고저쩌고하면
아예 사람 살 곳이 못되는 지옥쯤으로밖에 생각할 줄 모르고
이북 어쩌고저쩌고하면
엉덩짝에 뿔 난 괴물의 세계가 아니면
아버지와 아들이 강냉이죽 한사발을 놓고 드잡이하는
아귀도쯤으로밖에 상상할 줄 모르는
그런 꽉 막힌 나라에서
무조직의 사상과 그 표현인 연설의 힘이
철벽으로 무장한 반공의 벽을 무너뜨린다는 것은

환상이었다 그것은
제 조국의 산하가 논과 밭이
남의 나라 병사의 발아래 있고
그 밑에서 골짜기의 처녀들이 능욕당하고 있어도
일어나 분노할 줄 모르고
제 겨레의 자식들이
남의 나라 군대의 용병으로 머슴살이를 하고 있어도

얼굴 붉혀 부끄러워하기는커녕
작전권도 없는 나라가 독립국이냐 괴뢰지 하면
강약이 부동인데 어쩔 것이냐
당신은 그러면 미국 몰아내고 빨갱이 끌어들일 셈이냐며
입술에 게거품을 뿜어내는
그런 식민지 노예근성이 골수까지 뿌리내린 나라에서
해방과 통일의 이름으로 표를 모아
괴뢰의 성을 무너뜨린다는 것은

환상이었다 그것은
표를 던져 선거의 자유가
압제의 벽을 무너뜨린다는 것은
맨입의 빈손에 무조직의 사상이
철벽으로 무장한 착취의 성을 무너뜨린다는 것은
압제와 착취 괴뢰의 벽 그것은
타도의 대상으로서 거기 있는 것이지
타협의 상대로서 거기 있는 게 아니다
물질적인 힘은 물질적인 힘에 의해서만 무너진다
그리고 어떤 사상도 그것이
물질적인 힘으로 되는 것은 그것이
대중을 조직적으로 전투적으로 유물론적으로 사로잡을 때이다

대통령 지망생들에게

대통령 지망생들이여
기술이 모든 것을 결정하는 시대나니
고민일랑 말거라 대머리라고
가발술이 와서 귀밑까지 덮어줄 것이다
실망일랑 말거라 곰보딱지라고
화장술이 와서 반반하게 골라줄 것이다
절망일랑 말거라 말더듬이라고
웅변술이 와서 유창하게 떠들어줄 것이다
근심일랑 말거라 뱃속이 시커멓다고
조명술이 와서 하얗게 칠해줄 것이다
걱정일랑 말거라 평판이 나쁘다고
조작술이 와서 여론을 바꿔줄 것이다
낙담일랑 말거라 청중이 안 모인다고
동원술이 와서 그러모아줄 것이다
낙심일랑 말거라 돈이 없다고
조폐술이 와서 찍어줄 것이다
낙담일랑 말거라 표가 안 나온다고
컴퓨터가 와서 해결해줄 것이다
그러니 동시대의 보통 사람들이여 대통령 지망생들이여
곰보여 째보여 언청이여 애꾸여 대머리여 귀머거리여 말더듬이여
눈봉사여 사기꾼 협잡꾼 정상모리배여 장군이여……
　지금은
기술이 모든 것을 결정하는 시대나니

대통령이 되고 싶거든
쓰잘 데 없는 걱정일랑 하지 말고 가서 바다 건너 아메리카에 가서
백악관에 가서 청와대로 가는 허가증이나 하나 따가지고 오거라
차기 대통령감에 아무개라고 큼직하게 찍힌

그날

솔직히 말하겠소
그날 나는 울고 싶었소
그날 정의가 불의에 패배하던 날
아이처럼 엉엉 울고 싶었소
그러나 그렇게는 되지 않았소

솔직히 말하겠소
그날 나는 의연하게
패배를 맞이하려고 했소
그날 불의가 승리를 뽐내던 날
죽지 않고 기를 세우려고 했소
그러나 그렇게도 되지 않았소

그날 정의가 패배하던 날
그날 불의가 승리하던 날
농민이 와서 내 손을 잡고 울었소
노동자가 와서 청년학생들이 와서
눈물 바람을 일으키다가 되돌아갔소
밥맛이 떨어졌다면서 아예 식음까지
전폐하고 드러누운 사람까지 있었소

그들에게 노동자 농민에게 나는
위로의 말 한마디 해주지 못했소

나 자신이 누구로부터 위로받고 싶었소
그들이 돌아가고 나는
혼자서 이렇게 중얼거릴 수밖에 없었소
이번에 싸움에서 이긴 것은
불의가 아니었다
이번에 싸움에서 진 것은
정의가 아니었다
선거에서 싸움에서 이긴 것은
돈이고 양키 제국주의의 총칼이고 음모였다
정의와의 싸움에서 불의가 이겼다고 해서
불의가 불의 아닌 것은 아니다
불의와의 싸움에서 정의가 졌다고 해서
정의가 정의 아닌 것은 아니다

법 좋아하네

즈그들에게 이로우면
반국가단체도 민족공동체가 되고
우리들에게 이로우면
민족공동체도 반국가단체가 되고

즈그들은 갔다 와서
쥐도 새도 모르게 갔다 와서
들통이라도 나면
통치권의 행사가 되고
우리들이 갔다 와서
떳떳하게 갔다 와서
하늘 아래 밝히면
잠입에다 탈출죄가 되고

즈그들은 무슨 꿍꿍이속이 있어서
그를 주석이라 부르고 그것이 말썽이 나면
외교상의 관례가 되고
우리들이 아무 속셈도 없이
그를 주석이라 부르면
고무에다 찬양에다 동조죄가 되고

이게 법이지요
목에 걸면 그것은

부자들에게는 목걸이가 되고
가난뱅이들에게는 밧줄이 되지요

똥파리와 인간

똥파리에게는 더 많은 똥을
인간에게는 더 많은 돈을
이것이 나의 슬로건이다

똥파리는 똥이 많이 쌓인 곳에 가서
떼지어 붕붕거리며 산다 그곳이 어디건
시궁창이건 오물을 뒤집어쓴 두엄 더미건 상관 않고

인간은 돈이 많이 쌓인 곳에 가서
무리지어 웅성거리며 산다 그곳이 어디건
범죄의 소굴이건 아비규환의 생지옥이건 상관 않고

보라고 똥 없이 맑고 깨끗한 데에 가서
이를테면 산골짜기 옹달샘 같은 데라도 가서
아무도 보지 못할 것이다 떼지어 사는 똥파리를

보라고 돈 없이 가난하고 한적한 데에 가서
이를테면 두메산골 외딴 마을 깊은 데라도 가서
아무도 보지 못할 것이다 무리지어 사는 인간을

산 좋고 물 좋아 살기 좋은 내 고장이란 옛말은
새빨간 거짓말이다 똥파리에게나 인간에게나
똥파리에게라면 그런 곳은 잠시 쉬었다가
물찌똥이나 한번 찌익 깔기고 돌아서는 곳이고

인간에게라면 그런 곳은 주말이나 행락철에
먹다 남은 찌꺼기나 여기저기 버리고 돌아서는 곳이다

따지고 보면 인간이란 게 별것 아닌 것이다
똥파리와 별로 다를 게 없는 것이다

토산품

영덕에 가면 영덕게 없다

영광에 가면 영광굴비 없다

제주에 가면 제주돔 없다

무심한 바다
짠물에 두 눈 씻고 보면
선창가 어물전이나 어부 집 처마 밑에
영덕게 같은 것
영광굴비 같은 것
제주돔 같은 것
하나둘 없는 것은 아니다
그러나 그것은 십중팔구
어디서 굴러온지 모르는 가짜이거나
팔려가지 못한 병신이기 십상이다

그러면 어디에 있는가 진짜는
서울에 있다 매끈하고 잘생긴 것은 모두
고급 요정이나 상류 호텔에 있다

사람도 매한가지다
시골에 가면 산에 들에

달덩이 같은 처녀 없다
서울에 다 있다 술집에 호텔에

별유천지비인간

꽃과 과일로 장식한 안주상이 들어오고
술병을 가슴에 품은 밤의 선녀들이
춤추듯 미끄러지며 방으로 들어왔다
그들은 하나같이 분홍치마에 노랑저고리를 입고 있었다

그들은 들어오기가 무섭게 옷부터 벗기 시작했다
옷고름을 풀고 저고리를 벗고
봉긋하게 솟은 젖가슴의 덮개를 걷어내고
허리께로 손이 가는가 싶더니
치마가 소리도 없이 발목까지 흘러내렸다
그리고 그들 선녀들은 최후의 은신처에서
꽃잎 모양의 삼각 천을 떼어내더니
일제히 괴성을 지르며 하늘 높이 내던졌다
그러자 초저녁부터 지상에 내려와
자리를 잡고 앉아 있던 선남들도
일제히 술잔을 치켜들고 브라보를 연호했다
요란스런 초야의 의식이 끝나자 선남선녀들은
술잔과 입술을 주고받고
옛부터 내려오는 음담과 패설을 주고받고
인구에 회자하는 노래를 주고받고 하다가
마지막 의식을 치르기 위해 각자 짝을 지어
밤의 보금자리로 기어들어갔다

그날밤 나는 취하지 않았다
팔목을 보니 시계는 자정을 넘고 있었다
나는 부랴부랴 바깥세상으로 나왔다
전봇대를 껴안고 질금질금 오줌을 깔기는 사람
바닥에 주저앉아 으악으악 토악질을 하는 사람
질주하는 택시에 대고 고래고래 악을 쓰는 사람
사내들을 붙잡고 섹스를 흥정하는 사람
밤의 서울은 별유천지비인간이었다

흡혈귀 같은 놈

어떻게 보면
농부의 허벅지에 붙은
거머리 같고

어떻게 보면
황소의 뒷다리에 붙은
진드기 같고

어떻게 보면
피둥피둥 살찐 것이
도야지 같고

이놈!
머리끝에서 발가락 끝까지
사람 같지 않은 놈!
입에 피를 흘리며
세상에 그 탄생을 고하고
약탈과 살인 방화의 전쟁으로
만방에 그 힘을 과시하고
사기 도적 협잡 등으로
인간의 머리 위에 군림한
괴물 같은 놈 흡혈귀 같은 놈!

언젠가 어느날엔가는
농부가 깎은 꼬챙이에 찔려
황소가 차는 뒷발에 채어
머리끝에서 발가락 끝까지
구멍이라는 구멍에서 피를 토하고
사지를 쭉쭉 뻗으며 뒈져갈 놈!

돼지의 잠

밥을 달라고 그러는지
돼지가 꽥꽥 악을 쓴다
시끄러워 책을 읽다 말고 밖으로 나가
바가지를 찾아 들고 돼지에게로 다가가자
그는 거품을 하얗게 물고 끙끙거린다

썩은 감자며 호박씨며
알이 덜 여문 옥수수가 둥둥 떠 있는
구정물을 바가지로 퍼주자
그는 대가리를 처박고 먹기 시작한다
우적우적 수수깡을 깨물랴
꾸룩꾸룩 구정물을 삼키랴
그는 정신없이 바쁘다
젖꼭지를 찾으려고 빽빽거리는
새끼들의 울음마저도 잊은 지 오래다

핏발 선 눈
씩씩대는 코
탐욕스런 입
살진 목덜미
축 처진 배
이제 그는 짧은 다리로는
더이상 제 무게를 가눌 수 없어서인지

바닥에 몸을 눕히더니
이내 코를 골기 시작한다

행복한 돼지의 잠
이런 잠을 나는 돼지에게서만 본 게 아니다
어느 중산층의 가정에서도 본 적이 있다

공부나 합시다

바깥세상이 시끄러운지라
수학 문제를 풀던 선생님이
잠시 분필을 놓으시고
사람 사는 이야기를 하려는데
학생 하나 벌떡 일어나 소리 지른다
─선생님 공부나 합시다─

때는 맑고 푸른 가을인지라
영어 문제를 풀던 선생님이
잠시 분필을 놓으시고
우리말 고운 시 하나 읊으려 하자
학생 하나 벌떡 일어나 소리 지른다
─선생님 공부나 합시다─

이런 학생 나중에 무엇이 될까
세상모르고 공부만 하여
남보다 수학 문제 하나 더 빨리 풀어
일등 하여 일류대학 들어간들
무엇이 될까 이런 학생 나중에
시집 한권 아니 읽고 공부만 하여
남보다 영어 단어 하나 더 많이 외어
우등으로 일류대학 들어간들

그런 학생 졸업하고 세상에 나오면
시끄러운 세상에 나와 높은 자리에 앉게 되면
말끝마다 입으로 학생은 공부나 하라고 그럴지도 모르지
데모나 하는 학생들을
참교육 운운하는 선생님들을
잡아 조지고
때려 조지고
가둬 조지는
그런 사람이 될지도 모르고

모가지여 모가지여 모가지여

바르게 걷는 자를
가장 빠르게 가장 쉽게 가려내기 위해
무슨 좋은 수가 없을까

마침내 국왕은 중신회의 끝에
신통한 수를 하나 얻게 되었으니
바로 걷는 자를 색출하기 위해
모든 사람을 거꾸로 걷게 하는 법령을 내렸다
그리하여 포도청은 나라 곳곳에 검문소를 설치하고
만백성이 밀고자가 되기를 요구했다
바로 걷는 자를 보고도 모른 체하거나
제집에 숨겨준 자가 있으면 그도 역적으로 몰아
바로 걷는 자와 함께 까막소에 넣었다
바로 걷는 자의 가족 중 관직에 있는 자는 쫓아냈고
그 자손들은 영원히 공직에 오르지 못하게 했다
그 당시에도 오늘날과 같은 사법제도가 있었는바
판사는 검사의 사돈지간이었고
검사는 판사의 사돈지간이었다

그 무렵에 성이 어(魚)가이고 이름이 무적(無跡)이란 자가 있었다
성 그대로 이름 그대로 그는 바르게 걷거나 거꾸로 걷거나
물고기처럼 뒤에 자취를 남기지 않는 신출귀몰한 재주를 가졌으니
그는 그 재주를 믿고 할 소리 못할 소리 죄다 하고 다녔다

그 소리들 중에서 한두개를 골라잡아 여기에 적어보자면 다음과
같다

그놈이 그놈이고 그놈이 그놈이여
정가가 최가이고 최가가 이가이고 이가가 경가이고
성과 이름만 바꿔치기했단 말이여
아니 무신정권 수십년에 날강도 아닌 놈이 있었던가
사기꾼 협잡꾼 정상모리배 아닌 놈이 있었던가
왕궁이란 게 원래 음모의 토굴이라는 것은 세상이 다 아는 일이고
관가에 들락날락하는 놈치고 쥐새끼 아닌 놈이 없는 법이여
보라고 저 쥐새끼들의 피 묻은 주둥아리를
그 주둥아리가 물고 있는 나락 모가지를 그것은 다름아니고
우리 백성들이 불볕에 땀 흘려 키워놓은 바로 그 나락 모가지나니
오 모가지여 모가지여 피 묻은 나락 모가지여
그 모가지 언젠가 어느 날엔가는 왕의 모가지를 감을 밧줄이여

사람이 살고 있었네

이북 사람하고 우리하고 싸우면
우리가 판판이 이기겠습디다

이 말은
서해바다 먼바다 연평도에서 조기잡이하다가
납북되어 한 일년 이북에 억류되어 살다가
대한민국 알뜰하고 살뜰한 그 자유의 품으로 돌아와
처자식 보고 싶은 남해바다 섬마을에는 살지 못하고
전라도라 어디 열길 담장 너머에서
한 십년 만기로 징역살이하고 있는
어느 늙은 어부의 이야기입니다

이 말을 듣고 나는 얼마나 안심했는지 모릅니다
이북 사람하고 우리하고 싸우면
우리가 판판이 이기겠습디다 하며
천진난만하게 웃고 있는 아이 같은 늙은 어부의 말을 듣고
그러나 나는 말하지 않겠습니다
안심의 깊이와 그 내력을
영악하기가 백년 묵은 여우쯤으로 되어야
남한테 아니 홀리고 제 것이나마 챙길 수 있다는 당신 앞에서는
뻔뻔스럽기는 천년 묵은 잔나비 같고 그 똥구녕 같고
사납기는 들짐승 발톱을 닮아야 그래야
제 것 남에게 아니 뺏기고 밥이라도 한술 배 차게 먹을 수 있다는

당신 앞에서는
  삶의 터전이 흡사 전쟁터와도 같아
  한 나라의 대통령이란 자가 제 국민을 상대로 전쟁을 선포하고
  이북을 경쟁과 대결의 대상이 아니라
  화해하고 협력하는 민족공동체라 선언해놓고
  누가 있어 이북 사람 사는 모양을 한마디라도 좋게 말하면
  그것을 이적행위로 단죄하고 잡아 가두는 당신 나라의 법률 앞에
서는

* '사람이 살고 있었네'는 『창작과비평』 1989년 겨울호에 실린 황석영의 글
  제목이다.

안부

헐벗은 나뭇가지에 눈보라가 치고
삭풍이 철창에서 우는 곳
그곳에 겨울이 다가옵니다
봄 여름 가을 없이
한줄기 햇살도 스며들지 못하는
그곳에 겨울이 다가오면
북풍한설을 막아보겠다고 당신은
비닐 판으로 철창을 가리고
종이 부스러기를 긁어모아 문틈이며 마루 틈이며
틈이란 틈을 죄다 막겠지요
그리고 화로도 없고 인정도 없는 그곳에서
영하 십도 이십도의 추위를 이겨보겠다고
가슴에 미지근한 식수통을 껴안고
새우처럼 등을 구부리고 오지 않는 잠을 청하느라
이리 뒤척 저리 뒤척 밤을 새울지도 모르고요

부디 건강하세요
사슬 풀려 자유의 몸이 될 때까지
당신이 겪은 고난은 무익하게 끝나지 않을 것입니다
자연과 마찬가지로 인간의 겨울에도 끝이 있는 법이니까요

사상에 대하여

새로운 사상은
썩고 병들고 만신창이가 되어
이제는 어떻게 손을 써볼 수가 없는 그런 세상에서 태어난다
이를테면 동학이 그러했다 반봉건 싸움에서
새로운 사상은 그 초년에는
거리와 시장의 우스갯소리가 되기도 하고
사문난적이라 박해의 과녁이 되기도 한다
반역의 씨앗이 그 안에 들어 있기 때문이다
그래서 부자들은 그것을 멀리하고
굶주린 이들이 그것을 가까이한다
사상은 노동의 대지를 그 밭으로 삼는다
처녀들은 깊숙한 곳에 호미로 그것을 파묻고
사내들은 억센 주먹으로 그것을 지킨다
밤이 그들의 옷이고 별이 그들의 미래다
고난의 긴 세월 낡은 껍질과의 싸움에서
새싹의 기운은 이기고
땅속 깊이 뿌리를 내려 지천으로 그 가지를 뻗는다

사상의 꽃이 아름다운 것은
민중의 피로 그것이 개화하기 때문이다
그 열매가 아름다운 것은
한사람이 아니라 한두사람이 아니라
만인의 입으로 그것이 들어오기 때문이다

사상의 거처

나는 지금 어디에 있는가
입만 살아서 중구난방인 참새떼에게 물어본다

나는 지금 어디로 가고 있는가
다리만 살아서 갈팡질팡인 책상다리에게 물어본다

천갈래 만갈래로 갈라져
난마처럼 어지러운 이 거리에서
나는 무엇이고
마침내 이르러야 할 길은 어디인가

갈 길 몰라 네거리에 서 있는 나를 보고
웬 사내가 인사를 한다
그의 옷차림과 말투와 손등에는 계급의 낙인이 찍혀 있었다
틀림없이 그는 노동자일 터이다

지금 어디로 가고 있어요 선생님은
그의 물음에 나는 건성으로 대답한다 마땅히 갈 곳이 없습니다
그러자 그는 집회에 가는 길이라며 함께 가자 한다
나는 그 집회가 어떤 집회냐고 묻지 않았다 그냥 따라갔다

집회장은 밤의 노천극장이었다
삼월의 끝인데도 눈보라가 쳤고

하얗게 야산을 뒤덮었다 그러나 그곳에는
추위를 이기는 뜨거운 가슴과 입김이 있었고
어둠을 밝히는 수만개의 눈빛이 반짝이고 있었고
한입으로 터지는 아우성과 함께
일제히 치켜든 수천수만개의 주먹이 있었다

나는 알았다 그날밤 눈보라 속에서
수천수만의 팔과 다리 입술과 눈동자가
살아 숨 쉬고 살아 꿈틀거리며 빛나는
존재의 거대한 율동 속에서 나는 알았다
사상의 거처는
한두 놈이 얼굴 빛내며 밝히는 상아탑의 서재가 아니라는 것을
한두 놈이 머리 자랑하며 먹물로 그리는 현학의 미로가 아니라는
것을
　그곳은 노동의 대지이고 거리와 광장의 인파 속이고
　지상의 별처럼 빛나는 반딧불의 풀밭이라는 것을
　사상의 닻은 그 뿌리를 인민의 바다에 내려야
　파도에 아니 흔들리고 사상의 나무는 그 가지를
　노동의 팔에 감아야 힘차게 뻗어나간다는 것을
　그리고 잡화상들이 판을 치는 자본의 시장에서
　사상은 그 저울이 계급의 눈금을 가져야 적과
　동지를 바르게 식별한다는 것을

시인과 농부와

시인이 되지 않았더라면
틀림없이 나는
농부가 되어 있을 것이다
지금 이 땅에서
자손 대대로 가난한 것은
농부이니까

농부가 되지 않았더라면
틀림없이 나는
시인이 되어 있을 것이다
지금 이 땅에서
역사 이래로 가난한 것은
시인이니까

가난함에서 시인과 농부는 형제이느니
농부이면서 그가 부자라면 농부가 아닐 것이다
그는 아마 거머리일 것이다
농부의 허벅지에 붙어 뒤룩뒤룩 살이 찐
가난함에서 시인과 농부는 동지이느니
시인이면서 그가 부자라면 그는 시인이 아닐 것이다
그는 아마 거지발싸개일 것이다
자본가의 접시에 한눈을 파는

시에 대하여

할머니는 산그늘에 앉아 막대기로 참깨를 털고
어머니는 따가운 햇살 등에 받으며 호미로 고추밭을 매고
아버지는 이려 자랴 소를 몰아 논수밭에서 쟁기질을 하고
나는 나는 학교 갔다 와서 산에 들에 나가
망태 메고 꼴을 베기도 하고 염소를 먹이기도 했지요

나는 보고는 했지요 어린 시절에
할머니가 깨를 터시다 말고 막대기를 훼훼 저어
메밀밭을 해치는 산짐승을 쫓는 시늉을 하는 것을
나는 보고는 했지요 어린 시절에
어머니가 김을 매시다 말고 사금파리를 주워
고춧잎에 붙은 진딧물을 긁어내는 것을
나는 보고는 했지요 어린 시절에
아버지가 쟁기질을 잠시 멈추시고 꼬챙이를 깎아
황소 뒷다리에 붙은 진드기를 떼어내는 것을

그래서 그런지는 몰라도 내 시에는
그 시절 우리 식구들이 미워했던 것들—
산짐승 진딧물 진드기 같은 것이 자주 나오지요
그래서 그런지는 몰라도 내 시에는
그런 것들을 내치느라 일손을 잠시 놓으시고
우리 식구들이 대신 들었던 것들—
막대기 사금파리 꼬챙이 같은 것이 많이 나오지요

시인은 모름지기

공원이나 학교나 교회
도시의 네거리 같은 데서
흔해빠진 것이 동상이다
역사를 배우기 시작하고 나 이날 이때까지
왕이라든가 순교자라든가 선비라든가
또 무슨무슨 장군이라든가 하는 것들의
수염 앞에서
칼 앞에서
책 앞에서
가던 길 멈추고 눈을 내리깐 적 없고
고개 들어 우러러본 적 없다
그들이 잘나고 못나고 해서가 아니다
내가 오만해서도 아니다
시인은 그따위 권위 앞에서
머리를 수그린다거나 허리를 굽혀서는 안되는 것이다

모름지기 시인이 다소곳해야 할 것은
삶인 것이다
파란만장한 삶
산전수전 다 겪고
이제는 돌아와 마을 어귀 같은 데에
늙은 상수리나무로 서 있는
주름살과 상처 자국투성이의 기구한 삶 앞에서

다소곳하게 서서 귀를 기울여야 하는 것이다
그것이 비록 도둑놈의 삶일지라도
그것이 비록 패배한 전사의 삶일지라도

다시 시에 대하여

시의 내용은 생활의 내용 내 시에는
흙과 노동이 빚어낸 생활의 얼굴이 없다
이제 그만 쓰자 시를 써야겠다는 생각도
내 머릿속에서 지워버리자
가자 씨를 뿌리기 위해 대지를 갈아엎는 농부의 들녘으로
가자 뿌리를 내리기 위해 물과 싸우는 가뭄의 논바닥으로
가자 추위를 막기 위해 북풍한설과 싸우는 농가의 집으로
내 시의 기반은 대지다
그 위를 찍어내리는 곡괭이와 삽의 노동이고
노동의 열매를 지키기 위한 피투성이의 싸움이다
대지 노동 투쟁—
생활의 이 기반에서 내가 발을 떼면
내 시는 깃털 하나 들어올리지 못한다
보라 노동과 인간의 대지에 뿌리를 내리고
생활의 적과 싸우는 이 사람을
피와 땀과 눈물로 빚어진 이 사람의 얼굴을

'지금 이곳'에서의 시는
김정길에게

그 눈이
하얀 바탕의 하늘에 아로새겨진
검은 진주이고
샘처럼 맑은 이름이라 해서
광숙(光淑)이라 부르는 처녀지
그녀는 내 시가 무섭다며 몸서리를 쳤다고 하네
'지금 이곳'에서의 나의 시는
설 땅이 없다 하기도 하고
비벼댈 언덕인들 있을까부냐며
입술 오므려 얼굴을 찌푸리기까지 하네

자기뿐만이 아니라 그러네
의식의 빈촌을 달리는 농부들도 그렇고
노동자의 맨 앞을 달리는 전위까지도
선봉의 깃발까지도 고개를 갸우뚱한다고 그러네

과연 그럴까
소시민으로서의 자기 존재 그 환영은 아닐까
열길 담벼락을 넘어
손에서 손으로 옮겨져 지금쯤
자네의 손 위에 올려져 있을지도 모르는 그 시들은
합법성을 가장한 것은 아니네
몰래몰래 자본가들 몰래

816

그들의 재산을 지켜주느라 밤잠을 설친다는 압제자들 몰래
천길 굴속에서 씌어진 것이라네
한치의 못이 손톱 끝처럼 아픈 펜이었고
흰 벽에 검은 시멘트 바닥이
식구통 속으로 내던져지는 우유곽이
내 원고지였네
글자 하나하나가 나의 피 나의 살이고
뼈를 깎아내는 고문실의 밤에도
굴하지 않았던 새벽의 빛이었네

나는 바라 마지않았다네
시를 쓰면서 아니
저주의 못 끝으로 시의 가슴을 삭이면서
그 시들이
소박한 사람들에게 읽혀지기를 바랐다네
한겨울의 노동으로 손등이
가뭄의 논바닥처럼 금이 짝짝 벌어진 농부들에게 읽혀져
가진 것이라고는 갈라진 손가락과 멍든 가슴과
새날에 기댄 야밤의 그리움밖에 없는 동지들에게 읽혀져
가난한 이들이 최후의 등불처럼
외로운 방에서 한자 한자 읽혀져
부자들을 저주하면서 가슴을 치는 노여움의 주먹이 되어주기를

나는 내버려두지 않을 것이네
내 시의 날개가 조합의 울타리 속에서 갇혀 사는 것을
나는 팔짱을 끼고 바라보고만 있지는 않을 것이네
경제의 각막에 사로잡혀 정치를 보지 못하는 단계주의자들을
나는 그들을 뛰어넘을 것이네
그들 알량한 소부르주아 신사들을 가로질러
앞서가야겠네
한발 두발 세발……

'지금 이곳'에서의 시는
발을 굴러 대지와 노동의 가슴을 치는
증오의 전진이고
사랑의 총공세이네
적어도 나는 그렇게 생각하네
전투적인 리얼리스트인 나는

절망의 끝

그동안 내 심장은 십년 이십년
바위 끝을 자르는 칼바람의 벼랑에서 굳어 있었다
너무 굳어 있었다
이제 그만 내려가자
등성이를 타고 에움길 돌아
종다리 우는 보리밭의 아지랑이 속으로
가서 내 심장 춘삼월 훈풍에 녹이자
그동안 몇십년 동안
때라도 묻은 것이 있으면 고개 넘어
불혹의 강물에 가서 씻어내리고
그러자 그러자 잠시
찬 바람 이는 언덕에서 내려와
찔레꽃 하얗게 아롱지는 강물에
내 심장 깊이깊이 담그고 거기
피 묻은 자국이라도 있으면 그것마저 씻어내고
내 마음의 거울 손바닥만 한 하늘이라도 닦자
맑게 맑게 닦아 그 자리에
무엇 하나 또렷하게 새겨넣자
이를테면 별처럼 아득한 것
절망의 끝이라든가
내가 아끼는 사람 이름 석자 같은 것이라든가

이 겨울에

한파가 한차례 밀어닥칠 것이라는
이 겨울에
나는 서고 싶다 한그루의 나무로
우람하여 듬직한 느티나무로는 아니고
키가 커서 남보다
한참은 올려다봐야 할 미루나무로도 아니고
삭풍에 눈보라가 쳐서 살이 터지고
뼈까지 하얗게 드러난 키 작은 나무쯤으로
그 나무 키는 작지만
단단하게 자란 도토리나무
밤나무골 사람들이 세워둔 파수병으로 서서
그 나무 몸집은 작지만
다부지게 생긴 상수리나무
감나무골 사람들이 내보낸 척후병으로 서서
싸리나무 옻나무 나도밤나무와 함께
마을 어귀 한구석이라도 지키고 싶다
밤에는 하늘가에
그믐달 같은 낫 하나 시퍼렇게 걸어놓고
한파와 맞서고 싶다

적막강산

콕
콕콕
콕콕콕
새 한마리
꼭두새벽까지 자지 않고
깨어나
일어나
어둠의 한 모서리를 쫀다
콕 콕콕 콕콕콕……

이윽고 먼 데서
닭 울음소리 개 울음소리 들리고
불그레 동편 하늘이 열리고
해 하나 불쑥 산 너머에서
개선장군처럼 솟아오른다

이렇게 오는 것일까 새 세상은
하늘이 열리고 땅이 열리고
새 세상은 정말
새 세상은 정말
어둠을 쪼는 새의 부리에서 밝아오는 것일까

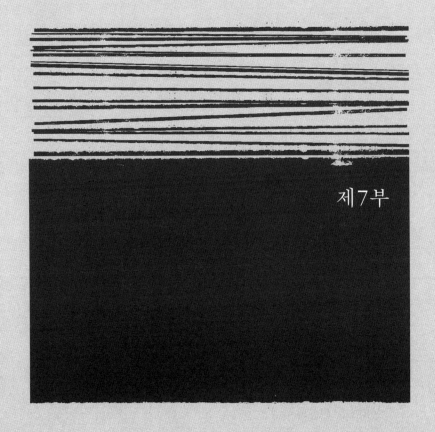

제7부

한 매듭의 끝에 와서
80년대, 저 짓밟힌 풀들과 함께

한해의 끝에 와서
내 왔던 길 십년의 길
되돌아보면 그 길
가파른 길에 비가 와서
삭풍에 눈보라까지 쳐서 얼어붙은 길
강 굽이굽이마다
산 굽이굽이마다
눈물자국 핏자국 산전수전이다

내 왔던 길 그러나
내 혼자만의 길 아니었다

그 길
자유의 날개를 꿈꾸고

그 길
동터오는 해방의 아침을 열고
통일의 길
갈라진 땅 하나 됨의 길로
치닫는 길이었다

가시밭길 헤치고
피나는 길 무릅쓰고

모든 사람들과 함께 걸었던 길
치켜든 주먹에
투쟁과 단결의 기치 세우고
어깨동무하고 걸었던 길이었다

그 길 자유의 길을 가다
어떤 이는 총알에 맞아
부러진 날개의 피 묻은 새가 되기도 했다
그 길 해방의 길을 가다
어떤 이는 도끼에 발등이 찍혀
쓰러진 나무가 되기도 했다
그 길 통일의 길을 가다
어떤 이는 비바람 눈보라에 모가지가 꺾여
다시는 일어서지 못하는 들풀이 되기도 하고

아 살아남은 자의 슬픔이여
나 여기까지 와서 무엇인가
눈물의 천길 계곡인가
절망의 늪에서 헤어나지 못하는
좌절의 무릎인가
불의의 세계와 싸우다가
도끼와 총알에도 굴하지 않았던 형제들이여

나 아무것도 아니다
또 하나의 별 그 밑에서 나
억센 주먹의 다짐이 아닐 때
원수 갚음의 원수 갚음의
전진하는 발자국 싸움이 아닐 때
저 쓰러진 나무들과
저 짓밟힌 풀들과
함께 어깨동무하고 걸었던 그 길
함께 발맞추고 걸었던 그 길
자유의 길
해방의 길
통일의 길
내 다시 걷지 않을 때 그때
나 아무것도 아니다

한 매듭의 끝에 와서
내 가야 할 길 멈출 때

나의 펜 나의 무기

날은 저물어 빛이 빛을 잃고
땅거미가 능선을 타고 내릴 때
반딧불 하나 이슬 맺힌 풀섶에서 반짝이면
나는 반가워 어쩔 줄을 몰랐다

밤은 깊어 어둠이 지천에 깔리고
칠흑처럼 눈앞이 캄캄할 때
등불 하나 외딴집에서 깜박이면
나는 안도의 숨을 쉬고 가던 길 멈추지 않았다

빛이 빛을 잃고
깊고 깊은 어둠의 골짜기와도 같은 세상
그런 세상 바닥을 헤매다가
반딧불을 만나면 나도 그 옆에서
반딧불과 같은 그 무엇이 되고 싶었고
등불을 만나면 나도 그 밑에서
등불과 같은 그 무엇이 되고 싶었다

이를테면 때는 하늘에 별 하나 보이지 않고
어둡고 괴로운 시절인지라
펜이라도 되어 어둠속에서 빛나고 싶었다
그 촉각 곧게는 세워 삭풍에 날을 갈고
허위의 구름장을 헤쳐 푸른 하늘에

진실의 문자를 새겨넣고 싶었다 그 문자
달과 별에 비추어 동터오는 아침 햇살이게 하고
그 햇살 감춘 데 침침한 데에 가차없이는 쳐들어가
음모의 소굴에서 작당하는 권모와 술수란 놈들은
눈이 부셔 맥을 못 추게 하고
그 햇살 어둔 데 숨긴 데에 남김없이는 스며들어가
가진 자들 배에 가려 그늘진 가난의 주름살을 펴게 하고 싶었다

그렇다 나의 펜 나의 무기여
어둠이 깊어갈수록 더욱 빛나는 반딧불이여 등불이여
북풍한설 고난의 세월 속에서도 흔들리거나 움츠러들지 말아라
칼자루 앞에서 돈자루 앞에서 그 무기 꺾일지언정
구부러지지는 말아라 그 무기 불에 달구어
저항의 시위를 당기고 압제와 착취의 눈을 뚫어버려라
허위의 세상 기어이 때려눕히고
진실의 세계 만인의 눈에서 빛나게 하라

지상에서 가장 아름다운 것

달빛은
쓰러진 전사의 이마에서 빛나고
나는 문득 생각한다
지상에서 가장 아름다운 것
그것은 무엇일까 하고

별 하나 외로이
서산마루 위에서 빛나고
바람이 와서
내 귓가에 속삭인다
싸우는 일이라고
푸르고 푸른 조국의 하늘 아래서
조국과 인민의 이름으로
싸우다가 죽는 일이라고

캄캄한 세상 바다

가자 바다로
가서 앞바다로 가서 당신은
꼬막도 긁어오고 바구니 가득
호미 잡고 손으로 깨구막 잡아
새끼들 안 굶길 만하면
가자 바다로
가서 먼바다로 가서 한 삼년 가서
떼돈을 모아오자
그리고 이 바다를 떠나자
그리고 이 세상을 떠나자

갈고리 같은 손으로 깨구막 쑤셔
바구니 가득 쌀 사고
새끼들 안 굶어 죽을 만큼만 하고

뜨자 이 바다 이 세상
대처에다 구멍 하나 마련하고

가자 바다로
한번만 딱 한번만 다시 가자
가서 당신은 앞바다로 가서
갈고리 같은 손으로 낙지 구멍도 파서
바구니 가득 파서

그래도 새끼들 안 굶길 만큼 하고
가서 나는 먼바다 고기 잡으러 나가서
파도 넘어 천 고비 시련의 고개 넘어

개똥벌레 하나

빈 들에 어둠이 가득하다
물 흐르는 소리 내 귀에서 맑고
개똥벌레 하나 풀섶에서
자지 않고 깨어나 일어나
깜박깜박 빛을 내고 있다

그래 자지 마라 개똥벌레야
너마저 이 밤에 빛을 잃고 말면
나는 누구와 동무하여
이 어둠의 시절을 보내란 말이냐

밤은 깊어가고
이윽고
동편 하늘이 밝아온다
개똥벌레는 온데간데없고
나만 남아 나만 남아
어둠의 끝에서 밝아오는 아침을 맞이한다

풀잎에 연 이슬이 아침 햇살에 곱다
개똥벌레야 나는 네가 이슬로 환생했다고
노래하는 시인으로 살련다
먼 훗날 하늘나라에 가서

그때 가서는

어느날 얼근히 취해
밤거리 노닐다가 집에 돌아와
오랜만에 정말 오랜만에
아내와 마주해보는 밥상이여
후루룩후루룩 숭늉으로 밥알 넘기고
아랫목에 벌렁 누워
한대 피워 무는 담배여
동그랗게 동그랗게 피어오르는 담배 연기여,
다 날아가버려라 그때 가서는
사랑도 증오도, 다 날아가버려라
원수도 원수 같은 거 혁명도
다 날아가버려라 그때 가서는

무덤

아기 무덤 고와서
꼭
안아주고 싶고

어미 무덤 포근해서
꼭
안기고 싶고

나는 몰랐네 예전에
우리나라 무덤 이렇게 곱고 포근한 줄을
나이 들어 애기 낳고
추운 날
양지바른 산에 들에 가서야 알았네

무심

아침 햇살이 은사시나무 우듬지에서 파르르 떨고
산골을 타고 흐르는 물소리는 내 귀에서 맑다
나는 지금 어머니를 따라 산사를 찾아가고 있다

어머니 그동안 이 고개를 몇번이나 넘으셨어요

니가 까막소 간 뒤로 이날 이때까장 그랬으니까
나도 모르겠다야 이 고개를 몇차례나 넘었는지

옥살이 십년 동안 단 한번도 자식을 보려
감옥을 찾은 적은 없었으되
정월 초하루나 팔월 보름날 같은 날이면
한번도 빠짐없이 절을 찾으셨다는 어머니
그런 어머니를 두고 사람들은 고개를 갸우뚱하지만
실은 나도 모를 일이다
자식이 보고 싶을 때
감옥 대신 절을 찾으셨던 어머니의 그 속을

이제 이 고개만 넘으면 어머니 그 절이 나오지요

그래그래 하면서 어머니는 숨이 차는지
공양으로 바칠 두어됫박 쌀차댕이를 머리에서 내려놓고
후유 후유 한숨을 거듭 쉰다

니 나왔은께 인자 나는 눈감고 저승 가겄어야
니 새끼가 너 같은 놈 나오면 그때는
니 예편네가 이 고개를 넘을 것이로구만
풍진 세상에 남정네가 드나들 곳은 까막소고
아낙네는 정갈하게 몸 씻고 절을 찾아나서는 것이여

* "인자 오냐" 그뿐이었다, 내가 옥문을 나와 십년 만에 고향 집을 찾았을 때
어머니가 내게 하신 말씀은. '어디 몸 상한 데는 없느냐' '고생 많이 했지
야' 이따위 말씀도 하지 않았다. 나는 이런 어머님의 속을 알지 못한다. 무
심(無心), 이 한마디의 말 속에 내 어머니의 속이 담겨 있는지도 모른다. 희
로애락에 들뜨거나 호들갑스럽지 않은 내 어머니가 때로는 부처님 같기도
하다.

어머니의 밥상

예나 이제나
어머니 밥상은 매한가지다
묵은 배추김치에
멸치 두세마리 가라앉은 된장국에
젓갈에 마늘장아찌에
달라진 것이 있다면 보리밥 대신 쌀밥이다

어머니 살기 좋아졌지요
냉장고도 있고
세탁기도 있고
모는 기계가 척척 심어주고
제초제를 뿌리고 비닐만 씌워주면
오뉴월 땡볕에 진종일 콩밭에 나앉아
그놈의 김을 매지 않아도 되고요

그러나 짐짓 물어보는 나의 물음에
어머니의 대답은 시큰둥하다

좋아지면 뭣한다냐 농사짓고 산다 하면
총각이 시집올 처녀를 구하지 못하는 시상인디
이런 시상 난생처음 살아야 그뿐인 줄 아냐
사람이 죽어도 마을에 상여 멜 장정이 없어야
지난봄에 아랫말 상돈이 아부지가 죽었는디

저승 가는 사람을 상엿소리도 없이
식구들끼리 리야까에 싣고 뒷산에 갖다 묻었단다
옛날에는 사람이 죽으면 사흘 낮 사흘 밤
마을이 온통 초상이고 축제였는디……

밥술을 뜨는 둥 마는 둥 하다가
어머니는 숟갈을 놓으시며 한숨을 쉬었다

봄이 와도 이제 들에 나가 씨 뿌릴 맘이 안 생겨야
쭉정이만 날릴 가실마당을 생각하면

근황

요즘 나는 먹고사는 일에 익숙해졌다
어제도 오늘도 밤의 술집에서 즐겁고
나는 이제 새벽의 잠자리에서 편하다
체포
구금
고문
감옥
그따위 어둠의 자식들은 내 기억에서조차 멀다

아침이다
나는 마누라가 건네주는 수화기에 짜증을 내며 귀를 댄다
멀리서 내 이름을 확인하는 목소리가 들려오고
나는 소리의 주인공을 기억하지 못한다 낭패한 목소리가
그 이름을 밝히고 나서야 나는 그 목소리가
감옥의 출구에서 갓 나온 소리라는 것을 알았다

어쩌다 이렇게까지 되었는가 나는
갑자기 지난날의 나로 되돌아가고 싶다
숙박계에 가짜 이름을 적어놓고 뜬눈의 밤을 새웠던 싸구려 여인
숙들
  날이 새는 것을 두려워했던 어둠의 골목들
  불편한 하룻밤을 신세 져야 했던 신혼부부의 단칸 셋방
  뒷주머니에 지폐를 찔러주며 어색해했던 가난한 문인들

지난날의 기억들을 나는 이미 잊고 살아도 되는 것인가
아직도 수백의 사람들이 도피와 투옥의 세계에서 겨울을 나고 있
는데
나는 누구인가 그 이름 하나 제대로 기억하지 못하고 있는 나는

차라리 어둡고 괴로운 시절이라면
가시덤불 속에서 깜박깜박 어둠을 쫓는 시늉이나 하다가
날이 새면 스러지고 마는 개똥벌레라도 될 것을
차라리 춥고 배고픈 시절이라면
바람 찬 언덕에서 낡은 상수리나무쯤으로 떨다가
나무꾼의 도끼에 찍혀 땔감으로라도 쓰여질 것을

이제 나는 아무짝에도 쓰잘 데 없는 사람이다
밤이 대낮처럼 발가벗은 이 세상에서는
배가 터지도록 부어오른 이 거리에서는

밤길

밤이 깊어갈수록
별 하나 동편 하늘에서 더욱 빛나고
그 별 드높게 바라보며
가던 길 멈추지 않고 걷는 사람이 있다
거센 바람 나뭇가지 뒤흔들어도
험한 파도 뱃전에서 부서져도
자지 않고 깨어나 일어나
앞으로 앞으로 나아간다
어둠에 묻혀 사라진 길을 열고

앞으로 앞으로 나아간다
가야 할 길 먼 길
가지 않으면 병신 되는 길
역사와 함께 언젠가는
민중과 함께 누군가는
꼭 이르고야 말 그 길을
쓰러지고 쓰러지고 다시 일어나
전진하는 사람이 있다
밤이 깊어갈수록 더욱 빛나는
별 하나 드높게 우러러보며
혁명하는 사람이 그 사람이다

노동의 대지에 뿌리를 내리고

산은 무너지고 이제 오를 산이 없다 한다

깃발은 내려지고 이제 우러러볼 별이 없다 한다

동상은 파괴되고 이제 부를 이름이 없다 한다

무너진 산
내려진 깃발
파괴된 동상
나는 그 앞에서 망연자실 어찌할 바를 모른다

무엇이 잘못되었는가
암벽에 머리를 들이받는 파도에게 나는 물어본다
파도는 하얗게 부서질 뿐 말이 없고 나는 외롭다
바다로부터 누구를 부르랴 부를 이름이 없다
꿈속에서 산과 깃발과 동상을 노래했던 내 입술은
침묵의 바다에서 부들부들 떨고 나는 등을 돌려
현실의 세계에 눈과 가슴을 열었다

기고만장해서 환호하는 자본가의 검은 손들

 그 손을 맞잡고 승리의 샴페인을 터뜨리는 패자들의 의기양양한
얼굴들

기가 죽었는지 어처구니가 없었는지
노동과 투쟁의 어제를 입술에 깨물고 우두커니 서 있는 낯익은 사
람들

나는 애증의 협곡에서 가슴을 펴고 눈을 부릅떴다
하늘은 보이지 않는 장막 그러나 나는 보았다
먹구름을 파헤치고 손짓하는 무수한 별들을
아직도 그 뿌리가 뽑히지 않고 바람에 흔들리고 있는 나뭇가지들을
그리고 날벼락에도 꺾이지 않고 요지부동으로 서 있는 불굴의 바
위들을

저 별은 길 잃은 밤의 길잡이이고
저 나무는 노동의 형제이고
저 바위는 투쟁의 동지이다
가자
가자
그들과 함께 들판 가로질러 실천의 거리와 광장으로
가서 다시 시작하자 끝이 보일 때까지
역사의 지평에서
의기도 양양한 저 상판대기의 검은 손들을 지우고
노동의 대지에 뿌리를 내린 투쟁과 승리의 깃발이 나부끼게 하자

단결의 무기

이제 다시 모였구나 우리 농민들
이 땅에 조선의 땅에 미군이 들어서고
미군이 잡아준 터에
대한민국이 들어서고
그 북새통에
우리 농민들의 단체인 전농이 깨지고
우리 농민들 여기저기 흩어지더니
산지사방으로 흩어져 뿔뿔이 흩어져
도무지 말이 없더니
도무지 힘을 못 쓰더니

그동안 미제 몇십년 동안
그동안 대한민국 몇십년 동안
이놈 저놈 가진 놈들 거머리 같은 놈들에게
우리 농민들 빨리기만 하고 살더니
이놈 저놈 힘센 놈들 몽둥이 같은 놈들에게
우리 농민들 터지기만 하고 살더니
이놈 저놈 배운 놈들 사기꾼 같은 놈들에게
우리 농민들 속기만 하고 살더니
그러면서도 우리 농민들
벙어리 냉가슴 앓듯 도무지 말이 없더니
꿔다놓은 보리차댕이처럼
이놈한테 채고 저놈한테 채어도

이렇다 저렇다 도무지 대꾸가 없더니

이제야 다시 모였구나 우리 농민들
에헤라 이렇게 살다가는
그냥 이대로만 살다가는
우리 천만 농민들 어디 한사람이나 살아남겠나 싶어
큰 마당 한마당에 모였구나

이 고을 저 고을
좁다나 좁은 지역의 울타리를 넘어
이 교회 저 교회
좁다나 좁은 종교의 한계를 넘어

어디 보자 그러면 우리 농민들
큰 마당 한마당에 모여 무슨 말을 하는가

첫째가 단결하자는구나
천만 농민의 입 하나로 뭉치면
미국 소도 그 앞에서 무릎을 꿇고
황소 뿔이 일어나 외세의 벽을 들이받을 것이라는구나

둘째도 단결하자는구나
삼천리 방방골골 천만 우리 농민들

한입의 고함 소리로 터지면
농민들 고혈에 취해 살이 찐
거머리 같은 부자들의 배때기도 터질 것이라는구나
그러면 농가부채에 시달린 가난뱅이들의 배도
쪼르륵 소리를 면하게 될 것이라는구나

셋째도 단결하자는구나
그러면 도시의 시궁창에 빠진
우리네 아들딸들도 건지고
그러면 자본가의 굴뚝에 빼앗긴
우리네 총각 처녀들도 되찾을 것이라는구나

하나도 단결 둘도 단결 셋도 단결
단결이야말로 우리 천만 농민의 유일한 무기라는구나
그 앞에서는 단결의 무기 앞에서는
무릎을 꿇지 않는 압제자가 없고
손을 들지 않는 독점 지배도 없을 것이라는구나

겨레의 마지막 순결 너 백두산 기슭이여

농사짓고 산다 하면
총각이 시집올 처녀를 구하지 못하는 나라

시집갈 열아홉살 꿈을 보듬고
거울 앞에서 얼굴을 붉혀야 할 처녀가
하루 세끼의 밥과 잠자리를 위해
도시의 뒷골목에서 몸을 파는 나라

꽃에서 꽃으로 옮아다니며
그 입술로
가을의 결실을 맺어주던 벌 나비가
농약에 취해
봄의 언덕에서
떼죽음을 당하는 나라

바닷가에 가면 뻘밭에서
폐수에 질식당한 꼬막이
입을 벌린 채 숨을 헐떡거리고
강가에 가면 강물 위에
물고기가 허옇게 배를 드러내놓고
송장으로 떠다니는 나라

이런 나라에서 나 이제

북에 대고 개방 운운 안하겠다
별 하나 밤하늘에 초롱초롱 키우지 못한 주제에
어느 하늘에 대고 그따위 소리를 해
붕어 한마리 병들지 않게 키우지 못한 주제에
어느 강물에 대고 그따위 소리를 해
유해물질을 떠올리지 않고는
콩나물 한봉다리 안심하고 살 수 없고
참기름 한방울 속지 않고 사먹을 수 없는 주제에
무슨 낯으로 그따위 소리를 해
밤이고 낮이고 술집에서 여관에서
제 딸년 같은 아이의 옷이나 벗기는 주제에
무슨 속으로 그따위 소리를 해

오 마지막 남은 인류의 자존심
너 백두산이여 대동강이여 금강산 일만이천봉이여
나는 절한다 그대 순결 앞에
새해 새 아침 우리 집 장독대에 정화수 떠놓고
허리 굽혀 절한다
무릎 꿇고 절한다
천번 만번 절한다
통일이 안되어도 좋으니
천년만년 남남북녀로 갈라져 살아도 좋으니
겨레의 마지막 순결 너 백두산 기슭이여

848

자본의 유혹 앞에서 치맛자락을 걷어올리지 말아라
너 금강산 일만이천봉 민족의 기상이여
자본의 위협 앞에서 무릎을 꿇지 말아라

달동네 아줌마들

달동네 아줌마 아저씨들
호미 들고 낫 들고
지상의 거처에 내려와
이십층 삼십층 아파트 단지에 내려와
꽃도 가꿔주고
잔디도 가꿔주고
공터에 버려진 쓰레기도 치워주고
쉴 참이 되었는지
여름 나무 그늘에 앉아
도시락 보자기를 풀기 시작한다
먹고사는 제 꼬락서니 보이지 않으려고 그러는지
눈 밑까지 모자며 수건을 푹 눌러쓰고

오 차라리 내 얼굴에 용수를 씌워다오
하늘 아래 죄 없이 잘도 사는 사람들아

다시 기지촌에서

장난삼아 총으로
행인을 쏘아 죽인 미군 병사는
불구속 입건되어 법정에 서고
이에 분통이 터져 법정에서
고함 한번 지르고
걸상 한번 들었다 놨다 한 대한민국 시민은
구속되어 감방에 처넣어졌다
폭력죄에
공무집행방해죄에
법정모독죄에 해당되어

밤의 서울

어제 나는 세시 네시
죽은 노동자의 시체가 안치되어 있는
서울 어디 영안실로 가면서
누가 알면 천벌 내릴 이런 생각을 했다

참 많기도 하다 하늘나라의 저 십자가들
저것들의 숫자가 이 나라에서 좀 줄기라도 하면
지상에서 사람 사는 모양도 좀 나아지련만……

세시 네시 밤의 서울은 그러나
영락없이 거대한 거대한 공동묘지였다
시뻘겋게 솟아 있는 십자가들은 끔찍한 소름이었다

오 너 인류의 자존심 백두산이여 금강산이여
나는 오늘 아침 시골집 장독대에 정화수를 떠놓고
천번 만번 무릎 꿇고 절을 하노니
천년만년 통일이 아니되어도 좋으니
서울 식으로는 되지 마소서
거대한 공동묘지와도 같은 서울의 방식으로는

청탁론

맑은 물이 탁한 물과 만나
금방 하나가 되더니
맑지도 않고 탁하지도 않은
흐리멍텅한 물이 되네

뜨거운 물이 차가운 물과 만나
금방 하나가 되더니
뜨겁지도 않고 차갑지도 않은
미지근한 물이 되네

사람 사는 일도 물과 같아
만나면 금방 하나가 되는가
나는 되고 싶지 않네 물 같은 사람
사내가 되어야지 확고부동한

부처님 오신 날

하늘에서는 최루탄이 터지고
땅에서는 군홧발 소리 어지럽고
등불 하나 이 세상 밝히려다
무참하게 깨지고 마네

나는 나랏일에 대추 놔라 밤 놔라 한 적이 없어요

나는 자유 따위 그리워한 적이 없어요

나는 그냥 지나가는 사람이어요

어둠의 나라에 익숙해진 사람들
등불 없이도 이제 제 갈 길 잘도 가네
밖에서는 여전히
최루탄이 터지고 군홧발 소리 어지럽고
사람들은 제집의 문을 잠그고야
자리에 누워 편안히 안도의 숨을 쉬네

산에 올라

산은 오를 만한 곳이더라
큰 산은 꼭 한번 오르고 볼 일이더라

오늘 아침 나는
무등산 입석에 올라 동서남북을 둘러보았다
멀리서 가까이서 안개가 피어오르고
저 아랫마을을 굽어보니 집들은
개똥벌레처럼 불을 켜고 깝죽거리고
인간의 욕망이 쌓아올린 도시의 고층빌딩도
층층이 구멍 뚫린 벌집투성이
오르다 꺾인 사다리 꼬락서니더라

깝치지 말라 인간의 두뇌
원숭이보다 앞발이 먼저 손이 되었다고

복사꽃 능금꽃이

그만하면 이제 우리나라 영화도 미국이나 일본처럼
떳떳하게 선진국 대열에 끼어도 손색이 없겠드랑께
시뻘건 대낮에 여자가 남자를 올라타고
발정난 암캐처럼 씩씩 헐떡거리는 것도 그렇고

누가 아니라여 영화가 끝날 때까지 줄곧 그러니까
낯바닥이 좀 뜨겁기는 하드만
기왕에 말이 나왔은께 하는 말인디 말이여
남녀 간의 정사란 것이 다 그렇고 그런 거 아니겄어

이것은 영화관에서 갓 나온 시골 양반들이
상기된 얼굴로 한마디씩 주고받은 대화이다
그들의 대화는 장터 쪽으로 가면서 계속 이어졌다

우리 소싯적에는 고샅에서 처녀 총각이 만나면
눈 한번 서로 길게 맞추지 못했제 기껏해서
번갯불에 눈요기나 하고 도망치듯 엇갈려야 했으니께

간땡이 큰 놈도 없지 않아 있었제
건넛마을 방앗간에 숨어서 재미 보다가
어른들한테 들켜 다리몽댕이 부러지기도 했으니께

시골 양반들은 술집 앞에서 멈칫멈칫하다가

문을 밀고 들어갔다 그들은 막걸리와 도토리묵을 시켰다

그런데 말이여 지금은 어떤 시상이여
개나리꽃 대신 씨멘트 울타리가 들어서도
마을 앞에 버들개지 대신 새마을기가 펄럭이고부텀
시집가기 전에 애기 한번 안 밴 처녀가 없당께

마을에 그런 처녀라도 하나 있으면 쓰겠구만
망할 년들이 동네 총각들은 거들떠보지도 않고 서울 가서
애비 없는 새끼는 어쩌자고 배갖고 와서 울고불고 지랄이여

아따 요새 가시낙년들이 촌것들하고 살락 한다요
아자씨는 몰라도 한참 모른 것 본께 대한민국 국민이 아닌가베
어떤 미치고 골빈 년이 시굴서 흙 파묵고 살락 한다요

답답하단 듯이 주모가 행주로 술상을 거칠게 훔치며 끼어들었다

시골 양반들이 술집에서 나와 어물전으로 가서
갈치 몇마리 지푸라기에 달고 읍내를 빠져나왔을 때는
어둑어둑 날이 저물어서였다
길가의 풀잎에는 벌써 이슬이 맺혀 있었고
구름 사이로는 가끔 붉은 달이 얼굴을 내밀었다
술이 거나하게 취한 그들 시골 양반들은

자기들에게도 한때는 좋았던 시절이 있었다는 듯이
한사람은 흥얼흥얼 콧노래로 유행가를 불렀고
한사람은 그 노래를 들으면서 추억에 젖어들었다

복사꽃 능금꽃이 피는 그런 마을에 가설무대가 서고
희미한 달빛 아래서 청춘남녀가 달락 말락 입이라도 맞출라치면
여기저기서 머스마들은 몸이 달아 휙휙 휘파람을 날리고
처녀애들은 괜시리 고개를 숙이고 부끄러운 체했제

내가 만약 화가라면

내가 만약 화가라면
나는 그리지 않을 것이다
몸에 상처 하나 없이
미끈한 나무는

나는 그리지 않을 것이다
내가 만약 화가라면
얼굴에 흉터 하나 없이
반반한 사람은

그런 나무 미끈한 나무
세상 어딘가에 없어서가 아니다
그런 얼굴 반반한 얼굴
세상 어딘가에 없어서가 아니다

내가 사는 동네에는
비바람 눈보라에 시달리느라 그랬는지
상처 없는 나무가 없기 때문이다
내가 사는 동네에는
가뭄과 홍수와 싸우느라 그랬는지
흉터 없는 얼굴이 없기 때문이다

누워서 그의 시를 읽다 말고

누워서 그의 시를 읽다 말고
나는 벌떡 일어나 창문을 열어제긴다
하늘에는 별 하나 보이지 않고
공동묘지와도 같은 검은 도시에
붉은 십자가만이 군데군데 솟아 있다

문을 닫고 나는 다시 그의 시를 읽는다
그의 어떤 시는 나로 하여금
엉덩이 밑에 깔려 있는 방석을 걷어차게 하고
그의 어떤 시는 나로 하여금
책상 위에 놓여 있는 커피잔을 집어던지게 하고
그의 어떤 시는 나의 고함 소리로 하여금
안방에서 떼를 쓰는 아이의 울음소리와
세간살이에 매달려 바가지를 긁는 아내의 잔소리를 틀어막고
가정의 울타리를 뛰어넘게 한다

그렇다 좌절의 골짜기에 빠져 있는 나에게
노동과 투쟁 속에서 단련된 그의 시는 나를 손짓한다
어서 오라고 길은 열려 있다고
아내와 자식이 얽어놓은 일상의 울타리 걷어차고
들판 가운데로 나서라고
고삐 풀린 말이 되어 이리 뛰고 저리 뛰고
내 갈 길 내 마음대로 가라고

시인

세상이 몽둥이로 다스려질 때
시인은 행복하다

세상이 법으로 다스려질 때
시인은 그래도 행복하다

세상이 법 없이도 다스려질 때
시인은 필요 없다

법이 없으면 시도 없다

다 끝내고

다 끝내고
비좁아 답답하고
어두워 외로운
이 징역살이도 다 끝내고
다시 잡아보는 펜이여
다시 거머쥐는 칼이여
원수도 증오도 다 끝내고
사랑도 혁명도 혁명의 방어도
다 끝내고

하늘도 나와 같이

왜 이리 공기가 신선하지
나는 수상한 생각이 들어 전후좌우를 살피고
새벽하늘을 쳐다본다
하늘도 예사 하늘이 아니다
파란 바탕에 별은 보석처럼 빛나고
산허리에 걸쳐 있는 조각달도
흙담 너머로 반쯤 얼굴을 내민 해바라기를 닮았다

도대체 무슨 일이 일어났을까 서울 하늘에
어젯밤 술집에서 돌아가는 세상 꼬락서니에 대고
고래고래 욕을 하고 있을 때
서울 하늘에 무슨 변이라도 생겼단 말인가
하늘도 나와 같이 지상의 인간에 화를 내고
날벼락을 내리고 천둥을 치고 태풍을 몰고 와서
분통을 터뜨렸단 말인가 그래서 그 날벼락에 급살 맞아
하늘의 눈동자 별을 가리고 있었던 스모그란 놈이
사지를 쭉쭉 뻗고 죽어버렸단 말인가
하늘의 귀를 먹먹하게 했던 거리의 소음도
천둥소리에 놀라 질겁을 하고 도망이라도 쳤단 말인가
하늘의 목과 코를 칵칵 막히게 했던 먼지와 가스를
그 태풍이 쓸어가버리기라도 했단 말인가

오 날벼락이여 하늘의 다이너마이트여 그게 사실이라면

그 진노 죄 없는 스모그에게 내리지 마시옵고
그것을 토해내는 자본의 아가리에 터뜨려다오
오 천둥이여 하늘의 포탄이여 그게 사실이라면
그 분노 죄 없는 소음에게 내리지 마시옵고
자본과 한패가 되어 횡포를 부리는 권력의 아가리에 터뜨려다오
오 태풍이여 하늘의 빗자루여 그게 사실이라면
그 심술 먼지에게 가스에게 부리지 마시옵고
사십몇년 동안 한번도 쳐낸 적이 없는 마구간—
관가에서 정가에서 노동의 피와 땀을 훔쳐 먹느라 이전투구하는
오만가지 형태의 물것들이나 말끔히 쓸어가다오

최선을 다한 사람

누가 최선을 다하고 있는가
나락에게 나는 물어본다
논 가운데 우뚝 선 험상궂은 얼굴의 허수아비인가

누가 최선을 다하고 있는가
나무에게 나는 물어본다
장풍을 날리며 사자후를 토하는 불세출의 웅변가인가

누가 최선을 다하고 있는가
병아리에게 나는 물어본다
허공에 허공에 삿대질이나 하는 앉은뱅이의 성난 주먹인가

미친개를 풀어놓듯 폭군은
거리 가득 병정을 풀어서
한낮의 농가에서 병아리를 채가고 있는데
나무의 숨결은 질식당하고
나락은 총검의 그늘에서 모가지가 꺾이고
저항은 인간적인 몸부림은 살코기처럼 도마 위에서 난도질당하고
있는데
누가 과연 최선을 다하고 있는가
나뭇가지에 금줄을 쳐놓고 헙세헙세 귀신 물러가라
안방에서 칼춤을 추는 무당들인가
천국으로 오르는 계단에 십자가를 모셔놓고

화해와 용서를 비는 새벽의 성직자들인가
폭군에게 자비를 상소하는 이름도 쟁쟁한 명사들의 서명날인인가

누구인가 지금 이곳에서
최선을 다하고 있는 사람은
폭군에게 죽음을 외치며
시위를 떠난 불귀의 화살은 아닌가
얼굴도 없이 이름도 없이 흔해빠진 명성도 없이
빈자의 가슴에 반란의 씨를 뿌려놓고
밤길을 헤매는 바람의 유령은 아닌가

오 바람이여 구름이여 하늘의 닻줄 소나기여
나를 끌어올려 어딘가로 데려가다오
뜨겁지도 않고 차갑지도 않은 미적지근한 이 수렁에서
밥도 아니고 죽도 아닌 허접쓰레기 같은 이 진창에서
나를 건어올려 어딘가로 데려가다오
번개가 치고 어둠이 갈라지고 천둥이 치고 땅이 무너지고
천지가 발칵 뒤집히는 그 어딘가로

이 좋은 세상에

아들은 쇠파이프에 머리가 깨진 채
피바람 오월 타고 저세상으로 가고

아버지는 아들의 죽음에 저항하다
쇠고랑 차고 감옥으로 가고

어머니는 감옥에 저세상에 남편과 자식을 빼앗기고
가슴에 멍이 들어 병원으로 가고

옷가지 챙겨들고 아버지 보러 감옥에 가랴
밥 반찬 보자기에 싸들고 어머니 보러 병원에 가랴

누나는 세상 사람들에게 눈물 보일 겨를도 없다면서
꽃 한송이 사들고 내일은 동생 보러 무덤 찾겠다네

노동자의 등짝에서 갈라지는 자본가의 채찍 소리를 들으면서

어제의 노동으로 굳어진
팔다리의 피로가 채 풀리기도 전에
꼭두새벽에 일어나
부랴부랴 눈 비비고 일어나
죽어가는 연탄불 살려 밥 안치고
지은 밥 뜨거워 찬물에 말아 후룩후룩 마시고
허둥지둥 밖으로 나가는 노동자의 발걸음이여

"휴식 없는 생산증대"
"밤낮없는 품질관리"
노동자의 등짝에서 갈라지는
자본가의 채찍 소리를 들으면서
일하고 휴식 없이 일하고
일하고 밤낮없이 일하고
졸음결에 손가락이 잘려나간 줄도 모르고 일하고
하루 이틀 일 나가지 않으면 모가지가 잘려나갈까봐
잠시도 마음 놓고 쉴 수 없는 불면의 밤이여

이 밤에 나는 새삼스럽게
시라는 것을 다시 생각해봅니다
배고픔을 잠재우기 위해
영원히 배고픔의 서러움을 잠재우기 위해
한 여성 노동자가 제 팔에 다음과 같은 유서를 새겨놓고

공장의 옥상에서 제 몸을 던져 죽었기 때문입니다
"사랑하는 형제여
나를 차가운 이 억압의 땅에 묻지 말고
그대들 가슴속에 묻어주오
그때만이 비로소 우리는 완전히 하나가 될 수 있으리
인간답게 살고 싶습니다
더이상 우리를 억압하지 말라
내 이름은 공순이가 아니고 미경이다"

오 작두날과도 같은 공장의 기계여
얼마나 많은 노동자의 손가락을 더 잘라 먹어야
이제는 배가 차서 탐욕의 아가리를 다물겠느냐
오 단두대의 칼날과도 같은 자본가의 채찍이여
얼마나 많은 노동자의 모가지를 더 잘라 먹어야
이제는 피를 토하고 영원히 숨을 거두겠느냐

이제 나는 시를 쓰지 않으렵니다
미경이와 내가 완전히 하나가 될 때까지는
그녀의 일기가 내 하루하루의 일기가 되고
그녀의 유서가 내 시의 유서가 되는 날
나는 비로소 그녀가 사랑하는 형제가 되고
나는 비로소 그녀가 사랑하는 시인이 될 것입니다

어느날 공장을 나오면서

기계가 고장나면 자본가는 그것을 고쳐 쓰고
사람이 고장나면 자본가는 그것을 쫓아내고

'문자 속 하나는'

대저 잡범들의 유무죄와 죄의 무게는
검사와 판사와 변호사의 담합에 의해서 결정되나니
그 자리는 피의자의 가족이 마련한 돈방석이니라

한자라면 하늘 천 따 지도 모르고
제 애비 이름 석자도 못 쓰는 후레자식들
그런 그들도
좀도둑 같은 날강도 같은 그들도
문자 속 하나는 빠삭한 게 있고 하니
하늘땅보다 학식이 넓고
공자왈 맹자왈보다 덕망이 높은
판사 검사 변호사의 뺨을 줄줄이 세워놓고 칠 만큼
빠삭한 문자 속 하나 있고 하니
가라사대 그것은

유전이면 무죄요 무전이면 유죄라

일제히 거울을 보기 시작한다

일제히 거울을 보기 시작한다
소스라치게 놀라 두 손으로
일제히 얼굴을 훔치기 시작한다
피 묻은 손바닥을 겨드랑이에 쑤셔넣고
일제히 시치미를 떼기 시작한다
아무도
아무도
제 얼굴에 책임이 없다

그들은 보았던 것이다 바로 전에
한낮에 거리에서 보았던 것이다
노동자의 등에 꽂힌 자본가의 비수를
노동자의 옆구리에 꽂힌 자본가의 쇠파이프를
노동자의 머리통에 찍힌 자본가의 도끼를

일제히 거울을 보기 시작한다
누구 한사람도
누구 한사람도
한낮의 태양 아래서 제 얼굴에 책임이 없다

날마다 날마다

차에 깔려 죽고
물에 빠져 죽고
날마다 날마다 죽음이다
흉기에 찔려 죽고
총기에 맞아 죽고
날마다 날마다 죽음이다
공부 못해 죽고 대학 못 가 죽고
취직 못해 죽고 장가 못 가 죽고
날마다 날마다 죽음이다
아이는 단칸 셋방에 갇혀 죽고
에미는 하늘까지 치솟는 전셋값에 떨어져 죽고
날마다 날마다 죽음이다
농부는 농가부채에 눌려 죽고
노동자는 가스에 납에 중독되어 죽고
날마다 날마다 죽음이다
여름이면 흙사태에 묻혀 죽고
겨울이면 눈사태에 얼어 죽고
날마다 날마다 죽음이다
낮에 죽고 밤에 죽고
아침에 죽고 저녁에 죽고
시도 때도 없이 세상은 온통 죽음의 공동묘지
이 묘지에서 고개 들고 죽음의 세계에 항거한 자는
쇠파이프에 머리가 깨져 죽고
최루탄에 가슴이 터져 죽는다

872

우리 오늘 약속 하나 있어야겠습니다

   1
경대야 너 죽지 않았지
예 아버지 저는 죽지 않아요
내 머리를 내리찍은 쇠파이프가
저렇게 시커멓게 살아 있는데
제가 어떻게 그냥 죽을 수 있겠어요
제 죽음 헛되게 하지 않으려고
누나와 형들이 제 몸에 불을 질러
어둠 한가운데서 어둠을 밝히고 있는데
어떻게 제가 밤의 끝을 보지 않고
이대로 눈을 감을 수 있겠어요

경대야 너 죽어서는 안되지
예 어머니 저는 살아야 해요
내 숨통을 졸랐던 군홧발들이
저렇게 길길이 날뛰고 있는데
어떻게 제가 그냥 죽어야겠어요
제 죽음을 일으켜 진실을 밝히려고
동지들은 눈에 불을 켜고 밤을 새우고 있는데
어떻게 제가 폭정의 끝을 보지 않고
이대로 눈을 감고 죽을 수 있겠어요

그렇습니다 우리 아들 경대는 죽지 않았습니다

그렇습니다 우리 아들 경대는 살아 있습니다
어둠에 묻힌 이 길이 열리고
폭정에 시달린 이 거리가 환히 웃을 때까지는
그 웃음 속에 스무살 젊은이의 얼굴이 떠오를 때까지는
우리 경대는 죽지 않고 눈 부릅뜨고 있을 것입니다

   2
오늘 우리 약속 하나 있어야겠습니다
오월의 태양 그 죽음 앞에서
죽고도 죽지 못해 살아 눈 부릅뜨고 있는
경대 앞에서 경대의 아버지 어머니 앞에서
우리 오늘 약속 하나 있어야겠습니다
우리 모두 단결했다고
우리 모두 싸우겠다고
소리 좋은 사람 목청 돋워 싸우고
글자 아는 사람 붓대 세워 싸우고
꾀 많은 사람 꾀로 싸우고
힘 좋은 사람 힘으로 싸우자고
우리 오늘 약속 하나 있어야겠습니다
단결이야말로 우리의 유일한 무기
그 앞에서 무기의 단결 앞에서
어둠의 그림자가 꼬리를 사리게 하겠다고

투쟁이야말로 우리의 최후의 무기
그 앞에서 최후의 무기 앞에서
폭정의 그림자가 꼬리를 사리게 하겠다고
경대의 죽음이 결코 헛된 죽음이 되지 않게 하겠다고
오늘 우리 약속 하나 있어야겠습니다
꼭 하나

와서 봐라 눈 있고 다리 가진 사람들아

이 젊은이들 어디에
죽음을 사주하는 검은 그림자가 있을까
죽은 자를 떠메고 가는
산 자들의 저 하얀 의식의 행렬 속에 있을까

이 젊은이들 어디에
죽음을 선호하는 시체선호증이 있을까
영안실을 포위하고 있는 검은 그림자들에게
시체를 빼앗기지 않기 위해
우산도 없이 밤새워 비를 맞으며
길목을 지키고 있는 저 단호한 눈동자 속에 있을까

어디에 있을까
이 젊은이들 어디에 어디에
죽음을 선동하는 국적불명의 괴기한 노래가 있을까
죽지 말고 살아서 싸우자고
더이상 죽어서는 아니된다고
거리로 쏟아져나와 일제히 내지르는
수천수만의 저 외침 속에 있을까
죽음에 항거하여 일제히 치켜든 수천수만의 주먹
산 자들의 저 분노의 파도 속에 있을까
동지를 잃고 깃발만 나부끼는 저 무심한 하늘에 있을까

어디에 있을까 어디에 있을까
이 젊은이들 어디에
걷어치워야 할 죽음의 굿판이 있을까
죽은 자를 슬퍼하여 구슬피 우는
저 징 소리의 마지막 떨림 속에 있을까
유가족의 저 몸부림 속에 저 통곡 속에 있을까

와서 봐라 눈 있고 다리 가진 사람들아
폭정의 칼날 아래 숨통이 끊어져버린 이 처녀를
이제 다시는 그 눈으로 제 사랑하는 조국의 하늘을 볼 수 없고
이제 다시는 그 입으로 제 사랑하는 애인의 이름을 부를 수 없는
스물다섯살 처녀의 초승달 같은 눈과 다문 입술을
와서 봐라 눈 있고 자식 가진 사람들아
자식이 죽은 줄도 모르고 해 저문 길가에 쭈그리고 앉아
오이며 마늘이며 푸성귀를 다듬고 있더라는 좌판의 이 아줌마를
어머니 학교 갔다 일찍 오겠어요
너무 늦게까지 앉아 계시지 마세요 곱게 인사하고
아침에 집을 나간 딸이
저녁에 죽었다는 전갈을 받고 그 자리에 쓰러져
혼절했다는 이 어머니를
깨어난 한참 후에 다시 일어나 영안실에 와서
귀정아 눈 좀 떠라 니 에미가 왔다
말 좀 해라 귀정아 니 애비처럼은 못 보낸다

금방이라도 눈을 뜨고 입을 열 것 같은 딸의 목을 껴안고
가슴 쥐어뜯으며 울부짖는 이 어머니를
와서 봐라 눈 있고 다리 가진 사람들아
와서 봐라 눈 있고 자식 가진 사람들아
와서 봐라 눈 있고 노래 삼긴 사람들아
다리 꼬고 안방에 앉아 생명 운운만 하지 말고
생명이 소중한 것이라면 죽음 또한 소중한 것이 아니겠느냐
죽음에는 상하좌우가 없는 것
살아남은 사람들이 고개 숙여 섬겨야 할 어른이 아니겠느냐

비밀 속의 비밀

비밀이 있었구나 그들에게는
어둡고 괴로워라 험한 세상을 만나
무덤처럼 입을 봉하고 누워 있는 줄만 알았더니
그들에게는 굼벵이처럼 캄캄한 비밀이 있었구나
그들에게는 차돌처럼 단단한 비밀이 있었구나
그들에게는 반딧불처럼 하얀 비밀이 있었구나
만나고 만나지 않는 굴속의 비밀
헤어지고 헤어지지 않는 물속의 비밀
반짝이고 반짝이지 않는 풀섶의 비밀
밤의 인내로 바다에서 다시 만나자는 지하의 속삭임
비밀 속의 비밀이 있었구나

밤으로의 긴긴 작업
학대받는 이들의 팔과 다리를 철의 규율로 엮어
바위 같은 조직을 만들고
삭풍에 뼈를 갈아 투쟁의 날을 벼리는 사람들
그리하여 마침내 새벽을 알리는 일
아 한낮의 시야에서 그들이 사라진 것은
문제를 바로 설정하기 위해서였구나
무기를 바로 잡기 위해서였구나

선거에 대하여

개가 나와도 그 지방 사람들은
우리 개 우리 후보 하면서 그 개를
국민의 대표로 뽑아 국회로 보낼 것입니다
개가 그 꼬랑지에 ○○당의 깃발을 달고
개가 그 주둥이를 놀려 그 지방 사투리로
멍멍멍 지방유세를 하고 다니기만 하면

당신은 화를 내고 있습니까 나에게
내가 지금 당신을 모독하고 있다고

쥐가 나와도 그 지방 사람들은
우리 쥐 우리 후보 하면서 그 쥐를
국민의 대표로 뽑아 국회로 보낼 것입니다
쥐가 그 꼬랑지에 ××당의 깃발을 달고
쥐가 그 주둥이를 놀려 그 지방 사투리로
찍찍찍 지방유세를 하고 다니기만 하면

당신은 화를 내고 있습니까 나에게
내가 지금 당신을 모독하고 있다고

나는 보았습니다 당신 나라의 선거에서
어느 지방에서는 그 전과가 투기꾼 모리배도
그가 그 지방 ○○당의 공천만 받으면

선거는 하나 마나 당선은 땅 짚고 헤엄치기였습니다
다른 지방 후보는 그가 비록 민주투사여도
민주투사 좋아하네 아나 똥이나 처먹고 떨어져라였습니다

나는 보았습니다 당신 나라의 선거에서
어느 지방에서는 그 전과가 사기꾼 폭력배도
그가 그 지방 ××당의 공천만 받으면
선거는 하나 마나 당선은 누워서 떡 먹기였습니다
다른 지방 후보는 그가 비록 애국지사여도
애국지사 좋아하네 아나 엿이나 처먹고 떨어져라였습니다

당신은 나무라겠습니까 내가 냉소주의자라고
나는 아닙니다 세상이 염려하는 허무주의자도
나는 다만 당신 나라 선거의 일면을 드러낼 뿐입니다
허수아비가 나오건 장물아비가 나오건
변절자가 나오건 배신자가 나오건
탐관오리가 나오건 축재귀신이 나오건
뒷골목의 건달이 나오건 밤거리의 뚜쟁이가 나오건
한표라도 더 많이 얻은 후보가 의원이 되고 대통령이 됩니다
그놈이 그놈이고 그놈이 그놈이라면 당신이 기권을 하건 말건
누군가 하나는 당선이 되어 대통령도 되고 의원이 됩니다
이것이 부르주아 선거의 본색이고 탈바가지입니다

선거 때만 되면

선거 때만 되면 라디오에 텔레비전에
어김없이 나오는 대통령의 말이 있으니

그 말 길 가던 귀머거리가 듣기라도 하면
고막이 터져 길바닥에 나동그라질 천둥 같은 말

그 말 도랑을 건너던 심봉사가 듣기라도 하면
눈을 번쩍 뜨고 다시는 감지 못할 번개 같은 말

그 말 하늘 아래 산천초목이 듣기라도 하면
아이고 무서워 부들부들 떨며 기절초풍할 말

"여야를 막론하고 지위 고하를 막론하고
선거 부정이 있으면 엄벌에 처하겠다!"는 그 말

거짓말을 밥 먹듯 하고 사는 사기꾼이 듣고
나보다 한술 더 뜨는 놈이 있네 하고 혀를 내두른다

아내의 경악

화분에 물을 주다 말고
조간신문을 집어든 아내가 경악한다
어머나! 미국 사람들이 와서
우리나라에 자라는 희귀식물 다 캐가네
섬단풍나무 우산고로쇠 산겨릅나무 두메오리나무……
귀하고 귀한 우리나라 자생식물들을 뿌리째 뽑아가네

한미관계사를 연구하는 그녀의 남편이
마룻바닥에 머리를 대고 물구나무서기를 하다가
중얼중얼 혼잣말을 한다
대한민국이 어디 우리나란감 즈그들 나라지

남편의 혼잣말을 들었는지 안 들었는지
아내는 더 큰 소리로 경악한다
어머나! 미국 사람들은 또
우리나라 학자들에게는 출입금지가 되어 있는
천연보호구역에까지 들어가서
우리나라 희귀식물을 마구잡이로 캐가네
다른 나라에서는 사진도 못 찍게 한다는데

계속되는 마누라의 경악에 찬물을 끼얹기라도 할 양으로
남편이 거꾸로 선 채 외마디 소리를 꽥 지른다
거참! 우리나라가 아니래두 우리나라 우리나라 해쌓네

아니 작전권두 없는 나라가 나라여!
식인종 나라의 군대가 쳐들어와도
백인종 군대의 사령관한테 허락을 받고서야
그들과 싸우든지 말든지 해야 하는 나라가 나라난 말이냐구!

무의촌은 무의촌에만 있는 것이 아니다

무의촌은 두메산골이나 외딴섬에만 있는 것이 아닙니다
돈 없고 빽 없는 사람에게는 서울도 무의촌입니다
어제 나는 서울대병원에 가서 젊은 의사로부터 이 말을 듣고
옛 상처 하나를 떠올렸습니다

내가 중학교 다닐 무렵
읍내 장터 근처에는 쇠전이 있었고 쇠전 근처에는 희한하게도
꾀죄죄하게 생긴 가축병원이라는 것이 하나 있었습니다
닭이 병들어 벼슬에 핏기가 가시고 고개를 쳐들지 못할 때
쥐약 바른 보리밥을 먹고 개가 죽는 시늉을 할 때
돼지가 물똥을 주룩주룩 흘리며 일어나지 못할 때
소가 여물도 먹지 않고 배만 뺑뺑하게 차오를 때
시골 양반들은 그 짐승들을 이고 지고 또는 끌고 그 병원을 찾았습
니다

비가 억수같이 쏟아지던 어느날 오후였습니다
우연히 그 병원 처마 밑에서 비를 피하고 있는데
한 농부가 리어카를 끌고 와서
화급하게 병원 문을 두드렸습니다
한참 후에 수의사가 나와서 리어카를 보고는
저게 무엇이냐고 물었습니다
리어카에는 무엇이 가마니때기로 씌워져 있었습니다
환자입니다 살려주십쇼 농부가 대답했습니다

의사가 가마니때기를 들추니 거기에 있는 것은
개도 아니고 돼지도 아니었습니다 사람이었습니다
여기는 가축의 병을 치료하는 곳이니
사람의 병을 고치는 병원으로 가라고 의사가 농부를 타박했습니다
그런 병원 이 병원 저 병원 다 가봤으나
퇴짜 맞고 이곳으로 왔다고 농부가 의사에게 사정했습니다
짐승의 병을 고치는 수의사가 사람의 병을 고치면서 누구에게 들
으라고 그러는지
개새끼들 개새끼들 하며 진땀을 흘리고 있었습니다

우산 속의 헛소리

있다고도 그러고
없다고도 그러고
이것은 뜬구름 잡는 항간의 소리
있어도 있다고 말 안해!
없어도 없다고 말 못해!
이것은 월가의 두목 부시맨이 내뱉는 소리
있는지 없는지
없는지 있는지
나로서는 언급할 입장이 못돼!
이것은 한 나라의 대통령이 해야 할 소리
있어야 하고말고
없으면 불안해서 장사 못해!
이것은 여차직하면 비행기 타고 도망칠 준비가 되어 있는
부자들의 숨넘어가는 소리
있거나 말거나
없거나 말거나
이것은 하루 벌어 하루 먹고사는
가난뱅이들의 한눈파는 소리
있는지 없는지 어떻게 알아 터져봐야 알지
이것은 시장잡배들의 술 취한 소리
터져봐야 알다니 오매 고것이 무신 소리당가
한두개만 터져도 조선 팔도 흔적도 없이 날라가부린다든디
죽은 뒤에 알기는 으떻게 안단감

이것은 시골 촌놈 유식 자랑하는 소리
누구야! 방금 그 소리 깐 놈
유언비어죄로 까막소 구경 가고 싶어!
이것은 포도청 망나니의 사람 잡는 소리
있거나 말거나 없거나 말거나 그게 무슨 소용이어요
있는 놈들 수틀리면 없는 놈들 협박하려고 그러는데
있는 놈들 장사 잘 안돼봐요 있거나 말거나
언제라도 있게 마련이고 언제라도 터지게 되어 있으니까
괜히 있다 없다 쓰잘 데 없는 소리 하다가 신세 조지지 마세요
이것은 글줄이나 읽은 백면서생이
백년 앞을 내다보고 하는 소리

이 나라 이 겨레

학생들이 총리에게 계란을 던졌다
이것은 폭력이다!

학생들이 총리에게 밀가루를 던졌다
이것은 테러다!

학생들이 총리의 멱살을 잡았다
이것은 살인행위다!

언론들도 일제히 붓을 들어
학생들 얼굴에 먹칠을 했다
그들의 행위는 정부에 대한 도전이라고!

총장들도 일제히 입을 열고
학생들 얼굴에 침을 뱉었다
그들의 행위는 뒤흔든 내란이라고!

학식과 덕망으로 똘똘 뭉친 명사들은
학생들의 등짝에 비수를 꽂았다
그들의 행위는 체제전복을 노린 폭동이라고!

이제 학생들은 독 안에 든 쥐새끼들이다!
자 복수의 때는 왔도다 일어나라! 곤봉이여 최루탄이여 쇠파이프
여!

그동안 얼마나 억울했던가 생명과 재산을 지켜주고도
시민들로부터는 아니꼬운 눈총만 받아왔던 우리들
이제야 갚으리 그날의 원수를
쫓기는 적의 무리 쫓고 또 쫓아
원수의 하나까지 쳐서 무찔러
이제야 빛내리 이 나라 이 겨레!

그 인심 하나는

나 어제
홀로
김포에서 강화도로 이어지는
다리를 건너려다가
다리 입구 팻말에 씌어져 있는
시구 한 구절을 보고 탄복했노라

── 홀로 가는 저 나그네
      간첩인가 다시 보자 ──

아무튼 대단하다 대한민국
서정적인 그 인심 하나는!

서울의 달

별 하나 초롱초롱하게 키우지 못하고
새 한마리 자유롭게 날지 못하는
서울의 하늘

물 한모금 깨끗하게 마실 수 없고
고기 한마리 병들지 않고 살 수 없는
서울의 강

그리고 아침저녁으로
공기 한 바람 상쾌하게 들이켤 수 없는
서울의 거리

나는 빠져나간다
지옥을 빠져나가듯 서울을 빠져나간다
영등폰가 어딘가 구론가 어딘가
시커먼 굴뚝 위에 걸려 있는 누르팅팅한 달이
자본의 아가리가 토해놓은 서울의 얼굴이라 생각하면서

892

토악의 세계

파도가 몰려온다 벌거벗은 여름날의 바닷가로
열겹 스무겹 떼지어 하얗게 몰려온다
와서
내 발등을 할퀴고
와서
내 발목을 물어뜯고
와서
내 무릎에서 사납게 부서진다
이것 좀 보란 듯
이것 좀 보란 듯
모래밭에
인간이 버린 욕망의 허접쓰레기를 토해놓으며

그것은 이빨 자국에 썩어 문드러진 과일이었다
그것은 작살난 개의 머리였고 식칼에 토막난 닭의 울대였다
그것은 모가지가 떨어져나간 술병이었고 옆구리가 구겨진 깡통이
었다
그것은 철사에 꼬인 꽃게의 발가락이었고
그것은 등이 구부러진 이상한 고기였고 비닐 속에서 질식당한 꼬
막이었다

그것은 유방에서 벗겨진 브래지어였고
그것은 발정한 성기에서 빠져나간 콘돔이었다

그것은 그것은
내가 인간이라는 사실에 구역질이 나는 토악의 세계였다

꽃

남자들은 왜 여자만 보면 만지려고 그러지요?

그 이유를 말하지
저기 좀 봐 길가에 핀 꽃, 맨드라미를
나는 방금
맨드라미를 보고 말의 볼기짝이라 생각했고
그 생각에 잠시 잠기다가
그에게로 다가가고 싶었고
그 향기에 취하고 싶었고
그에게 가까이 막상 다가갔더니 만지고 싶었고
그리고 만졌어 그뿐이야

왜 꺾지는 않았지요?
울 테니까 꽃이

밤의 도시

너무나 많은 것들이
너무나 많은 것들을 만들어놓고
잠시도 가만있지를 못하는 곳
잠시도 가만두지를 못하는 곳
엇갈리고 치달리고 부딪쳐 자빠지며
앞서거니 뒤서거니 밀거나 밀리거나
전후좌우 살필 겨를이 없는 곳
무너져내리는 것이 있는가 하면
쌓아올려지는 것이 있고
북북 긁어 떼는가 하면 금방 다시 발라대고
아닌 밤중에 불쑥 내는 몽둥이 법령인가 하면
자고 나면 가득한 감옥이고
매연과 소음 썩어 문드러진 사람 냄새로 땀내로
땅으로는 한포기 풀조차 돋아나지 못하는 곳
하늘로는 별 하나 곱게 돋아나지 않는 곳
둘러보아 사방 보이는 것은
무관심과 무기력 굴욕처럼 흐르는 침묵이 있을 뿐
일체의 인간적 위대함이
일체의 영웅적 행위가
술꾼들의 입가심이 되어 희화적 만담으로 끝나는 곳

도시여 인간의 도시여 나는 생각한다
그대 곁을 걸으면서 그대 속을 생각한다

흙탕물이 넘실거리는 그대 탐욕과 허영의 시장을 걸으면서
권모와 술수 이권과 정실
쉴 새 없이 돌고 도는 미궁—음모의 소굴
그래 관가를 정가를 걸으면서 나는 생각한다
모든 것이 화폐가치로 변해버린
정액으로 끈끈한 매음의 거리를 걸으면서 나는 생각한다

도대체 돈뭉치 앞에서 꿇지 않는 무릎이 있었던가
도대체 돈뭉치 앞에서 굽히지 않는 허리가 있었던가
도대체 돈뭉치 앞에서 걷어올리지 않는 치마가 있었던가

돈 앞에서

돈 앞에서
흘리지 않는 웃음 없고
걷어올리지 않는 치마 없지요
우리나라 좋은 나라지요

돈 앞에서
굽히지 않는 허리 없고
꿇지 않는 무릎 없지요
우리나라 좋은 나라지요

돈이면 다지요 자본주의 사회에서는
시장에서는 섹스도 인격도 사고팔지요

요즈음

들리는 바로는 요즈음
얼굴 밴밴하고 다리 미끈한 여자는
거개가 써비스업으로 몰린다지
좀 삼삼하다 싶은 여자에게 물으면
너 이담에 무엇이 되고 싶냐고 물을라치면
모델이 되고파요 스튜어디스가 됐으면 해요 탤런트가 될 거예요
이런 대답이 십중팔구라지
자본주의 사회에서는 모든 게 상품이지 섹스도 상품이지
웃음 팔고 몸 팔아 먹고 있는 게 아냐
허벅지와 유방이 쾌락의 도구로 팔리고
밤이면 그것을 팔아 여자들이 입고 먹고 사는 거지
요즈음 술집에는 홀랑 벗고 팔지 않으면 손님이 오지 않는다지
이발소에서는 한낮에도 여자가 그것을 팔아 돈을 번다지
나라에서는 관광자원의 활성화를 위해
유흥업소의 근대화와 전 여성의 창녀화를 불사하겠다지

돈만 있으면

술 마시고 노래하고 춤추고
이렇게 좋은데 돈만 있으면
처녀고 유부녀고 아무나 골라잡아 호텔로 데리고 가고
이렇게 좋은데 돈만 있으면
목욕탕에 팔자로 누워 안마를 시키고
감질나게 미치게 좋은데 돈만 있으면
눕혀놓고 뒤집어놓고 침대에서
짐승이 됐다 사람이 됐다 해괴망측한 짓을 다 하고
미치고 환장하게 좋은데 돈만 있으면
이렇게 좋은데 천하 없이 좋은 나한테
뭐라고! 미군 물러가라고!
미군 물러가면 삼팔선은 어떡하고!
거기서는 돈이 맥을 못 추고 니기미
여자도 사고팔 수 없다던데
무슨 재미로 살아! 무슨 낙으로 살아!
저 가난뱅이들처럼 좆 빠지게 쎄 빠지게 일만 하고 살란 말여!
늙어 죽도록 마누라 하나로 만족하고 살란 말여!

900

왕중왕

도끼를 휘두를 줄 안다고 다 폭군인가
거 아무개는 폭군도 못돼
뾰뜨르 대제 정도는 되어야 폭군의 이름에 값하지
나라 살림 이롭게 하기 위해 그는 귀족의 영지를 몰수했거든

집권 기간이 길다 해서 다 독재잔가
거 아무개는 독재자도 못돼
레닌 정도는 되어야 독재에 값하는 이름이지
토지 없는 빈농을 위해 그는 지주들을 싹 쓸어버렸거든
그 큰 러시아 땅덩어리에서

거 아무개는 말야 군사깡패 정도가 제격이지
그것도 두목은 아니고 똘마니지
두목은 카우보이 나라 월가에 있거든
김대중 씨가 사형 받던 바로 다음 날이던가
월가의 왕중왕 록펠러가 와서 김포공항쯤에 내려서
거 아무개 좀 보자고 했다지 바로 그다음 날
김대중 씨는 죽임에서 되살아나고

연극

만나는 사람마다 입을 모아
민주화가 잘되어간다고 그러네
어떻게 잘되어가느냐고
구체적으로 좀 말해달라고 그러면
하나같이 입을 열어 대답해주네

청와대도 개방하고—
각하란 호칭도 없애고—
장관 임명장도 서면만으로 하고—
국무회의 같은 것도 원탁에서 하고—

만나는 사람마다 입을 모아
공산권에도 자유의 물결이 일고 있다고 그러네
어떻게 일고 있냐고
구체적으로 좀 말해달라고 그러면
하나같이 입을 열어 대답해주네

디스코장도 생기고—
청바지를 입고 청춘남녀가 연애도 하고—
여성들은 허벅지까지 드러난 패션쇼도 하고—
사기업도 생기고 시장경제도 도입하고—

벗이여 닫힌 사회의 대중은 열린 사회의 대중을 모른다네

902

그들이 알고 있는 민주주의는 지배자들이 연출하는 텔레비전 속의 연극뿐이라네

　그들이 알고 있는 자유는 지배계급의 이데올로그들이 각색한 연극 대본뿐이라네

앉은뱅이 뒷북이나

어제까지만 해도
오늘 아침까지만 해도
새 시대의 새 인물 전가 형제를 위해
손바닥이 벗겨지고 낯가죽이 뜨겁도록 박수 치더니
좋아졌네 좋아졌네 몰라보게 좋아졌네
목이 쉬도록 불러주더니
전 마을적으로 전 직장적으로 전 국민적으로
새마을노래 열창해주더니
어제까지만 해도
오늘 아침까지만 해도

새 시대의 새 인물 전가 형제를 향해
피시 방귀도 못 뀌게 하더니
혹시나 그 방귀 새어나올까봐
전 경찰을 동원하여 전 검사를 동원하여
전 판사를 동원하여 전 감옥을 동원하여
안보적 차원에서 원천봉쇄하더니

이제 와서 게거품이구나
죽일 놈 살릴 놈이구나
먹을 것 다 처먹고 챙길 것 다 챙기고
빼돌릴 것 다 빼돌리고 에헴 하고 시침 떼고 앉았는데
이제 와서 저놈 잡아라구나

지치지도 않는구나 이 나라 백성들
산적들은 해적들은 산 넘고 바다 건너는데
이제 와서 저놈 잡아라 고래고래 소리치며
앉은뱅이 뒷북치는구나
하루도 아니고 한두해도 아니고 사십년이나!

두물머리

만나면
금방
하나가 된다 물은
천봉만학
천갈래 만갈래로 찢어져

골짜기로 흐르다가도
만나면
만나기만 하면 물은
금방 하나가 된다 어디서고
웅덩이에서고
강에서고
바다에서고

나 오늘
경기도 양평 땅에 와서
두 물이 머리를 맞대고 만난다는
두물머리란 데에 와서
남한강 물 북한강 물
두 물이 하나가 되는 기적을 본다

어인 일인가 그런데
인간 세상은

만나면
만나기가 무섭게 싸움질이다
남과 북이 그렇고
동과 서가 그렇고
부자들과 가난뱅이들이 그렇다

이 바보 천치야

이 땅에서는 왜
자유의 꽃씨가 싹을 틔우지 못하는 것일까
이렇게 내가 잠결에 헛소리를 하니까
누가 내 옆구리를 찌르면서 비웃었다
그것도 몰라 그것도 몰라 이 바보야
땅이 깡깡하니까 그러는 거야
그래서 나는 바보가 되어 멍청하게 생각해봤다
과연 그런가부다 하고

이 땅에서는 왜
자주의 나무가 뿌리를 내리지 못하는 것일까
이렇게 내가 꿈결에 잠꼬대를 하니까
누가 내 대갈통에 알밤을 먹이면서 비웃었다
그것도 몰라 그것도 몰라 이 천치야
땅이 딱딱하니까 그러는 거야
그래서 나는 천치가 되어 멍청하게 생각해봤다
과연 그런가부다 하고

왜 이 땅의 군인 아저씨들은
사월이 와서 이 땅에 자유의 싹이 돋아나면
그 싹 돋아나기가 무섭게 짓이겨버리는 것일까
왜 이 땅의 군인 아저씨들은
오월이 와서 이 땅에 자주의 나무가 뿌리를 내리면

그 뿌리 착근하기가 무섭게 뽑아버리는 것일까
잠에서 깨어 꿈에서 깨어
내가 눈 비비며 이렇게 뚱딴지같은 소리를 하니까
누가 내 입을 틀어막고 쉬쉬했다
그것도 말이라고 해 그것도 말이라고 해 이 바보 천치야
이 땅은 자유가 싹을 틔우기에 적합지 않은 땅이라고
이 땅은 자주가 뿌리를 내리기에 적합지 않은 땅이라고
북아메리카 백인들이 말했기 때문이야
그래서 나는 바보 천치가 되어 멍청하게 생각해봤다
과연 그런가부다 하고

많이 달라졌지요

일제 때 조선 사람이
독립 만세 부르면
일본 순사가 와서 잡아갔지요
일본 검사한테 취조받고
일본 판사한테 재판받았고요

일본이 물러나고 미군이 들어서고
한국 사람이
양키 고 홈 하면 이제
한국 경찰이 와서 잡아가지요
한국 검사한테 취조받고
한국 판사한테 재판받고요

많이 달라졌지요 해방되고
남의 나라 사람들 몰아내자 외치고
제 나라 사람들한테
잡혀가고 취조받고 재판받을 정도는 되었으니까요

법규

벤츠
캐딜락
베엠베
뿌조
토요타
그들은 힘이 세고 위풍 또한 당당하다
그들에게는 속도제한 따위가 없다
그들에게는 교통순경 따위가 없다
쭉쭉 뻗어나가는 고속도로가 있을 뿐이다
그따위 것들이 커브길 같은 데에 있기라도 하면
속도제한, 교통순경 따위가 있기라도 하면
앞바퀴로 걷어차버리거나
뒷바퀴로 짓뭉개버리거나
지폐 서너장으로 날려버리거나 한다
속도제한에 쩔쩔매고
교통순경에 딱지를 맞는 것은
티코
프라이드
르망
스텔라
그런 못난 것들이거나
달걀 줄이나
배추 포기나

달랑달랑 싣고 가는
봉고나 용달이나 포터 같은 것들이다

해와 달도 밝히지 못한 것들이 있다
새로운 음지에서 서식하는 부정과 부패란 놈이 그것이고
새로운 소굴에서 작당하는 권모와 술수란 놈이 그것이다
갈아엎어라 쟁기질하는 농부들이여
그러면 나올 것이다 우글우글 땅속에서
그대 눈물의 뿌리를 갉아먹고 사는 굼벵이와 두더지들이
때려부숴라 망치질하는 노동자들이여
그러면 나올 것이다 엉금엉금 굴속에서
그대 땀의 결실을 훔쳐 먹고 사는 살쾡이와 시라소니들이

해가 지고 달이 지고 밤이 깊다
이 밤에 내가 할 수 있는 일은 무엇일까
바람 찬 언덕에서 나는 나의 시가
부엉이의 눈과 독수리의 부리를 가질 수 있기를 바랄 뿐이다

산골 아이들

이 아이들
자기들 담임선생과 함께 걷고 있는 나를
에워싸고 핼끔핼끔 쳐다보다가도
무엇이 그리도 우스운지 깔깔대며
천방지축으로 흩어져 달아나는 이 아이들

이 아이들
낯선 사람을 보면
그가 무슨 친절이라도 베풀면 그길로
지서에 달려가 신고하는 아이도 있다 이 산골 아이들

이 아이들
집에 가면 어른처럼 일을 하고
갓난아이 보다 얼러 잠재운다
이 아이들
그 얼굴 아직은 함박꽃 같은 웃음뿐이고
그 손은 아직 고사리손인 이 아이들
저만큼 쪼르르 빗속으로 달아난다
저마다 메밀꽃 뽑아 한 손에 모아
그래도 선생님과 나에게 내밀고
부끄러워 부끄러워 밤송이 같은 뒷머리 뒤로하고 달아나는 이 아
이들

무엇이 될까 이 아이들은 커서
나이 사십에 구부러진 허리
죽으면 죽었지 서른다섯에 아직 장가도 못 가는 이 산골에서

무엇이 될까 그러면 이 아이들 도시로 가서

서당 훈장

하늘 천 따아 지 검을 현 누루 황
아이들 천자문 읽는 소리에
나는 잠시 걸음을 멈추고 귀를 기울인다

흙담 너머로 고개를 내미니
흰 고무신 한켤레와 운동화 대여섯켤레가
사랑방 섬돌에 가지런히 놓여 있다

가알 왕 오올 래 차알 영 기울 측
아이들의 낭랑한 목소리를 뒤로하고
나는 마을 길에서 벗어나 들길로 접어든다

봄날 오후라 그런지 나른하게 몸이 풀어지고
나는 아지랑이 피어오르는 시냇가에 앉아
성냥을 그어 담배에 불을 붙인다

요즘 같은 세상에서 시골 아이들에게
한문을 가르치고 있는 선생은 어떻게 생겼을까
담배 연기 속으로 웬 노인이 모습을 드러냈다

그는 상투머리에 갓을 쓰고 있었다
그는 마고자에 호박 단추를 달고 있었다
그는 오른손에 시누대를 들고 있었다

영락없이 그는 내 어린 시절의 서당 훈장이었다
천자문을 외우다 꾸벅꾸벅 졸거나
붓글씨가 지렁이처럼 구부러지거나 할 때

이놈! 정신일도 하사불성이라 했거늘
이놈! 곧은 정신은 곧은 자세에서 나온다 했거늘
이놈! 무슨 딴생각에 혼이 잡혀 있는고 호통치며

시누대로 만든 그 낭창낭창한 회초리로
내 종아리에 시퍼런 매를 놓고는 했던
바로 그 엄혹한 서당 훈장님이었다

양복쟁이

면서기
조합 직원
세리
산감
순사
이들 양복 입은 사람들은
우리 농민들에게서 뭔가 가져가는 사람들이었다
씨암탉이라든가
보릿말이라든가
쌈짓돈이라든가
생사람이라든가
그런 것을 가져가는 사람들이었다
국민학교 다니고 중학교 다니고
내가 대학교를 다니던 70년대까지만 해도 그랬다

그래서 그 무렵
동구 밖에 양복 입은 사람이 나타나면
마을은 온통 공포의 도가니 속이었다
안개재에 양복쟁이 떴다! 하고
마을 사람 누가 소리 질러 적의 내습을 알리면
어머니들은 술동이를 이고 보리밭 속으로 숨고
아버지들은 나뭇등걸을 지고 대숲으로 숨고
누나들은 솔가지를 꺾어 두엄 더미 속으로 숨고
아이들은 울음보를 터뜨리고 할머니 치마 속으로 숨었다

추석 무렵

반짝반짝 하늘이 눈을 뜨기 시작하는 초저녁
나는 자식 놈을 데불고 고향의 들길을 걷고 있었다

아빠 아빠 우리는 고추로 쉬하는데 여자들은 엉뎅이로 하지?

이제 갓 네살 먹은 아이가 하는 말을 어이없이 듣고 나서
나는 야릇한 예감이 들어 주위를 한번 쓰윽 훑어보았다 저만큼 고
추밭에서
아낙 셋이 하얗게 엉덩이를 까놓고 천연스럽게 뒤를 보고 있었다

무슨 생각이 들어서 그랬는지
산마루에 걸린 초승달이 입이 귀밑까지 째지도록 웃고 있었다

밤의 서울

하나아 두울 세엣 네엣……
아이가 손가락을 꼽아가며 셈을 하고 있다
네살배기 아이가 앙증맞게도
밤의 창가에 턱을 괴고 앉아서

토일아 너 거기서 뭘 세고 있니
어미가 아들 곁으로 다가가서 하늘을 쳐다보며 묻는다

다서엇 여서엇 일고옵 여더얼……
아이가 지금 세고 있는 것은 별이 아닐 것이다 틀림없이
십자가일 것이다
회색의 대기 속을 뚫고 우뚝우뚝 솟아 있는
시뻘건 시뻘건 십자가들일 것이다
한집 건너 또는 한 건물에도 두개씩 솟아 있는
십자가 십자가 십자가……
서울에 살면서 그런 시뻘건 십자가들을 볼 때마다
나는 소름이 끼쳤다
나는 가슴이 섬뜩했다
어릴 적에 툇마루에 앉아 별을 헤며
셈을 하고 구구단을 외운 적이 있었던 나에게
밤의 서울은 흡사 거대한 공동묘지와도 같았다

자식 때문에 어머니가

상복을 입은 여인들이
광장의 분수대를 돌고 있다
저마다 가슴에 사진을 하나씩 껴안고
분수대를 돌고 있는 여인들은
팔을 치켜들고 뭐라고 뭐라고 외치기도 하고
고개를 떨구고 흐느껴 울기도 한다

저 여인들은 어느 나라 사람들일까
철모와 방패에 포위된 채 분수대를 돌고 도는 저 여인들은
우리에게 텔레비전을 보여주고 있는 민가협의 총무 간사가 설명
한다
쿠데타에 자식을 빼앗긴 아르헨띠나의 어머니들이라고
살려내라 살려내라 우리 자식 살려내라 외치고 있다고

권력에 굶주린 늑대들에게
자식을 빼앗긴 아르헨띠나의 어머니들
살해된 자식을 가슴에 묻고 애통해하는 아르헨띠나의 어머니들
나는 보았다 나는 보았다 저와 같은 어머니들을 대한민국에서도
광주에서도 보고 서울에서도 보았다
감옥의 담벼락에서도 보고 법원의 뒷골목에서도 보았다
안기부의 정문에서도 보고 보안사의 후문에서도 보았다
폭력의 하수인들이 지배계급의 생명과 재산 지키고 있는 곳이면
그 어느 곳에서도 보았다

920

철모와 방패의 포위 속에서
살해된 자식을 살려내라 외치고 있는 아르헨띠나의 어머니들이여
세상 사람들의 무관심 속에서
우리 자식 살려내라 외치고 있는 대한민국의 어머니들이여
그러다가 개처럼 두들겨맞고
그러다가 짐짝처럼 트럭에 실려
쓰레기처럼 아무 데나 버려지는 두 나라의 어머니들이여
언제쯤이면 아 언제쯤이면 자식 때문에 어머니가
상복을 입고 흐느껴 우는 시절을 살지 않을 수 있을까요

거대한 뿌리

장성 갈재를 넘으면 거기 산 하나 있다 무등산
그는 하늘에 우람한 수목을 기르지 않는다 그 자신이 우람하다

무등산을 오르다보면 거기 산기슭에 사람 하나 있다 강연균
그는 대지에 거대한 뿌리를 내리지 않는다 그 자신이 거대하다

내가 그를 처음 본 것은
광주 1989년 오월 어느날이었다

단호한 입술 그가 입을 열면
거짓이 진실 앞에서 무릎을 꿇었다

번뜩이는 눈망울 그가 눈을 뜨면
추악한 과거가 아름다운 미래 앞에서 벌거숭이가 됐다

다부진 몸매 그가 가슴을 열면
타다 남은 재도 다시 살아나 석류 속처럼 빨갛게 타올랐다

하늘과 땅 사이에서 그가 그린 현실은
그러나 극과 극이 상하로 이를 가는 상극의 세계만은 아니었다
질그릇처럼 투박한 갯가의 아낙네들
봄이 와도 씨를 뿌리지 않는 어머니의 땅
산전수전 다 겪고도 꺾이지 않는 불굴의 잡초들

종이에 둘둘 말린 꽃다발
순결한 여자의 육체
이 모든 사물들이 살아 숨 쉬며 꿈을 꾸는
거대한 거대한 하나의 세계를 이루고 있었다

그것은 육체가 대지에 뿌리를 내리고
혼이 하늘을 향해 가지를 뻗고 꽃을 피우는 화가의 세계
나는 빠진다 나는 사로잡힌다
내 비좁은 삶의 영역을 넓혀주고
증오의 뼈다귀로 앙상한 내 시의 나무를
사랑의 끈으로 결합시켜주는 화엄의 세계에

장성 갈재를 넘으면 거기 산 하나 있다 무등산
그는 하늘에 우람한 수목을 기르지 않는다 그 자신이 우람하다

무등산을 오르다보면 거기 산기슭에 사람 하나 있다 강연균
그는 대지에 거대한 뿌리를 내리지 않는다 그 자신이 거대하다

바람 찬 언덕에 서서

총칼의 가호 아래서
마구잡이로 긁어모았군 지폐와 토지와 건물을……
그동안 삼십몇년 동안
박 아무개와 전 아무개와 노 아무개와 이웃하여 살면서
많이도 주고받고 잘도 살았군
배가 터져 죽지 않아 늘그막에 망신살이 낀 것인가
억울하게 재수 더럽게 옴 붙은 인생살이 낀 것인가
사정의 칼끝에 드러난 저들의 꼬락서니를 보라
개 씹에 보리알 불거지듯
하나씩 둘씩 삐져나오기 시작하는 저들의 썩은 대가리를 보라
저들이 이 나라의 '지도층 인사'들이었다 이것인가
의원님들이고
장차관 나으리들이고
시장이고 도지사고
변호사고 판사고 검사고
그렇고 그런 사람들이었다 이것인가
보라고 썩고 문드러져
이제는 그 형체조차 알 수 없는 부정의 손과 부패의 내장을
보라고 일그러지고 삐뚤어져
이제는 그 안면조차 몰수하기 어려운 권모와 술수의 형제들을
저들 때문에 세상은 악취로 진동했거늘
하늘과 땅 사이에서 사람들은 까닭도 모르고 코를 싸매고 다녀야
했구나

924

저들 때문에 정치는 야바위꾼의 노름으로 둔갑했거늘
아침저녁으로 사람들은 텔레비전 앞에서 눈살을 찌푸려야 했구나

그러나 아직도 있다 이 땅에는

역사의 길

역사의 길은
갑옷과 투구로 화려하게 치장한
영웅호걸의 길이 아니지요
강바람에 청포 자락 날리며 백마 타고 달리는
초인의 길도 아니고요
역사의 길은 대중의 길이지요
수백 수천만 농부의 길이고 노동자의 길이지요
한데 모여 그들이 들판 같은 데서 광장 같은 데서
천둥 같은 소리도 한번 질러보고
발을 굴러 땅을 치며 가는 길이지요
빼앗긴 토지와 밥을 찾아
빼앗긴 피와 땀의 노동을 찾아
어깨동무하고 나서는 길이지요
무심한 하늘에 침도 좀 뱉어주고
궁정의 음탕이며 고관대작들의 부패와 타락에
비분강개도 좀 하고
에이 더럽다 이놈의 세상 되어가는 꼬락서니
이대로 살다가는 어디 한사람인들 성하게 살아남겠나!
불평불만도 좀 퍼뜨리며 가는 길이지요
장구 소리 징 소리 울리며 전투의 쇠나팔 소리와 함께

역사의 길은 또한
무지개 타고 건너는 은하수의 길이 아니지요

단풍나무 숲으로 난 오솔길도 아니고요
아니지요 아니지요 역사의 길은
쉬운 길 반반한 길 걸림돌 하나 없는 평탄한 길이 아니지요
파도로 사나운 뱃길 삼천리
바위로 험한 구만리 산길
천 고비 만 고비 피투성이로 넘어야 할 가시밭길 험한 시련의 길이
지요

최익현 그 양반

최익현 그 양반 마음 한번 먹으면
굽힐 줄 몰랐다 불의에는
도끼 들고 대드는 그런 위인이었다
그 양반 비록 유생으로서
생각이야 고리타분한 데가 없지 않았으되
서양 문물 하나는 틀리게 보지 않았다
나라 망해가는 꼴 하나는 제대로 봤다
그래서 최익현 그 양반
왜놈들이 통상과 개항을 강요할 때
나라의 통치배들이 그들과 무릎을 맞대고
담판인지 뭔지 화친인지 뭔지
고개를 조아리기도 하고 쳐들기도 할 때
눈알 부라리고 팔 걷어붙이고 붓에 힘을 주어
나라 망하게 하는 다섯가지 이유를 열거하였는바

가로되 그 하나인즉슨
화친이 놈들의 구걸에서 나왔으면 모르되
우리에게 힘이 있어 놈들을
넉넉히 제압할 수 있는 데서 나왔으면 모르되
겁이 나서 화친에 굴복한다면
그후 놈들의 끝없는 욕심을 어떻게 채울 것인고

가로되 그 둘인즉슨

928

놈들의 물건은 죄다 기이하고 사치한 것들이고
우리의 물건은 모두 백성들의 생활에 절실히 필요한 것들이니
통상하고 몇해 못 가서 더는 지탱할 수 없을 것이니
그때 가서는 나라도 망할 것이로다

가로되 그 셋인즉슨
놈들이 비록 왜놈들이라 하지만 실제로는 서양 도적들이니
한번 화친하면 예수교가 전파되어
나라가 온통 그들로 득시글득시글할 것이니
이것이 나라를 망하게 하는 이유가 아니고 무엇일꼬

가로되 그 넷인즉슨
그들이 상륙하여 왕래하고 집을 짓고 살게 되면
재물과 아녀자를 자기들 소원대로 취할 터이니
이것이 나라 망치는 소이가 아니고 무엇인고

가로되 그 다섯인즉슨
그들은 재물과 여자만 알고 사람의 도리는 모르는 것들인데
그들과 화친한다는 말은 무엇을 의미하는 것인고

뒷날 역사를 쓰는 사람이 있어
아무 해 아무 달에
서양 사람들이 조선에 와서

아무 데서 맹약을 하였다고
붓을 들어 크게 쓴다면
이는 오랜 역사를 가진 우리나라가
하루아침에 시궁창에 빠지는 것이라 할 것이로다

강화도에 와서

예나 이제나 외적의 침략을 받아
나라가 백척간두에서 위태위태하면
부자들은 도망쳤다 금은보화 보따리에 싸들고
가난뱅이들은 싸웠다 벌거숭이 맨몸으로
그리고 싸움이 끝나고
외적이 나라 밖으로 물러나면
부자들은 다시 돌아와 고대광실에 보따리를 풀었고
가난뱅이들은 집과 전답을 잃고 산과 들을 유리걸식하였다

그런 역사 나 오늘 강화도에 와서 본다
서양 오랑캐들 우리나라 예속시키고
섬나라 왜놈들 우리 강토 짓밟고
은괴와 서적을 약탈하고
민가에 불을 질러 재산을 파괴했을 때
기름지고 넓은 땅 독차지한 것들
대갈통에 문자깨나 들어찬 것들
쥐새끼처럼 꽃섬을 빠져나갔다
입버릇처럼 사랑했던 나라고 뭐고
밥 먹듯이 걱정했던 백성이고 뭐고
똥 친 막대기처럼 내동댕이치고
금은보화에 땅문서만 싸들고 도망쳐버렸다

싸운 것은 죽으나 사나

외래 침략자들과 싸운 것은
토지도 족보도 없는 천민들이었다
학식도 문자 속도 없는 농부들이었다
백두산에서 호랑이를 잡던 포수들이었다
그들 천민들 농부들 포수들은
나라로부터 받은 것이라고는 천대와 멸시밖에 없었으되
침략자들에게 대드는 그들의 적개심은
불길처럼 거세었고 파도처럼 사나웠다
칼이 있는 자는 칼로 싸웠고
창이 있는 자는 창으로 싸웠고
화살이 있는 자는 화살로 싸웠고
그도 저도 없는 자는 흙을 움켜쥐고
침략자의 눈을 향해 냅다 뿌려댔다
왜적의 약탈과 살생 앞에서는
눈에 보이는 것은 모두 무기로 돌변했다
나라 사랑 한번도 입에 올린 적 없었던 백성들에게는

척화비와 현수막

그 옛날 백년보다 먼 옛날
서양 오랑캐들 이상한 배 타고 와서
배에다 대포까지 싣고 와서
승냥이 같은 속셈에다 이리떼 같은 욕심으로 와서
만가지 해독은 있어도
한가지 이로울 것이 없는 요사스런 것을 디밀면서
개항하라 교역하라 윽박지를 때
나라 사랑하고 백성 위한다는 위정자들
서양 오랑캐들 몰아낸답시고 길거리 네거리에
비석 하나 크게 세웠으니 돌에 새겨진
열두 글자 비문을 찬찬히 볼작시면
"洋夷侵犯 非戰則和 主和賣國"이고

오늘에 와서
속옷까지 알록달록 서양 문자가 새겨지고
나라 곳곳에 총을 멘 오랑캐가 나라를 지키고 있는
지금 같은 세상에 와서
국가를 보위하고 국민을 친애한다는 위정자들
남의 나라 군대 나라 밖으로 못 나가게 하겠다고
경향 각지 길거리 네거리에
현수막 하나 드높게 걸어놓았으니 거기 씌어진
열다섯 글자를 멍하니 볼작시면
"미군 철수 운운한 자는 민족반역자다"라

절두산

하늘에서 사자 교황 성하께서
지상의 거처에 내려오시던 날
국무총리에다
국회의장에다
한 나라의 대통령까지 우르르 몰려가
나라의 관문 김포공항에까지 달려가
황공무지로소이다 하늘나라의 사자를 영접하시던 날
그렇게 성스럽고 그렇게 영광스러운 날
나는 역사기행인가 뭔가 한답시고
신촌에서 버스를 타고 강화도로 가다가
양화대교 근처에서 그만 내려버렸다 거기서 내려
그 옛날 프랑스 함대가 하늘나라의 선교사를 앞세워
우리나라를 넘봤다 해서 침범했다 해서
대원군이 그 선교사의 목을 쳐서 강물에 던졌다는 산을 올랐다
그 산 깎아지른 산
한강에서 올려다보면 아찔한 산
절두산(切頭山) 꼭대기에 올라 나는 떠올렸다
제국주의 침략사에 나오는 대원군의 무서운 말을

"천주학쟁이를 내세워 오랑캐들이 이곳까지 와서
우리의 맑은 물을 더럽혔으니 어쩔 수 없다
천주학쟁이의 피로 이 더러운 물을 씻을 수밖에"

역사에 부치는 노래

빛이 빛을 잃고 어둠속에서
세상이 갈 길 몰라 헤매고 있을 때
섬광처럼 빛나는 사람들이 있었다
그들은 어둠속에서 어둠의 세계와 싸우며
밝음의 세계를 열었으니
역사는 그들을 민중의 지도자라 부르기도 하고
시인은 그들을 하늘의 별이라 노래하기도 한다

소리가 소리를 잃고 침묵 속에서
세상이 무덤처럼 입을 봉하고 있을 때
천둥처럼 땅을 치고 하늘을 구르는 사람들이 있었다
그들은 침묵 속에서 세계와 싸우며
하늘과 땅을 열었으니
역사는 그들을 민족의 선각자라 부르기도 하고
시인은 그들을 대지의 별이라 노래하기도 한다

오늘밤 우리는 여기 모였다 어둠을 밝히고
역사의 지평선으로 사라져간 그들을 부르기 위해
오늘밤 우리는 여기 모였다 침묵을 깨치고
강 건너 저편으로 사라져간 그들을 노래하기 위해
김시습
정여립
정인홍

최봉주
김수정
허균
이필제
김옥균
김개남
전봉준
그들은 지금 우리와 함께 여기 있다
민족이 해방을 요구하고
나라가 통일을 요구하고
민중이 자유와 평등을 요구하고 있는 이 시대에
보라 가진 자들에게는 눈엣가시였으되
민중에게는 어둠을 밝히는 하늘의 별이었던 그들을
보라 나라님에게는 역적이었으되
백성에게는 어깨동무하고 전진하는 이웃이었던 그들을
그들은 살아 있다 지금 여기 하늘과 땅 사이에
우리의 가슴에 핏속에 살아 숨 쉬고 살아 움직이고 있다
그들의 눈은 아직도 섬광처럼 번뜩이며
어둠의 세계에서 작당하는 권모와 술수의 정치를 쏘아보고 있다
그들의 입은 아직도 천둥처럼 땅을 치고 하늘을 구르며
썩어 문드러진 부패한 관리의 모가지를 요구하고 있다
그들은 아직도 붓과 낫과 창을 거머쥐고
외적의 무리와 맞서며 민중들의 단결을 호소하고 있다

밤이 깊다 날이 새기 전에
지금 이곳에서 우리가 할 수 있는 일은
그들의 혼을 가슴 깊이 들이켜고
우리의 입과 팔다리로 육화시키는 일이다
어제의 그들이 꿈꾸었던 사상의 세계를
오늘의 우리가 꽃으로 피우는 일이다
그들이 못다 부른 노래를 우리의 입으로 부르며
그들이 남기고 간 무기를 우리의 손으로 들고서

| 연보 |

1945년　10월 16일 전남 해남군 삼산면 봉학리 535번지에서 아버지 김봉
　　　　수, 어머니 문일님 사이에 둘째아들로 태어남. (호적상 생년월일
　　　　은 1946년 10월 16일)

1960년　15세　삼산초등학교 졸업.

1963년　18세　해남중학교 졸업.

1964년　19세　광주일고 입학. 획일적인 입시 위주의 교육에 반대하여 이
　　　　듬해 자퇴.

1969년　24세　대입 검정고시를 거쳐 전남대 문리대 영문과 입학. 대학 1
　　　　학년 때부터 3선개헌 반대운동과 교련 반대운동에 주도적으로
　　　　참여, 반독재민주화운동에 앞장섬.

1972년　27세　박정희정권이 유신헌법을 선포하자 전남대 법대에 재학 중
　　　　이던 친구 이강과 함께 전국 최초의 반유신투쟁 지하신문『함성』
　　　　을 제작, 전남대·조선대 및 광주 시내 5개 고등학교에 배포함.

1973년　28세　2월 전국적인 반유신투쟁을 전개하고자 이강과 함께 지하
　　　　신문『고발』제작. 3월에 이 사건으로 박석무·이강 등 15명이 체
　　　　포, 구속되어 국가보안법·반공법 위반혐의로 징역 2년 집행유예
　　　　3년을 선고받고 수감 중 8개월 만인 12월 28일 석방. 전남대에서
　　　　제적됨.

1974년　29세　고향에 내려가 농사를 지으며 농민문제에 깊은 관심을 쏟
　　　　음. 계간『창작과비평』여름호에 「진혼가」「잿더미」등 8편의 시
　　　　를 발표하면서 작품활동을 시작함.

1975년　30세　광주에 사회과학서점 '카프카'를 개설하여 광주 사회문화

938

운동의 구심점 역할을 수행함.

1977년　32세　재차 귀향하여 농민들과 함께 이후 한국기독교농민회의 모
　　　　　체가 되는 '해남농민회'를 결성. 이해 말경 광주로 나와 황석영·
　　　　　최권행 등 광주 지역 활동가들과 '민중문화연구소'를 개설, 초대
　　　　　회장을 역임함.

1978년　33세　민중문화연구소 활동의 일환으로 일어판 「빠리 꼬뮌」 강독
　　　　　중 중앙정보부 급습으로 피신, 상경함. 서울에서 남조선민족해방
　　　　　전선 준비위원회에 가입하여 전위대 전사로 활동. 수배 중 프란
　　　　　츠 파농의 저서 『자기의 땅에서 유배당한 자들』(청사) 번역 출간.

1979년　34세　10월 4일 남민전 조직원으로 서울에서 활동 중 약 80명의
　　　　　동지와 함께 체포, 구속되어 60여일의 구금과 고문수사 끝에 투
　　　　　옥됨.

1980년　35세　12월 23일 남민전 사건으로 대법원에서 징역 15년 실형 확
　　　　　정, 광주교도소에 수감됨.

1984년　39세　첫시집 『진혼가』(청사) 출간. 12월 22일 자유실천문인협의
　　　　　회·민중문화운동협의회·민중문화연구회·전남민주청년운동협
　　　　　의회 공동주최로 석방촉구 출판기념회 개최.

1985년　40세　자유실천문인협의회·민주언론운동협의회·민중문화운동
　　　　　협의회·민중문화연구회 공동명의로 석방 촉구 성명서 채택. 4월
　　　　　27일 '김남주 석방대책위원회' 발기.

1986년　41세　전주교도소로 이감. 독일 함부르크에서 개최된 국제PEN
　　　　　대회에서 '김남주 시인 석방결의문' 채택.

1987년　42세　9월 17일 민족문학작가회의 창립총회에서 석방 촉구 결의
　　　　　문 채택. 제2시집 『나의 칼 나의 피』(인동) 출간. 일어판 시집 『농
　　　　　부의 밤』 출간. 일본PEN클럽 명예회원으로 추대됨.

1988년　43세　문인 502명이 서명한 석방탄원서를 법무부장관 등에게 제
　　　　　출. PEN클럽 세계본부·미국PEN클럽 등이 정부 측에 석방 촉
　　　　　구 공문 발송. 미국PEN클럽 명예회원으로 추대됨. 광주·서울·부
　　　　　산·전주에서 '김남주 문학의 밤' 개최, 석방 촉구 성명서 및 결의

문 채택. 제3시집『조국은 하나다』및 하이네·브레히트·네루다의 혁명시집『아침 저녁으로 읽기 위하여』(남풍) 출간. 12월 21일 형집행정지로 투옥생활 9년 3개월 만에 전주교도소에서 출감.

1989년   44세   1월 29일 광주 문빈정사에서 오랜 동지인 약혼자 박광숙과 결혼. 옥중서한집『산이라면 넘어주고 강이라면 건너주고』(삼천리), 시선집『사랑의 무기』(창작과비평사), 제4시집『솔직히 말하자』(풀빛) 등을 출간.

1990년   45세   광주항쟁시선집『학살』(한마당) 출간. 92년 12월까지 민족문학작가회의 민족문학연구소장을 역임.

1991년   46세   제5시집『사상의 거처』(창작과비평사) 출간. 제9회 신동엽창작기금을 받음. 시선집『함께 가자 우리 이 길을』(미래사), 산문집『시와 혁명』(나루) 출간. 하이네 정치풍자시집『아타 트롤』(창작과비평사) 번역 출간.

1992년   47세   제6시집『이 좋은 세상에』(한길사)와 옥중시전집『저 창살에 햇살이 1·2』(창작과비평사) 출간. 제6회 단재상 문학부문 수상. 반핵평화운동연합 공동의장.

1993년   48세   사면 복권됨. 제3회 윤상원문화상 수상. 민족문학작가회의 상임이사, 한국민족예술인총연합 이사. 12월 23일 여의도 여성백인회관 강당에서 '김남주 문학의 밤' 개최.

1994년   49세   2월 13일 새벽 2시 30분 고려병원에서 췌장암으로 별세. 광주 망월동 5·18 묘역에 안장. 유족으로 부인 박광숙 여사와 아들 토일(土日)군이 있음. 제4회 민족예술상 수상. 산문집『불씨 하나가 광야를 태우리라』, 김남주론『피여 꽃이여 이름이여』(시와사회사) 출간.

1995년   유고시집『나와 함께 모든 노래가 사라진다면』(창작과비평사) 출간. 번역시집『은박지에 새긴 사랑』『아침 저녁으로 읽기 위하여』(푸른숲) 출간.

1999년   시선집『옛 마을을 지나며』(문학동네) 출간.

2000년   김남주의 시에 곡을 붙인 안치환의 헌정앨범 'Remember' 발매.

5월 20일 광주 중외공원에 김남주 시비 건립.

2004년   2월 서울·광주·해남에서 민족문학작가회의 주최로 10주기 추모
         문화제 '이 두메는 날라와 더불어' 개최. 시선집『꽃 속에 피가 흐
         른다』(창비) 출간. 12월 민족문학작가회의 주최로 10주기 추모
         심포지엄 개최.

2006년   3월 민주화운동 관련자로 인정받음.

2010년   6월 전남대학교 명예졸업장 및 동문영예대상 수여.

2012년   김남주 헌정시집『어디에 있는가, 나의 날개, 나의 노래는』(백무
         산 외 57인, 삶이보이는창) 출간.

2014년   20주기 기념 심포지엄 '꽃 속에 피가 흐른다'(실천문학사 주최),
         기념 행사 '김남주를 생각하는 밤'(한국작가회의 주최) 개최.『김
         남주 시전집』(창비)『김남주 문학의 세계』(창비) 출간.

| 작품 찾아보기 |

* 같은 제목의 시는 괄호 안에 첫 구절을 병기함.

942

948

엮은이

염무웅 廉武雄
문학평론가, 영남대 명예교수. 저서로『한국문학의 반성』『민중시대의 문학』
『혼돈의 시대에 구상하는 문학의 논리』『문학과 시대현실』『자유의 역설』등
이 있음.

임홍배 林洪培
문학평론가, 서울대 독문과 교수. 주요 논문으로「괴테의 상징과 알레고리 개
념에 대하여」「루카치의 괴테 수용에 대한 비판적 고찰」등이, 역서로『젊은
베르터의 고뇌』『루카치 미학』(공역)『나르치스와 골드문트』등이 있음.

김남주 시전집

초판 1쇄 발행/2014년 2월 28일
초판 4쇄 발행/2024년 9월 30일

지은이/김남주
펴낸이/염종선
책임편집/이상술
펴낸곳/(주)창비
등록/1986년 8월 5일 제85호
주소/10881 경기도 파주시 회동길 184
전화/031-955-3333
팩시밀리/영업 031-955-3399 편집 031-955-3400
홈페이지/www.changbi.com
전자우편/lit@changbi.com